まつろわぬ邦からの手紙

Leteroj el la lando kiu ne obeemo

沖縄・日本・東アジア年代記
2016年1月－2019年3月

山
口
泉

オーロラ自由アトリエ

目次

I 二〇一六年

第一信 世界を「縦」にではなく「横」に見ること——
私たちが互いに、ほんとうに「出会う」ために〔二〇一六年一月〕 13

第二信 「敗北」の腐蝕作用を押しとどめよう
命を守る闘いに本来「断念」はあり得ないがゆえに〔二〇一六年二月〕 18

第三信 欺瞞を情緒的な「物語」にすり替えるな
この核破局をもたらした安倍首相を弾劾する〔二〇一六年三月〕 23

第四信 箍《たが》の外れた国・常軌を逸した政府の暴走を阻まねば
現状では、もはや私たちの破滅は明らかに免れ難い〔二〇一六年四月〕 28

第五信　私たちが、一度は手にしたはずのものを思い起こそう
「議会制民主主義」がこの国を、ともかく変えた記憶を――〔二〇一六年五月〕　33
第六信　魂に到るまでの侵略・植民地支配を糾弾する
「加害」「被害」の構造の無視は、死者への冒瀆〔二〇一六年六月〕　46
第七信　集団催眠にかかったかのごときヤマト社会
日本政府の「侵攻」に、沖縄は基本的人権に依拠する反撃を〔二〇一六年七月〕　51
第八信　魂の腐臭に満ちた国で、ぎりぎりの営みが続く
広島・長崎・沖縄から問われる、最悪の日本国の現在〔二〇一六年八月〕　56
第九信　破綻した日本政府が企む「第二の沖縄戦」
非道な国家暴力と対峙し得る、広汎な抵抗線の形成を〔二〇一六年九月〕　61
第一〇信　なぜ、琉球弧の闘いは険しくも輝かしいのか？
連帯の深さと厚みそれ自体が、不断の人間的「勝利」〔二〇一六年一〇月〕　66
第一一信　差別の普遍性と個別性の両面を共に撃つこと
かけがえのない理想を、どこまでも手放さずに――〔二〇一六年一一月〕　72

第一二信　吹き荒れる専制政府の国家暴力とメディアの「大本営発表」化
原発被曝からオスプレイ墜落、不当勾留まで、欺瞞の嵐が続く〔二〇一六年一二月〕　78

II　二〇一七年

第一三信　いよいよ、人が人として生き得なくなりつつある日本
この醜悪な国家に、アジアとの連帯の回路構築の可能性は……〔二〇一七年一月〕　85
第一四信　翁長雄志・沖縄県知事への緊急公開書翰
山城博治さん救出と「オール沖縄」の蘇生を――〔二〇一七年二月〕　91
第一五信　安倍軍国主義ファシズムへの抵抗の最前面で
私たちは負けない、「連帯」を生きているから〔二〇一七年三月〕　98
第一六信　あらゆる場から、終末を斥け、命を守る声を
戦争絶対回避の努力こそ、叡智と勇気の証明〔二〇一七年四月〕　103
第一七信　自ら闘い取ったものではないから、惜しくないのか?
日本国〝戦後民主主義〟の終末的危機に際しての沈黙〔二〇一七年五月〕　115

第一八信　世界と人類史に恥ずべき欺瞞に満ちた国から
あの六月の死者たちと、彼らに連なる人びとへ——〔二〇一七年六月〕　133
第一九信　私たちの疲れ切った「希望」の恢復《かいふく》のために
深まりゆく理念腐蝕の危機に、直ちになされるべきこと〔二〇一七年七月〕　139
第二〇信　過《あやま》てる世界を照射する「光源」を巡る旅から
安倍政権の下、被爆地・広島と長崎は、いま——〔二〇一七年八月〕　145
第二一信　安倍ファシズムの総仕上げを目論む総選挙
世界の存続と私たちの生存を懸けた反抗へ〔二〇一七年九月〕　153
第二二信　現行憲法の終焉を招きかねない総選挙の後に
私は「冷静な絶望」を抱えながらも「断念」は拒否する〔二〇一七年一〇月〕　159
第二三信　人権を蹂躙する者らに支配された瀕死の国で
貶《おとし》められた精神の自由を復権する光を、自ら意志的に浴びよ〔二〇一七年一一月〕　164
第二四信　あくまで人間としてあることの誇りを掲げて
「水俣の思想」が、世界の最深部から照らし出すもの〔二〇一七年一二月〕　170

III　二〇一八年

第二五信　システムの根底に潜むものを冷静に検証し
　アジアのなかでの日本国家の惨めな姿を直視しよう〔二〇一八年一月〕　179
第二六信　満身創痍の「オール沖縄」の閉塞を超えて
　生存と生活を包含する世界像と方法論の創出を〔二〇一八年二月〕　184
第二七信　〝破局以後〟の世界をも、生きねばならぬ者として
　全抵抗はその人間的根源で、深く静かに「通底」する〔二〇一八年三月〕　190
第二八信　「戦後日本」象徴天皇制民主主義の欺瞞
　〝和のファシズム〟による腐蝕作用の速さと根深さ〔二〇一八年四月〕　196
第二九信　歴史を開く叡知を湛えた韓国社会と日本の隔絶
　空費された歳月の果て、講ぜられるべき手立ては？〔二〇一八年五月〕　202
第三〇信　この欺瞞に、全琉球弧が沈黙していて良いか？
　すでに危うい抵抗の隘路《あいろ》を閉ざさぬためにも、即時「撤回」を〔二〇一八年六月〕　208

第三一信　日米二重支配に最も好都合となった翁長県政
命の不可侵性を否定する安倍型ナチズムに呑み込まれるな〔二〇一八年七月〕　214
第三二信　〝緊急避難〟的措置の後の民主主義の再生と
安倍政権への阻止線の再構築を不可分のものとして〔二〇一八年八月〕　221
第三三信　偽りなく「命」の側に立とうとする候補は誰か？
人権を守り戦争を拒否する意思表示の県知事選挙へ〔二〇一八年九月〕　239
第三四信　いかなる未来も「歴史」との真摯な対話の上にこそ
かねて私たちの社会で最も欠落してきたものは何か？〔二〇一八年一〇月〕　246
第三五信　「絶対に取り返しのつかぬこと」の数かずを
「あたかも何事もなかったかの如く」取り繕う日本の頽廃〔二〇一八年一一月〕　255
第三六信　今度こそ、かくも〝民主的に〟滅びようとする国で
他の全野党議員はなぜ、山本太郎のように生きることができないか〔二〇一八年一二月〕　273

Ⅳ　二〇一九年

第三七信　後退の「歴史」を噛みしめながらも次善の打開策へ
ファシズムの汚染水を食い止め〝究極の県民投票〟をも視野に〔二〇一九年一月〕　299
第三八信　戦争を拒み平和を貫くのは、全人的〝覚悟〟の問題
人類の敵・安倍政権を打倒する、真の「沖日連帯」を〔二〇一九年二月〕　306
第三九信　世界に背を向け末期的「国体護持」に走る日本政府
私たちが最後まで、自らの生を全うするためには――〔二〇一九年三月〕　312
後　記――言論の廃墟のただなかで、本書の読者へ送る、四〇通目の手紙　344
著者紹介　354
索　引（巻末から左開き）
人名　i
国名・地名・地域名　viii
機関名・組織名・社名・紙誌名・施設名　xi
事件名・事項名　xvii
書名・題名・作品名　xxv

装画——下地秋緒『Nubes pasajeras ちぎれた雲』（銅版画／二〇〇七年）
〔図版提供・協力／下地喜美江・中山幸雄・今泉真也〕
装幀——知里　永

まつろわぬ邦からの手紙

——沖縄・日本・東アジア年代記　二〇一六年一月〜二〇一九年三月

もしも　いま　あなたも
すべてを見放すことは　まだ　思い留まっている　というなら――
あなたが　なお　望みをつなぐ　その「理由」と
私の「理由」を　示しあい
語らいたい

I　二〇一六年

第一信　世界を「縦」にではなく「横」に見ること――私たちが互いに、ほんとうに「出会う」ために

「世界」は、いかに成り立っているか？　現状、当然のように前提とされる「国家」や「民族」を、私は人間を隔てる最終的な区分とは考えない（――ただし「加害」と「被害」の歴史的過程を検証する観点からは、それらも決して等閑に付してはならないことは言うまでもないが）。

少なくとも、政府が命ずるまま、他国を憎んだり、ましてや誰かを殺《あや》めたりなど、絶対にさせられないこと。支配する側と支配される側という「縦」の構造を見据え、虐《しいた》げられた者同士が横断的・越境的に出会い、結びつくこと――。

それ以外に、人が真に解放される道はない。たとえ「弱者」は「強者」に較べ、現実には互いが出会う回路それ自体を、あらかじめ何重にも閉ざされてはいるとしても。

昨年末、かつて「従軍慰安婦」（性奴隷）とされた方がたをめぐって、日韓両政府による「合意」がなされた。これまでの経緯からすれば、あまりに唐突な今回の展開には〝国際政治〟のさまざまな要因を想像することもできよう。

しかしいずれにせよ、本来「責任」や「謝罪」という問題に「最終的かつ不可逆的」な「解決」など、あり得るだろうか？　こうした恫喝、もしくは詐欺まがいの文言が公然と差し挟まれること自体、

何よりこのたびの〝日韓合意〟の欺瞞を示しているといえるのではないか。まさしく戦争責任の継承を一方的に拒絶した、昨夏の安倍晋三首相の「戦後七〇年談話」にそっくり通ずる言いぐさだ。挙げ句の果て、一〇億円の「拠出金」の〝交換条件〟として、二〇一一年に「挺対協」（韓国挺身隊問題対策協議会）がソウルの日本大使館前に設置した『少女像』の「撤去」を持ち出す浅ましさに至っては、語るに落ちる。この醜態は〝「戦後」日本〟の倫理的破産の投影そのものだろう。

一連の経緯を通じ、改めて粛然とするのは、被害当事者であるハルモニ（お婆さん）がたの勇気と、韓国市民――とりわけ若者たちの真摯な抗議行動である。日本の植民地支配と闘った「三・一《サミル》独立運動」（一九一九年）の精神は、現在に脈脈と継承されている。

またこのたびの「合意」に対しては、当然とはいえ日本の市民からも日韓両政府に対して批判が表明されている。そしてそれを評価する声が韓国社会でも上がっている事実は「日韓民衆連帯」の可能性の問題として、小さからぬ意味を持つにちがいない。

それにしても、当の『少女像』（金運成《キムウンソン》氏と金曙炅《キムソギョン》氏／制作）の美しさはどうだろう。可憐にして清楚な眼差しは、しかも歴史の被害者の思いを集約して、厳しく深い。この像に、毛糸編みの帽子やマフラーを着けてやる人びとの優しさも、心に沁《し》みる。

だからこそ、これを〝一〇億円で撤去せよ〟と迫る日本政府は、いよいよ度し難くおぞましいのだ。沖縄に対しても韓国に対しても、金銭で人間を支配しようと考える、その絶望的な卑しさが――。

彫刻といえば沖縄本島でも、注目すべき作品の除幕式があった。過ぐる二〇一五年一二月一〇日、南城市は玉城富里「百十踏揚《ももとふみあがり》の墓」の近く、門中《むんちゅう》の墓所に隣り合うように設置された嶺井妙美《みねいたえみ》氏

（一九四九年～二〇一三年）のブロンズ胸像がそれだ。作者は、生前の彼女をよく知る金城実氏。このモニュメント建立のプロジェクトが実現するまでには、彫刻家の伴侶・金城初子さんの尽力もあった。

嶺井氏は「沖縄復帰」前、大学進学のため赴いた東京で、苦学しながら反戦運動や日雇い労働者との連帯活動に出会う。帰沖後は那覇を中心に「ホームレス」の人びととの支援はじめ、一貫して社会活動に没入した。病に斃《たお》れての三周忌を期した今般のセレモニーには、姉妹兄弟はじめ彼女を追慕する人びとが集まった。

▲ 金城実『嶺井妙美像』（2015年12月10日、南城市玉城富里／撮影・山口泉）

時折り、雨足が強まるなか、妹（五女）の嶺井千恵美さんによる胸像の「設立趣旨」朗読の後、姉（二女）の金城夕起子さんが、噛みしめるように挨拶される――。

「妙美は自分なりの生き方をして、ぱっと死んだ。そのメッセージは……〝島や宝、基地いらない！〟」

現代沖縄が世界に誇る彫刻家が「こういう作品を造らせてもらえてありがたい」と丹精こめた、たじろがぬ岩礁のような彫像は、中部大理石を素材とした台座の上に、摩文仁《まぶに》の丘を向いて設置されている。胸に「沖縄の自決権」「琉球独立」の文字を刻んで。

この元旦、夜の明けやらぬうちから辺野古の浜を数百名が埋め尽くした。「新基地建設反対」に心をつなぐ人びとが、「初日の出」に連帯と健闘を誓い合おうという

「初興し」の企画である。

『かぎやで風節』ほか、歌三線と琉舞が進み、島袋文子さんや山城博治《ひろじ》さん、司会進行役の宜野座《ぎのざ》映子さんなど多くの方がたと、私も感銘深く新年を迎えることができた。未来に単純に〝光明〟が見えるせいではない。圧倒的に険しい現実のなか、なお励まし合う「仲間」の存在を確かめ得るからだ。最後に、山城博治さんが挨拶に立たれた。昨年、厳しい闘病を経てここに帰還し、変わらず一同を鼓舞するリーダーならではの、熱と輝きに満ちた言葉をお伝えしよう。

「今こうやって、みんなと『歴史』の場に立っていられることが嬉しい。生きている喜びを感じます。くたばって、たまるか！」

そんな中、一昨日の宜野湾市長選の結果は「オール沖縄」の無効を示すと、日本政府は宣伝する。だが本来、最大の争点たるべき「辺野古新基地建設」をめぐる両候補の差異は曖昧なままだった。

しかも〝選挙結果は政府の既定方針に無関係〟と、安倍政権があらかじめ主権者を牽制していた卑劣さを、私は弾劾する。この点でも『日本国憲法』（九二条＝地方自治）を否定する内閣に、そもそも政権を担いつづける資格などない。

新たな軍事基地建設は原発と同様、壊滅的な大惨事の危険性をさらに高める。そしてこれまでの選挙が示し、また今回の出口調査にも見られる通り「辺野古埋め立て反対」は依然「沖縄の民意」である。

このたび本紙に連載の場をいただく運びとなった。

「まつろう」は、もともと〝（大和朝廷に）服従する〟の意。したがって表題は、日本政府の圧制に最後まで屈しないウチナーンチュと共にありたいと願う、移住ヤマトンチュの言葉――のつもりである。

〔初出＝『琉球新報』二〇一六年一月二六日付「文化」面〕

［追記ノート］

冒頭の「従軍慰安婦」をめぐる日韓合意の「「最終的かつ不可逆的」」なる文言の非道義性は、私にただちに、一九五九年、水俣病加害企業チッソが被害患者に対し、〝雀の涙〟ほどの「見舞金」と引き換えに〝将来水俣病がチッソの排水に起因することが判明した場合にも、新たな請求は行なわない〟との文言を盛り込んだ「見舞金契約」に署名させた振る舞いを想起させる。どうやら、悪辣な支配層、力を持った加害者の「発想」というのは、すべて共通性を帯びるようだ。まさしく「搾取階級」らしい手口である。なお、後に一九七三年の熊本一次訴訟判決で、くだんの「契約」は圧倒的に強い立場のチッソが、患者の経済的困窮や情報の欠落等に乗じ、損害賠償請求権を一切放棄させたものであり、〝公序良俗に違反して無効〟との、当然の判断が出される（関連しては、本書・第三五章［追記ノート］も参照）。

周知のとおり、その後ほどなく韓国市民は欺瞞的な朴槿恵《パククネ》政権そのものを、自らの手で打倒するに至った。民主主義の輝かしい顕現である。だが一方の日本は到底、それを果たし得ないどころか、世界に恥ずべき安倍政権の軍国主義ファシズムをますます助長している。

——こうした状況下、日米二重植民地支配の圧政に抗する「まつろわぬ地」であるはずの琉球弧のメディアを借り、「言論」とは、本来、どのようなものでなければならないか、私の考えをお伝えするために、本連載は始まった。

第二信　「敗北」の腐蝕作用を押しとどめよう
命を守る闘いに本来「断念」はあり得ないがゆえに

「水爆実験」とされたものに続き、朝鮮民主主義人民共和国による人工衛星打ち上げ（アメリカ国務省も英国ＢＢＣも、この点は確認している）が行なわれた。だが日本政府は例によって、それを「ミサイル発射」と煽《あお》り立て、事態は結果的にまたしても、問題の噴出する安倍政権への追及の声を逸《そ》らすこととなった。

防衛省の「ミサイル破壊措置命令」に対しても「緊急的な対応」との見解を示すことを余儀なくされた翁長雄志知事の苦衷《くちゅう》は想像に難くない。一月二四日の宜野湾市長選から続く、「オール沖縄」が分断され「沖縄の自決権」の芽が摘まれようとする動きが、より強まっている。

たった一度の「敗北」が、しかも時を追うに従い、沖縄社会を蝕《むしば》みつつある。もともとの彼我の力関係の不衡平《ふこうへい》を、改めて感じさせられる変化である。

むろん理由のない敗北はない。現実は、冷静に検証されるべきである。しかしそれはあくまで、より良い未来への「願い」を離れては無意味な作業なのだ。私たちはそもそも、どんな世界に生きたいのか？

「普天間基地即時閉鎖」「辺野古新基地建設阻止」という二つの命題の統合こそが、事態を根底的に解決する唯一の道である。現在強行中の辺野古新基地建設は、この小さな沖縄本島はじめ琉球弧全体を終末的な戦争の犠牲に差し出す危険性を、疑いなく飛躍的に増大させる。

それを、「辺野古」については口を拭って言及しないことがあたかも政治の〝現実主義〟であるかのような賢《さか》しらな詭弁に惑わされてはならない。

沖縄の政治課題には「辺野古」と「辺野古以外」とがあるのではない。政治が本来対象としなければならない民の生活すべてを呑み込み、一瞬で潰滅させかねない根底の危険因子として、軍事基地は存在するのだ。真っ当な県政が終始「辺野古」を最優先の課題とすることは、当然である。

二〇一三年末、当時、那覇市長だった翁長雄志氏が本紙『琉球新報』やＮＨＫのインタヴューで、沖縄が新たに「ミサイル戦争」の「捨て石」とされる事態を憂慮した危機意識の切実さは、私を強く打った。その後、県知事選の過程で新たに「反原発」の理念が掲げられたことで、氏への私の評価は倍加した。

にもかかわらず、「辺野古」を対象とする政治家が、あたかも〝民の暮らし〟を等閑に付しているかのごとき誤解を主権者に刷り込もうとする印象操作は卑劣である。「辺野古」は〝暮らし〟の問題ではないのか？　いや。最も重大な〝暮らし〟と「命」の問題そのものではないか。

関連して、最近、報道が増大した「子どもの貧困」という事象の検証にも、一定の注意——ある原則的観点が必要だ。たしかに、現状がこのままであって良いはずはあるまい。

だが「子ども」が「貧困」なのは「大人」も「貧困」だからなのであり、社会が「貧困」だからではないのか？　だとするなら沖縄の場合、論議は〝基地が経済発展の最大の阻害要因〟と喝破された、あの一昨年末の県知事選の輝かしい指摘に遡《さかのぼ》られねばならないだろう。

今回の宜野湾市長選が沖縄の現在の「分岐点」になりかねないなどとは、誰しも分かっていることだ。だからこそいま、私たちは《揺さぶられ　つぶされた　隊列を立て直》(今村一男／作詞・作曲『座り込めここへ』)さねばならないのだから——。

私は、自ら闘わぬ傍観者のしたり顔の類型的な〝論評〟を蔑《なみ》する。そして一九世紀のある思想家が、二六歳のとき、亡命先ブリュッセルで妻の家計簿の一ページに書きつけ、やがて一〇〇年の余を経て、やはり亡命地ロンドンに建つ、その墓にも刻まれることとなる、次の言葉を好む。

《哲学者たちは世界をさまざまに解釈してきたにすぎない。大切なのは、それを変えることなのだ》(カール・マルクス『フォイエルバッハに関するテーゼ』第一一／諸家の訳を参考に、拙訳)

このかん辺野古での抵抗が、なぜ、国際輿論《よろん》はもとより「ひじゅるー」(冷酷)を極めたヤマト社会をすら揺さぶり、人間として覚醒させようとしてきたか。二〇一四年一月の歴史的な名護市長選に始まった「オール沖縄」の連帯と抵抗の意味が、見失われてはならない。

《本当に沖縄の選挙はこれから先も重くのしかかる。／でも、戦後七〇年。／選挙結果に関係なく命がけで声を上げ、身体を張り、沖縄のオジーオバーの戦ってきたルーツも心から大事にしたい》《沖縄の不条理に対して、差別に対して、捨て石にされた歴史に対して、何度潰されても、何度騙されても声をあげてきたんだ》《そして、諦めない人たちの想いが私にバトンをくれた。》

——宜野湾市長選の後、こう噛みしめるように自らの思いをインターネットで綴った城間真弓さんは、毎日、出勤前、中頭《なかがみ》から「キャンプ・シュワブ」ゲート前に通う若い友人である。彼女が、自作の替え詞で歌ってくれた『沖縄を返せ』（原詞・全司法福岡支部／作曲・荒木栄）を聴いた。

《命　生んだ母として　子どもらの命を守るため　立ち上がるぞ～／我らと我らの祖先が　繋げた命　未来に残そう　平和な島を／かぁちゃんだって　わじとんど～　何があっても　あきらめない！／沖縄を返せ～　みるく世《ゆ》を返せ～》（城間真弓『みるく世を返せ／母親ヴァージョン』）／「わじとんど」は〝強く憤っている〟、「みるく世」は「弥勒世」。〝生命の理想的な世界〟といった意）

付言しておくと、かねて私は平和運動が「母性主義」を標榜することに潜む危うさを指摘してきた。だが城間さんも参加し、いま全国各地にひろがる《安保関連法に反対するママの会》の「誰の子どもも殺させない」という理念は、家族制度から国家まで、人間が囚《とら》われてきた血縁思考の〝狭さ〟を超える可能性をも秘めていると考えたい。

彼女の盟友は、昨今の状況への「しにわじわじ～」（死ぬほど＝非常に＝腹立ち）する思いを語った。その通り。怒り以上に、現実を変革する力があるだろうか。真の怒りとは、とりもなおさず「論理」であり「叡知」である。

お知らせを、一つ。一連の問題をめぐっては、私の新著『辺野古の弁証法――ポスト・フクシマと「沖縄革命」』（オーロラ自由アトリエ）刊行記念の〝トーク・セッション〟でもお伝えしたいと考えている（二月二七日一五時からジュンク堂書店那覇店にて／入場無料）。個性豊かな共演者（彫刻家・金城実さん、司会＝『琉球新報』編集委員・新垣毅さん）も得た。御来場いただければ幸いである。

〔初出＝『琉球新報』二〇一六年二月二二日付「文化」面〕

▲ 宜野湾市長選の直後、日本政府の「代執行」訴訟・第３回口頭弁論に出廷する翁長雄志・沖縄県知事を支援するため集まった市民（2016年１月29日、福岡高裁那覇支部前／撮影・山口泉）

［追記ノート］

私の『まつろわぬ邦からの手紙』はその『琉球新報』連載中、もちろんいわゆる〝右派〟の攻撃ではない、「反戦」「反基地」の側からの批判としては、琉球弧のメディアにおいて、翁長県政に対し、おそらく翁長雄志氏自身の生前も没後も、最も厳しい見方を示したものの一つと目されている。

しかしながら、実は当初からそうだったわけでは決してなく、むしろ私の翁長評価が、任期の半ば近くにいたってもなお、さまざまな期待を残し、依然、擁護の色調を帯びていたことは、本章をお読みいただくだけでも明らかだろう。

こうした立ち位置を、私自身が明確に見直さねばならないと、最終的に判断するに到ったのは、本連載・第一四回に対する翁長知事自身の県議会答弁に接して以後のことだった。

これについては、本書・第一四信と第一五信とを併せて御覧いただきたい。

第三信　欺瞞を情緒的な「物語」にすり替えるな
この核破局をもたらした安倍首相を弾劾する

二〇一一年三月一一日、痛ましい東日本大震災に続いた福島第一原発事故の直後から、私は自らの生命が決定的な損傷を受けたとの戦《おのの》きを覚えながら、休眠中だったブログ『精神の戒厳令下に』を再開し、日本政府と東京電力とを批判する発信を開始した。数週間先の命をも危ぶんだ当時からすれば、現に生きながらえてあること自体、一つの「奇蹟」のようだ。

放射性物質の脅威が、人為的な行政区分に留まるはずもない。当時東京に暮らしていた私や、身近な人びとにも、さらにより西の地域の友人にも、被曝との関連を疑わざるを得ぬ健康被害が相次いだ。

それにしても、事故後、疫学的には本来一〇〇万人に一人から二人しか罹患しないはずの子どもの甲状腺癌が、福島県内だけで昨二〇一五年末までに一六七人にも発見されるという異様な事態は、何を意味するか？　そしてそれに判で捺《お》したように「事故との関連は考えにくい」と繰り返し、自らの罪科に頬被りして、なんら対策を講じようとしないこの国は？　民の生命・安全に、無条件かつ無限大の責任を負うべき政府やその諮問機関の〝専門家〟と加害企業・東京電力には、それらが福島第一原発事故と無関係だというなら、他の合理的説明のつく原因を示すべき「挙証責任」があるだろう。

にもかかわらず彼らは、それには平然と口を拭いつつ、もともと電力など不足してもいないのに原発の「再稼働」を強行し、さらにその最悪の欠陥〝技術〟を他国へも「輸出」しようとする。世界各国が、放射能汚染を危惧して、日本産農水産物の輸入に厳重な規制を布《し》くなか、「3・11」以前ならドラム缶に密閉して地中深く埋めていたはずの核廃棄物の放射線量一〇〇ベクレル／kgを、あろうことか、食品（!）の〝暫定基準値〟とし、その一方、核廃棄物のそれはなんと八〇倍の八〇〇〇ベクレル／kgに引き上げることで、大衆を欺こうとする——。

惨事から五年を期して多くのメディアが〝「3・11」を風化させまい〟といった体のキャンペーンを行なった。その大半に、私が強烈な拒絶感を覚えるのは、被曝や放射能汚染の意味も実態も、ついぞまともに知ろうともしないまま、ただひたすら欺瞞に満ちた現実を情緒的な「物語」にすり替えようとする「同調圧力」の故だ。そもそも「風化」などするはずがあろうか？　現に被曝は、私たち自身の細胞レベルで、いよいよ深まり続けているというのに——。

この点、メディアもまた日本政府と東京電力への加担者である。

よしんば差別の根源は単一であるとしても、それらはおのおの個別の歴史を持つ。「沖縄」と「福島」とを雑駁に同列視することは、それぞれ固有の苦しみに対する冒瀆であると共に、問題の本質的構造を見誤らせ、結局、安易な判断停止へと人を向かわせるだろう。その先に待つのは、真の加害者の非道を追及もしなければ、生き延びる道を探る必死の努力をも諦めさせようとする「一億総懺悔」の集団的無理心中なのだ。

このかん立て続けに成立した『特定秘密保護法』や「安保法制」の意図はどこにあるか？　軍国主義ファシズムへの道を狂奔する日本政府によって戦争が惹《ひ》き起こされるとしたら、その動機の相当程度まで主要な一つが、今後いよいよ収拾不可能な実情が露呈してくることの明らかな破局的核事故から、可能な限り国民の目を逸《そ》らそうとするなりふり構わぬ隠蔽であるというのが、私のかねてからの持論である。

こうしたなか、勝俣恒久・元会長ら東京電力旧経営者の一部（三名）が検察審査会の度重なる議決の末、ようやく業務上過失致死傷罪で強制起訴された。その一方、今年に入って「再稼働」が強行された関西電力・高浜原発の三・四号機（福井県）に関しては、大津地裁による運転差し止めという、日本の裁判史上画期的な判決が出た。核破局をめぐっての、国家・独占資本と基本的人権とのぎりぎりの鬩《せめ》ぎ合いが始まっている。

ところで、なぜ事態の最大の責任者は、いっこうに訴追される気配がないのか？　第一次政権時代の二〇〇六年一二月二二日、衆議院本会議で「原発の予備電源の必要性」を質《ただ》した吉井英勝議員（日本共産党）の質問（内閣衆質一六五第二五六号）を、なんの根拠もなく一蹴したあげく「質問の意図が分からない」とうそぶいた、当時も内閣総理大臣の地位にあった安倍晋三の対応こそが、チェルノブイリをも上回る、この史上最悪の原発事故の直接かつ最大の原因ではないのか？

かつて侵略戦争で内外の民に凄絶な犠牲を強い、さらに「戦後」は従属する米国の戦争に加担して共犯的受益者としての〝繁栄〟を貪《むさぼ》るという不道義を犯し続けた歴代為政者の、いずれも戦争に直接関わる責任を、ここで私は想起する。しかも現在の主要閣僚はじめ支配層は、そっくり彼らと直接の係累関係にあるという、この封建遺制の国の階級構造の凄まじさ！

すでに一九七〇年代、国家と三菱資本とが結託して金武湾《きん》に原発が建設されようとしていた事実を、私たちは知らされている（映画『シバサシ――安里清信の残照』輿石正《こしいしまさし》監督／二〇一二年）。安里ら先覚者の懸命の闘いが結果的にそれを阻止したものの、東京電力・福島第一原発事故以後、「原発爆心地」から優に二〇〇〇㎞を隔てた琉球弧も、だが当初の「被災瓦礫」搬入の言語道断の計画をはじめ、原発による被曝と無関係ではない。物流の〝発達〟と複合的・重層的な政治経済構造の差別性のなか、たとえば福島県産米の県外流通量は、人口あたり、沖縄が東京・兵庫に次いで全国三位という驚くべき統計がある（二〇一二年産米／福島県農林水産部）。

「風評被害」といった言葉を、中身の精査もきちんとせぬまま、脊髄反射的に弄《もてあそ》んではならない。問題はあくまで客観的・科学的な安全性なのであり、それを尊重する姿勢のみが、結局、福島現地にいまも留まらざるを得ぬ人びとの生命・健康を真に尊重することにもつながるのだ。

生産者の保護や救済は、一義的な責任を負う者たちに償わせるのが道理というものである。それが株式会社東京電力と日本政府であることは、言を俟《ま》たない。

政府と加害企業の罪責がまったく問われないまま、被害のより深刻な人びとの苦難の上に、ひたすら偽りの〝安全キャンペーン〟が展開される。異論を許さぬ息苦しい相互監視のもと、人類史上未曾有の核公害汚染と被曝を拡げて、悪しき政府と悪しき巨大資本の卑劣な延命が図られようとする――。

そんな理不尽を、これ以上、許してはならない。

〔初出＝『琉球新報』二〇一六年三月二四日付「文化」面〕

［追記ノート］

その発生当初も現在も、東京電力・福島第一原発事故について綴り、語ることは辛く、時に迸《ほとばし》るような憤り、またすべてが沈み込むような絶望を伴う。私たちが生きてきた世界は、あの二〇一一年三

▲ 2013 年 2 月末、東京都目黒区の住宅街の空間放射線量。計器は、年間換算で、チェルノブイリ原発事故での「移住の権利が生ずる地域」の 2 倍以上、同「強制移住地域」の半分近い値を示している（撮影・山口泉）

月に終焉したのだ。この国に寄生し、民の生死を恣《ほしいまま》にする独裁政権と独占資本、その背後に位置するアメリカ合衆国とによって。

事故当時の民主党政権の、単に無能と言うに止まらない、欺瞞に満ちた情報統制も、むろん絶対に私は許さない。だが彼らはいわば「従犯」であり、この人類史上最悪の核破局、絶望的事態をもたらした「主犯」は、本文にも記したとおり、あくまで安倍晋三をはじめとする自民党政権、経団連らこの国の支配層、そして彼らを操作する米国である。

二〇一一年以降の私の四冊の著書『原子野のバッハ——被曝地・東京の三三〇日』、『避難ママ——沖縄に、放射能を逃れて』、『辺野古の弁証法——ポスト・フクシマと「沖縄革命」』、『重力の帝国——世界と人間の現在についての十三の物語』はすべて、東京電力・福島第一原発事故をめぐっての所産にほかならない。私は、好むと好まざるとに関わらず、自分がもはや過去のいかなる「作家」モデルとも異なる道を歩まざるを得ないことを自覚している。渺茫《びょうぼう》たる思いだ。

第四信　箍《たが》の外れた国・常軌を逸した政府の暴走を阻まねば
現状では、もはや私たちの破滅は明らかに免れ難い

熊本の大地震に端を発する事態が、予断を許さない。

このかん、少なからぬ指摘がなされているとおり、九州南西部から四国、紀伊半島を経て東海から関東地方へと至る日本最大の活断層「中央構造線」に今回の群発地震の震源は出現しており、その線上、熊本の両隣には川内原発（鹿児島）と伊方原発（愛媛）とが存在する。

川内原発は昨夏、鹿児島県と薩摩川内市が、半径五km圏内の住民に、事故発生時の被曝対策として安定ヨウ素剤を配布の上「再稼働」が強行された。さまざまな意味で、現実に行政によってなされることとは思えない暴挙である。もともと電力など、まったく不足してはいないのに。

加えて、このたびの地震後、九州新幹線が全面運休したことで、もとより空論の〝避難計画〟まで完全に否定されたにもかかわらず、丸川珠代「原子力防災担当相」は、同原発を「停止させる必要はない」と公言した。誰一人「責任」を取る気もなければ、もとより誰にも「責任」など取りようもない破滅的事態へと、いまやいっさいの道理も分別も超え、ひたすら安倍晋三政権は突き進みつつある。

これと同程度までに道理を踏み外した国家の姿を、私はただ、アジア太平洋戦争末期の大日本帝国にのみ見る。

三月一三日に那覇市内で発生した米兵による女性暴行事件の後、ローレンス・ニコルソン四軍調整官の発した言葉に憤りが止まない。いわく「知事、県民以上に私も怒りを感じている」――。被害者への謝罪の意識が欠落していることはもとより、自らの〝怒り〟なるものが沖縄の人びとのそれを上回ると、平然と主張する「在沖米軍トップ」の傲慢さ。「怒り」という、本来、人間において最も崇高な感情が、かくも貶《おとしめ》められるなか、辺野古をはじめとする状況は、どこに向かおうとしているか。

三月四日の「三線《さんしん》の日」、「キャンプ・シュワブ」ゲート前の合奏に参加していた私は、沖縄平和運動センター議長・山城博治さんの緊急発表で「暫定和解案」受け容れの事実を知った。これによる、山城さんはじめ現地の闘いを担ってきた方たちにとっての〝休息〟の意味は、決して小さくあるまい。

その一方、たとえば菅義偉官房長官が「(和解条項は)互いに誠意を込めて話し合いなさいとなっている」(『毎日新聞』四月一五日「沖縄県　北部訓練場工事、反対派を指導へ」)と事もなげにうそぶくとき、私には一種強い違和感がある。日本政府が「誠意」を込めるなどは当然だ。しかし、なぜ沖縄の側が、同様の「誠意」を要求されねばならないのか？　まるで「加害」と「被害」の歴史的関係の一切を不問に付すかのように。普天間と辺野古だけではない。高江も浦添イノーも、与那国や宮古も、全琉球弧が日本国家との関係においては一方的・全面的被害者ではないか。今回の「和解案」が、あたかも〝喧嘩両成敗〟のごとき含意を以て利用されてはなるまい。

県が立つべきはあくまで、あらゆる軍事施設建設強行の場で懸命の抵抗を続ける人びとの側であるはずだ。二重基準が設けられてはならない。これを〝理想論〟と言うなら、「理想」を手放したときが敗北の始まりである。付言すれば、県には日本政府との交渉にも、最大限の情報公開を要請したい。

先般の目取真俊氏の逮捕に強く抗議する。言われているように、これは氏の文筆活動への弾圧という性格も持つだろう。ただ同時に、そもそもすべて圧制への抵抗は人間としての全体性と不可分であり、だからこそ本来、志を共にする人びとの共振は、その社会的属性を超えた「普遍」において齎《もたら》されてもいるはずだ。《弾圧は抵抗を呼ぶ　抵抗は友を呼ぶ》（瀬長亀次郎／一九六八年）――この言葉が往時から今この瞬間まで脈打つ歴史の場に、私自身も参加していることの意味を思う。二重植民地支配の中間搾取者の側に帰属せざるを得ない一人として。

四月三日は「初代天皇とされる神武天皇」の「没後二六〇〇年の命日とされ」「一〇〇年に一度という儀式」で天皇・皇后が「神武天皇陵」に参拝したという。ともかく一時は、ハイパー資本主義を〝謳歌〟したはずの国家で、今、こうした「神話」が通用する事実には、極めて異様なものがある。

そしてその日本国の政府のありようは、もはや完全に常軌を逸している。この政権の閣僚は何をしようと口走ろうと、その罪科をいっさい問われないもののようだ。「ナチスの手口を学べ」という麻生太郎副首相の暴言のみならず、およそ人間の解放の歴史を八世紀以上も逆行させるかのごとき自民党の恐るべき「改憲」案を見ると、安倍政権がめざす超国家主義には、必ずしも『大日本帝国憲法』を「復古」することにのみ留まらない〝西欧型ファシズム〟も混在する。だが同時に、この国の主権者大衆の多くの、ここまでの受動性・没主体性には、やはり最初から最後まで「近代天皇制」が深く関与していることも否定できないようだ。現在進行中のファシズムを阻むのに、それがいかなる局面であろうと、ゆめゆめ「象徴天皇制」の力を借りようなどと目論んではならないということだ。

改めて記すまでもなく「沖縄戦」は天皇と天皇制のために行なわれた。東京大空襲も広島・長崎への原爆投下も、同根の結果だ。さらに、現在に至る沖縄への日米による二重植民地支配は「戦後」の昭和天皇の意思によるものにほかならない（一九七九年に初めてその存在が明らかとなった、一九四七年のＧＨＱ＝連合国軍最高司令官総司令部＝宛て「天皇メッセージ」）。この国で「民主主義」を論ずると称して、しかも「天皇制」の問題を抜きにするなら、それはどう言い繕《つくろ》おうと決定的な欺瞞の譏《そし》りを免れまい。

このたびの熊本の大震災の苦難すら、憲法改悪に利用されかねない気配が濃密に立ちこめる。現に、早くも「輸送支援」として、ことさらな普天間基地配備のオスプレイ使用が発表された。併せて、自民「改憲草案」の中でも、最も首相独裁の性格が強く、一般に被災現地の支援の上では悪影響の懸念される「緊急事態条項」のプロパガンダが、ここぞとばかり展開されるようになった。

いま、この瞬間にも加速しつづけるファシズムを、見極めねばならない。何より問題なのは、この血も凍るような事態になお平然とし、ついに最後まで抗《あらが》おうとしないかもしれぬ有権者大衆の姿だ。すでにして東京電力・福島第一原発も収拾不可能なのに、次なる原発事故が起これば、それは日本国の完全な終焉を意味するだろう。ところが、本来自らがその責任を一身に負うべき惨事をすら、なお戒厳令的圧制の具として利用しようというのが、安倍晋三首相ら、現に権力の座にある厚顔な国家主義者たちなのだ。もはや完全に箍の外れた国としか、言いようがない。

彼らに対する「抵抗」は、私たちの権利であり、それ以上に義務である。

〔初出＝『琉球新報』二〇一六年四月二一日付「文化」面〕

［追記ノート］

カット写真は、沖縄市方面から読谷村《よみたんそん》へと車で向かう途中に撮影したもの。夕方、すでに四囲が宵

▲ 二〇一六年四月一日、国道五八号線沿い、読谷村・大湾の交差点に建つ村の大型液晶スクリーンに掲げられた掲示（撮影・山口泉）

闇に包まれ始めた刻限、いつも村のイベント告知や、村内の観光情報などが映し出される画面いっぱいに、この掲示を見出したのだった。言うまでもなく読谷村は一九四五年四月一日、すでに慶良間《けらま》諸島で始まっていた沖縄地上戦が本島に及んだ際、アメリカ機動部隊の最初の上陸地点となった場所である。息を呑む思いがした。

　いったん通り過ぎ、しばらく走ったものの、引き返す。すでに画面は別の内容へと変わっていたが、再び同じプログラムが始まるまで待ち続け、次の画面でシャッターを切った。

　ツイッター、フェイスブック等コメントを付して写真を投稿すると、すぐにヤマトの未知の方から「血が凍る思い」との率直な感想が寄せられ、また少なからぬ反応があった。一方、読谷村在住の友人からは「さすが我が郷里」と、村の平和・歴史教育への矜持《きょうじ》が伝えられた。

　ウチナーンチュとお会いし、戦争体験に話が及ぶと、どなたも共通して「地上戦まで、されたっていうのは……」と呻《うめ》かれ、そこで言葉が途切れる。私が移住後、出会ったウチナーンチュで、係累に沖縄戦での死者がいない方にお会いしたことがない。「四人に一人が亡くなった」と語られる〝数字〟の実態は、まさしくそうしたことなのだ。

第五信　私たちが、一度は手にしたはずのものを思い起こそう
「議会制民主主義」がこの国を、ともかく変えた記憶を――

本連載でも繰り返し述べてきたとおり、この国は収拾不能の東京電力・福島第一原発事故をはじめ、空前の破滅の危機に瀕している。しかもそれを隠蔽するかのように、憲法を停止状態に追い込み、為政者として完全に箍《たが》の外れた失言・暴言・妄言を重ねながら、明文改憲へとファシズムの道を突き進む安倍政権の専横と、その政府に追随する大半のマスメディアの欺瞞に、いまや、まったく歯止めがかからない。

こうした中、今年も五月一五日を中心に、日本国家への沖縄の「復帰」の意味を問う、さまざまな営みがあった。一八七九年、日本に侵略された事実が歴史的に紛れもない琉球弧は、本来、今こそヤマトの巻き添えとはならない道が希求されて当然の立場にある。ところが現実は逆に、そのヤマトの「捨て石」として、再びの「沖縄戦」をすら強いられかねない事態が進行しているのだ。

伊波《いは》洋一氏らが指摘し続けるとおり、宮古・八重山の軍事基地強化は、すでに現実のものとなった。本島においても那覇の航空自衛隊が増強され、その果てに辺野古新基地建設が目論まれる。軍事施設こそが敵国の攻撃を誘引することなど、これまで繰り返し指摘されてきた事実なのに。

先島情勢をめぐる論議で、すでに「制限戦争」なる言葉が公然と用いられだしている状況は、まさ

にその構造の露呈であり、どんなに恐怖しても足りない。そしてその概念は容易に「限定核戦争」へと拡大しよう。

「復帰」という名の琉球弧の再併合は、もともと、この地をいま一度「国体護持」の妄執の道具とする意図を含んでいた。そのヤマトの思惑が、もはや覆うべくもない現状である。

四月一五日、名護の国立療養所愛楽園へ赴いた。同園の交流会館・開館一周年企画、映像ジャーナリスト・森口豁《かつ》さんと彫刻家・金城実さんの二人展『沖縄の傷痕——アメリカ世《ゆー》の記憶』(二〇一六年四月一五日〜六月三〇日まで)のオープニングに、拙《つたな》いチェロ演奏を縁あって請われてのことだ。

このときは森口さん御自身の解説と共に、氏の初期作品『乾いた沖縄』(一九六三年)『沖縄の十八歳』(一九六四年)の二本を観る機会も得た。いずれも「撮られる側」と「撮る側」との濃密な全人的関係の上に、映像としても極めて完成度の高い表現が結実した映画である。とりわけ「日本は本当に復帰すべき祖国なのか?」との問いと向き合いつづける内間安男氏(後に、現代沖縄演劇史にその名を刻む俳優となる)ら、当時のウチナーの高校生の姿を記録した後者には、安倍政権主導の下、露骨に意図的・他動的な「一八歳選挙権」の制度が始まることと思い合わせると、鮮烈な感銘を覚えずにいられない。

交流会館は、一階に常設展示のスペースも持つ。私はこれまで、多磨全生園(東京都東村山市)の国立ハンセン病資料館、長島愛生園(岡山県瀬戸内市)等の国内施設、また韓国・ソウル市の西大門《ソデムン》刑務所の日帝時代から続いたハンセン病者収容等も訪ねているが、沖縄愛楽園の展示は琉球弧のハンセン病患者の強いられてきた重層的な差別と抑圧の歴史への入口として極めて重要である。

その前月に続き、今月も連休明けに同園を訪ねたのは、《東アジア共同体研究所》琉球・沖縄センターの鳩山由紀夫理事長や緒方修センター長、瑞慶覧長敏《ずけらんちょうびん》次長、木村朗鹿児島大学教授ら一行が赴くのに誘われてのことだった。

鳩山由紀夫さんが到着後、ただちに事務所から園内放送のマイクに語りかけたのは、お体の不自由な高齢の入所者も多いための配慮だろう。園内の慰霊碑を回り、交流会館展示の観覧を経て、最後の自治会代表や愛楽園スタッフとの懇談会まで、終始、入所者の皆さんの境遇を気遣い、国政の総責任者だった立場から痛惜の念を述べる元・内閣総理大臣の姿勢を、私はこの国の政治家としては稀有の真摯なものと受け止めた。

現在、愛楽園の入所者は五五歳から一〇二歳までの一六九名、日本国内の他のハンセン病療養所に比しても平均年齢はやや高いという。医師数一〇名は定員の一四名を割り込んでいる。『らい予防法』が撤廃されてもなお、その残した痛苦と、自治会代表の回復者の方がたに「結局、国は我々が死ぬのを待っているんです」と語らしめる日本国家の冷酷さは、本質的に変わっていない。

▲ハンセン病患者に強いられた人工妊娠中絶等により、この世に生を享けられなかった子どもらの慰霊碑『声なき子供たちの碑』に献花する鳩山由紀夫・元内閣総理大臣（2016年5月6日、名護・沖縄愛楽園にて／撮影・山口泉）

《私は政治家になって以来、「日本と他のアジア諸国（略）アジア・太平洋諸国相互の間に、友愛の絆をつくりあげることはできないものか」と考えてきました。と言うのも、この地域では、ほかならぬ日本が（略）多大の損害と苦痛を与えた後、七〇年以上が経った今もなお、真の和解が達成されたとは必ずしも考えられていないからです》（鳩山由紀

夫「『東アジア共同体研究所 琉球・沖縄センター』紀要発刊に寄せて」二〇一六年四月）
《私は、沖縄の未来構築や基地問題に対する自分の責任を引き続き全うし、沖縄県民に失望と憤りを与えてしまった「最低でも県外」の正当性を（略）改めて明らかにし（略）私自身が責任を持って発言し行動していくことが最も重要であると考えています》（同前）

このかん何冊かの著書、さまざまな場で述べてきたとおり、私は一貫して、二〇〇九年晩夏に成立した鳩山由紀夫政権を、偽りの〝戦後日本〟を真に人間としての誠実な裏打ちを持つ国家に生まれ変わらせ得る可能性のあった、これまでのところ唯一の政府と評価している。と同時に、そのあまりに美しく脆弱な理想主義が、ナチズムに道を開いたヴァイマール共和国の轍《わだち》を踏む懸念についても、すでにその成立時に警告してはおいた（山口泉「コスモスのごと可憐な『無血革命』に寄せて」／『週刊金曜日』二〇〇九年一〇月二日号）。

いかにも、不幸にしてその憂慮は当たってしまった。それも、さまざまな要因から、考え得る最悪の予想をもはるかに上回る度合いで。

だが、それでは私たちは何一つ、手にしなかったのか？ いや。私たちはあの夏、「議会制民主主義」がこの国を変え得ることを、つかのま、ともかく経験したのではなかったか？

むろん、既に決定的に奪われたものがあり、二度と還ってはこぬものがある。しかしそれでもなお、目前に迫った破滅の淵から引き返すためになすべきは、狂奔する軍国主義ファシズムに対し、選挙を通じて拒否の意思を示すことなのだ。

あの夏に戻ろう――。

ここまでを綴った段階で、先月来、行方不明だった、うるま市の女性が遺体で発見され、元・米海兵隊員で現・米軍属の男性が容疑者として逮捕されたとの報に接した。哀悼と痛憤に堪えない。

しかもこの事態に、政府・与党内からは（日米関係にとって）「最悪のタイミング」との声が上がっているという（テレビ朝日）。人として滅びきった支配者たちの姿は、「琉球処分」から沖縄戦、現在まで、なんら根本的に変わらないのだ。

彼らと彼らに連なる者たちに「拒否」の意思を示そう。蹂躙《じゅうりん》された命に慟哭《どうこく》しながら。

〔初出＝『琉球新報』二〇一六年五月二三日付「文化」面〕

［追記ノート］

二〇〇九年晩夏の鳩山由紀夫・民主党政権成立のとき、わけあって私はロンドンでの生活を始めていた。期日前投票を済ませてからの渡英だったとはいえ、いまとなっては、あるいは日本現代史において最後の「希望」が垣間見えた奇蹟のような期間の始まった瞬間とその後しばらくのあいだ、この国に居合わせなかったことが残念でならない。

二代目の菅直人政権は官房長官・枝野幸男を含め、東京電力・福島第一原発事故の核破局に際して、すべての原因をもたらした安倍晋三ら「主犯」の自民党政権に次ぐ「従犯」としての否定しようもない罪科を犯し、さらに三代目の野田佳彦政権にいたっては、どんなに控えめに見積もっても自民党復位への「利敵行為」と言うしかない自滅的衆議院解散という最低の愚策によって、今日の安倍ファシズムの〝礎〟を築いたのだったが……鳩山由紀夫の初代・民主党政権だけは、この度し難い国が、唯一、真っ当な「人間の国」となる可能性の仄見えたそれだった。

本文に引いた氏自身の文章でも語られているとおり「最低でも県外」を標榜した鳩山政権とその挫

折は、当時、ヤマトでは嘲弄され、沖縄では憎悪に近い反撥を招いた。だが近年、少なくとも琉球弧ではようやく、そのあまりに無防備ではあったにせよ、最低限の誠意は伴っていた姿勢が、僅かずつだが再評価される兆が醸成されつつある。

日米支配層とその意を受けた既存「制度圏」メディアの策動に乗せられ、本来、民自身が守らなければならないものを貶《おとし》め、損なうような政治リテラシーの脆弱は、なんとしても克服されねばならなかった。ほんとうなら、状況がかくも末期的なものとなってしまう、せめてその前に——。

本稿を発表した年の暮れ、二〇一六年一二月に、いまだその年四月の大震災の傷も癒えない熊本を旅した最終日、念願だった国立療養所・菊池恵楓園《きくちけいふうえん》へ初めて赴いた。都合で、職員の方の案内を受けての資料館の見学のみの慌ただしい訪問だったが、かねてそのとりわけ資料館を訪ねたかったのは、同園に入所していた患者や関係者の皆さん御自身が、直接、近現代の日本のハンセン病差別の被害者となった（時には生命すら最悪の形で断たれた）凄惨な経験のなかから、その差別の実態を記録、告発し、社会と歴史へ向けて訴えかけようとする活動が継続的に充実した場であることは承知していたからだ。「菊池事件」をはじめ、被差別者側の苦しみを伝える痛切な一次資料が数多く展示されている。

本人の晩年、親しく往き来したオーロラ自由アトリエの遠藤京子さんによれば、一九四四年「横浜事件」（第一八信／参照）に連座し、以後、多くの「冤罪」問題をライフワークとした評論家・青地晨《あおちしん》（一九〇九年〜八四年）は、つねづね「冤罪は差別と不可分のもの」との認識を語っていたという。だとすれば「菊池事件」は、まさしくその典型的、かつ極限的な事態といえるだろう。

一九五二年、貧しい生い立ちのなか、母を支え娘を育てて農業に勤《いそ》しんでいたFさん（当時三〇歳）は、ハンセン病差別から殺人の冤罪に擬せられた。前年、これも「冤罪」と思われる傷害事件で収容された恵楓園内の拘置所から、娘さんにひと目会いたいと「脱走」中だったところ、その傷害事件の被害者の不審遺体が発見される。この被害者は村役場衛生課職員で、Fさんの「ハンセン病罹患」を通報したため恨みを持っていたとされるが、差別に基づく強引なこじつけだった。

Fさんは、彼を発見した警官から、いきなり拳銃で撃たれ腕に貫通銃創を負った状態で逮捕、その重傷のまま取り調べを受け「自白調書」を取られるという常軌を逸した非人道的な扱いの末、真っ当な裁判もなされないまま死刑が確定する。療養所内に開かれた「特別法廷」＝これは『日本国憲法』第七六条違反＝では、裁判長以下、検事も弁護人もゴム長靴にゴム手袋、「予防服」といった出で立ちで、証拠品は金属製のトングで摘《つま》み、書類資料も金属箸でめくるという有り様の形ばかりの〝審理〟を通じ、被告のFさん本人は全面否認しているにもかかわらず、国選弁護人は検察側証拠をすべて是認し、事実上、弁護を行なわなかったに等しい。しかもその検察の用意した不自然な〝証拠〟や〝証言〟（Fさんに「死んでくれ」と言い放ったという親戚は、彼に不利な証言をする）はその体を成さぬものばかりで、ただひたすら国のハンセン病患者抹殺と恫喝の意図の突出した「裁判」であり、それに呼応する県（当時、熊本県は「無らい県」運動なるものを展開していた）の抑圧的な気分も漲《みなぎ》っていた。

さまざまな状況から紛れもなく典型的な冤罪であり（それも、ハンセン病差別に基づく——）、患者組織を中心に、やがて救援活動も始まった。ところが、再審請求が繰り返され、救援組織による現地調査も行なわれているさなかの一九六二年九月一四日午前、突如、Fさんは園内の「医療刑務所」から福岡へと移送され、福岡拘置所に着くや否や、その日の午後一時にはそのまま死刑が執行されてしまうのだ。御本人は福岡到着まで、執行についてまったく知らされていなかった。

——これは日本のハンセン病史上、また冤罪史上、そして死刑史上、極めてよく知られた事件で、長くFさんの本名をそのまま用い「F（実際には実名）事件」と呼ばれてきた。現に私が前世紀末から今世紀初めにかけ、三〇巻に及ぶ全巻「個人解説」を依頼された『松下竜一 その仕事』(河出書房新社刊)では第一四巻『檜《ひ》の山のうたびと――歌人伊藤保の世界』でも、まさにその「F事件」の表題で一章が割《さ》かれており、そこでは、この国家悪とそれに加担した人びとの偏見の犠牲となったFさんや関係者全員が実名で書かれている。また私自身、かねてFさんのフルネームを本名で出してこの事件を語ってきたし、前述の「解説」でも同様にしている。私がそうしてきた理由は、本来、この被害者Fさんがたしかにこの地上に生き、その人権を最も非道な形で踏み躙《にじ》られた事実を留《とど》めるという意味では、少なくとも差別の被害当事者に関しては実名の表記を採るべきと考えるためだ。ただ、今回の本[追記ノート」は、あくまで菊池恵楓園を中心に書いているものであり、その資料館が現在、採っている方針を尊重して、ここでは「菊池事件」の呼称を用いることとし、またFさんの実名は記載しない。

Fさんが礼を尽くして支援者とやりとりした几帳面な文字の葉書や日記資料(複製)、言い知れぬ苦しみを味わいながら育ったにちがいない娘さんや、困窮の底で残された孫娘を育ててきたはずのお母さんが救援組織の会報に寄せた「助命」の訴え……。いずれもが、あまりに痛いたしい。

《私は今中学三年です。今までいろいろと苦労されて私を大きくしていただいた、おばあさん達にご恩返しをしなくては、と思っていますが、今の所どうしようもありません》《私は「お父ちゃん、お母ちゃん」と言ったことがありません。二度とお母さんとはいいたくありませんが、一生に一度でもこの世にいる限りは「お父さん、お父さん」と言って楽しく暮らしたいものです》《学校に行ってお父さんのことをいわれると、わあっと泣きたくなるように悲しくなります。お父さんさえおられたら私はどんなに幸福でしょうか。/どうか私のお父さんを死刑にしないで下さい。私は死んでもお願いします》

《自分の子供が死刑になるということは母親にとって、どんなに悲しいことでしょうか》《(F)が

もし死刑になったならば今からの社会生活というものは、どんなにいやな毎日が続くことでしょうか》

引用はいずれも館内に展示された『〔菊池〕事件特報』から（一九六〇年二月一日／〔Ｆ氏〕を救う会発行）。〔菊池〕〔Ｆ氏〕の部分は、原本ではおそらくＦさんの本名が入っていたものと推測される。

そして執行のまさしく直後、「フクオカケイムショ」からＦさんの弟さんに届いた、死んだので明日、印鑑を持参して遺体を引き取りに来るようにと伝える、二枚にわたる電報の恐ろしさ。執行後、骨箱を抱えて涙を拭いながら歩く、ごく若い女性の写真（あるいは、前出の娘さんだろうか）――。

菊池恵楓園を訪ねると、最初に目に入るのは歴史資料館（旧・事務本館）正面玄関の手前に、ひときわ高く聳える塔（全高二二メートル）だ。これは五〇年代初めに設置された鐘楼で、資料館内の解説によれば、「希望の鐘」と名付けられたそれは、入園者が完治し退園、「社会復帰」する際、祝福の意を込めて打ち鳴らされる習わしだったという。

だが一九六二年九月一六日、Ｆさんが福岡への移送から二日後、遺骨となって恵楓園に戻ってきた

▲ 菊池恵楓園歴史資料館（旧・事務本館）。手前の塔が、最上部に「希　望の鐘」の取り付けられていた鐘楼（2016 年 12 月／撮影・山口泉）

夜にも、この鐘は鳴らされたのだった。弔鐘として。
死刑という「制度」の残忍さ、非人道性は、計り知れない。「執行」される当人にとってだけでなく。

ハンセン病差別・冤罪・死刑……国家悪が凝集したような「菊池事件」のほかにも、恵楓園資料館には胸を潰《つぶ》される差別の記録が残されている。

「龍田寮事件」は一九五四年、ハンセン病を発症した保護者から引き離された施設に押し込められた子どもたちが地元の小学校へ通おうとしたところ「らいびょうのこどもと一しょう《ママ》にべんきょうせぬように」と地域のPTAが貼り紙して子どもたちを排除し始めたことに端を発する事件。子どもたちは「癩未発病児童」(!)と呼ばれた挙句、医師による診断が行なわれ「感染の危険はない」と判断されたが(この全過程が、そもそも差別である)、排除は「同盟休校」へと拡がってますます激化し、地域を挙げての〝通学拒否運動〟となった。このとき子どもらに対して用いられた差別の言辞の酷さは、今日、ビラや町内会報、陳情書等、一連の資料を目にしただけでも憤りで涙が噴き出すほどだ。

元患者・回復者の皆さんが年一回、行なってきた「里帰り運動」で予約した熊本県内の温泉ホテルが、申込者がハンセン病回復者と判ると、いったん受け付けた宿泊を拒否した結果、全国的な反響を喚んだ「黒川温泉事件」は、なんと二〇〇三年、今世紀に入ってのことである。

この反響に経営母体の会社は結局、当該ホテルを畳むのだが、そうした展開全体をめぐって日本中から菊池恵楓園に送り付けられた脅迫や嫌がらせの手紙・葉書・ファクシミリの下劣な文言は、まさに現状の排外主義右翼団体の表現と軌を一にするものだ。実数としては、それらを上回る支援・激励の声も寄せられはしたにせよ、毒に満ちた言葉は、たとえ一言でも人を傷つける。

事件の資料展示コーナーには、白紙の封筒、葉書大の紙、ファクシミリ用紙を左右に並べて「脅迫・

嫌がらせ」と「支援・激励」のそれらの厚みを比較する展示のほか、事件に関連しての恵楓園入所者の皆さんの短歌も五首ほど掲げられていた。うち一首は、こう歌う――。

《この偏見が消ゆる日ありや温泉より骨壺に入れといふ電話》

ともあれ、多年にわたりハンセン病の差別の当事者として苦しんでこられた患者・回復者の皆さんが、その差別の歴史を自ら残し、現在と後世に伝えようとされる姿勢はもとより比類なく尊く、まず粛然として向かい合うべきものであることは疑いない。

厖大な展示資料のなかに、小さな縫いぐるみがあった。夫婦棟の入所者が所有していた人形だとの説明が付されている。おぞましく過《あやま》てる「優生政策」のため、子を産み育てる権利を奪われた夫婦は人形を可愛がることが多かったという。人間の子と同様、服を縫ってやったりもしたという。

その三〇センチほどの愛らしい黄色の縫いぐるみは〝仔猿〟とおぼしいのだが、顔はほとんど幼子のようだ（添付の解説によれば「おしゃべり機能」も付いた玩具だったらしい）。年月を経て、顔や手足にも、まとった桃色のフード付きの上着にも、かすかに汚れが浮いている。あどけなく両足を投げ出して座る、その仔猿の縫いぐるみの、やはり手作りなのだろう、衣服の胸もとに、御夫婦のどちらかが書いたのだろうか――フェルトペンで小さく「ナカヨシ」の四文字が残る。

持ち主だった御夫妻の思い、多年にわたる生活を想像したとき、この人形の前で世界が終わってしまってもおかしくないほどの感情に涵《ひた》され、私はその場から動けなくなった。

なお前掲書『檜の山のうたびと』での私の「解説」は『〝いわれなき「差別」〟とは何か？』（九〇枚）。念のために補足しておくと、小文のこのタイトルは、たとえばハンセン病に関して――また後にはたとえばＨＩＶに関して、それに対する「差別」を批判する〝論理〟が決まって〝今日では完治する事が判っている〟〝感染力は弱い〟――〝にもかかわらず依然として根深い「差別」が続いている〟という次元に留まる思想でしかない〝功利主義〟を問題にしている（松下竜一氏自身の当該作品にも、氏の他の作品の多くにある世界観の限界と抜き難く相同性を為すものとして、そうした論理は通底している）。

だが私が、何より「病」と「差別」との関係で問題にしたいのは、ではそうではない病……〝感染力も強く〟〝しかも現状では治療法もない〟病に対してだったら、では人はどうするか、「差別」もやむを得ないという〝社会防衛的〟（?）な功利主義の論理を、少なくとも「容認」することを「含意《コノテーション》」としてそれらの主張は抱え持っている——その部分についてなのだ。

〝全か、無か〟という極端な両極に別れる二分法に、この問題の答えがあるとも、またすぐにそれが出てくるとも、とりあえずは私とて思わない。だが「病」と「差別」について語るとき、いまこの国の制度的な「言論」は、あまりに前述の功利主義にのみ染まり上がり、その根底の価値観を一瞬たりとも疑っていなさ過ぎるのではないか。いま少し、人間としての煩悶があっても良いのではないか。

そうでなければ、仮に「プロミン」その他、ハンセン病に著効を示した化学療法剤が開発されていなければ「差別」は必要悪として容認されるという状況が今も続いていたのか。大体、なぜ「龍田寮」の子どもたちは〝医師の診察〟を受けなければならなかったのか——。（なるほど、いかにも、彼らにそれを強いた者たちは「感染の危険はない」と言われても態度を改めはしなかったのだが）

付随して、日本の場合「ハンセン病」に必ず伴ってくる天皇制的「仁慈」の問題、その他……いまそれらについて詳述する紙数はないが、さまざまな問題も横たわってはいる。

ちなみに、日本の「ハンセン病文学」についていえば、私はその領域で明らかに最も高名であるに違いない北條民雄という作家に関して、私は『いのちの初夜』を初めて読んだ一四歳の読書以来、一貫して、極めて否定的である（むしろ北條という作家を見出した川端康成の批評眼の方には、一定の興味を覚える）。ハンセン病とともに生きることを強いられた中で、もっと真率な、もっと切実な、そしてもっと優れた文学者・思想家は他にいる。他の著作でも書いているので、ここでは詳述しないが、一人を挙げろと言われたら、私は在日朝鮮人の詩人・国本衛《くにもとまもる》さん（本名＝李衛《イウィ》／一九二七年～二〇〇八年）の名を出すだろう。氏とは数回、お会いし、手紙のやりとりもしたが、北條民雄批判は、そこでの重要な話題の一つだった。真に敬意を覚えた先達の御一人である。

……といった事柄を網羅しているという意味では、私自身のハンセン病論としては、前掲の『〝いわれなき「差別」〟とは何か？』（一九九九年）全九〇枚に、いまも新たに付け加えるべきことは、ほとんどない。この『松下竜一 その仕事』全三〇巻への私の「個人解説」の仕事は世紀の変わり目に集中して、各巻平均一〇〇枚以上、全体で三〇〇〇枚以上に及ぶという厖大な論攷の集成だった。同時に、松下作品の論評としては、必ずしも〝全肯定〟ではなく、むしろ少なからぬ〝批判〟を含むという、いささか風変わりな企画でもあった（〝ナイーヴな〟松下ファンの間では、さまざまな反応があったようだ）。だが、それら三〇巻のうち二巻（第一巻『豆腐屋の四季』、第一五巻『砦に拠る』）は紛れもない秀作であり、またこの三〇巻に収録されなかった氏の著作にも、私が優れた作品と評価しているものが少なくとも二冊はある（『豊前環境権裁判』『明神の小さな海岸にて』）ことは、特に付言しておく。

この企画を手がけた長田洋一さんは、松下氏が「剛腕編集者」と呼んだ人で、もともと私の担当編集者でもあったが、そんな全てを愉しまれていたようだ。破天荒の出版事業であったことは疑いない。

第一巻刊行直後、私の『豆腐屋の四季』「解説」を読まれた松下竜一氏から書翰をいただいた。流麗なペン字は〝いまだかつてこれほどの論評をもらったことはなく、ただただ感激している、この「解説」のためだけで、すでに同書を持っている読者にもこの全集を薦めることができる、今後どんなふうに料理されようとも有り難い〟との内容が認《したた》められていた。私の方では、以後の私の批判をも受け止められ続けた松下氏の度量に敬服している。氏とは、ついにお会いすることはなかった。

第六信　魂に到るまでの侵略・植民地支配を糾弾する
「加害」「被害」の構造の無視は、死者への冒瀆

こんなにも多くの花花が捧げられているのだから、それも不思議ではなかったかもしれない。だが、その場を立ち去ろうとした間際、厖大なペットボトルや紙パック飲料の供物の林立する向こうに、黒い蝶が一羽、不意に現われた時、やはり心は顫《ふる》えた。夥《おびただ》しい花束の堆《うずたか》く重なり合う上を揺らめくように飛ぶ、ウチナーでは〝死者の魂〟の表徴であると、このかん幾度となく教えられてきた「はーべーるー」の姿に。

先週火曜日、煙るような雨が、やがて上がった午後——。このたびの元米海兵隊員・米軍属による痛憤極まりない事件で、被害者の御遺体がようやく発見された恩納村《おんなそん》、県道一〇四号線沿いの現場でのことである。

自らもまた「追悼」や「哀傷」の念だけなら、人後に落ちないとうそぶく輩《やから》がいる。だが、それが自然災害や偶発的事故などではなく、人の手によって無惨に踏みにじられた命、尊厳であるなら——。本来、悲しみと憤りは不可分のものではないか。ましてや、その哀悼の列に、害を為した側までもが平然と肩を並べるとすれば？

四月の本欄で私は、前月に那覇で起こった米兵による女性暴行事件に関し「知事、県民以上に怒り

を感じている」と公言したローレンス・ニコルソン在沖米四軍調整官の傲慢を批判した。それに続く今回の事件の発覚後、米海兵隊キャンプ・コートニー基地司令官の意向で〝黒い蝶がゲート入口に掲げられた〞との報にも、強烈な拒絶感を覚える。

被害を受けた側の尊ぶ追悼の形を、なぜ加害の側までもが安易に模倣するのか。しかも「謝罪」や「責任」の概念は終始、あくまで周到に排除しつつ――。私はそこに、最低限の礼節をも一顧だにせず無遠慮に手を差し入れる、魂の次元に到るまでの「侵略」「植民地支配」を見る。

前後して、これと相似形を成す出来事があった。この世界最強の超大国が、人類史上初めて核兵器を〝実戦使用〞し、日本人ばかりではない、一般市民の無差別大量虐殺を行なった地で。

《七一年前、雲ひとつない明るい朝に、空から死が降ってきて……》

五月二七日、広島の地で口を開いた現職米大統領バラク・オバマがいきなりこう言ってのけた瞬間、そうあってはならない決定的な一線が踏み越えられたのだ。《空から死が降ってきて》だと？　原爆を投下したのは、自らの国ではないのか？　それを、あたかも天変地異のごとく――。空恐ろしいまでに厚顔無恥な言葉である。

「加害」と「被害」の歴史的事実関係を否定することは、とりもなおさず犠牲者への冒瀆にほかならない。その直前には、岩国基地で海兵隊員らに、自国が「アジア太平洋地域をリード」すると宣言した上、広島にも大統領専有の核兵器発射システムを携えたまま足を踏み入れた、その挙句に。

この冒頭のくだりを、私は直後にツイッター等で批判した。だがそれ以外にも、くだんの「オバマ演説」は米国を「人類」全体とすり替え、「狩りの弓や槍」と核兵器を同列に置くなど、全篇が度し難い欺瞞に充ち満ちている。

「被爆者代表を抱きしめるオバマ」の姿を、私は絶対に認めない。米国大統領に、その資格はない。そして本来すべての死者に「代理」も「代表」も、いはしないのだ。

かつて私は『絶望軍』（一九九三年）という短篇小説で、この国に瀰漫《びまん》する〝和解のファシズム〟への傾斜を警告したことがあった（山口泉『悲惨鑑賞団』所収／一九九四年、河出書房新社刊）。「オバマ演説」が〝核なき世界への一歩〟などとは、とんでもない。逆にこれこそは、米国の広島・長崎への核攻撃を免罪した上、「核廃絶」の理念を根底から空洞化するものではないか。

しかも、かかる一切のオバマの欺瞞に寄り添うのが、核武装も細菌兵器・化学兵器も違憲ではないと放言し、予備電源の必要性を否定した自らの国会答弁（二〇〇六年）が惹《ひ》き起こした東京電力・福島第一原発事故を隠蔽し通そうとする、日本国総理大臣・安倍晋三だとは！

両名が広島・平和記念公園に並び立った光景は、現在までの全世界のあらゆる被爆者・被曝者に対する、この上ない侮辱であろう。

この首相が世界を欺いて、二〇二〇年「東京五輪」招致のため口走った「福島第一原発事故の〝アンダーコントロール〟」発言同様、昨年二月、中東での人質事件に「日本人には指一本触れさせない」と空疎でおぞましい大見得を切ってから、まだ一年半も経っていない。ならばこのたび沖縄で一人の女性の命が無惨に絶たれた事件には、ヤマト政府がウチナーンチュをどう位置づけているかという問いも、当然のことながら向けられよう。

けだし、琉球弧の安全、その民の命を最も脅かしているのは、いかなる〝仮想敵国〟でもない——まぎれもなく日米両国である。圧倒的な武力をもって侵略・侵攻してきたのも。いまなお、二重植民地支配を布《し》いているのも。

今週一九日の「県民大会」のまさにその時間帯、私は長野県塩尻市で講演の壇上にあった。昨年から決まっていた企画の一五〇分余り、新著『辺野古の弁証法』（オーロラ自由アトリエ刊）のサブタイトルに即し、『ポスト・フクシマと「沖縄革命」』との表題で語りながら、遠く中央高地の中心部から、思いは琉球弧の皆さんと共にしていたつもりである。

▲ 元・海兵隊員の米軍属の兇行の犠牲となった女性の遺体が発見され、追悼の地となった雑木林（2016 年 6 月 14 日、恩納村にて／撮影・山口泉）

一九九五年一〇月、少女暴行事件に抗議する「県民大会」への参加を呼びかける『琉球新報』『沖縄タイムス』両紙の全面広告の画像を、いつも私はコンピュータのデスクトップに置いている。しかも「オール沖縄」の原点ともいうべきこの大集会から二〇年余を経て、なお新たなそれが要請される現実に胸が潰《つぶ》れる。

《風が泣いている／山が泣いている》《みんなが泣いている／母が泣いている》（海勢頭《うみせど》豊『喜瀬武原《きせんばる》』）

琉球弧と日本国家との間には、ひとえに後者の責任の深さから、むしろ永遠に埋められてはならない隔たりが存在する。だが、その上で、移住ヤマトンチュたる私は、それでもなお「沖縄県民」としての闘いに、今後とも参加する。

〔初出＝『琉球新報』二〇一六年六月二三日付「文化」面〕

［追記ノート］

本文に記した、一九九五年の「県民大会」への参加を呼びかける『琉球新報』『沖縄タイムス』両紙掲載の全面広告の画像を、本稿の掲載時には、カットとして使用している。だがこれは、前掲の小著『辺野古の弁証法』の三八三ページでも全ページ大の図版として御覧いただくことができる（琉球新報社提供）ので、今回、本書への収録にあたっては、御覧の写真に差し替えた。

私がオーロラ自由アトリエの遠藤京子さんと赴いたこのとき、現地には英国『ザ・タイムズ』日本支局の記者という白人男性が、通訳の日本人女性を伴って取材中で、私はインタヴューを受けた。丁寧な取材だったが、論点が〝米軍基地負担の日本全体への均等化〟という方向に収斂するものとの印象も受けたので「日米安保体制」そのものが存在悪なのだとの見解を伝え、現場で受け取った名刺のアドレス宛て、当夜、電子メイルでも重ねて補足した。記事に出たかどうかは確認できていない。

後を襲った共和党出身の現大統領ドナルド・トランプの酷さが突出しているため、あたかも民主党の前大統領バラク・オバマが〝良識ある〟人物のごとく見られがちだが、私がこれまで何度も記しているとおり、むろん決してそんなことはない。現在にまで至るアメリカ合衆国の覇権主義、ハイパー軍国主義が続く限り、その超大国の「最高指導者」であるとは、それ自体、悪しきことなのだ。

「広島で被爆者代表を抱きしめるオバマ」の画像に集約される欺瞞については、その後、私は掌篇小説『強制和解鎮魂祭』（『週刊金曜日』二〇一七年八月二五日号初出／連鎖小説集『重力の帝国——世界と人間の現在についての十三の物語』＝二〇一八年、オーロラ自由アトリエ刊＝収録）でも主題としている。併せてお読みいただければ幸いである。

なお、本章は「沖縄慰霊の日」の『琉球新報』に掲載された。多く、思うところがある。

第七信　集団催眠にかかったかのごときヤマト社会
日本政府の「侵攻」に、沖縄は基本的人権に依拠する反撃を

ウチナーとヤマトとの差異を、いよいよ際立たせた参院選が終わった。このかんの困難を乗り越え、伊波《いは》洋一さんの圧勝を実現した「オール沖縄」の底力に感嘆する。一月の宜野湾市長選の試練を経た抵抗は、半年足らずの間に、より強靭なものへと鍛えられたようだ。

それにしても、なんと対蹠《たいせき》的な光景だろう。衆参国会議員六名全員が、日本政府のファシズムに明白な異議を掲げる沖縄――。これに対し、いっさいの法治主義を踏み躙《にじ》った安倍政権や、その手先の既存メディアとの受動的共犯関係のもと、主権者大衆の大半が無反応に自らを閉ざしつづけるヤマト社会……。この期に及んで、なお日本国全体の状況に〝明るい材料〟を見出すと称する、一部イデオローグの安易な予定調和的楽観論には注意が必要だ。まやかしの「希望」は、おしなべて麻薬である。事態は紛れもなく、一つの重大な臨界点にさしかかろうとしている。

一九七二年、琉球弧がともかくも「復帰」したのは、言うまでもなく現行『日本国憲法』を掲げている国家だったはずだ。その文言を目にするだけで魂が吐き気を及ぼすような自民党「改憲案」のそれではない。

そうである以上、現行憲法が不当にも事実上――加えて今後、明文的にまで反故《ほご》とされるとすれば、

それは何よりウチナーンチュに対する最大の詐欺行為であろう。このかん語られてきた「沖縄の自決権」は、今こそ一刻の猶予もない事柄として考えられねばなるまい。

自民党「改憲案」の恐ろしさを、まず身近な他者に伝えよう。自らもまだ知らないなら、その常軌を逸した内容を緊急に確かめよう。

たとえば先般の英国の「EU離脱」案件をめぐっての「国民投票」結果に対し、スコットランドや首都ロンドンまでもが、イングランドとは別の道を歩む可能性を模索している。とはいえ、日本は英国の「EU離脱」に当たるような課題に直面してなどいないではないか？　――そう反問する人がいるとしたら、それは違う。

いま、おぞましい「改憲案」を掲げる安倍政権に引きずられ、現行『日本国憲法』廃棄へと進みかねないこの国は、ヨーロッパにとってのEUよりも、もっと巨きな、もっと深く大切な場所から「離脱」しようとしているのだ。人類が、遅くとも『マグナ・カルタ』（大憲章）以来八世紀以上にわたって懸命に希求してきた理想――「自由」や「平等」「基本的人権」を尊び、戦争を拒み、命が国家の思惑で使い捨てられてゆくことを拒否するという、この世に生まれた者にとって最も大切な価値を共有する〝人間の世界〟から。

ついにそうした事態に至ったとき――すでにして圧制の被害に満ちた沖縄は、改めて自らの主体性を国際社会に宣言する選択肢を持つだろう。今回、伊波洋一・新参議院議員が確認した「地域主権」の概念は、その現実的な可能性の入口を示唆しているとも、私には思われる（七月一二日付『琉球新報』普久原均・編集局長インタヴュー）。

また、もしもこのことがヤマトの心ある人々との連携の上に展開するなら、それはやがては「沖日連帯」の新たな可能性をさえ拓《ひら》くかもしれない。現にこのたびも参院選・福島選挙区、鹿児島県知事選等、原発問題で直接の苦難を強いられた地が一定の結果を示している。

いずれにせよ二一世紀前葉、かくも時代錯誤の低劣な政権が、なお世界屈指の軍備を誇示し、同時にチェルノブイリをすら上回る人類史上空前の収拾不能の核破局――東京電力・福島第一原発事故を放置・隠蔽して、専制を恣《ほしいまま》にしている事実は、疑いなく東アジア、ひいては全人類にとっての脅威である。

そしていま、これまでの琉球弧の民の意思をすべて侮辱し嘲笑するかのごとく、参院選投開票の翌日から、その選挙結果への報復のような東村高江の「ヘリパッド」建設工事が強行再開され、抗議の市民に暴虐を極めた弾圧が加えられている。前後して「戦後」日本最悪のファッショ政権は、有権者が圧倒的な大差をもって落とした島尻安伊子・沖縄北方担当相の留任を早ばやと公言した。まさしく「主権在民」の理念を愚弄し、もともとの人事の旧・内務官僚的性格をいっそう際立たせる居直りぶりである。この落選閣僚が、くだんのポストに就任前、国会質問で政府答弁を誘導した、その辺野古での「警備」をさらに何倍も上回る圧倒的規模の警察力による弾圧が、いま高江の地に吹き荒れている。併せて、辺野古新基地建設にも新たな策動が蠢《うごめ》く――。

明らかに安倍政権は、沖縄県民の主権・基本的人権を根底から否定し、ヤマトにおいて以上に憲法を完全停止し、事実上の戒厳状態を布いている。その暴挙たるや、もはや「武力侵略」にも等しい。

《国民は黙つて事変に処した。黙つて処したといふ事が事変の特色である。事に当つて適格有効に処してゐるこの国民の知慧を現代の諸風景のうちに嗅ぎ分ける仕事が（略）僕には快い。あとは皆ん

な詰らぬ。》（小林秀雄『疑惑Ⅱ』一九四〇年）

なんという、身の毛のよだつような妄言だろう。私が日本最大の戦争犯罪文学者と考える「批評家」は、かつてこうした詭弁《きべん》を弄《もてあそ》び、大日本帝国のアジア侵略に加担する臣民に、尊大かつ卑屈に迎合した。そして同じ〝大衆の沈黙〟が、現在のヤマトをも、すでにとめどなく涵《ひた》しつつある。あたかも集団催眠にかけられたかのようなその惨状は、とりもなおさず新しい戦争協力の姿そのものだ。

▶ヘリパッド工事再開が強行された高江「北部訓練場」メインゲート前。機動隊に申し入れをする「沖縄平和運動センター」議長・山城博治さん＝左向き、白服の人（二〇一六年七月十四日／撮影・山口泉）

揺さぶり起こしてほしい。あなたの隣の他者を。もしくは、あなた自身を——まず。

〔初出＝『琉球新報』二〇一六年七月二五日付「文化」面〕

［追記ノート］

この後、一二月の連載・第一二回（本書・第一二信）でも取り上げているとおり、文中の鹿児島県知事選で前職・伊藤祐一郎知事による「川内《せんだい》原発」の再稼働を批判し、「脱原発」を公約に掲げて当選したはずの三反園訓《みたぞのさとし》知事が、その後、任期の半ばにも至らぬうちに、いかに凄まじい変節を遂げたかは記憶に新しい。事は鹿児島県民のみの問題ではない。もともと東京キー局のテレビ記者として〝全国的な知名度〟を誇っていたらしいこの人物が、いったんは選挙当選のために掲げ、その後〝弊履《へいり》のごとく〟打ち棄てた「脱原発」（私は「反原発」という言葉を用いるが）の理念そのものへの侮辱に対して、それを、人間としても政治家としても最低の裏切りにほかならないことを厳しく糾弾しつづけるような姿勢が広汎に共有されないかぎり、この国が真に倫理的に蘇生することなどあり得ないだろう。

だがそうした欺瞞に満ちた精神風土が、「戦前」「戦中」「戦後」一貫して〝文壇の大御所〟として君臨してきた批評家に典型的なものであることを沖縄の読者の前で確認するのも意味があるかもしれないというのが、これまで私の著作でさんざん批判してきた小林秀雄に、本稿でも、あえて言及した理由の一つである。かかる批評家が「権威」であり続けているだけでも制度的な「日本文学」の欺瞞性など明らかなのだが……。その位階序列が、そっくり琉球弧にも直輸入されたりしないことを。

英国のＥＵ離脱、いわゆる「ブレグジット」（Brexit）に関しては、もともとメイ首相の保守反動性を嫌忌していたロック・ギタリストのブライアン・メイ氏（クイーン）なども〝これまで営営と築かれてきた欧州の団結を阻害する愚挙〟として、厳しく批判している。そもそもこの英国首相は〝狐狩りの復活〟に固執している（これもブライアン氏は批判）という一事を見ても、彼女が、ＯＥＣＤ加盟国とやらの一角に収まり、さらに米国の顰《ひそ》みに倣《なら》って核兵器まで保有する、現代帝国主義・植民地主義の鼻祖《びそ》の国の政権を担っていることが恐ろしいのだが。まあ、アメリカ合衆国大統領がドナルド・トランプであり、日本の首相が安倍晋三では、別段、怪しむに足りないか――。

ブライアン・メイ氏は本二〇一九年初めには、ＳＮＳで「辺野古埋め立て反対」を広く呼びかけた。表現者一般として、当然のその営為に対しても、たちまち「反日」認定なるものをする〝ネトウヨ〟なる者たち。いかにも、彼らの用いる「反日」とは、人として真っ当な道と同義のようだ。

第八信　魂の腐臭に満ちた国で、ぎりぎりの営みが続く
広島・長崎・沖縄から問われる、最悪の日本国の現在

軍国主義の歯車が、音を立てて回り出した。かねて「戦争」や「戦死」をおぞましく〝賛美〟してきた稲田朋美氏が防衛大臣、メディア規制を公言した高市早苗氏が自民党政調会長という政府与党人事は、疑いなく近代人権思想を根底から否定するものだ。ちなみに両氏はいずれも、海外からも異様な復古的国粋主義が危険視される「日本会議」のメンバーでもある。

また、沖縄県民から「落選」の審判を受けた島尻安伊子前・沖縄北方担当相が、改めて同補佐官に起用されるという。安倍政権は自らの専制に唯一、対峙する沖縄に、いまや低劣な憎悪と嘲弄を傾注しようとしている感がある。七月二二日、県道七〇号線を封鎖してなされた高江の座り込み市民への暴虐は、その当面の集約と言えよう。

かつて羽仁五郎は、日本の〝戦後最大の変化〟として、内務省管轄だった国家警察から各都道府県警察への「分権」を挙げた。だとすれば、少なくとも沖縄県警は、むしろ高江や辺野古で正当な抗議の声を上げげつづける民をこそ守るのが、本来の「民主警察」たる姿であろう。

今回、七月二二日払暁《ふつぎょう》の弾圧直前、沖縄平和運動センター議長・山城博治さんが「翁長知事に申し上げます」と県の態度表明を求め、声を振り絞った生中継映像を、私は忘れはしない。

そうしたさなか、八月三日から一〇日まで、かねてよりの予定で広島と長崎を回った。一九九四年に、横浜にあるフェリス女学院大学の湯浅佳子《ゆあさけいこ》さんら学生有志と共同制作した絵本『さだ子と千羽づる』（SHANTI＝「絵本を通して平和を考えるフェリス女学院大学学生有志」後に「絵本を通して平和を考える会」＝著／オーロラ自由アトリエ刊）の朗読と関連企画のためである。

被爆後一〇年を経て白血病を発症、急逝した広島の少女・佐々木禎子さんの実話に取材する同書は、私たちが「侵略の見開き」と名づけた「第四場面」、原爆投下に到る日本の加害の歴史を詳述した部分はじめ、米国の核兵器使用の人道的責任、世界の核の現状と放射能の脅威等を描いている点で、類書とは根本的に異なる。思いを共にする盟友たちと、毎年八月四日～六日、広島・平和記念公園「原爆の子の像」の前で行なう朗読会は今回で連続二三年目、一方、八月八日・九日の長崎では初版刊行の九四年以来の実現となった。一回二〇分ほどの朗読のあいだ、私はチェロによる「伴奏」を担当する。

▲ 広島・平和記念公園「原爆の子の像」の前で、22年目（当時）となる絵本『さだ子と千羽づる』の朗読会を行なうNPO「オーロラ自由会議」メンバーと、来訪した飛び入り参加者の皆さん。著者は、チェロによる伴奏を担当する。読まれているページは「侵略の見開き」（2015年8月5日／撮影・横尾泰三）

広島では今年も、多くの再会があり、また新たな出会いを得た。その一方、東京電力・福島第一原発事故の二〇一一年以来、この時期の同地に出現するようになった排外主義団体も、相変わらず恫喝的な示威行動を展開していた。

長崎ではラジオ出演や朗読会、私の講演会などの後、八月九日、平和公園での「原爆犠牲者慰霊式典」に参加した。一昨年の城臺美彌子《じょうだいみやこ》さん、昨年の谷口稜曄《すみてる》さんと続いた式典での被爆者代表アピールが、安倍首相本人を前に、その政府を糾弾する内容であったことは記憶に新しい。

今春、長崎市は突如、この被爆者代表の人選を〃外部委員会による選考〃に変更しようとして論議を喚《よ》んだ。市長による『平和宣言』起草委員からも「集団的自衛権」に批判的な人物が外れている。さらに先月には島原市の中学の「平和学習」で、被爆者・末永浩さんの講話が日本の戦争責任や福島原発に及んだところ、校長が話を遮るという事件があった。

幸い、本年は従来どおりの方式で選ばれた被爆者代表・井原東洋一《とよかず》さん（八〇歳）のアピール『平和への誓い』は、先般のオバマ米大統領の「広島演説」の欺瞞を精確に指摘した上で、アジアへの日本の加害責任を確認し、安倍政権に異議を突きつける見事なものだった。その一方、「来賓挨拶」に登壇する安倍首相に「改憲反対！」の声を上げた参列者が、警官に取り巻かれ、別の場所へ連れ去られる事態も起こっている。

長崎原爆資料館では、その展示もさることながら、「平和案内人」と呼ばれるボランティア・ガイドの皆さんの真摯な解説にひときわ感銘を受けた。放射能障害を、東京電力・福島第一原発事故後の同地の現状と比較し、GHQ（連合国軍最高司令官総司令部）によって布《し》かれたプレスコードの現代にまで続く影響を示唆する……。そのうちの御一人にお尋ねしたところ「平和案内人」は総数三〇〇名ほど、毎月研修を開き、互いに研鑽《けんさん》を積まれているのだという。

琉球弧への圧制を指揮する内閣総理大臣の配偶者が「対話」と称して突如、高江の座り込みテントに現われたとの、そのおぞましさに身震いさせられるような報には、広島から長崎への移動中にインターネットで接した。苦難の地の民の懸命の抵抗を陰湿に分断し〝和のファシズム〟に呑み込もうとする厚顔な欺瞞に、直ちに少なからぬ批判が示されたことは救いだ。

　では、今般の天皇の「御言葉」問題はどうか？　これを〝安倍政権の暴走を止める聖断〟などと、過《あやま》てる擁護で他人事のように〝論評〟し「象徴天皇制」を憲法擁護に〝利用〟しようなどと浅ましくも目論む、恥知らずな「主権者」国民の「戦後」的功利主義は、必ずや、足元をすくわれよう。現に早速「生前退位」実現のためと称して「憲法改正」への輿論《よろん》誘導が始まっている。そして自らの無知と怠惰につけ込まれ、愚弄されつづける主権者大衆は、一企業が現実世界を「横領」し、原爆ドームや「ひめゆりの塔」をも〝舞台装置〟として消費する、歴史の侮辱と人間性への冒瀆そのものの〝スマホゲーム〟にうつつを抜かしている。

《ぼくは牢屋のなかに坐って、若い連中がぼくを迎えにきてくれると思って、一日中待っていたが、夕方になってもこない。夜になっても、そして翌日になってもだれもきてくれない。／いままであんなに淋しい思いにとらわれたことはない。》（羽仁五郎『自伝的戦後史』／一九七六年、講談社刊）

　かつて治安維持法違反で獄に囚《とら》われていた歴史学者がこう回想したのは、一九四五年八月一五日のことだ。壊滅的敗戦すら、しかも何一つ、度し難い本質を変えなかった国。その来たるべくして来た危機が、いま再び、まさしく私たちの眼前に立ちふさがっている。

《全世界の核被害者や、広島、福島、沖縄の皆さんと強く連帯します》（井原東洋一『平和への誓い』／二〇一六年八月九日「長崎原爆犠牲者慰霊平和祈念式典」）

　いま、この魂の腐臭に充ち満ちた国で、なお人間として生きるための呼びかけを聞き落とすまい。

〔初出＝『琉球新報』二〇一六年八月二三日付「文化」面〕

［追記ノート］

羽仁五郎（一九〇一年～八三年）は、現代日本の「知識人」で私が最も好む人物の一人かもしれない。オーロラ自由アトリエの遠藤京子さんは学生時代、自治会幹部として羽仁を講演に招請、終了後も親しく語らったとのこと、羨ましい限りである。その羽仁と竹内好《よしみ》（一九一〇年～七七年）、丸山真男（一九一四年～九六年）、埴谷雄高《はにやゆたか》（一九〇九年～九七年）らを合一し、いま一度「民衆」のなかへと還元したような人物として、現代韓国には私の畏敬してやまぬ李泳禧《リヨンヒ》（一九二九年～二〇一〇年）が存在したが――。

現状の『日本国憲法』の危機は、その羽仁すら予想しえなかった、労働組合のかくまでの衰弱・頽廃という荒寥たる現実の上に拡がっている（羽仁自身は終始、究極の抵抗の手段としての「ゼネスト」に希望を繋いでいた）。その今。毎年八月九日の「長崎原爆犠牲者慰霊平和祈念式典」と、それに先立つ「長崎原爆朝鮮人犠牲者追悼早朝集会」とは、私にとって極めて重要な場となっている。前者の被爆者代表アピール『平和への誓い』が、現在の日本で接し得る極めて透徹した反戦思想の高峰を形成し続けていることは、本文にも記した通りだ。

いつか、この方がたがおられなくなった後の日本の状況が、どれほど危ういものか。それは、実は琉球弧の場合にも一定の相同性を以て想定できるのだが――しかし安倍ファシズムの進行速度は、そうした予想をもはるかに上回りかねない。

書き添えておくと、式典での各政党代表らの「献花」の際、《生活の党と山本太郎と仲間たち》の山本太郎参議院議員ただ一人が、会場から少なからぬ拍手を受けたことも印象的だった。事情を知る方によれば、これは前年も同様であったという。

第九信　破綻した日本政府が企む「第二の沖縄戦」
非道な国家暴力と対峙し得る、広汎な抵抗線の形成を

何から記せば良いのか――。日本国家の横暴が、いよいよ、なりふり構わぬものとなっている。

今月九日、東村《ひがしそん》高江の米軍北部訓練場・N1ゲート裏の座り込みテントを訪ね、ヘリパッド建設のため民間ヘリコプターが資材輸送を繰り返す光景に、抗議の皆さんと怒りを共にした。だが、その後さらに、それらの思いを愚弄するかのごとく、一二日には自衛隊ヘリが、輸送に公然と動員されるに至った。ちなみに、この大型機は〝事実上の強襲揚陸艦〟「おおすみ」から離陸している。世界有数の最新鋭軍備を誇示して民の意思をねじ伏せようとする行為は、もはや日本国家による沖縄への武力侵攻にも等しい。

かかる措置に関し、『自衛隊法』との整合性を〝弁明〟する意思すらない稲田朋美・防衛大臣が、川崎重工・三菱重工ほか軍需産業の株を大量に保有していることも、前後して報道された。しかも野党もメディアも、同大臣の責任を追及しきれていない。

東北・九州・北海道等の被災地も打ち棄てたまま、頻繁に「外遊」を繰り返し、貧窮する民から搾取した税を諸外国に傲慢かつ打算的に「援助」しつづける総理大臣以下、安倍政権は、人権に基づく幸福追求の契約共同体としての「民主国家」を根底から破壊し尽くそうとしている。当然、東京電力・

福島第一原発事故の惨状については、あくまで隠蔽を決め込んだまま——。

そうしたさなかの九月一六日、福岡高等裁判所那覇支部・多見谷寿郎裁判長は、翁長雄志・沖縄県知事の「辺野古埋め立て承認取り消し」を「違法」とする「国勝訴」の判断を示した。かりそめにも司法が、モンテスキュー以来の「三権分立」の精神を全否定し行政権力の手先に成り下がった、歴史的醜行と言えよう。

くだんの判決の罪科は、大きく二つ。

第一に、この裁判官が明確な知見など有するとは思えず、いわんやそれを求められてもいない「普天間基地の危険性」「辺野古移設の妥当性」に関し、ほとんど安倍政権の〝ロパク〟風代弁者となってその主張をなぞったかのごとき文言とともに、「法理」を拋棄《ほうき》した迎合的見解を展開している点。

第二に、「国防や外交」が〝国の専権事項〟であると規定し、システムとしての「国家」と「本来の主権者」国民とを分離した上、後者を前者に従属させた点。

だが、そもそも民の命と生活を犠牲に「守る」べき「国」とは何か？　県知事選、このかんのすべての国政選挙を通じて沖縄県民が訴えてきた懸命の意思を公然と蹂躙したことは〝琉球弧は日本国家の犠牲になるべき地〟と改めて宣告するに等しい。

そしてこの判決に踵《きびす》を接し、一五日・一六日と、狙い澄ましたかのように、高江・辺野古で抗議の市民が三名も拘束された。むろん偶然ではあるまい。

もとより、軽がるしく語るべき概念ではない。だが、今や事態は「第二の沖縄戦」と呼ぶべき段階に入ったと認識せざるをえない。

私見では、沖縄戦の本質とは、日米双方の〝暗黙の共犯関係〟の上に、第二次大戦後を見据えつつ、琉球弧を犠牲に遂行された帝国主義的取り引きにほかならなかった。そして当の日本は、いままた収拾不能の核事故を抱えながら、再び軍国主義ファシズムの完成におぞましい「血路」を開こうと画策しつつある。しかも沖縄は、その「巻き添え」どころか、またしても——そして決定的な「捨て石」とすらされかねないのだ。

ちなみに私のこれら一連の認識に関しては、今月一一日「東アジア共同体・沖縄（琉球）研究会」第一回シンポジウム（琉球大学）に、私自身は会員ではないものの招かれ、大田昌秀さんを含む皆さんを前に、一五分ほど話す機会を得た。すでに小著『原子野のバッハ——被曝地・東京の三三〇日』（二〇一二年／勉誠出版刊）等で披瀝している見解でもあるが、その一部を挙げるなら——。

東京電力・福島第一原発事故は事実上の「核戦争」であり、日本は既に新たな「戦中」に突入している。この、絶対に「勝利」などあり得ない戦争にあっては、しかも「無条件降伏」すら許されず、私たちが生きている現在は、すなわち〝『ポツダム宣言』なき一九四五年〟にほかならない。〝東西冷戦〟終焉後の、私が「資本主義的中世」と定義する時代に、まさしく『マグナ・カルタ』以来八世紀に及ぶ人権思想を総否定する「改憲案」を掲げる安倍政権は「国体護持」の妄執のため「第二の沖縄戦」を仕掛けているのだ。こうした事態に際し、現在の琉球弧の闘いをさえ、ヤマト大衆の側が安易な「希望」としてよもや特権的に〝消費〟するなど、許されてはならないことだ。けれども、横たわる差別の重層構造を踏まえてもなお「連帯」の普遍性への道を、私は諦めてもいない。そしてまた何より、それを指し示してくれるものこそが、辺野古や高江の闘いでもあるのだ……。

これらすべては、今回、ＩＷＪ（Independent Web Journal）のサイトにアップロードされた、同シンポジウムの録画でも御視聴いただける。可能な方は、御覧くだされば幸いである。

それにしても、なんという弾圧なのか。さらに、ヤマト社会と、韓国民主化運動の用語に即すならば「制度圏《チェドグォン》」（제도권）メディアの大半の、なんと冷え冷えとした沈黙か。あなたがたが自らの良心の熾火《おきび》に息を吹きかけ、おのおのの場でほんの僅か、現実を見つめ直すだけで、この国家暴力に対峙し、それを押し止め得る、広汎な抵抗線の姿は浮かび上がるかもしれないというのに。

一七日の夜——。高江で、〝本県初〟という「通行往来妨害」の嫌疑により拘束された七十代の女性が丸二日にわたって勾留される沖縄警察署前に、私たちはいた。

山城博治さん（《沖縄平和運動センター》議長）が、声を絞り出すように呟く。

「いま、沖縄全体が監獄にぶち込まれているようだ……」

虐げられた者。奪われた者。辱《はずかし》められた者。不当に囚われた者。しかし、その側にこそ真実はある。人間の誇りと尊厳に満ちた琉球弧の抵抗の前に、まだ驕《おご》りを極める日本政府よ——。おぞましい国家暴力は、人類史の全過程に照らせば、既に完全に敗北している。邪《よこしま》な者相互の間に、「連帯」は、ない。

〔初出＝『琉球新報』二〇一六年九月二三日付「文化」面〕

［追記ノート］

本稿で述べている、私の「新しい中世」「資本主義的中世」の概念は、もともと「新しい中世の始まりにあたって」（月刊『世界』一九九二年四月号〜一二月号、後に『「新しい中世」がやってきた！』として一九九四年、岩波書店刊）で初めて包括的に開示したものであるが、その後もさまざまな場で敷衍《ふえん》し

▲ 高江のヘリパッド建設反対行動で拘束された70代の女性が勾留される沖縄警察署前。女性はこの後、釈放され、逮捕に抗議を続けてきた市民らに迎えられた（2016 年 9 月 17 日／撮影・山口泉）

ている。近年では前出『辺野古の弁証法』（二〇一四年、オーロラ自由アトリエ刊）で、関連する論攷《ろんこう》「沖縄の未来、険しくも輝く——第二の沖縄戦を阻止するために〔下〕」（初出『沖縄タイムス』二〇一四年一一月二六日付「文化」面）等をお読みいただけるようになっている。

岩上安身氏主宰のＩＷＪ（Independent Web Journal）は、旧来の「制度圏」ジャーナリズムがおしなべて衰弱・劣化しきった日本で、極めて貴重なメディアである。私自身、沖縄移住後の講演やシンポジウムのみならず、広島での絵本『さだ子と千羽づる』朗読をはじめヤマト各地での企画、さらには東アジアやヨーロッパでも、幾度となく御世話になってきた。また取材に来てくださるスタッフにも、あえて記せば明らかに優秀な方がたが多い。

こうした新たな「市民のメディア」の存在は、今後、疑いなく、いよいよ重要性を増してゆくことだろう。存続は言うまでもなく、いっそうの発展を願う。

第一〇信　なぜ、琉球弧の闘いは険しくも輝かしいのか？
連帯の深さと厚みそれ自体が、不断の人間的「勝利」

この国の堕落が止まらない。

安倍首相の言動はもちろんのこと、その軍国主義ファシズム内閣の志向の表徴とも言うべき稲田朋美・防衛相はどうだろう？　軍需産業の株保有問題にも白紙領収書問題にも、しらを切りつづけ、南スーダンで起こっている事態を「戦闘」ではなく「衝突」だと言い抜けようとする――。今後、万一、自衛隊員に「戦死者」が出た場合にすら〝それは「死」ではなく靖国神社での「永生」だ〟とでもうそぶきかねない、言葉と魂の頽廃《たいはい》である。

こうした政治の本質的な腐敗が、すでに社会の隅ずみまでを広く深く蝕《むしば》んでいる。頻出する性差別・性暴力も、外国人差別も、電通のまたしてもの「過労死」自殺も……。

これら末期的な状況を見るにつけ、私はウチナー社会の姿に改めて打たれる。日本国の残忍な圧力の集中攻撃の強まる中、手を携え、人間の誇りを支え合おうとする姿勢は、鹿児島や新潟ほか「原発再稼働」に抗うヤマトの自治体の心ある人びとの道標でもある。

「発掘していると、さまざまな遺骨に出会います。母親と子どもらしい、抱き合った大人と幼子の骨。子どもの方は、まだ肋骨の彎曲《わんきょく》が、お椀の縁《ふち》ほどしかないんです」

先月二九日、那覇市・教育福祉会館の大ホールで行なわれた《教科書に真実を求める「九・二九県民大会」》は、二〇〇七年、宜野湾海浜公園に一一万六千人が集まった《教科書検定意見撤回を求める「九・二九県民大会」》から九年を期してのものだった。「閉会挨拶」で、多年にわたる沖縄戦の遺骨収集の体験を語られたのは、ヴォランティアグループ「ガマフヤー」（ガマ＝洞窟＝を掘る人）代表の具志堅隆松《ぐしけんたかまつ》さんである。

▲ 那覇・教育福祉会館の《教科書に真実を求める「9・29県民大会」》で「閉会の辞」を述べる沖縄戦遺骨収集ボランティア「ガマフヤー」代表・具志堅隆松さん（2016年9月29日／撮影・山口泉）

当夜は、キリスト教短期大学名誉教授・金城重明さん（八七歳）が一六歳で体験された、渡嘉敷島での強制集団死の証言もあった。人に、これほどまでに残酷な経験を強いる天皇制の恐ろしさ。

そしてその日本の国家主義は「戦後」も脈脈と息づき、今やすべてを押し流す奔流となろうとしている。証言を了《お》えられた金城さんも耳を傾けるなか、具志堅さんの沁《し》み入るような締め括りの言葉が続く――。

「教科書には、事実が書かれるべきです。そのためにも、私たちは沖縄戦のことを言い続ける必要があります」

折りから、先ごろ沖縄国際大学名誉教授・石原昌家さんの労作『援護法で知る沖縄戦認識――捏造された「真実」と靖国神社合祀』（凱風社）が刊行された。日米両国による犠牲者であるウチナーンチュを「戦闘協力者」に仕立て上げ、「遺族給与金」と引き換えに、加害側日本人と同様、靖国神社に合祀《ごうし》する。その冒瀆《ぼうとく》はじめ、日本政府による悪辣《あくらつ》な歴史改竄《かいざん》を追及した同書については、私自身、このかん『沖縄タイムス』（山口泉「死も支配する国の実像」／二〇一六年一〇月八日付「読書」面）、『週刊金曜日』（山口泉「重層的臣民構造から自己解放へと到る道」／二〇一六年一〇月二一日号「きんようぶんか」欄）両紙誌の書評で、それぞれ異なる角度から紹介している。そこで、ここでは次のエピソードを記すに留めよう。

一九九一年早春、私は縁あって、当時「平和バスガイド」として後進の育成にあたっていた糸数慶子さん（現・参院議員）が新人を指導する「一日研修」に、部外者として単身、同行する機会を得た。ガマの中で糸数さんが取り出し、「平和バスガイド」をめざす若い女性たちに懐中電灯の光を頼りに朗読したのが、石原さんの最初の著書『虐殺の島――皇軍と臣民の末路』（一九七八年／晩聲社）である。そのとき私は、市民と研究者との心が深く共振する沖縄社会の厚みを目の当たりにする思いがしたのだった。

島袋文子さんに現在、名護警察署への「出頭命令」が出ている。和田正宗・参議院議員（日本のこころを大切にする党）が「暴行」で彼女を告訴したためだ。だが問題を全体的な構図の中に置いた場合はもちろんのこと、映像等、公表されている当該の状況に照らしても、事態は著しく妥当性を欠く。

《私は、七〇年前の、地獄の様な沖縄戦を生き抜いてきた者です》

《一五歳の私は、火炎放射器で全身大やけどを負い、死んだ人の血の泥水を飲んで生きながらえてきました》（島袋文子「安倍首相への手紙」二〇一五年三月）

直接お会いする前から、私は島袋文子さんを尊敬してきた。「辺野古」の意味を人に伝える時、いつも文子さんの話をした。八〇代半ば過ぎの小柄な女性が車椅子で国家権力の圧制と対峙《たいじ》し、負傷してもなお「反戦」「平和」を訴え続ける。物理的には極めて弱いはずの人が、その魂において最も強い。

国内外を揺さぶる思想。たえず皆を支え励ます、温かな御人柄――。
その島袋文子さんが、かくまで過酷な闘いを強いられねばならないとは。何より、ヤマトの側の意識の低さの責任である。心苦しい。
《私は、一つしかない命をかけて座り込み行動をしているのです》
《沖縄戦で日本軍は沖縄の人間を守らなかった。現在、辺野古で国が行なおうとしている、地元の民意を踏みにじって作ろうとする新基地建設は、七〇年前に日本軍がやった事と同じです》（同前）

高江では手続きにも疑念のある逮捕が続き、複数の大阪府警機動隊員から、ついにヤマトの帝国主義・植民地支配の本質を剝き出しにする差別的言辞が噴出した（これについては次回で詳述する）。

本日一〇月二一日の一四時、島袋文子さんは名護警察署へ赴く。ちょうど半世紀前、かつてまだ日本の「労働運動」がまともだった一九六六年、「ベトナム戦争反対」を掲げて世界も共感した「国際反戦デー」の呼びかけのなされた日だ。

それに先立ち、名護警察署門前に結集する島袋文子さんを支援する仲間たちの列に、私も加わる。

琉球弧の闘いは、なぜ、険しくも輝かしいのか？　すべての瞬間がそれ自体、そのまま不断の人間的「勝利」であるような連帯の姿が、きょう、ひときわ鮮烈に示されることだろう。


〔初出＝『琉球新報』二〇一六年一〇月二一日付「文化」面〕

［追記ノート］
他のすべての著作と同様、『まつろわぬ邦からの手紙』各篇の成立の過程にもさまざまな「思い出」

があるが、本章はとりわけ記憶に強く残るものだった。掲載日の一〇月二一日までの数日間、私は連日、沖縄市の住まいから名護警察署への抗議行動へ通っていたのだったが、一九日の夜、「出頭」を翌翌日に控えられた島袋文子さんにお会いし、スマートフォンで撮影させていただいた写真をカットとして使用したいと、その深夜になって考え、御本人の承諾をお待ちしていたのだ。

文子さんはこの年、四月二三日、名桜大学（名護市）学生会館で、同大名誉教授・稲垣絹代さん（看護学）を中心に、何人もの畏敬する先達・盟友の皆さんのお力により実現した小著『辺野古の弁証法』刊行記念の集いの「呼び掛け人」となってくださったばかりか、ご参加くださった当日には「カンパ」までいただいてしまうなど、すでに得難い御厚意を忝《かたじけ》なくしていた。それでも写真の使用に関しては、改めて御諒解を得るべく、翌一〇月二〇日の終日、文子さんに御連絡のつく複数の方がたへの電話を重ねた末、夜が深まろうとする頃、本稿を含む「文化」面の製版・印刷の直前になって、ようやく連絡がつき、名護警察署前から急遽、『琉球新報』文化部にその旨を電話し、結果として、困難な中、深い勇気のたたえられた微笑の素晴らしいショットを使用させていただくことが叶った次第である。

翌一〇月二一日、本文に記したとおり、島袋文子さんは不当極まりない〝告発〟によって、車椅子のまま名護警察署に出頭された。署内に入る直前、支援に駆けつけた多くの皆さんがいっとき道を空けてくださり、御挨拶すると、すでに朝の『琉球新報』の紙面を御覧下さったとの御言葉をいただいた。

その後、署内で長時間の事情聴取を受けられているあいだ、威嚇に現われた右翼街宣車が沿道から大音量で鳴らすサイレンに沖縄戦当時の警報を想起され、体調を崩されるという事態にも至っている。そのかん終始、沖縄現代史そのものを生き抜いてこられた八六歳の女性がいま御自身に引き受けられている闘いに、さまざまな感情が綯《な》い交《ま》ぜとなって間歇的に私のなかに込み上げ続けた。

前述の稲垣絹代さんが共同代表を務められる《いのちを守るナイチンゲールと医療者と卵の会》の

皆さんの胸を打つ闘いのことは、前掲書『辺野古の弁証法』でも、写真とともに詳しく御紹介している。「キャンプ・シュワブ」ゲート前で、看護師をはじめとする白衣の女性たちが、米軍の大型車輛や警視庁機動隊の圧力に一歩も退《ひ》かずスクラムを組み、歌いつづける姿は、辺野古新基地建設反対闘争の――さらには沖縄で今も担われる闘い全ての本質を、最も鮮やかに体現している光景の一つだろう。

かつて本文に綴ったような出会いを経験した糸数慶子氏に関して、まことに残念だが、私は二〇一七年一月の宮古島市長選における、氏（当時、社会大衆党）を含む「オール沖縄」国会議員のもたらした革新側「分裂選挙」を批判している。詳細は、本書・第一三信の「追記ノート」を参照。

ちなみに島袋文子さんは、この市長選を控え、現地の情勢が緊迫するなか、二〇一六年一一月二〇日には、「平和集会」参加のため、人生で初めて宮古島へも赴かれた。そして同一二月二六日、辺野古埋め立て再開に一気に道を開く翁長雄志知事の「辺野古埋め立て承認取り消し処分の取り消し」への抗議に、仲宗根勇さんらの呼びかけで沖縄県庁ロビーでの行動に集まった皆さんの映像のなかにも、車椅子で参加される文子さんの姿を見た。

言葉の根源的な意味での政治に関して、真に鋭敏な感覚を具《そな》えられた方だと思う。

▲御自身の「出頭」を２日後に控えながら、高江ヘリパッド建設反対の現場で逮捕され勾留されている人たちを案じ、名護警察署前を訪れた島袋文子さん（2016年10月19日／撮影・山口泉）

第一一信　差別の普遍性と個別性の両面を共に撃つこと
かけがえのない理想を、どこまでも手放さずに——

韓国では国政を私物化した朴槿恵《パククネ》大統領の「下野」を要求して一〇〇万人規模のデモが展開され、先に「脱原発」を選択した台湾では、さらに民進党政権による〝日本からの食品輸入規制緩和〟の方針をめぐって、各地の公聴会で放射能健康被害を懸念する烈《はげ》しい抗議が続く。

これに対し、安倍首相と癒着した藝能プロデューサーの商品化する〝アイドル〟グループはナチス・ドイツの軍装を嬉嬉としてまとって国際的非難を喚《よ》び、多年「唯一の被爆国」（この言い方は正確ではないが）を標榜してきた日本政府の、このたびの「核兵器禁止条約」反対は、世界中から驚愕を以て迎えられた。そして、くだんの内閣総理大臣はＴＰＰ（環太平洋パートナーシップ）になお固執し、民の生活をいよいよ根底から破壊しようとしている。つくづく救いのない国である。

「自由」「平等」「人権」の概念を公然と否定する人物が、米国大統領の地位に就いたことは、いくら恐怖しても足りない。これに対し、カリフォルニア州では「独立」が叫ばれる事態に至った。にもかかわらず、この結果をＴＰＰや沖縄基地問題との〝絡み〟で、打算的・功利的・没理想主義的に論評する者のなんと多いことか。だがそれでは、彼らの口にする「対米自立」とは何だろう？

日本は、実は米国に「自立」を阻まれてなどきたのではない。そもそも「自立」すべき主体など、最初から民の中になかったからこそ、「戦前」「戦中」は天皇制に支配され、「戦後」はその天皇による沖縄「割譲」に始まり、「再軍備」や「原子力政策」をも含めて米国にも支配されてきたのだ。

世界のどこで、誰が誰に対しても用いることの許されない差別の暴言が、高江の弾圧の現場で大阪府警機動隊員により発された。同時に、差別は常に個別の歴史性を持つ。今回の事態を、ヤマトの琉球弧に対する植民地主義と切り離して論ずることはできない。

昨年五月、県民大会で、安倍政権・日本政府に対し「うちなーんちゅ、うしぇーてぃ、ないびらんどー」（沖縄人を馬鹿にしてはいけませんよ）と高らかに宣言した翁長雄志知事は、そうであるならば一刻も早く、県公安委員会を通じ、全国警察による琉球弧への弾圧と侮辱の停止を図るべきだ。かねて「特別公務員暴行陵虐」の言葉が脳裡をよぎる。もはや一警官でも一府警でもない、ヤマトの歴史・社会がこの差別を重層的に維持しているのだから。併せて、私は当該機動隊員をも、あくまで糾弾する。そうでなければ、またしても「一億総懺悔」の欺瞞が繰り返されるのだから。

それにしても、事件直後にテレビ朝日『報道ステーション』でなされたコメント（後藤謙次）は何か？沖縄戦・大田実中将の参謀本部宛て〝訣別電文〟を得得と引用し、「沖縄県民」の「協力」を「顕彰」して今回の事件に顔を顰《しか》めてみせる。そのあまりに露骨な同化主義に、身の毛がよだつ思いだ。

すでに一昨年（二〇一四年）一一月のこととなるが、《演劇集団　創造》による、知念正真の代表作『人類館』の久びさの再演（演出・幸喜良秀）を観た。一九〇三年、大阪で「学術人類館」と称し、アイヌ・琉球人・朝鮮人ほか、世界各地の人びとが「見世物」とされ、それがさらに被差別者相互間の重層的な差別にまでつながった重大な史実の一端をモチーフとした〝現代沖縄演劇の金字塔〟である。

内間安男氏らによる往年の伝説的名演を知らぬ私にも、新たな演者三人——花城清長《はなしろきよなが》の滋味、小嶺和佳子《こみねわかこ》の清冽、当銘由亮《とうめよしあき》の若さは好もしく、見ごたえのある舞台となった（私の劇評「血を噴く自己剔抉が透視する『希望』——渾身の舞台が問う『沖縄―ヤマト』」は『図書新聞』二〇一五年一月一〇日号に発表の後、小著『辺野古の弁証法』＝オーロラ自由アトリエ刊＝に収録）。ちなみに、今回公演をはじめ《創造》のうちなーぐち監修を務められる桑江常光《くわえじょうこう》さんは、私の「島くとぅば」学習の師でもある。

そのさらに前年、初めて辱知を得た際、この畏敬する師が絞り出すように発された言葉がある。

「僕は、まさに『人類館』だと思った……」

桑江常光さんが示されたのは、その数日前——二〇一三年一一月二六日付の『琉球新報』だった。「自民5氏　辺野古容認」の大見出しの下、東京の自民党本部でその大半がうなだれた「県選出・出身の自民党国会議員」の写真の載った紙面である（詳細は前掲書）。

その後、二〇一四年末の総選挙では全員、比例区で〝救済〟された彼ら四名が、今回の大阪府警機動隊員の暴言事件に際し、発表した談話の底知れぬ妥協性は、選挙区選出「オール沖縄」国会議員の憤りと見事な対照を示している。いかにも、かつて日本植民地支配下の朝鮮にも「親日派《チニルパ》」はおり、アウシュヴィッツはじめナチスの絶滅収容所にも「カポ」（ナチスに協力することで一定期間、死を猶予された収容者）はいた。

先日、お訪ねしてこの話をすると、常光さんは言われた。

「あの写真は、まるで合わせ鏡を見せられているようで、僕は本当に恥ずかしかった。だからこそ、いま、山城君のようなリーダーがいてくれることが嬉しいんだ」

かつて県道一〇四号線越え砲撃訓練に抗議する喜瀬武原《きせんばる》闘争では、一五五ミリ榴弾砲の着弾点への座り込みをも、同志と決行された桑江常光さん。そして、私のその島くとぅばの師が讃《たた》える沖縄平和運動センター議長は、弁護士が「必要性なく不当」「現場の運動に対する弾圧」と批判する起訴により、現在も異常な勾留が続く。

かねて知られている、決して容易ならざる健康状態を思えば、山城博治さん御本人に対しても、権力の直接かつ最悪の害意を疑わざるを得ない。先般の島袋文子さんへの「出頭命令」同様、日本国家の沖縄弾圧は、勇気ある抵抗者への陰惨な憎悪に満ちた、見せしめ的暴力の段階に踏み入っている。

▲「演劇集団　創造」により再演された知念正真作『人類館』の１場面。ゲネプロ（最終通し稽古）の舞台から（2014年11月8日、沖縄市民小劇場「あしびな〜」にて／撮影・山口泉）

――こうしたさなか、嘉陽宗義《かようそうぎ》さんが逝去された。二〇一四年、旧暦三月三日の「浜下り《はまうい》」の祭りで、辺野古の海に向け、涙にむせびながら宗義さんがされた「御願《うがん》」の、慈愛に満ちた威厳を私は忘れない。真に人としての誇りを貫く方がたの姿が、苦難のなか、なお未来を照らしてくれる。

〔初出＝『琉球新報』二〇一六年一一月二三日付「文化」面〕

［追記ノート］

あまりにも長きにわたって用いられてきた「唯一の被爆国」なる言葉が、近年「唯一の戦争被爆国」と言い変えられるケースが増えてきた。ところが、この言い替えが何を意味しているかが、私には少なからず曖昧だ。用いている当人自身が、その意味をどう把握しているのか、最たるものは安倍首相の毎年八月の広島・長崎の慰霊式典での空疎な（おそらく）官僚作文と思われる「挨拶」だが。

「唯一の戦争被爆国」というとき、まず狭義の「戦争被爆」に限っても、在日韓国朝鮮人被爆者や連合国軍捕虜の被爆者の存在が念頭に置かれているとは、まず思われない。また広島・長崎への原爆投下に至るまでの実験における米軍兵士らの被爆者、さらに第二次大戦後の全世界の被爆者を考えたとき、そもそも「戦争」という概念そのものが（「熱戦」「冷戦」の古典的弁別を含め）冷静に検証されるべきだろう。

そして何より、たとえばスリーマイル島原発事故、そしてチェルノブイリ原子力発電所事故以後の世界で、被爆（被曝）をどう位置づけるか。「唯一の戦争被爆国」の、安倍晋三首相がそれを口にするとき、いよいよおぼつかない言い回しは、では原発予備電源の必要性を否定した自らがその事態発生の張本人たる「3・11」東京電力・福島第一原発事故の責任に関し、この為政者がいかなる立場を採っているかがまったく隠蔽された文脈の欺瞞性に照らせば、私はますます暗澹となるのだ。

そもそも、幾度となく言ってきたとおり、東京電力・福島第一原発事故は、日米両政府と巨大原子力資本とによる民の大虐殺——形を変えた帝国主義「戦争」そのものなのだから。「被爆者」も「被曝者」も歯牙にもかけない安倍晋三のごとき為政者が「唯一の戦争被爆国」の語を弄《もてあそ》ぶ頽廃《たいはい》——。

本文に記した桑江常光さんの、自民党国会議員五名をめぐっての言葉に接した瞬間の血の気の引くような感銘は忘れられない。真の沖縄の知識人にお会いした思いがした。元『琉球新報』記者で沖縄市議会議員も務められた常光さんと、伴侶で女優の桑江テル子さんは、「島くとぅば」講座の場も提供していただいた沖縄市の《くすぬち平和文化館》（「くすぬち」は「楠《くすのき》」の意）館長の眞榮城玄徳《まえしろげんとく》さん・

眞榮城栄子《えいこ》さん御夫妻と同様、私の沖縄移住後の最初期の先達となってくださった方がたである。この二組の御夫妻との出会いがなければ、私の沖縄生活の始まりは、より困難を極めていたことだろう。

「自民5氏　辺野古容認」の問題、とりわけ島尻安伊子参議院議員（当時）をめぐっては、小著『辺野古の弁証法』の前掲『人類館』劇評と、巻末の長大な終章「その余波や、余光すらも——『沖縄革命』とは、何か？」の後段で詳述している（三七四〜三七六ページ）。可能な方は、お読みいただきたい。

なお、眞榮城ご夫妻・桑江ご夫妻のみならず、私の「沖縄移住」後〝第一期〟ともいうべき時期、お世話になった御一人に沖縄市・泡瀬干潟のほとりで、この世界有数の干潟を行政の進める濫開発から守り抜くため、幾多の困難を抱えながら、ユニークな〝博物館カフェ〟《ウミエラ館》を運営される屋良朝敏《やらあさとし》さんがおられる。

この稀有の至福に満ちた地で、二〇一四年五月二五日、行なう機会を得た講演『ポスト・フクシマの世界と沖縄の現在』は、ウチナーの皆さんとの最初のまとまった出会いの機会となったし、翌二〇一五年四月一九日には、記録映画『チェルノブイリ28年目の子どもたち』（二〇一四年／Our Planet TV制作）の上映と私の講演『チェルノブイリに学ぶ日本の未来——いま、沖縄から私たちが問うもの』、さらに私のチェロのミニ・コンサートという〝トリプル企画〟も実現した。

二〇一四年の、私にとっては思い出深い講演は、二時間四五分に及ぶ全体を、当時、生中継してくださった、いちすけさんの「ツィキャス」で、現在でも御覧いただくことができる。

http://twitcasting.tv/ichisuke18/movie/66336199

《ウミエラ館》と《くすぬち平和文化館》とは、いずれも渝《かわ》らず、いまも本島外から友人が来れば、私が必ず案内する場所である。

第一二信　吹き荒れる専制政府の国家暴力とメディアの「大本営発表」化
原発被曝からオスプレイ墜落、不当勾留まで、欺瞞の嵐が続く

〝第二の沖縄戦〟が始まっている——。まさしく、そう見做《みな》すよりほかない事態なのではないか？　むろん、天皇制による直接の惨禍たる沖縄戦の後、昭和天皇が琉球弧を旧敵国に〝献上〟した米軍政下の二七年があり、一九七二年の「復帰」後も現在まで続く日米二重植民地支配がある。宮森小学校米軍ジェット戦闘機事故（一九五九年）の大惨事も起こった。米軍犯罪は数知れない。

だが今回、それらとも次元を異にするのは、当事者の米海軍安全センターも最も深刻な「A級」と判定したオスプレイの事故に関し、日本では政府のみならず既成メディアの大半までが、その明明白白たる「墜落」を「不時着」、あまつさえ「着水」と言い替え、この重大事態を平然と矮小化・糊塗《こと》・隠蔽する展開だ。さながら「退却」を「転進」、「全滅」を「玉砕」と粉飾した、かの大本営発表当時そのままに。

政府だけではない。自らの戦争責任にも頬被《ほおかむ》りを決め込み、辺野古・高江での大弾圧を無視黙殺しつづけた日本国「制度圏」の似而非《えせ》ジャーナリズムは、ついに公然と安倍軍国主義ファシズム政権に加担し、琉球弧を見殺しの「捨て石」とする共犯者になる道を選んだのだといえよう。辺野古埋め立てに関する最高裁判断が、偽りの〝法治〟国家の「司法」は政府の奴隷にほかならぬことを露呈した、

その翌日ただちに。
踵《きびす》を接して発生した同じオスプレイ「僚機」の普天間飛行場への「胴体着陸」事故についても同様である。かねて沖縄の民があれほど、その危険を指摘し、反対しつづけてきた機種が強行配備された、挙句の果て——。

「他の県でも、ここまでのことをするかねえ……」

そんなウチナーンチュの慨嘆を、幾度、耳にしてきたことか。当然の思いだろう。だが、このかんヤマトの側の人びとが頻用する〝これは対岸の火事ではない〟といった論調に滲む功利主義的な論理には、私は強い拒絶感を覚える。「差別」は最後の最後まで、人間の最も低い部分につけ入り「彼らよりはまし」という卑しい〝安心立命〟への欲望を擽《くすぐ》って、分断の楔《くさび》を無数に打ち込むのだ。

疑いなく日本政府は、自らの版図における「国民」の生命に、少なくとも〝日琉二重の基準〟を設定している。そして本欄で以前もその傲慢を批判してきたローレンス・ニコルソン四軍調整官（在沖米軍最高責任者）に至っては〝死なずに済んでありがたく思え〟としか解釈し得ない暴言を吐くありさまだ。米国・沖縄占領軍には、何重の〝生命基準〟が用意されているのか。

この痛憤きわまりない墜落事故の翌日以降、あたかも人びとの抗議の声を嘲弄するかのように、常にも増し、いよいよ空と地と海とを圧する米軍機の爆音が凄まじい。当のオスプレイも、早くも飛行を再開した。琉球弧は「人権」の概念が完全に空文化した地帯である。恐怖と屈辱以外の何物でもない。そもそも「不時着」で胴体が真っ二つになるような脆弱な機種なら、なおのこと市民の頭上を飛んではなるまい。

いかにも、この国は既に虚偽に塗り込められている。

何度、繰り返さなければならないのか――。「3・11」東京電力・福島第一原発事故につき安倍首相が公言した「アンダーコントロール」などとは〝真っ赤な嘘〟だ。福島では子どもの甲状腺癌が多発し、二〇一一年以降、日本の人口動態には、同事故の被曝以外に原因を求め難い死者が毎年一五万人ずつ余分に発生している（矢ヶ﨑克馬・琉球大学名誉教授）。にもかかわらず、その実態を告げることを逆に「差別」と誹謗して被曝を助長・拡大する情緒的な言論統制が、とめどなく蔓延《まんえん》する……。

政府ばかりではない。「原発見直し」を公約に掲げて当選したはずの三反園訓《みたぞのさとし》・鹿児島知事は、就任から半年も経たぬうちに川内《せんだい》原発一号機運転再開を容認し「運転しようがしまいが、原発はそこにあり続ける」（西日本新聞）と意味不明の開き直りをうそぶく厚顔無恥ぶりである。これは仲井眞弘多《なかいまひろかず》・前沖縄知事を髣髴させる裏切りだが、いずれにしても選挙という制度を愚弄し「民主主義」を空洞化する醜行の罪は無限に重い。

かくも非道な国家の圧制のただなか、私たちの抵抗の先頭に立ってきた沖縄平和運動センター議長・山城博治さんが、本来「思想信条の表明」「表現の自由」に連なる直接行動への、言いがかりに等しい事由から、一〇月一七日以来、えんえんと不当勾留され続けている。「自民党草案」による「改憲」後の国家像がよく分ろうというものだ。

御本人は悪性リンパ腫という容易ならざる病の治療後であり、この種の疾患にとりわけ〝身体の冷えは禁物〟とされる（先ごろ急逝した、安保徹《あぼ》・新潟大学名誉教授＝免疫学）にもかかわらず、靴下の差し入れをさえ認めない権力の非人道的な姿勢は何か？　氏に、ごく身近な方によれば、「自殺防止」なる荒唐無稽な禁止理由に対し、これまで三度にわたって、順次、短い靴下を用意の上、那覇拘置所へ出向いても、依然として担当官からすべて受付を拒否されたという。

かねて私は、山城博治さんに対する、かかる措置に、国家による「未必の故意」の最悪の目論見《もくろみ》を指摘してきた。それでも博治さん御本人は「救援活動は、他の仲間の釈放を優先してほしい」と要望されているという。それを私に御説明くださった方は「靴下問題をきっかけに、こうした立場に置かれた皆さんの待遇が変わってゆけば……」ともつけ加えられた。胸を打たれる。

（その後、靴下に関しては一二月二〇日になってようやく、ある方の差し入れが成功したとの未確認情報が入った。引き続き、推移を注視したい）

無知と無関心、さらには骨の髄まで深く沁《し》み込んだ〝見て見ぬふり〟で安倍政権の「支持率」に組み込まれつづける人びとよ――。

もはや、これ以上の欺瞞をやめよう。自由と平等のために担われてきた闘いを、これ以上、侮辱するな。


〔初出＝『琉球新報』二〇一六年一二月二二日付「文化」面〕

［追記ノート］
オスプレイの「不時着水」はじめ、この国の言葉の頽廃・倫理の腐蝕・人間性の崩壊を集約、象徴するような事態が続く。私が何より不思議なのは、それらを批判すると称する野党や既存マスメディア、「制度圏」知識人の側に、しかしながら「真の怒り」がほとんど見出されぬかに思われることだ。その烈しさに息が詰まり、身をよじり、自らの存在を擲《なげう》ってでも晴らそうとするかのような怒りが。
彼ら議員や職業ジャーナリスト、大学教員らの多くは、この〝格差社会〟〝階層社会〟（……と言

▲10万1千人が参加した「オスプレイ配備に反対する沖縄県民大会」（2012年9月9日、宜野湾海浜公園にて／撮影・山口泉）

い習わされてきた、実は歴然たる「階級社会」。これについては筑豊の記録文学者・上野英信が、すでに一九八〇年代に指摘している）における、相対的には紛れもない特権階級者である。そして彼らは結局、あくまで職業的に安倍政権を批判しているに過ぎず、決してある一線を超えることがない。

　だから、なのだ。私が、国会では衆参両院全議員のなかで山本太郎さんただ一人、そして沖縄の闘いの現場では島袋文子さんや山城博治さんらに心からの共感と敬意を覚えるのは。

　勾留中の劣悪な環境下の山城博治さんへの「靴下の差し入れ」のことは、氏や共に囚われている方がたを救援しようとする趣旨の集会で、氏にごく近い方から切切たる訴えとして私は聞いた。ほその場でスマートフォンを用い、ただちにツイッターやフェイスブックでその情報を発信したところ、沖縄の外の方がたも含め、思いがけない巨きな反響を喚んだようだ（後に山城博治さんが解放された後、身近な方とのお話のなかで、私自身、その経緯を確認することができた）。

　結果として山城博治さんたちの待遇改善に、いささかなりとも資するものとなったようなら、まことに幸いである。

II　二〇一七年

第一三信　いよいよ、人が人として生き得なくなりつつある日本
この醜悪な国家に、アジアとの連帯の回路構築の可能性は……

なんと醜悪な政府であり、絶望的な国家なのだろう。いま日本は、人が人として生き得る限界を明らかに割り込みつつある。

二〇二〇年「東京五輪」の愚行を名目に、安倍政権は今度は「共謀罪」なる、まさしく警察国家そのものの治安立法を企むに到った。そのオリンピックへの莫大な支出のみならず、ひたすら他国に金をばら撒《ま》くしか、自己宣伝の能のない政府は、不当な間接税を含め、疲弊と窮乏の極に達した民からさらに搾取しつづける膏血《こうけつ》を、しかも自国の福祉や教育には決して充《あ》てない。世界のどの国も相手にしない〝欠陥機〟オスプレイの購入はじめ、宗主国アメリカの要求するがままの軍事費投入も同様である。

かねて指摘してきた通り、その隠蔽のため「東京五輪」が行なわれるに等しい「3・11」東京電力・福島第一原発事故に関しては、チェルノブイリ基準に照らしても許されない汚染地域への「帰還」の圧力が加速する。さらに暗澹とさせられるのは、二次被曝・三次被曝を公然と促すプロパガンダが、政府はもとより〝草の根〟に至るまで、全国規模で進んでいることだ。

およそ近代人権思想を根底から否定するファシズム政権の支配下、その専横と暴圧に抵抗し続ける

琉球弧への憎悪が、同様に「官民一体」となって展開されている事実は、今般のMXテレビのおぞましい虚偽宣伝にも明らかである。

現在を謀《たばか》る者は、過去をも改竄《かいざん》する。南京大虐殺を否定するアパホテル経営者の歴史修正主義は、韓国市民が釜山の日本領事館前に設置した「従軍慰安婦」（性奴隷）とされた女性らを象徴する『少女像』を、恥知らずにも撤去させようとする安倍政権のそれと表裏一体だ。

その長期政権をかけて現在の対米従属と格差社会を完成させた、戦後最悪の宰相の一人、小泉純一郎の息子であり、またそれ故に近い将来、同じ立場に就くとも目される小泉進次郎衆議院議員は昨秋、都内の「フォーラム」で「悲観的な一億二千万より楽観的な六千万人の国」を公言した。この世襲議員は、一体、何を語っているのだろうか？

総人口の「半減」を歓迎し、しかもその〝選別〟基準に、自らに好都合の恣意的主観を持ち込む――。政治家として絶対に許されぬ最悪の暴言は、現在の社会の差別と抑圧のなかで苦しむ人びとを、権力を笠に着た歪んだ帰属意識・集団意識の徒党を組んで威圧し、悦に入っていた小田原市・生活保護担当者らの「ジャンパー」事件の荒涼たる蛮行に直結するだろう。

こうした惨状に照らした時、東アジアの民の姿は、いよいよ際立つ。

台湾は今回〝二〇二五年までの全原発の完全停止と再生可能エネルギーへの転換〟を表明した。アジア初の快挙である。

私は年末年始、かの地で講演する機会を得た。台中《タイチォン》では、現地の市民グループ《Ｅａｐｈｅｔ》（臺灣東亜歴史資源交流協會）が運営する魅力的なブックカフェ《象仔書屋》（＝子象の本屋さん）において。台南《タイナン》では、台南大学とアムネスティ台南支部の二箇所で。タイトルは、いずれも『ポスト・フクシマ

▲ LGBT（レズビアン・ゲイ・バイセクシャル・トランスジェンダー＝性的少数者）の婚姻を認めるよう、台湾民法の改正を訴えるパレード（2017 年 12 月 31 日、台南市内にて／撮影・山口泉）

と「沖縄革命」』――小著『辺野古の弁証法』の副題である。

アムネスティ台南支部主催の講演では、参加者からの質問の的確さに驚かされた。

問い「過労死の問題は、福島原発事故に通じますか？」

私「まさに、その通り。そして自らの命よりも〝周囲との協調〟を選ぶ志向は、かつての軍国主義ファシズムにまで遡ります」

問い「原発避難した子どもが、いじめられたと聞きましたが……」

私「いじめた側への批判より、避難などするからこうなるのだとの圧力が強まりかねないのが、そもそも日本の精神風土なのです」

大晦日には台南市内で、ＬＧＢＴ（レズビアン・ゲイ・バイセクシャル・トランスジェンダー＝性的少数者）の人びとにも「同性婚」等、婚姻の権利を求める数千人規模のパレードが行なわれた。

もともと私自身は本来、個人の生と性の国家管

▲「同性婚」等を認めるよう『台湾民法』の改正を要求、申し入れのため台南市役所前に集ったＬＧＢＴの人びとと支援者のデモ隊（2016年12月31日／撮影・遠藤京子）

理たる「結婚」制度そのものを否定してきている。だが「性的少数者」が社会的に不利益を被ることへの抗議を「相愛是人権《シャンアイシーレンチュエン》」（愛とは人権だ）として訴えるのも、解放への一つの道ではあるだろう。

その台湾への〝在沖米軍（の一部）の移動〟を、米・新政権の国務副長官に擬せられるJ・ボルトン元・米国連大使が示唆した。沖縄への侮辱そのものの懐柔だ。それはとりもなおさず、琉球弧が日本帝国主義の重層的な植民地支配構造に、再び「加害者」としても組み込まれることを意味するのだから。

表層の「理念」においてすら歴代最悪というべき、くだんの新大統領ドナルド・トランプの登場を〝沖縄の基地問題解決の好機〟などと、とりわけヤマトから、沖縄の歓心を買おうと無責任に放言した「知識人」らは猛省すべきだろう。琉球弧が進むべき道は、ただ「アジア連帯」のほかにない。

宮古島市長選が終わった。自衛隊対配備への全面反対を表明し、琉球弧をほんとうに戦争の危機から守ろうとした唯一の候補・奥平一夫《おくひらかずお》さんが惜敗するという痛恨の結果である。むろん、奥平さんが当選しても、それはあくまで抵抗の「必要条件」に過ぎず「十分条件」たり得はしなかったろう。だがそれにしても、今回の敗北が奪ったものは計り知れない。そして直接の敗因が、むざむざその誤謬《ごびゅう》に陥った「分裂選挙」にあったことも疑いない。

投開票日の当夜、私は、昨年一一月二〇日、島袋文子さんが人生で初めて訪ねたという宮古島で、御自身の戦争体験と反基地の思いを諄諄と訴えられる集会の動画に見入っていた。このとき彼女の言葉を、背後の「オール沖縄」国会議員らは、どう聴いていたのか?

沖縄平和運動センター議長・山城博治さんに対する異様なまでの長期勾留が続く。その病を思えば、これは私が当初から糾弾しているとおり、氏への最悪の害意をさえ感じさせる措置にほかならず、もはや公然たる「白色テロ」の様相を呈している。

党利党略や保身、自らの栄達など歯牙にもかけぬ人びとこそが、真に「歴史」に参与する資格を持つ。「オール沖縄」を最初に蝕《むしば》んだのは、少なくとも日米両政府の強権ではなかった。

〔初出＝『琉球新報』二〇一七年一月二五日付「文化」面〕

［追記ノート］

「オール沖縄」を最初に蝕んだのは、少なくとも日米両政府の強権ではなかった——この一文を末尾に刻みつけねばならなかった第一三回が、すでに先行する何回か、その予兆は見られたとはいえ、後から振り返れば『琉球新報』連載としての『まつろわぬ邦からの手紙』の決定的な転換点であったかもしれない。そして以後、現在にいたるまで、事態は悪化の一途をたどっている。

いま一度、確認しておこう。この二〇一七年一月の宮古島市長選で、現職・下地敏彦市長（九五八八票）に、僅か三七六票の差で惜敗した奥平一夫さん（九二一二票）が、もしも当選していたら?　——間違いなく、宮古島への自衛隊配備は、現状のようには進んでいなかったろう。そして「オール沖縄」国会議員が一人でも、このとき奥平候補の支持に回っていたら、三七六の票差は容易に逆転していたはずだ(「オール沖縄」国会議員が、なぜか支持に回った下地晃候補の得票は四〇二〇票である)。

ゆえに私は、仲井眞弘多《なかいまひろかず》・前知事の「辺野古埋め立て承認」に対する翁長雄志知事の撤回の遅滞と、この宮古島市長選の理不尽な敗北が、将来にわたって、琉球弧現代史の二大痛恨事となりかねないと言うのだ。三七六票の差が琉球弧に——ひいては東アジアに落とした影は、あまりにも大きく暗い。

勇気とは、自らの誤りに目を瞑《つむ》り、相も変わらず同じ失敗を重ねてゆくことではない。問題が存在するときは立ち止まって、検証すべきことをきちんと検証することだ。悔やんでも悔やみきれない。

いま一つ、この『まつろわぬ邦からの手紙』連載の前回——第一二回が『琉球新報』に掲載された四日後、二〇一六年一二月二六日には、同様に重大な事態が発生している。最高裁「敗訴」判決が出た直後、いともあっさりとなされた翁長雄志知事の「辺野古埋め立て承認取り消し処分の取り消し」だ。

実はこの連載・第一三回においては、まだその翁長雄志知事の「辺野古埋め立て承認取り消し処分の取り消し」問題に対応できていない。私事だが、年末年始の台湾講演旅行のさなか、年が改まって二日目の夕刻、前年春から郷里の長野で病気療養中で入退院を繰り返していた父の急逝の報に接した。それから直ちに台北《タイペイ》を発って那覇空港で飛行機を乗り継ぎ、羽田経由で長野へ向かった。台湾の講演で『沖縄　今こそ立ち上がろう』ほかの曲を演奏するのに用いたチェロの入ったケースも牽《ひ》いたまま。

以後、こうした事柄にまつわるあらゆる対応に追われながら長野と沖縄を往き来する数週間のなかで、この回は発表形のような内容構成とすることを余儀なくされた。

そして当月、取り上げられなかった翁長県政の方向性の問題は、ここから翌二月二四日付・第一四回の「翁長雄志・沖縄県知事への緊急公開書翰」以後、繰り返し『まつろわぬ邦からの手紙』の基調音たらざるを得なくなったことも、本連載の読者の御存知のとおりである。

第一四信　翁長雄志・沖縄県知事への緊急公開書翰
山城博治さん救出と「オール沖縄」の蘇生を——

沖縄県知事・翁長雄志様——。

あなたに宛て「公開書翰」をしたためるのは、実は二度目です。最初は一昨年一月、ある媒体へ電子メイルで送った「投書」でした。当時、私の目には早くも停滞しているかに映った「辺野古埋め立て・新基地建設」阻止の公約の迅速な履行を要請し、併せてあなたへの連帯を表明する内容です。

残念ながら、その掲載は実現しませんでした。思うに「時期尚早」だったのかもしれません。ところが今回、同様の手紙を綴るにあたっては、私は逆にこれが手遅れでなければ良いが、との危惧を禁じ得ないのです。

事は、辺野古や高江で進む基地建設にのみ留まりません。何より、このかん「オール沖縄」の共同性はその根底が色褪せ、つい二年と少し前の輝きを無惨に失ってしまっているではありませんか。

そして、私たちの敬愛してやまないリーダーは、恐るべき弾圧に曝《さら》されています。

翁長雄志さん——。

いま、心ある方がたのあなたへの疑義は、概ね共通しています。せっかくの「辺野古埋め立て承認取り消し」を、なぜ、むざむざ取り下げてしまわれたのか？　残された手立てたる「埋め立て承認撤回」を、何ゆえ、一向に執《と》り行なわれないのか？　どうして、県公安委員会へ及ぼし得るあなたの権限を行使しようとせず、機動隊の暴虐を座視され続けるのか？

こうした批判は私の見るところ、全面的に妥当であり、それに対するあなたの釈明ないし沈黙は、到底、納得できるものではありません。そして、これら個別の対応以上に、あなたの政治手法の根底に蟠《わだかま》り、むしろますます強まる「秘密主義」ともいうべきものに、私は深い懸念を覚え始めています。

それにしても、これまで、どれほど厖大な〝善意の忖度《そんたく》〟が、あなたの沈黙に向け、試みられてきたことでしょう。本来、思いを等しくするはずの者相互の対立さえ生みながら。そもそも私たち主権者県民は、あなたに密室的な全権を白紙委任した覚えはありません。

このままでは、辺野古も高江も、宮古も八重山も、日本政府の暴圧に不可逆的に蹂躙《じゅうりん》されてしまうでしょう。また新たな「防衛予算」の〝補助〟を当て込みつつ、さらに市民負担までもが示唆される沖縄市の〝多目的アリーナ〟建設計画に見られるように、もとより「基地問題」とは決して、単に明視的な部分にばかり存するのでもありません。

二〇一四年一一月一日、あのガラス繊維のごとき陽光の柔らかく降り注ぐ那覇セルラースタジアムに、今にして思えば篤《あつ》い病をおしてあなたの応援のため訪れ、その後、わずかひと月も経ずして逝去された菅原文太氏を、あなたは「命を削って来てくれた」と追悼されました。しかし任期の半ばを過ぎた現在、あなたの県政はあの時の皆さんの思いに応えているでしょうか？

付言すると、安慶田光男副知事の去就に際してのあなたの御対応も、任命責任を考えるなら、あまりに傍観者的です。

翁長雄志さん――。

御承知の通り、沖縄平和運動センター議長・山城博治さんに対する、許すべからざる長期勾留が続いています。その健康状態を思えば、御本人の生命をも脅かす公然たる白色テロにほかならぬ、この非道な措置に対し、琉球弧でもヤマトでも人びとは抗議し、アムネスティ・インターナショナルほか海外からも事態を憂慮する声が上がっています。

にもかかわらず、なぜ県政は、県議会は――そして、沖縄県知事であるあなたは、この国家暴力を拱手傍観《きょうしゅぼうかん》されているのでしょう？　まさしく「オール沖縄」の理念を体現して過酷な闘いの最前面に立ち続けてきた人への、最悪の害意を伴った弾圧を。これは、とりもなおさず一人の県民の生命と基本的人権を守るという問題でもあります。

お忙しい翁長さんには、あるいは御覧いただけていないかもしれませんが、昨春、私はあなたに『辺野古の弁証法』という小著をお贈りしました。その後半、「山城博治と翁長雄志」と題した一章で、私は沖縄平和運動センター議長が、知事たるあなたへの信頼を――むろん、極めて高度な政治的判断のもと――いかに堅持され続けているかについても、詳しく記しています。

翁長雄志さん――。

今こそあなたが、安倍政権の国家暴力からの山城博治さんの救出に立ち上がられるべき時です。あなたを知事に選任した主権者県民なら、必ずやそれに賛同するでしょう。そしてその決断は、ひとり山城博治さんの命を救うのみならず、もはや危殆《きたい》に瀕した「オール沖縄」にとっての起死回生の道ともなるはずです。やはりあなたが一刻も早くなされるべき「辺野古埋め立て承認撤回」の声明とともに。

翁長雄志さん――。
私は移住ヤマトンチュとしてウチナーに生きる上で、ある「倫理的節度」を自らに課しているつもりです。けれども同時にそれは、民主主義における主権者としての権利および義務を無くするわけでもありません。私はいま、県知事選であなたに一票を投じた者として、言わねばならないことをお伝えしているつもりです。

添付の写真は昨年七月二一日午後、翌払暁《ふつぎょう》の警視庁機動隊らによる歴史的大弾圧の重苦しい予感が漲《みなぎ》る高江でのものです。この日、私は心ならずも日没前に現場を去らねばならなかったのですが、つかのまの休息で隣り合わせた山城博治さんが「山口さん。いよいよ日本政府との対決ですね」と呟かれた沈痛極まりない声を忘れません。それは渾身の闘いを貫こうとされる人の、厳しい覚悟に満ちたものでした。

翁長雄志さん――。
いま、あなたに緊急に求められているのは「辺野古を止める」と繰り返すだけではなく、実際に止める一歩を踏み出すことです。
切望します。山城博治さんや島袋文子さん、皆さんに恥じない行動を、直ちに御決断ください。

〔初出＝『琉球新報』二〇一七年二月二四日付「文化」面〕

［追記ノート］
この一篇を書き、「県紙」に掲載してもらうことができただけでも、私が『まつろわぬ邦からの手

紙』という連作を手がけたことには、いささかの意味はあったかもしれない。掲載日当日、赴いた那覇・城岳《じょうがく》公園での救援集会でも、何人もの方から「読みました」とのお声がけをいただいた。そして実はその朝、那覇拘置所内で山城博治さん御自身もこの紙面をご覧くださっていたと、後から知った。

前章の追記ノートで記したような個人的事情からまだ沖縄と長野との往復を続けており、さらに『週刊金曜日』での『重力の帝国』連載や『図書新聞』での『光源の画家たち』連載、さらに那覇のカルチャースクールでの「宮澤賢治を読む」連続講座等を抱えながら、ともかくこれを書くことができたことに安堵した。ほかにも記したいことは少なくないが、いまは割愛する。代わりに、本稿冒頭で《一昨年一月、ある媒体へ電子メイルで送った「投書」》と記したテキストを、以下に再録しておこう。『沖縄タイムス』「論壇」「寄稿」欄宛て、二〇一五年一月一九日に送信した電子メイルの本文である。

翁長雄志・沖縄県知事への手紙　　山口泉

沖縄県知事・翁長雄志様。

申し上げるまでもなく、辺野古をはじめ状況はいよいよ緊迫の度を強めています。にもかかわらず、率直にお伝えしますと、ここにきてあなたが沖縄県知事としてその持てる権限を十分に活かしきっておられないのではないかとの懸念を、私は禁じ得ません。

昨年一一月の県知事選で、私はあなたを支持しました。それは何より他に選択肢がなかったからですが、同時に選挙期間から当選・就任へと至る過程でのあなたの発言に敬意を覚えたからでもあり、いまもその評価を手放してはいません。

しかし最近の展開は、昨秋あなたが県知事選に立候補しようとされつつ、辺野古埋め立て阻止を必ずしも「明言」されていないと受け止められていた段階でさまざまな憶測を喚《よ》んでいた時以上に深刻なものとなっています。なぜなら、すでに国家による圧制の歯車が道理を蹂躙して現実に動き出してしまっているからです。

あるいはあなたは、日本政府との対峙において、なんらかの〝深慮〟を用意され、それを慎重に進めようとされているのでしょうか。しかしながら今は、あなた自身がこれまでのいかなる期間よりも明確に、警察に対しても内外のマスメディアに対しても、あなたを支持してきた人びとと共にあろうとする姿勢を示されるべき段階だと思うのです。

年が改まってから立ちこめ始めている空気は、かつてなく澱《よど》んでいるような気がします。そしてその底で、なお闘いつづけ、傷ついている方がたがいます。

刻刻と悪化してゆく事態を少なくとも凍結させ、人びとを守るため直ちにできることが、県知事としてのあなたには幾つもおありのはずです。あなたが問題の所在を徹底して明示されれば、それを糺《ただ》そうとする世論を形成する道が拓《ひら》けます。

もとより、あなたが立ち向かわれねばならないものの強大さは、私とて承知しているつもりです。ヤマトンチュとして心苦しい限りですが、他の都道府県のいかなる知事に対するそれとも次元を異にした日本政府のあなたに対する対応は、そっくり日本国家が沖縄の地をどう見做《みな》しているかの現われにほかならないでしょう。

それらすべての上で私は、あなたに一切を委ねるのではなく、あなたと協同する道を選ぼうと考えた者の一人として、その困難をできるかぎり皆で分かち合いたいと考えています。そしてあなたには、沖縄県知事として、可能なすべての回路を通じての明確な発言と迅速な行動とを要請するのです。県知事選においてあなたを支持した者の責任において。

（作家・五九歳）

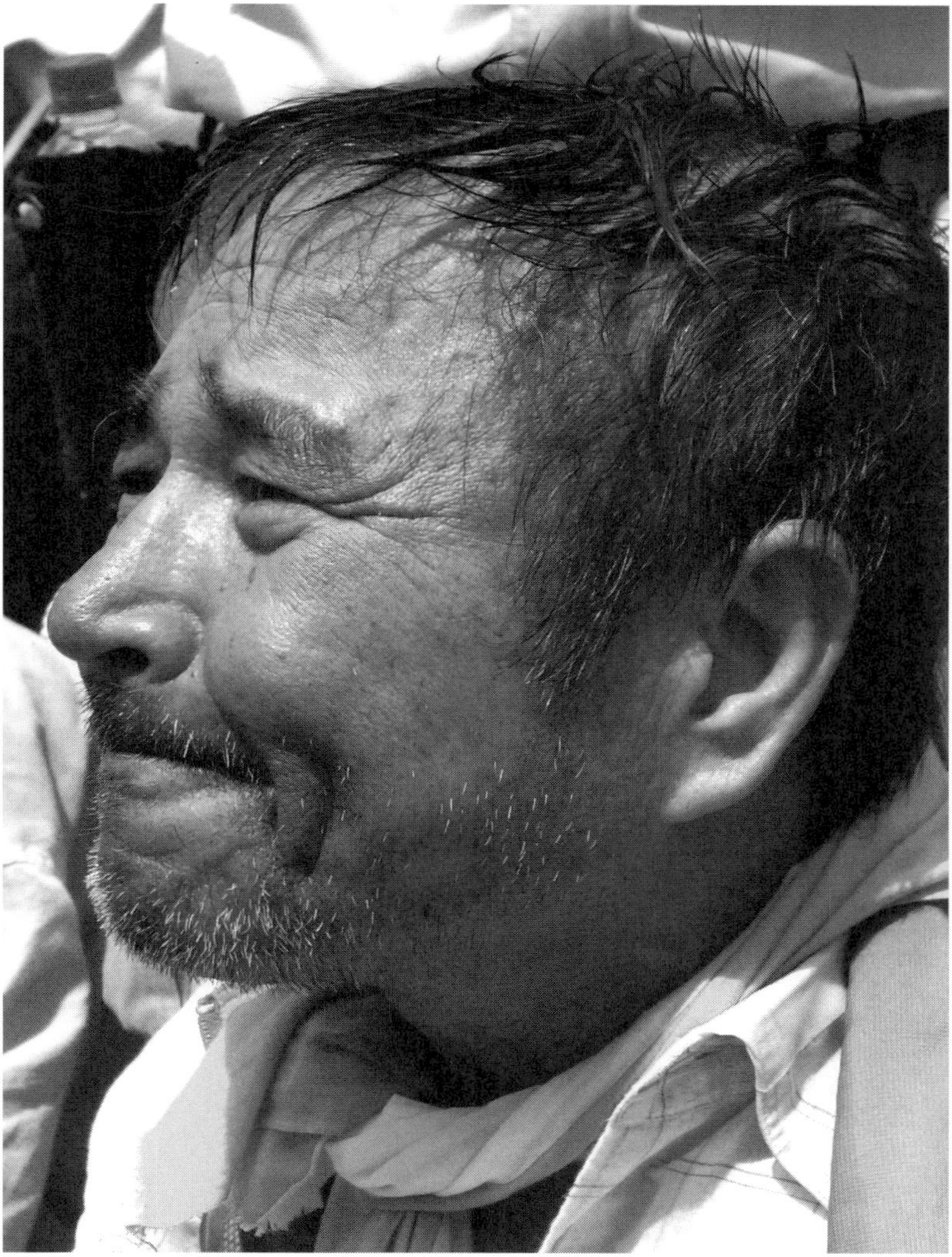

▲ 沖縄平和運動センター議長・山城博治さん（2016 年 7 月 21 日午後、高江にて／撮影・山口泉）

第一五信　安倍軍国主義ファシズムへの抵抗の最前面で
私たちは負けない、「連帯」を生きているから

甘やかな夜気の中に、仄《ほの》明かりの列があった。思いがけず寒さの緩《ゆる》んだこの夜、これまで何度も訪ねた鉄柵に沿って、急遽、人びとが幾重にも集《つど》っていた。

スマートフォンやタブレット、プラカードを手にした皆の間から、待ちきれないように歌が始まる。「パリ五月革命」を讃えるシャンソンに、ほかならぬ、その人自身が「替え詞」を施した歌……。

《沖縄の未来《みち》は　沖縄が拓く／戦さ世《ゆ》を拒み　平和に生きるため／今こそ立ち上がろう　今こそ奮い立とう》

二〇一七年三月一八日二〇時〇四分——。丸五箇月以上の勾留に耐え、その人——沖縄平和運動センター議長・山城博治さんは還ってきた。伴侶の山城多喜子さんが駆け寄り、堅く抱擁する。夜の底で『沖縄　今こそ立ち上がろう』の歌声はいよいよ高まった。

夜闇のなか、仲宗根勇さんが私に手を差し伸べられた。このかん博治さんらの救援に果敢な運動を組織されてきた御一人で、県政の行方に常に渾身の警鐘を鳴らされてもいる元裁判官である。握手を交わすと「民衆が、裁判所を動かしましたね」と一言——。

仲宗根さんの述懐は、二月二四日、この地で不当勾留に対する抗議集会の後、私たち一人一人が、

この国の主権者として那覇地裁構内に雪崩《なだ》れ込み、同じ歌を合唱した時空を共有すれば実感されるものだ。あの夕刻、予定の時間が過ぎての予測を超えた展開にしきりと解散を促す司会者へ向け、なお一人の女性から追いすがるような叫びが飛んだではないか。

「ヒロジを連れて帰るんじゃないの?」

——その人が、いま、私たちのもとに戻ってきた。

もとより、一人の卓越したリーダーにすべてを委任して良いわけはない。問われているのはあくまで、各《おの》おのの自己展開である。だが現在の沖縄に山城博治の存在は明らかにかけがえなく、専制政府はその枢要の人物をあやまたず標的に選ぶのだ。

前述した先月二四日の集会でも、ちょうど当日掲載された本連載の前回『翁長雄志・沖縄県知事への緊急公開書翰』に、多くの方から共感の声をいただいた。また同じ日、県議会で金城勉県議(公明党)が「立場は違うが」と断った上で、この文章をもとに翁長知事に質問されたことも後から知った。

この質疑のなかで金城県議に答え、翁長知事の示した「住民運動」と「県政」とを分離する立場を、私は危惧する。よしんば「住民運動」であっても、それは「県政」と不可分のものであるはずだ。しかも辺野古・高江の問題は、実は沖縄「全県」の命運の懸かる事柄だろう。そもそも県知事選に際しての翁長氏の主張は、琉球弧を「ミサイル戦争」の危機から守ることではなかったのか。

さらに今になって「県民投票」が示唆されるなど、由由しき誤りである。仲井眞弘多・前知事への圧勝という、何より明瞭な「辺野古新基地建設反対」の「民意」を受けながら、結局、任期の前半を空費し、工事の進行と反対する市民の苦難を座視した末、当時、他の候補(下地幹郎氏)が公約に掲げていた没主体的な「県民投票」にまで後退することは、事実上の「公約違反」にほかなるまい。これ以上、民を徒《いたずら》に試し、疲弊させるべきではなく、しかもこの危うい「後退」では、随所に陥穽《かんせい》が口を開いている。

揚言されていた「あらゆる手段」には、実は「県民投票」も含まれていたのだというなら、それは詭弁の誹《そし》りを免れまい。今さらの「県民投票」が公約の〝投げ場〟を探してのことであってはならない。忌憚なく言って、いま翁長知事は、ひたすら「埋め立て承認撤回」以外の「あらゆる」代案を口にしているかのようだ。だが当初から為されるべきは、唯一「承認撤回」である。それが「代執行」に到るのなら、私たちはその「代執行」を受けて立つしかない。

――これが、二〇一四年県知事選の結論ではなかったのか。

安倍政権の独裁が、いよいよ常軌を逸しつつある。昨夏、高江の座り込みテントをも侮辱しに現われた「総理の妻」が〝私人〟か〝公人〟か「閣議決定」するとの愚挙に続き、先般の山城博治さんの勾留に関して〝人権を尊重している〟とした「閣議決定」は末期的だ。すでに度重なる「閣議決定」で立法権を侵害した独裁内閣は、司法権の独立をも公然と踏み躙《にじ》った。

本来なら内閣が半ダース程は吹き飛ぶべき「森友学園疑獄」にも、私は事態の帰趨《きすう》を憂慮している。この日本国〝主権者〟大衆にあっては、自らの命を脅かす復古的超国家主義の不正を告発することすら、ワイドショーやお笑い番組と同列の〝娯楽〟として「消費」されたまま、〝賞味期限〟が切れると、まるで憑《つ》き物でも落ちたかのようにあっさり収束しかねないのだ。大統領弾劾を果たした韓国社会とは、もとより「民主主義」の次元が違う。

「共謀罪」の導入が画策され、水道すら〝民営化〟され大資本に管理される「奴隷国家」の出現が目前に迫っている。圧制の完成が早いか。抵抗が間に合うか。――安倍政権を倒さずして、私たちの未来は開けない。

だからこそ、ウチナーの闘いの持つ意味もまた明らかだろう。この地の苦しみは、とりもなおさず人間の尊厳の証である。現時点でなお囚われている最後のメンバーの解放も、一刻も早く実現させねばならない。

前述の韓国社会の息吹をも伝えるエッセイ『光源の画家たち――東アジア「民衆美術」の現在』の連載を、このたび週刊『図書新聞』で始めた（月一回）。また『週刊金曜日』での掌篇連作『重力の帝国』の連載（同前）は、私にとって「3・11」以後初めての小説発表であり、第一話『原子野の東』（同誌三月一七日号）は直接、東京電力・福島第一原発事故とも深く関わる。

私の場合「文学」は終始、それ自体が〝目的〟ではなく、あくまで〝手立て〟にすぎない。ただし、それは人が「自由」であるための〝手立て〟である。本連載同様、御関心をお寄せいただけるなら、これに過ぎる喜びはない。

〔初出＝『琉球新報』二〇一七年三月二三日付「文化」面〕

［追記ノート］

たとえば数十年にもわたり、軍事独裁政権に抵抗しつづけた韓国民主化運動を通じ、長期、獄中にあった闘士の釈放・解放と、それを迎える民衆の歓喜の光景は何度も報じられてきた。だが、この日本国の版図のなかで、まさか私自身が直接、そうした現場に居合わせる日がこようとは――。

余談だが、山城博治さんが解放された翌三月一九日、このニュースを伝える『琉球新報』一面トップの大きな写真では、博治さんの背後に、ぼんやり私が写っていることを新聞社の関係者から御教示いただいた。偶然にもせよ、長年にわたる熱心な同志・支援者の皆さんを差し置いて……との思いは無論あるものの、なんとなく嬉しいといえば嬉しい。

◀保釈直後、妻・多喜子さんと抱擁する、沖縄平和運動センター議長・山城博治さん（二〇一七年三月一八日、那覇拘置所前にて／撮影・山口泉）

■歓呼して迎える支援の皆さんに応える山城博治さん（同前）

第一六信　あらゆる場から、終末を斥け、命を守る声を
戦争絶対回避の努力こそ、叡智と勇気の証明

《……北朝鮮では「チーム（スピリット）」訓練が始まる瞬間から、国家非常事態を宣布し、工業生産機関・鉱山・農業・水産機能が国土防衛態勢へ転換される。（略）米・韓共同軍事訓練は、まさにこのように北朝鮮の国力を消耗させ、その軍事的対応能力と機能を調べるための（略）地球上のいかなる国家に対しても敢えて行うことのなかった、米国がもっぱら北朝鮮に対してのみ二五年間続けてきた核攻撃による脅迫であるのだ》

（李泳禧《リヨンヒ》『朝鮮半島の新ミレニアム――分断時代の神話を超えて』徐勝《ソスン》・監訳／二〇〇〇年、社会評論社刊）

かつてこう記された軍事演習は、今やいっそう膨脹《ぼうちょう》し、同書で《世界最強核軍事力》の《核戦争威嚇》を受け続けてきたとされた《弱小国家》の「核武装」を促すに到った。悲劇的な事態というほかない。

李泳禧さん（一九二九年〜二〇一〇年）は、ジャーナリストを経て漢陽《ハニャン》大学校教授、軍事独裁政権から《逮捕七回、投獄五回、懲役合計五年、大学教授解任二回》の弾圧を受けた半世紀を超える抵抗から〝韓国民主化運動の父〟と謳《うた》われる。その厳しく透徹した洞察のみならず、弱い者・苦しむ者への共感に満ちた姿勢は、自らも文字通り生死の境を潜り抜けた朝鮮戦争で、兄姉と南北に引き裂かれたまま、遂に再会を果たせなかった個人史を民の運命に重ねた生き方そのものに由来していたといえよう。

私は世紀の変わり目に、前掲書・監訳者の徐勝さんの御厚意で、氏の辱知《じょくち》を得、最晩年の五年余り、親しくその謦咳《けいがい》に接することができた。今も懐かしく、真に畏敬《いけい》する思想家である。

前掲の《世界最強》の軍事国家の新大統領が就任早早、習近平《シーヂンピン》・中国国家主席を自らの別荘に招き、チョコレートケーキをつつきながら〝たった今シリアに五九発の巡航ミサイルを撃ち込んだ〟と告げる——。国連決議も自国議会の承認すらないまま、ただ情報断片の恣意的な解釈のみによる独断専横を、しかも地球上の誰一人、止めることができない。

続けてトランプ米大統領は、アフガニスタンにMOAB＝〝全ての爆弾の母〟と通称される巨大「通常」爆弾を使用した。自らが手にした史上最大の暴力を玩弄するこの振る舞いを、「幼児的」と言っては幼児に失礼であろう。さらに同大統領は、圧倒的軍事力で朝鮮半島を威嚇する。それも、相手側がいかなる直接の武力行使でもない「ミサイル発射実験」ないし「核実験」を行なった段階で直ちに先制攻撃を加えると予告した上で。

（付言すると、私見では「母性」という概念は多様な側面をも持つ。だがいずれにせよ、少なくともそれを〝爆弾の威力〟に用いる言語感覚は、生命そのものを根本的に冒瀆《ぼうとく》していよう）

もとより私は一切の核兵器・核エネルギーに反対する。「反核」は当然「国家」より上位に位置する理念だ。だが〝核兵器による覇権主義〟という現在の世界構造をもたらしたのは、広島・長崎において原爆を〝実戦使用〟した〝実行犯〟たる米国である。以後、米国に滅ぼされぬためには自らも核武装しなければならぬという、絶望的核軍拡競争が現出した。

トランプ政権成立の前後、それを〝沖縄の米軍基地問題解決にはプラス〟との謬見《びゅうけん》を「県外」から披瀝《ひれき》した「知識人」らの愚昧と無責任を、私は一月の本欄でも糾問した。そしていま、就任後三箇月を経ずして同大統領が示すのは、自国が脅かされる前に朝鮮半島と日本、琉球弧を破滅的な核攻撃の楯としようする〝超大国〟の戦慄すべき傲慢だ。

むろん国際関係には庶民の窺い知れぬ裏面を疑わねばなるまい。そうではあるにせよ、明らかに深まる危機の中で何が可能か。中国とロシアが米国の暴発を全力で押し止める一方、韓国に、朝鮮民主主義人民共和国との「対話」「協調」を尊重する新政権が誕生して「核開発」の凍結を求めること。米本国においても、その標榜する「民主主義」が些かは機能し、かくも危うい大統領への掣肘《せいちゅう》が加えられること——。

▲ 弾劾され罷免された朴槿恵・前韓国大統領の拘束を報ずるニュース映像に見入る人びと（2016年4月2日、韓国・ソウル市駅コンコースにて／撮影・山口泉）

にもかかわらず、〝最大の同盟国〟を自任する日本はこの状況下、臆面もなく米国への隷従を続け、妄執のごとき天皇制超国家主義の復活に蠢《うごめ》く厚顔な独裁宰相と、それに相応しい、言葉の本質的な意味で無教養を極めた低劣な閣僚たちに横領されている。

今回、所用で一年半ぶりに韓国南西部・光州《クワンヂュ》を訪れた。現職大統領の不正を弾劾し、辞任・逮捕にまで到らしめた、かの国と、「森友学園」疑獄があってすら倒閣を果たし得ない、この国とでは、そもそも「民主主義」の次元が比較を絶して異なる。

先般、韓国「少女像」に対する〝性的侮辱〟を言挙げした筒井康隆氏の発言が、結局、現在まで看過され続けている。この事実は、

▲ 李泳禧さん（2005年4月、京畿道軍浦市の御自宅にて／撮影・山口泉）

単に制度としての「日本文学」の無惨な〝治外法権〟状態を示すだけではない。社会総体が、アジアに向き合う道義性を、依然として根底から欠いている事実を改めて露呈するものだ。

心ならずも中間侵略者としての側面をも負わされた沖縄が、まったく無謬《むびゅう》であるわけではない。だがもはや存在悪以外の何物でもない安倍政権を超え、この地からアジア核戦争回避の声を高めることは急務だ。基地は民衆を守らず、核攻撃を誘引する。

琉球弧が「ミサイル戦争」の標的とされる危険性について言及したこともある翁長雄志知事が、あまりに遅きに失したとはいえ、ともかく赴いた辺野古現地で「埋め立て承認撤回」の語を口にしたなら、それは可及的速やかに実行されるべきだ。また議会やメディアも、さらに具体的かつ早急の展開を、なぜ要請しないか。

宮古島市長選はじめ、このかんの経緯には、批判的検証が異様なまでに乏しすぎる。眼前に迫った破局を斥けるには、これ以上、いささかの逆行も停滞も許されないはずなのに。

〔初出＝『琉球新報』二〇一七年四月二五日付「文化」面〕

［追記ノート］

李泳禧さんのことは、これまでもさまざまな機会に綴ってきたし、今後もその事情は変わらないだろう。先般、草した『この眩《まばゆ》い民主主義への羨望に我らはどこまで身を焦がそう？——文在寅自伝『運命』矢野百合子訳＝岩波書店刊＝書評』（『週刊金曜日』二〇一八年一一月二日号）の際も、そうだった。

ただ今回、ここに、従来あまり触れずにきた個人的なエピソードの一端を書き留めておきたい。実際、お会いしていた間そうしていたように、私にとっては当然「ソンセンニム」（선생님＝先生）と呼ぶべき存在だが、著述においては本書でも他の方の場合と同様「さん」の敬称を用いることをお断りしておく。

最初の出会いは本文にも記したとおり、二〇〇〇年一〇月末、東京で徐勝さんのお引き合わせによるもので、直前、徐勝さんから電話をいただき「李泳禧先生がお見えになる。紹介するから、明日、私学会館のロビーに来なさい」との内容に、不明にもお会いするのがどのような方かすら、すぐには思い当たらぬまま、ともかく市ヶ谷へ赴いたのだった。——今から振り返れば信じ難い気もするが、徐勝さんとも、実はそれまで私はきちんと言葉を交わしたことはなかったのである。むしろ私にとっては、そもそも御自身が〝歴史上の人物〟ともいうべき徐勝さんから電話をいただいたこと自体に、まず私は驚いたのだった。

多忙な徐勝さんは私を李泳禧さんに御紹介くださり、李泳禧さんに「山口さんに一冊、本を差し上げますので、先生の御署名も入れて下さい」と依頼されて、上梓されたばかりの『朝鮮半島の新ミレニアム——分断時代の神話を超えて』を李泳禧さんの署名本としていただく手筈を調えてくださると「じゃあ、僕はこれで。後は適当にお話するように」と、そのまま大きな紙袋を提げてどこかへ行かれてしまった（そして、このとき頂戴した『朝鮮半島の新ミレニアム』は、私が四十代で読んだなかで最も重要な本の一冊となった）。

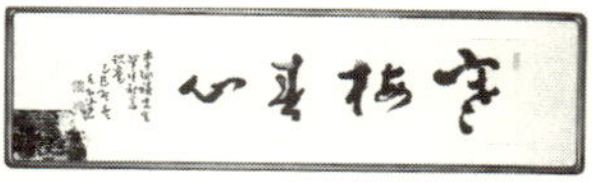

▲ 李泳禧さん・尹英子さん御夫妻（中央）とともに。右は遠藤京子さん（同前）

残された私は、目の前の眼光炯炯《けいけい》たる人物に、どう接すれば良いのか、なんとも途方に暮れたが、李泳禧さんはそんな私に当初からまことに温かいお心遣いを示してくださり、対座はすぐに、天皇制・「親日派《チニルパ》」・〝資本主義の勝利〟と〝社会主義の終焉〟という陋劣なプロパガンダの誤謬、アメリカ社会の荒廃……等等の諸問題へと展開して、共感と昂奮に満ちた、まことに心地よいものとなったのだった。

私の「日本語《イルボンマル》で話すことを心苦しく思いますが、お許しください」に始まる、この碩学《せきがく》とのやりとりの一部は、季刊『批判精神』第六号・特集「新たな戦争とファシズムの時代に」（二〇〇〇年一二月／オーロラ自由アトリエ発行）掲載の小文「歴史における真の希望とは何か？――李泳禧著『朝鮮半島の新ミレニアム――分断時代の神話を超えて』（徐勝監訳）をめぐって（上）」に引いている。そこでも記しているとおり、李泳禧さんはそのしばらく前〝脚光〟を浴びていたフランシス・フクヤマの「学説」の皮相な反動性を言葉を極めて非難され（「フランシス・フクヤマのような馬鹿者が！」に始まるその語調は、ほとんど罵倒というに相応しいものだった）、関連して私は小著『「新しい中世」がやってきた！』（一九九四年／岩波書店刊）で提示した「資本主義的中世」の概念などについてお伝えしたのだった。

――ただしその後、小文「歴史における真の希望とは何か」の後篇は、残念ながら発表できていない。季刊『批判精神』の続いての第七号・特集「絶対悪としての売買春」（二〇〇一年五月／同前）は、名古屋で《伝書鳩の舎《いえ》》を主宰される安藤鉄雄さんによる私への長時間インタヴュー『誰にも私有できない「人権」と「自由」のために』(全部で四三ページ)をはじめ、大増ページの特別号となった関係もあり『歴史における真の希望とは何か』の後篇は見送らざるをえなくなったのだが、その直後、同誌が必ずしも単純ではない諸事情により、長い休刊状態に入ったためだ。

この二〇〇〇年一〇月末に辱知を得た後、私が次に李泳禧さんとお会いしたのは二〇〇五年四月になってからのことである。そのかん私は前述の『批判精神』第六号が発行されてほどなく、同号と共に二冊の旧著『「新しい中世」がやってきた!』と『アジア、冬物語』(一九九一年/オーロラ自由アトリエ刊)を李泳禧さんにお送りしたきり、丸三年以上、音信は途絶えていたのだったが、二〇〇五年三月、思いがけず御手紙をいただき、脳内出血のため療養を余儀なくされていた御事情とともに、お送りした私の著作についての身に余る過褒をお伝えくださったのだった。御病気の痕跡がはっきり判る筆蹟で、しかも便箋三枚にびっしり綴られた最後に〝韓国に来る機会があれば、ぜひ訪ねてくるように〟との御言葉を見出して、伺わないわけがあるだろうか。

ただちにお訪ねしたい旨、御連絡したところ、稀代の碩学にして、当時の盧武鉉《ノムヒョン》大統領(故人)、現・文在寅大統領に至るまで、彼らの青年時代から大統領就任後にも決定的な影響を及ぼし、さらにより広汎なその予言者性と比類ない徳性において〝韓国民主化運動の父〟と讃えられる伝説的人物は、即座に快諾されたのだった。オーロラ自由アトリエ代表の遠藤京子さんを誘って、早速、訪韓した私が投宿した京畿道果川《キョンギドクワチョン》市のホテル(その手配まで、李泳禧さんがしてくださった)に、到着の翌朝には、李泳禧さんは隣り合う軍浦《クンポ》市の御宅からわざわざ御自身で迎えにきてくださり、以後、私たちはめくるめく三日間を過ごすこととなる。

一つ一つの挙措に御病気の後遺症は残っておられたものの、運転補助装置の付いたドライヴィン

▲李泳禧さんと著者。汲めども尽きぬ、お話が続く(軍浦市内にて/撮影・遠藤京子)

グ・ホイールを軽快に操作して愛車の現代《ヒョンデ》「ソナタ」を駆られ、一瞬も無駄にしないように車中で、また食事に予約してくださった店で——途切れることなくお話を続け、さらに国立近代美術館館長の金潤洙《キムユンス》さん、私と同年代の漢陽大学校文化人類学科教授・鄭炳浩《チオンビョンホ》さんと忠北《チュンブク》大学校心理学科教授・鄭眞卿《チオンヂンギョン》さん御夫妻をはじめ、氏を敬愛する、幅広い世代にわたる幾人もの後輩《フベ》の皆さんにも惜しみなくお引き合わせくださる……。夕刻以降はお宅にもお邪魔して御伴侶の尹英子《ユンヨンヂャ》さんの御歓待を受け、再会の初日はあっという間に過ぎたのだが、さらにそれから二日にわたり、同様に過ごさせていただいた時間は、まさしく「薫陶《くんとう》」という言葉を実感する経験となった。氏が、いわゆる「知識人」のみならず、さまざまな場で出会う方がた、子どもたちに接する対応にも、真に「人間」を大切にされる姿勢が滲み出ていたことには強い印象を受けた。

多くの人がそうであるにちがいないのと同様、私にとっても空前の困難に満ちた今世紀において、この二〇〇五年は、それでも最も充実し、懐かしい年の一つとなったのだが(むろんこの点に関しても、東京電力・福島第一原発事故の「前」であることは絶対的な作用を持つ)、そのほぼ始まりに李泳禧さんとの再会があった意味は喩《たと》えようもなく大きい。

同年七月にも漢陽《ハニャン》大学校でのシンポジウムで再び、御一緒したのをはじめ、以後、単身で訪韓し、そのたび御自宅に宿泊させていただいた何回かを含め、逝去される二〇一〇年までの間、最晩年の氏から多くを得る機会に恵まれた。あるときには突然、胡麻油と塩の効いた韓国特有の海苔の大量の詰め合わせが巨大な段ボールの航空便で届き、その見事な贈物《ソンムル》の〝意味〟を判じかねた結果、この〝謎懸け〟はともかくやってくるように、という意味だろうから、お伺いすべきかもしれないと軍浦市へ急行して、いつもながらの充実した数日間を過ごさせていただいたこともある。

だが、この稀有の思想家と共に過ごした時間を通じ、わけても最も鮮烈なのは、やはり最初の二〇〇五年四月初旬の記憶なのだ。この折りのことは、会見記『「だから、日本には、いい国になってほしい」――韓国の思想家・李泳禧との対話』（『世界』二〇〇六年一二月号）に一二ページにわたり綴っているので、お読みいただきたい。

そこではあえて触れなかったが、御宅に初めて招じ入れられてほどなく、不意に私の批評の文体と方法についていただいた御言葉は、普通には（たぶん）非常なお褒めとしての性格も含みながら、同時に私自身は、現在もなお考えるべき（そして、容易に克服し得ない）課題としての御助言でもあったと受け止めている（一生、直せないかもしれない――）。御夫妻愛用の〝健康ランド〟のような施設にも御案内いただき、御一緒に風呂にゆっくり浸《つ》かりもした。そこでの闊達な御人柄が溢れる幾つものエピソード等等、まだまだ書き留めていないことは、いつか改めて記すことにしよう。

……綴れば綴るほど、氏との実質的な交渉が、その最晩年の僅か五年余りでしかなかったことを思うと、もっともっとお会いしておくべき方だったと、後悔の念は強まるばかりである。その最後か、最後から二番目位に御自宅をお訪ねすることになった際には、事前に電話で私に御依頼があり、氏が青年期から壮年期、投獄中にも親しまれたヴィクトル・ユゴー『レ・ミゼラブル』の原書を見繕ってきてほしいとの御希望だった。併せて、遠視が進んで不自由しているが「老眼鏡」や虫眼鏡では読書の愉しみが半減するとの嘆きもお聞きし、神保町で御所望の書籍の四巻本を購入するのとともに、より視野の広く確保できる読書用の文字拡大装置を丸善の書斎用品コーナーで探し、お土産に持参したところ、たいそう喜ばれ、早速、くだんの大河小説のページを開かれ、ジャン・ヴァルジャンをジャヴェール警部が追いつめる場面を流麗な発音のフランス語で朗読されていたことを思い出す（氏は、日本語・英語はもとより、フランス語・ドイツ語に堪能で、中国語も能《よ》くされていた）。

李泳禧さんと最後にお会いしたのは、二〇一〇年五月一九日夕刻のことである。当時、事情があり東京とロンドンの二重生活を始めて九箇月ほどが過ぎていた私は、五月の一時帰国中、「五《オ》・一八《イルパル》」市民蜂起三〇周年に光州を訪ねることを計画し、その途次、李泳禧さん・尹英子さん御夫妻にもお目にかかろうと、三週間ほど前から電話を重ねていたものの連絡がつかなかったのだった。次第に拡がる胸騒ぎに、二〇〇五年の初訪問の際、李泳禧さんからご紹介いただいた後も、何くれとなくお世話になっていた鄭炳浩さんにメイルでお訊ねして初めて、畏敬する思想家がそのしばらく前から入院されていることを知った。併せてお聞きした尹英子さんの緊急連絡先に電話し、入院先をご教示いただいた私は、前日一八日、早朝から夜半まで「五・一八」三〇周年の圧倒的な熱気に包まれた光州で民衆美術画家の盟友たちと忘れ難い時間を過ごした後、翌日、KTX（韓国新幹線）で直ちにソウルに戻り、同行の遠藤京子さんとともに、中区《チュング》は明洞《ミョンドン》大聖堂にほど近い、超近代的な大学病院に李泳禧さんをお見舞いした。

個室病室で尹英子さんに付き添われた李泳禧さんは、懸念していた最悪の御容態というほどではなかったにせよ、以前に較べれば御病気の肝機能障害によると推測される衰えは明らかで、胸を衝《つ》かれる思いがした。御夫妻とも、この入院・御病状のことは、それが知られた場合の社会的影響を考え、伏せておられるとのことで、実際、歴代政権の安定性にすら関わるほどの思想家であってみれば、その御配慮も当然であったろう。

一時間ほどお話するなか、「最近はストレスが溜まる一方なので、なるべくテレビその他の情報源は遮断している」とおっしゃっていたが、そうおっしゃりながら、さまざまな問題に関して、変わらず毅然たる見解を表明される御様子に、いささかは安堵する部分もあった。後から遠藤京子さんに聞いた話では、私はこのとき、すでに病床から御身体を起こされるのが難しかった李泳禧さんの両手をしきりに握りながら、あれこれとお話しつづけていたらしい。李泳禧さんのお歳を考えるなら、また当時の私の日―英―韓の間の不安定な往き来を考えるなら、これが最後の会見となるかもしれない……その重苦しい予感は否定しがたく、満腔の感謝を込めて、お別れを告げる気持ちがあった。

以後、同年の夏から秋にかけては英国との往復に追われ、一一月に光州での民衆美術画家・全情浩《チョンジョンホ》さん（次章で詳述）の記念すべき個展に出向いたときは、ソウルに立ち寄って御病床を煩わせるのは控えた。だが帰国した当日、発生した延坪島《ヨンピョンド》砲撃事件と、その後、高まる南北関係の緊張に、御事情が許せば李泳禧さんがなんらかの「声明」を出されてはいかがだろうかと、鄭炳浩さんに相談のメイルを出したところ、届いた返信で、私たちの敬愛してやまない思想家は現在、危篤で集中治療室にあること、すでに意識はなく御家族の呼びかけにも応じられないこと、私たちすべてが氏を見送る覚悟をしなければならないだろうことが告げられたのだった。

二〇一〇年一二月五日夜半、李泳禧さんの訃報は、全情浩さんからの電子メイルで届けられた。「五・一八民衆墓地」に葬られることも、併せて記されていた。八一歳になられて三日後の逝去だったことは、後から知ったところだ。

私は全情浩さんへの返信で記した――《「五・一八民衆墓地」に加わることは、李泳禧ソンセンニムのかねてからの御希望でした。全情浩さんはじめ、民主化のために闘ってこられた皆さんが、光州の地でソンセンニムのために祈られることは、何よりの追悼だと考えます》

すぐにも韓国へ駆けつけたいところだったが、そのとき私は、ほぼ一年半近くを断続的に過ごしていたロンドンの寓居を引き払う作業のため、翌日から英国へ出向かねばならず、叶わなかった。ヒースロー空港行きの搭乗機がユーラシア大陸上空に差しかかろうとする頃、李泳禧さんとの得難い思い出の数かずが去来し、万感、胸に迫るものがあった。

いま「3・11」以後、東京電力・福島第一原発事故による紛れもない破滅の淵に瀕し、しかもなお安倍晋三という低劣なファシストに蹂躙されている日本を、もしも李泳禧さんが御存命だったら、どう御覧になるか――。

その後もなかなか果たせずにいるが、今度、光州へ赴いたときこそ「五・一八民衆墓地」のお墓をお訪ねしたい。

第一七信　自ら闘い取ったものではないから、惜しくないのか？
日本国〝戦後民主主義〟の終末的危機に際しての沈黙

「民主主義」について――そこに本来、伴うべき〝厳しさ〟について考える。

三月末から四月初め、さらに今月第二週と、間を置かず二度、韓国南西部、全羅南道《チョルラナムド》の道都・光州《クワンヂュ》へ赴いた。一九八〇年五月一八日、全斗煥《チョンドゥファン》将軍の独裁に学生・労働者・市民が立ち上がり、戒厳軍の鎮圧に多大な犠牲を出しながら抵抗、民主化運動の礎《いしずえ》となった都市である。

短い間隔で二回続けて訪ねたのは、いずれも光州市立美術館で開催された友の絵画展――一度目は洪成潭《ホンソンダム》（一九五五年生）が二〇一四年夏、同年春のフェリー「セウォル号」沈没の惨事を中心的モチーフとして制作した大作『歳月五月《セウォルオウォル》』を、二度目は李相浩《イサンホ》・全情浩《チョンヂョンホ》（共に一九六〇年生）の二人が一九八七年の「六月民主化抗争」前後の作品を展示する企画の、それぞれ開幕式に出席するためだった。三人とも韓国民衆美術の卓越した画家であり、同時に八〇年代以降、まさしくその画業と不可分の軍事独裁政権との闘いの空前の突出性において、すでに存在自体が韓国現代史の一部となっている表現者たちだ。縁あって私は、二〇〇五年以来、一二年に及ぶ交流を続けている。

三月は到着の翌未明、朴槿恵《パククネ》・前大統領が逮捕され、そして今月は新大統領選挙の投開票日当日に到着するという――現在進行中のさらなる民主化のうねりのただ中の訪韓だった。

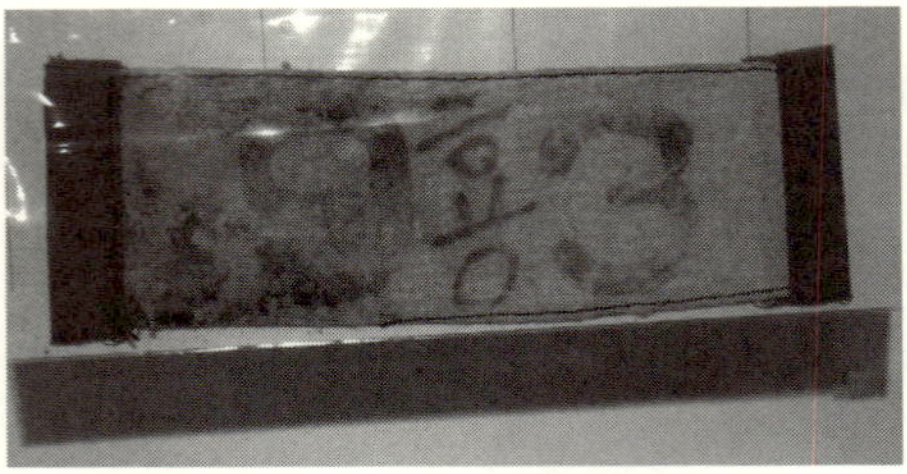

▲『白頭の山裾のもと』が国家保安法違反に問われ、投獄されていた期間、全情浩さんの囚衣に縫い付けられていた囚人番号の布きれ＝実物（2017年5月12日、光州市立美術館『応答せよ 1987』会場にて／撮影・山口泉）

仁川《インチョン》空港から西海岸を南下する高速バスで、車内テレビの大統領選「特番」は、ずっと韓国全土の「地域別投票率」も表示していた。夕刻、すでに七〇%台後半、八〇%にも達するその高さは、自ら求める者しか「民主主義」は手にし得ないという簡明で厳粛な事実を示すようだ。午後八時に投票箱が閉じられた瞬間、文在寅《ムンジェイン》候補の次期大統領当選確実が報じられると、バスの車内でも拍手が起こった。

七月三〇日まで開催中の李相浩・全情浩展『応答せよ《ウンタバラ》1987』は、韓国史上初めて〝絵を描いたことが国家保安法違反〟とされ、逮捕・投獄・拷問に遭《あ》った二人の共作『白頭《ペクトゥ》の山裾のもと、明けゆく統一の未来よ』を中心に、往時の抵抗の息吹を伝える稀有の展示である。この美術弾圧に際し、当時、二人の青年画家の弁護を担当された韓勝憲《ハンスンホン》さんは、かつて軍事独裁政権から逮捕・投獄、「弁護士資格剝奪」の弾圧をも受けながら民主化運動の支柱となった方で、前回、紹介した故・李泳禧《リヨンヒ》さんの盟友でもある。文在寅・新大統領の同志としても重きをなされており、開幕式当日は、新大統領のブレーンとしてソウルでの政策発表に立ち会った後、光州に駆けつけられた。

『白頭の山裾のもと』が、もともと日本の治安維持法に倣《なら》った悪法で摘発されたのは、描かれた躑躅《つつじ》が「北」側による〝赤化統一〟を表わす（利敵表現物製作・頒布）との奇怪な言いがかりによる。しかしながら〝絵を描くことさえ罪になるのか？〟と韓国社会を震撼させたこの暴挙の真の理由が、大画面いっぱいに漲《みなぎ》る軍部と米国の支配への鮮烈な告発だったことは明らかだ。八七年当時のオリ

▲『白頭の山裾のもと、明け行く統一の未来よ』と李相浩さん（左）・全情浩さん（2017年5月11日、韓国・光州市立美術館にて／撮影・山口泉）

ジナルは押収後、非道にもただちにソウル地方検察庁に焼却され、現存するのは二〇〇五年に描きなおされた〝復元作〟である。

特筆すべきは今回の光州市立美術館の展示が、国家権力による弾圧の歴史を正面から見据えていることだ。今年の「五《オ》・一八《イルパル》追悼式典」会場では、李明博《イミョンバク》・朴槿恵と二代続いた保守政権下では封印され歌われずにきた、民主化運動を象徴する歌曲『ニム（あなた）のための行進曲』が、新大統領はじめ参加者の斉唱で九年ぶりに響き渡った。韓国で現在進行中の「民主革命」の深さと拡がりに打たれる。

光州市立美術館学藝員の任鍾榮《イムヂョンヨン》さんは、従来、運動的側面でのみ取り上げられてきた民衆美術に、表現としての観点からも光を当てようとする。キュレーターとしての矜持《きょうじ》に満ちたその姿に想起するのは、先頃の山本幸三「地方創生相」の暴言だ。「学藝員は癌。一掃すべき」——同じことが、もしも韓国で起こったなら、少なくとも当該閣僚の更迭《こうてつ》まで、全博物館・美術館のストが続き、民衆はそれを支援するだろう。そして、こうした暴言を吐く者は、その政治生命を絶たれることだろう。

かつて東京電力・福島第一原発事故の年の終わりに、私はこう書いた。

《国民大衆は澱《よど》んだ諦めを湛《たた》えて（略）ＡＫＢ48を心の支えに、唯唯諾諾《いいだくだく》と被曝し、黙黙と生命を磨《す》り減らしてゆく。この静けさは何なのだろう？》（山口泉『原子野のバッハ——被曝地・東京の三三〇日』第一七三章／二〇一二年、勉誠出版刊）

「総選挙」という言葉をメンバーの人気投票へと脱政治化した件《くだん》のアイドルグループは、来月〝沖縄の活性化〟に資することも期待されているらしい。ところでそのプロデューサー秋元康氏と安倍首相との協同関係は周知の事実であり、系列の《欅坂46》のナチス親衛隊に酷似した衣装が国際的非難を受けたのも、つい昨秋のことだ。

最近、ＡＫＢ48の新曲が『ＮＨＫ合唱コンクール』中学の部の課題曲に選定されたものの、これでは合唱の基礎技術を学べないと、教育現場の篤実な音楽指導者たちが困惑していることも報じられた。「政治」は狭義のそれとしてのみ立ち現われるのではない。それはつねに「市場経済」や制度的「文化」、人間が存在する全体を包含して成立しているのである。

このたびの安倍首相の「改憲宣言」にも見られる通り、もともと国会の存在など歯牙にもかけぬ独裁内閣に、否決されることが明らかな「不信任案」を野党が提出する程度では、到底、現下のファシズムは止め得ない。さらに首相は、かつて国会答弁で自らが平然と「予備電源」の必要性を否定した、その果ての史上最悪の原発事故を隠蔽し招致した「東京五輪」を口実に、自由を根底から脅かす「共謀罪」の成立まで謀《はか》る悪辣さである。

少数の良心を孤立させ、相互監視と自己規制の沈黙に沈み込んできた偽りの〝戦後日本〟の対極に、韓国民主化運動の歴史はある。『週刊金曜日』今月二六日号掲載予定の連作小説『重力の帝国』第三話「五月の旗」は、それを担った人びとへの敬意を寓話として伝えるもの。御覧いただければ嬉しい。

〔初出＝『琉球新報』二〇一七年五月二四日付「文化」面〕

▲ 光州民衆美術を代表する作品の１つでもある自作の木版画『解放（ヘバン）アリラン』（1989 年）の版木を示す全情浩さん。優れた版画は版木までもが美しい。これで数千枚のビラが刷られた。右は李相浩さん（2010 年５月 17 日、光州広域市北区の全情浩さんのアトリエにて／撮影・山口泉）

［追記ノート］

きっと多くの人にとってそうであるにちがいないように、私にも人生における「特別な地」というものが、何箇所かある。わけても光州は、特別な上にも特別な場所だ。

この麗しい都市にいるとき、つねに私は忝《かたじけ》なくも多くの素晴らしい友らの友情、厚誼に包まれて、稀有の時を過ごしている。だが、しかも同時に、そこに身を置いているすべての瞬間を通じ、実は自らの全細胞が、最も内奥で声もなく慟哭《どうこく》しているような気がする。その友愛に溢れた生者たちが心の底に畳み込んだ悲しみと、そしてかつて彼ら生者たちと共にあった死者——

烈士《ヨルサ》たちの記憶に涵《ひた》されて。

（韓国では、義挙に斃れた偉人に「烈士＝열사」の尊称を用いる）

一九九二年末、フェリーで釜山《プサン》に上陸した私が、韓国で初めて滞在した都市も光州だった。以後、幾度となく訪ねた、そのいずれもが例外なく鮮烈な記憶に彩られたなかでも、二〇一〇年の五月と一一月の二度、赴いた折りのことを中心に、ここでは少し書き留めておこう。

この年一回目の五月の訪問に関しては、小文『五・一八と八・一五の間――事件三〇年後の光州から「戦後日本」へ』（月刊『世界』二〇一〇年一〇月号／岩波書店発行）に、ある程度、詳しく綴った。

それにしても「五・一八」三〇周年の光州は、むしろ明るく輝かし過ぎるほどで、五月一八日当夜の錦南路《クムナムノ》の絢爛たる記念パレードも、その規模と趣向に圧倒されるばかりだったが、そのただなかを全情浩さんや李相浩さん、洪成旻《ホンソンミン》さんや朴光秀《パクグワンス》さん、また千現魯《チオンヒョンノ》さんや梁甲秀《ヤンガプス》さんら旧知の民衆美術家たちと、三〇年の「時」をそのまま包含するように共に過ごした数日間は、過去と現在が同時に存在するかのごとき一種特別な「静けさ」に満ちたものでもあった。

その帰路のソウルで、李泳禧さんの病床をお訪ねし、別れを告げたことは、前章の「追記ノート」に記したとおりである。

そして、同年二回目の光州行は、「庚戌國恥《キョンスルクッチ》」――一九一〇年の「日韓併合」を、朝鮮語ではその年の干支《えと》から、こう呼ぶ――「一〇〇年企画招待展」として、畏友・全情浩の「朝鮮のあさ」展が市内・ロッテ百貨店ギャラリーで開催されるのに合わせ、同展の開幕に立ち会うための旅だった。この卓抜な企画を立案した同ギャラリー学藝員の高永才《コヨンヂェ》さん・金永姫《キムヨンヒ》さんの求めに応じ、同展図録のためのエッセイ『苦しみさえも美しい画布――美術の戦士・全情浩の弁証法的画業に寄せる七章』〈日韓二箇国語／韓国語訳＝稲葉真以《まい》〉（光州ロッテ百貨店ギャラリー発行）の原稿を、前もって東京から送付した後の出発である。

展示そのものの充実ぶりをはじめ、数多い光州行のなかでも屈指のそれとなったこのときの旅をめぐっては、帰国後に記した幾篇かの文章、とくに同年末の『日本の罪科を静かに問う、清冽な怒りの絵画――「庚戌國恥一〇〇年企画招待展」全情浩『朝鮮のあさ』展紹介』（『週刊金曜日』二〇一〇年一二月一〇日号）と、翌年になっての『百年の果てに開花する、真の「藝術」の救済力――「光州民衆美術」の二一世紀的現在／「庚戌國恥一〇〇年企画招待展」から』（『図書新聞』二〇一一年二月一九日号＝三〇〇二号＝8面全）に詳述しているので、ここでは割愛する。光州民衆美術でかねて昵懇《じっこん》の、いずれも「一騎当千」というに相応しい藝術の闘士たちに加え、朴泰奎《パクテギュ》さんと金喜孌《キムヒリョン》さん夫妻、徐東煥《ソドンファン》さん、金保秀《キムボス》さんほか、新たに出会った美術家らのことも、とくに後者では御紹介している。当時の私がその存在を把握する「光州民衆美術」フルメンバーの〝総覧〟の趣をも持つエッセイである。

さらにこの晩秋の光州では、「五・一八」からちょうど半年後の一一月一八日、全情浩さんが夕刻からの御自身の記念すべき展示のオープニングを控えながら、盟友の李相浩さん、そして洪成旻さんや千現魯さんとともに、私と、同行の遠藤京子さん（オーロラ自由アトリエ代表）を案内してくださり、まさに『ニムのための行進曲』誕生の舞台ともいうべき「野火《トゥルブル》夜学」の跡地「五・一八自由公園」や、私たちがまだ知らなかった光州市民蜂起関連施設を回ることができたのだった。

そして翌一九日には、李相浩さん・千現魯さんと、若いシンガーソングライター・林書鉉《イムソヒョン》さんのお力添えで、市内・光山区新龍洞《グワンサングシニョンドン》（旧地名は林谷《イムゴク》）へ足を伸ばし、尹祥源《ユンサンウォン》烈士（後述）の生家をお訪ねして、アボニム（御父様）尹錫同《ユンソットン》さんに御目にかかることとなる（もともとの生家は二〇〇四年に火災で焼失。現在のそれは翌年、復元されたもの）。

晩秋の柔らかな陽光に包まれた一日だった。田園地帯そのものの光州郊外の風景は晴天の下、静かな輝きの底に微睡《まど》んでいた。御母堂・金仁淑《キムインスク》さんが剝《む》いてくださった山盛りの柿をいただきながら、私たちはお話を伺った。歳月を経てもなお、決して薄らぐことのない痛切な感情を怺《こら》えながら、息子さんについて語られるアボニムの表情に胸を衝《つ》かれた。そして私たちは、尹祥源烈士と朴琪順《パクギスン》烈士の名高い「霊魂結婚《ヨンフンギョルン》」にまつわる文物にも接した——。

日本から訪ねた私たちのために、尹錫同さんは、大きな韓国海苔の包みの手土産まで用意してくださっていた。八四歳のアボニムは最後に、杖を突かれながら、車まで私たちを見送ってくださった。

かつて一九九八年の春、IMF危機のまっただなかに全韓国が呻吟していた四月にソウルを訪ねた私は、縁あって、李小仙《イソソン》オモニム（御母様）のお宅をお訪ねし、親しくお話を伺うことができた。言うまでもなく、朴正熙《パクチョンヒ》大統領の軍事独裁が加速する一九七〇年一一月一三日、労働者の劣悪な環境を告発、その改善を要求し、ソウル市清溪《チョンゲ》の平和市場《ピョンファシヂャン》で抗議の焼身自殺（「焚身《プンシン》」と呼ぶ）を遂げ、全韓国社会を揺さぶって、その後の労働運動・民主化運動にも決定的な影響をもたらした二三歳の労働者・全泰壹《チォンテイル》烈士の御母堂である（このときの会見記『歴史の著作権は誰のものか？』は月刊「世界」一九九八年一二月号に発表。後に『宮澤賢治伝説——ガス室のなかの「希望」へ』＝二〇〇四年、河出書房新社刊＝に収録）。

光州民衆美術の盟友たちの心配りで、この折り、実現した「尹祥源生家」訪問と尹錫同アボニムとの会見は、李小仙オモニムとのそれと同様、私たちにとって忘れ難いものとなった。

『ニム（あなた）のための行進曲』（白基玩《ペクギウアン》・原詩、黄晳暎《ファンソギョン》・補作詞／金鍾律《キムヂォンニュル》・曲）は、よく知られているとおり、光州市民抗争で市民軍の拠点となった全羅南道《チョルラナムド》道庁舎を最後まで守り抜き、戒厳軍との交戦の末、落命した指導者・尹祥源烈士（一九五〇年〜八〇年）と、彼の恋人で、すでに七〇年代後半、軍事独裁のただなか、自らの学歴を隠し、光州で最初の女性「偽装就労者」となるなど、労働者の過酷な現実に寄り添いながら、労働学校「野火夜学」を創設したものの、過労のさなか、暖を採るための煉炭による一酸化炭素中毒という不慮の事故で早世、〝すべての労働者の永遠の姉〟と讃えられる朴琪順烈士（一九五八年〜七八年）との、「五・一八」の後、一九八二年に人びとが執《と》り行なった「霊魂結婚式」のために作られた歌だ。いまでは韓国のみならず、東アジア圏の抵抗運動を象徴する一曲となった（二人の「結婚」は「霊魂結婚」＝死婚＝が決して珍しくはない韓国でも、史上最も名高い「霊魂結婚」とも言われる）。この民衆歌曲に関し、光州国立墓地の「五・一八」追悼式典で、時の大統領が起立したか否か、斉唱に加わったか否かが、毎年、国家的事件として報道されることそれ自体が、韓国の民主主義の底深さを指し示しているといえよう。

『応答せよ《ウンタバラ》1987』展・開会式の終わりに、全情浩・李相浩・洪成潭をはじめとする画家たち、韓勝憲さんほか皆さんとともに、定式通り、可能な人は全員立ち上がり、腕を振りながら『ニムのための行進曲』を合唱したことも大切な思い出である。このセレモニーの途中、壁面いっぱいに掲げられた『白頭の山裾のもと、明けゆく統一の未来よ』を背に、作曲者・金鍾律さん御自身の圧倒的なギター弾き語りで同曲が歌われ、李相浩さん・全情浩さん（右側の壁際・手前から）が唱和されている貴重な時間の記録としては、遠藤京子さんがスマートフォンで撮影した動画（一分五六秒）が、帰沖後ただちにアップロードされた。

https://www.youtube.com/watch?v=2e3EbYgSsGg

またこの歌に関しては、光州広域市の公式サイトにも、作曲者が当時スケッチブックに手書きしたオリジナル楽譜の貴重な画像とともに、メタルロック版（！）まで含む、いくつかの音源が用意されている。

https://www.gwangju.go.kr/contentsView.do?menuId=gwangju0506090500

なかでも最も基本的な混声合唱ヴァージョンは、男声部と女声部との対比構成に巧緻を極めた編曲がなされていて〝必聴〟といえよう。まず男声部で始まる荘重で沈痛な歌い出しに続き、再生開始の一分六秒後、歌詞三行目《동지는 간데 없고 깃발만 나부껴》（トンヂヌン・カンデ・オプコ、キッパルマン・ナブキョ＝同志は消え去り、旗のみはためく）から、女声部が清冽かつ強靭に被《かぶ》さってくる瞬間の、血の気の引くような感銘――。さらに開始後二分〇四秒、直前の《깨어나서 외치는 뜨거운 함성》（ケヨナソ・ウェチヌン、トゥゴウン ハムソン＝眼醒めて叫ぶ、熱き喊声《かんせい》）で、引き潮のごとく底知れぬ〝溜め〟が作られた後、それだけでもすでに十分すぎるほど圧倒的なそこから、一気に押し寄せるクライマックスのリフレイン――《앞서서 나가니 산자여 따르라》（アプソソ・ナガニ、サンヂャヨ・タルラ＝先に発つから、生者よ続け）の一回目、男声部が夜の大河のごとく深く重く進行する上を、女声部が全存在を込めたかのように張りつめた高音で二度、切れ切れに《앞서서 나가니》を繰り返す――《先に発つ、先に発つから》と。……さながら世界への名残りを惜しむかのように、しかし死へ――彼ら自身は生死を超えた永生と考える〝人間の住むべき世界〟へと向かって決然と突き進む覚悟が煌《きらめ》きながら迸《ほとばし》り、降り注ぐ部分の合唱は、聴いていて呼吸すら苦しくなるほどだ。

韓国歌曲の水準の高さと、政治と藝術とが合一した文化の底深さに、魂を顫《ふる》わされる思いがする。そしてこの作品がさまざまな場で国民的歌曲として歌われる社会の歴史への敬意、政治意識の高さ、連帯の密度に、ひたすら圧倒される。こうした社会が、自らの帰属する似而非《えせ》〝民主主義国〟・擬似元経済大国〟、差別と抑圧、相互監視と自己規制が猖獗《しょうけつ》を極め、人類史上最悪の放射能汚染に曝《さら》されながら、なおも嬉嬉として奴隷の鎖をみずから身に巻きつつ過ごす最悪の国家の、そのすぐ隣に存在することを、生涯、知らず、しかも知ろうとする努力すら払おうとしないままに世を去る少なからぬ日本人が、人として哀れでならない。

いくつかの後日譚がある。以下、なるべく簡略に、かつ時系列に沿って記しておこう。

この忘れ難い二〇一〇年には、四月に東京で一冊の邦訳書が刊行されている。林洛平《イムナッピョン》著・高橋邦輔訳『光州　五月の記憶——尹祥源・評伝』（社会評論社）。私はこの年二回の光州の間にその存在を知り、一一月の光州行では同書を持参して、尹錫同アボニムに御署名もいただいた。それに先だって完成し、送稿していたものの、掲載が遅れた同書の書評がある。『「人間が住むべき世界」の希求に命を賭して——光州事件を支えた青春群像の記録』（『図書新聞』二〇一〇年一二月四日号＝二九九二号）。

「五・一八自由公園」と「尹祥源生家」を訪ねた後だったら、私のこの書評はさらに別のものとなっていただろう。だが実際の発表形も、それはそれで、この稀有の書と出会った者としての責任は果たす一文となっているのではないかとの自負は、ある。

著者・林洛平氏は原著『野火の肖像　尹祥源・評伝』の前言「復活の歌」に、こう記す——一九七〇年代末から八〇年代末まで、いずれも「野火夜学」に集い、比類ない生と死を生きた朴琪順（一九五八年〜七八年）、尹祥源（一九五〇年〜八〇年）、朴勇準《パクヨンヂュン》（一九五六年〜八〇年）、朴寛賢《パクグァニョン》（一九五三年〜八二年）、申榮日《シンヨンイル》（一九五八年〜八八年）の五烈士の名を挙げた後で。

《烈士の前で、生きているわれわれは恥じる。烈士の前で、われわれは自信を持って顔をあげることができない。凄絶に死んだ烈士の前で、われわれは生きているという事実さえ、恥じるのみだ》

「孤児」だったという朴勇準烈士の短い生涯は、韓国民主化運動の精髄が封じ込められたかのようなそれだ。尹祥源と同じ五月二七日払暁、道庁周辺で戒厳軍と交戦し、落命。

朴寛賢烈士の最期は、さまざまな思いに人を誘《いざな》うだろう。全南《チオンナム》大学総学生会会長として「五・一八」を指導し、名高い道庁前「噴水広場」での演説で〝光州の息子〟と謳《うた》われながら、道庁陥落の直前、現場を脱出、その後二年にわたる潜行生活を経て逮捕された後、闘いの決定的局面で戦線を離脱して仲間と生死を共にしなかったことへの負い目から、獄中で五〇日に上る断食闘争を決行、絶命する。

彼と獄中での断食闘争を共にした中榮日烈士は、瀕死の状態にいたって釈放されたものの、獄中生活の後遺症のため、「五・一八」から一〇年を経ずして世を去った。

私は前掲の書評で、朴寛賢烈士と中榮日烈士の死については、次のように記した。

《……ほぼ同時期、八一年の三月から夏にかけ、ベルファスト郊外のメイズ刑務所Hブロックにおいて、ボビー・サンズはじめ一〇人の青年がアイルランド独立運動に殉じ、次つぎと餓死していったハンガーストライキを、私は想起する。八〇年代前葉の世界的反動の潮流のなかでの》

付言すると、私はIRA暫定派の青年たちが光州市民蜂起の青年たちと「同じ」だというつもりはない。韓国民主化運動の場合と異なり、自分がその全体像を精確に論評し得る知見を充分に持ち合わせているとも考えていない。だが私の認識の範囲でも「権利」のための獄中闘争としては、その人間的根源において「共振」するものがあると評価している。一方、当時のサッチャー政権、その同盟者だったレーガン政権と、全斗煥、また中曾根康弘らの政権もまた、深く通底する共犯関係にあった。

――ちなみに、原著初版は一九九一年刊、改訂版は二〇〇七年刊。その関係で、この初版の「前言」には後の「野火七烈士」のうち、九八年になって他界した金永哲《キムヨンチオル》・朴暁善《パクヒヨソン》の二烈士は、名前が出てこない。だが「改訂版の出版に当たって」では、詳しく紹介されている。

金永哲烈士（一九四八～九八年）は尹祥源烈士と同じアパートで共同生活をし、最後は道庁会議室で戒厳軍のM16突撃銃に腹部を撃ち抜かれた彼の死にも立ち会った人である。尹祥源烈士の遺体を蒲団に横たえた後、逮捕され、「五・一八」を〝「北」の策動〟と捏造しようとする凄まじい拷問に抵抗して、コンクリート壁に頭部をぶつけての自殺を図る。それに起因する重い脳障害に釈放後も苦しみつづけ、五〇歳で逝去した。

朴暁善烈士（一九五四〜九八年）は市民軍の広報部長として「五・一八」期間中、活躍したものの、朴寛賢烈士と同様、戒厳軍突入の直前、道庁を抜け出し、潜行後に逮捕された。その後、地域の文化運動に尽力するが、尹祥源烈士らと運命を共にしなかったという「負債意識」は生涯を通じて重く、癌のため、金永哲烈士の他界からほどなくして歿《ぼっ》する——。

七烈士いずれも、遺された者に幾つもの問いを永く投げかける生涯である。私自身、自らとほぼ同世代の韓国の青年男女の生と死に、さまざま思念が交錯する（その一部は長篇小説『アルベルト・ジャコメッティの椅子』＝二〇〇九年、藝術新聞社刊＝に記した）。

ところで、やはり世代を等しくする〝一九五七年生まれ、全南大学の学生時代に先輩の尹祥源に兄事し、「野火夜学」の運営にも参加、八一年からは二年余、デモに関連して投獄もされた後、環境運動に携わるとともに、「野火烈士」たちの顕彰活動にも努めている〟という『野火の肖像　尹祥源・評伝』の原著者・林洛平さんに——その後、私は直接、お会いすることとなる。

二〇一三年四月二三日、光州広域市・錦南路の光州YMCA——光州市民蜂起の際、重要な舞台の一つとなったこの地で、私が『核破局の国・日本から残された世界を防衛し、非核アジアを構築するには』と題して行なった講演を企画してくださった市民講座「脱核学校《タレクハッキョ》」も運営する光州環境運動連合の共同議長が、まさにこの林洛平さんだったのだ（「脱核学校」は他に韓国《緑の党》や関連グループも共催）。

▲ 画家や工藝家・キュレーター・研究者・通訳・協力スタッフら、「光州民衆美術」において連帯する、綺羅星のごとき人びとが結集した、全情浩『庚戌國恥 100 年企画招待展「朝鮮のあさ」』オープニング記念写真。背後の大作は『恨（ハン）』（キャンヴァスにアクリル、240cm×800cm）。この皆さんとの出会いが 2005 年以来、いかに私の生を豊かにしてきてくれていることだろう（2010 年 11 月 20 日、光州ロッテ百貨店ギャラリーにて）

この年は年初の一月一八日に、ドイツ・デュッセルドルフ《緑の党》（ミリアム・コッホ代表）に招かれ、現地で『核破滅ファシズムの国・日本から、残された世界を防衛するために』と題して三時間にわたる講演をした（通訳＝巽《たつみ》レリ玲子さん）。このドイツ講演から日本に戻った後、東京電力・福島第一原発事故の被曝避難のため、二月末から三月一日にかけ、フェリーで東京を発って、現在に至る沖縄移住を決行、ようやく沖縄での生活が始まってほどなくの光州講演だった。

――なお、前掲のデュッセルドルフ講演は、当日アムステルダムから駆けつけてくれた《ＩＷＪ》（Independent Web Journal）ヨーロッパ支局特派員・鈴木樹里《じゅり》さんにより、世界同時中継していただくことができた。またこの企画については『週刊金曜日』二〇一三年四月一九日号に『いま、ここにある世界破滅の危機から目を逸らさないために——丸二年を経た東京電力・福島第一原発事故を、国際世論に訴える』として報告を寄稿した（のちに『辺野古の弁証法——ポスト・フクシマと「沖縄革命」』に収録）。また本書・第二〇信でも御紹介する三重県在住の鈴木昌司さんが、三時間に及ぶ全文の詳細な文字起こしを、御自身のブログにアップロードしてくださってもいる。

https://blogs.yahoo.co.jp/papakoman/16688089.html

その後、四月に行なったこの光州講演で、メインの通訳をお引き受けいただいた、日本文学研究者にして石牟礼道子の翻訳家・金鏡仁《キムギョンイン》さんとは、すでに数年来の旧知だったが、併せて通訳をお手伝いくださった光州環境運動連合のスタッフ（当時）小原つなきさんには、光州滞在中の全日程、お宅に泊めていただき、御伴侶・丁俊鉉《チォンヂュニョン》さんや息子さんと五日間、御一緒させていただくという、公私にわたってお世話になる展開となった。なお、小原つなきさんのお名前は『光州　五月の記憶』の巻頭にも、訳者・高橋邦輔氏の協力者として示されている。

光州講演の翌日、四月二四日には、全情浩さんに、市内の《勤労挺身隊ハルモニ＝お婆さん＝と共にする市民の会》（李國彦《イグオン》事務局長・安英淑《アンヨンスク》事務次長）へ御案内いただき、戦時中の三菱重工名古屋工場への勤労動員をめぐり、日本政府を相手取っての裁判を続ける梁錦徳《ヤンクムドク》ハルモニとも、二〇一〇年一一月以来、二年五箇月ぶりの再会を果たした（梁錦徳ハルモニについては、本書・第二五信も参照）。また、この二〇一三年四月の光州講演に関しては、その後、私は『「五・一八」の地が遠望する、非核アジアの可能性——韓国・光州環境運動連合の招きで、福島第一原発事故を報告』（『週刊金曜日』（二〇一三年七月五日号）に記している。

なお本稿掲載時には、この本文の後に『琉球新報』文化部担当者による《山口泉さんの公開講座『文化運動としての東アジア「民衆美術」』が行なわれる。六月一日午後一時～二時半、沖縄キリスト教学院大学》の告知が付されている。本来は学内の学生向け特別講義としての性格の強い企画だったが、当日は、むしろ学外の市民の方が多く来場された。

それにしても、二〇〇五年の夏から冬――立命館大学教授（当時）徐勝《ソスン》さんにお引き合わせいただいた、文中の洪成潭・李相浩・全情浩はじめ、光州民衆美術の綺羅星《きらぼし》のごとき画家たちとの出会いは、私と韓国、ひいては東アジアとの関わりを、どれほど血肉を伴った「友情」に深めてくれたことだろう。すでにさまざまな場で書いてきたことなので、ここでは詳述しないが、その持つ意味は計り知れない。

本文末尾に記した『重力の帝国』第三話『五月の旗』は、トランプ政権による朝鮮民主主義人民共和国への核攻撃の可能性すら喧伝されるただなか、事実、軍用車輌の出入りその他をはじめ、緊迫の度を増していた嘉手納飛行場のほとりの寓居から韓国への旅を重ねた息詰まるような二〇一七年春の日日を通じ、醸成され、制作した、私自身、とりわけ感慨深い一篇である。なお同作には、私が自ら拙い朝鮮語訳を試みたテキスト『오월의 깃발』（オウォレ・キッパル＝五月の旗）も存在する。不備を補う御意見をいただければという思いもあり、御関心をお寄せいただける方には、お目にかけたい。

この掌篇小説でも、また光栄にも『応答せよ１９８７』の図録（光州市立美術館発行）に寄稿させていただいたエッセイ『「五月」から「六月」へ――命を削り、青春を刻み込んだ美術の連星たち』（「5월」에서「6월」로――목숨을 깎아, 청춘을 아로새긴 미술계의 쌍성）（日韓二箇国語）でも言及している問題であるが、〝消失し、さらには湮滅《いんめつ》された「旧作の復元」〟という、表現者にとっては何重もの意味で過酷・残酷な作業の強いられる場合が、他の抵抗藝術においてと同様、光州民衆美術にあっても少なくない。それに留まらぬ苦難のなか、画家自身と、それに心を寄せる同志らが文字通り身命を賭し

て支え、守り抜いてきた民衆美術を、その「成果」の表層のみ、安易に「消費」して恥じない傾向が、かねて日本の〝研究者〟や〝運動家〟の側に散見されないでもないのは、まことに憤ろしいことだ。自らの内部に天皇制的国家主義やそれに依拠する擬似「文化」ヒエラルキーをそっくり温存したまま、韓国民衆美術を取り扱う輸入ブローカーめいた彼らの、その政治的定見のなさ以前に、そもそも対象の画家たちの個別の作品の意味も価値も分らぬくせに、ただ自身の帰属するギルドの序列のなかでの保身と栄達を打算のみで、それらを弄《もてあそ》ぶ姿には、底知れず暗然とさせられる。この者らにとっては光州民衆美術すら、自己宣伝の具でしかないのだろう。ゆえに、作品と画家に、真に敬意を払うということがない。人が闘ってきた事実の重みを、これほど卑しく貶《おとし》める行為はあるまい。

……事ほどさように、韓国、なかんずく光州については、いくら書いても書き切れそうにない。

光州民衆美術を史上初めて一堂に集めた歴史的展示《光州事件から二五年――光州の記憶から東アジアの平和へ》展（二〇〇五年一二月、京都市立美術館別館）に際し、企画者の徐勝さんから機会をいただき、同展図録に私は『光源と辺境』と題するエッセイを寄稿した。光州民衆美術について綴った最初の一篇を、私はこう書き起こしている――《藝術でしかないものは、藝術ですらない》。なぜなら光州民衆美術は、まさに単なる「藝術」に留まらぬことで、ついに真の「藝術」たり得ている営為なのだから。

以来、この一五年の間に、『週刊金曜日』『世界』『アート・トップ』『図書新聞』『信濃毎日新聞』『琉球新報』『沖縄タイムス』をはじめとするさまざまな媒体、そして何より彼ら画家たち自身の展覧会の図録にも、優に大部の本一冊分以上の厖大な文章を発表してきたが、さらにまだ手がけていない友らについての個別の作家論をも加えた上で、それらを機軸とした「現代韓国論」を、いずれ一書にまとめること――。それは、私の〝夢〟の一つである。

▲ 尹祥源烈士のアボニム（御父様）尹錫同さん（2010 年 11 月 19 日、光州広域市光山区新龍洞「尹祥源生家」にて／撮影・山口泉）

▲ 再現された尹祥源烈士の机。日記帳、愛用の横笛などの遺品が並ぶ。手前は来訪者用の「芳名録」。私たちも記帳させていただいた（同左）

▲「野火夜学」遺構。当時の壁が残る（2010 年 11 月 18 日「光州 5・18 自由公園」にて／撮影・山口泉）

▲〝すべての労働者の姉〟と讃えられる朴琪順烈士の生涯を伝えるパネル。屋外には、尹祥源烈士との「霊魂結婚」を記念する石柱も建立されていた（同上）

◀「野火夜学」創設・運営に参加し、軍事独裁政権への抵抗の中で落命していった「野火 7 烈士」を記念するモニュメント。北斗七星を象った、左下から順に、朴琪順烈士・尹祥源烈士・朴勇準烈士・朴寛賢烈士・申栄日烈士・金永哲烈士・朴暁善烈士の肖像レリーフが象嵌されている。いずれも〝五月の光州〟＝「5・18」精神＝光州民主化運動を象徴し、今日の韓国民主主義の礎となった人びとである（同・左上）

第一八信　世界と人類史に恥ずべき欺瞞に満ちた国から
あの六月の死者たちと、彼らに連なる人びとへ——

この恥ずべき国は、ついに来るところまで来たようだ。

もとより第一次政権期間を併せて、安倍独裁内閣の行なってきた悪政・失政は枚挙にいとまがない。そして今回、可決された「共謀罪」法は基本的人権に対する国家統制そのものであり、およそ市民革命以前、近代啓蒙思想以前の、さながら中世封建領主の布告のごとき内容は、多年にわたって「自由」「平等」を希求してきた人類の精神史に対する汚辱である。

強行成立の暴挙がなされた六月一五日——。五七年前のまさにこの日、国会議事堂前では、日米新安保条約調印を強行する岸信介政権に反対するデモに参加した東京大学生・樺美《かんば》智子さん（当時二二歳）が警官隊の弾圧の中、命を奪われた。日本国の支配構造が「戦前」「戦中」「戦後」を一貫して変わらぬことを体現した祖父を手本として独裁を加速してきた安倍首相にとって、「共謀罪」法成立は、さぞかし晴れがましい〝成果〟だったに違いない。

それに先立つ今月二日の衆議院法務委員会で、安倍政権における厖大な暴言の数かずの中でも最大級の看過し難い認識が表明された。金田勝年・法相の「治安維持法は『適法』」とする答弁は何か——？

敗戦から二箇月も後になってようやく廃止されるまで、延べ数十万人を検挙、明確なだけで二千名になんなんとする命を拷問の果てに奪ってきた、天皇制超国家主義が人間の魂を〝取り締ま〟る「悪法」に対しての現存日本政権の認識が、これなのだ。むろん前記の犠牲者には、当時の植民地支配下の人びとも含まれる。

農村の女性の現実から出発し、生涯にわたってこの国の「文学」という概念を救出してきた作家の一人・山代巴《やましろともえ》（一九一二年〜二〇〇四年）は一九四〇年、サークル活動を理由に夫・山代吉宗《よしむね》と共に検挙され、敗戦まで獄中に在った。その間に吉宗は広島刑務所で獄死（巴は和歌山刑務所に収監中）、出獄後、夫の亡骸《なきがら》の模様を人から伝え聞いた彼女が、三五年を経て、なお昨日のことのように私にそれを述懐した声は、今も耳に残る。

一九四二年〜四五年、雑誌『改造』ほか出版界を中心に拡大した「横浜事件」は、約六〇人の逮捕者・五名の死者を出した言論弾圧である。当時『中央公論』編集者として逮捕された木村亨《とおる》さん（一九一五年〜九八年）は、特高刑事がこう言いながら拷問を加えたと、かつて集会で証言された。

「小林多喜二を知っているだろう？　お前も、あいつのようにしてやる」

小林多喜二（一九〇三年〜三三年）については、改めて説明を要すまい。後年、努力の末、多喜二も望んだヴァイオリニストとなった令弟・小林三吾《さんご》さんは、警視庁築地警察署で虐殺された兄の遺体が自宅に運ばれてきた夜の光景を、私に語ってくださった。今回のカット写真は小著『アジア、冬物語』（一九九一年／オーロラ自由アトリエ刊）第三四章「魂をつなぐ協奏曲――小林多喜二・小林三吾兄弟の生と藝術」と題した訪問記からの複写である。

三吾さんら遺族はその後も日本社会の偏見に遭《あ》う。一方、多喜二に手を下した特高刑事は、ほどなく天皇から叙勲を受けた者も含め、三名全員が「戦後」の日本社会で〝成功〟を収め、兇行現場の警察署は現在も往時の名称のまま、同じ地に存在する。なんという国なのか。

また「治安維持法」の悪逆は日本の敗戦で終わらない。これを範とした「国家保安法」(一九四八年制定)が、軍事独裁政権下の韓国で、いかに猛威を振るったか。

一九八七年一月、ソウル大学生・朴鍾哲《パクチォンチォル》さん(当時二二歳)が治安本部の水拷問で殺された事件は、同年六月、二百万人に及ぶデモが韓国全土を覆う「六月民主化抗争」の重要なきっかけとなった。このデモのさなかの六月九日、延世《ヨンセ》大学生・李韓烈《イハニョル》さん(同二〇歳)は、戦闘警察隊が発射した催涙弾を頭部に受け、翌月、死亡している。金田発言は、これら全ての苦難を侮辱し愚弄するものだ。

結果として「六月民主化抗争」は韓国に大統領直接選挙制を実現させた。それに引き換え、自らの「予備電源不要」との謬見から東京電力・福島第一原発事故の取り返しのつかない惨禍をもたらし、挙句の果て、この人類史上空前の核公害の隠蔽に国際社会を欺いて「東京五輪」を招致した安倍晋三首相に、日本社会はその「東京五輪」を口実として「共謀罪」強行成立を許した上、「改憲」をまで平然と予告させてしまっている有り様だ。「盗人に追い銭」とは、まさしくこのことだろう。

二〇一四年六月二九日の白昼、東京・新宿駅南口で「集団的自衛権」容認の閣議に抗議、焼身自殺を図った男性は、名前も、その後の安否も伝えられない。同年一一月、日比谷公園で、辺野古・高江の基地建設に抗議して焼身自殺した新田進さん(筆名)に関しては、さらに報道が少なかった。

それより四半世紀前に朝鮮戦争が始まった日でもある一九七五年六月二五日、嘉手納基地第二ゲート前で皇太子(現明仁天皇)訪沖に抗議し、焼身自殺した船本洲治《ふなもとしゅうじ》氏(当時二九歳)の名を、今日、どれほどの人が覚えているか。それに遡る一九六七年一一月、恥知らずにもわざわざヴェトナム戦争への協力表明に訪米する佐藤栄作（岸信介の弟＝安倍晋三首相の大叔父）首相に抗議し、首相官邸前で焼身自殺したエスペランティスト・由比忠之進《ゆいちゅうのしん》氏（同七三歳）の名は？

「満洲国」警察官だった父親が八路軍に捕えられ銃殺された船本は、苦学して進んだ広島大学を中退、山谷・釜ヶ崎の日雇い労働者支援運動に尽力した青年だった。自ずと「天皇からホームレスまで誰とでも」〝つながりを作れるのが自分の強み〟（『ジャパンタイムス』インタヴュー）とうそぶく安倍昭恵・現「首相夫人」（閣議決定で「私人」と認定されたらしい）の意識の差別性を想起する。

いま、他者の苦しみや悲しみ、怒りに対する共感力を喪失した日本社会の冷淡・無関心・沈黙は恐ろしいばかりだ。そもそも「国家戦略特区」などという、おぞましくも舌足らずの軍事用語まがいに何らの批判も抵抗も示さぬまま、相手の言語感覚に乗って論議を進める「野党」の鈍感さが絶望的である。

もはや人類にとっての脅威となりつつある日本国の現状を、緊急に世界に伝えねばならない。今般のジュネーヴ国連人権理事会での、沖縄平和運動センター議長・山城博治さんの真摯な演説に、その一つのよすがを見る。

〔初出＝『琉球新報』二〇一七年六月二一日付「文化」面〕

［追記ノート］

ほんとうに、あの方はどうなってしまったのだろう？　そもそも、あの方は一体、どなただったのだろう？　二〇一四年六月二九日、新宿駅南口で「集団的自衛権」容認の閣議に抗議して焼身自殺を図った男性のことだ。本稿を『琉球新報』に発表してから半月余りが過ぎた七月八日、『東京新聞』に比較的詳細に事件の背景と、男性がなお重篤な状態で治療中であることを伝える記事（荒井六貴、榊原崇仁）が出、九月に『朝日新聞』にいま一度続報が出たらしいものの（こちらは直接には未確認）、それから後、私の知る限り、いっさいの「続報」に接することができずにいる。

凄まじい情報統制ではないか。そして既存「制度圏」メディアは、なぜ「その後」をきちんと追跡しようとしないのか？　こうしたとき、ごく普通に用いられる「人一人が命を懸けて訴えようとした」という言い方は、当該の事態を考える上で極めて妥当性を持つと、私は考える。韓国民主化運動でも、ヴェトナムでも、米国でも……他のさまざまな地域でも、それらはあった。

付け加えると、この男性の焼身行為の際の主張には、私は必ずしも全面的には賛同しない（たとえば日本が「七〇年間平和だった」という認識について）。しかしながら、安倍政権のファシズムが加速する日本に対してのその危機意識の切実さと、認識の正しさは、なんら誤ってはいない。

にもかかわらず、これに対し、既存「制度圏」メディアの大半が、おそらくは安倍政権に対する「忖度」により無視・黙殺した一方（ただし「報道」の真の主体性を持つ外国メディア――アルジャジーラや、また問題はあるにせよ少なくとも日本の公共放送NHKよりは数段ましなBBCなどは、この行為の重大性を、御本人の主張を精確に伝えたことを含め、きちんと報道した）、〝インターネット言論〟では憎悪と悪意に満ちたさまざまに露骨な罵倒、誹謗中傷、そして賢《さか》しらな似而非《えせ》「中立」主義の〝批判的コメント〟が奔出している。またこの方の個人的背景・私的事情を探り、そこになんらか「窮状」の気配を見出そうとするのも、実は意味を成さない陋劣《ろうれつ》な行為だ。よしんば本人が何らかの窮状にあったとして（そもそもそれ自体、悪政の反映と言える場合が少なくないだろう）、しかも窮状に置かれた人のすべてが、同様の行為に踏み出すわけでもない。由比忠之進さんの焼身抗議が起こった際、内閣官房は、由比さんに何か「回復不可能の病気」等はなかったかと血眼で詮索し、結局そうした事実は見出せなかったため、その方向からの逆宣伝を断念したという。いずれにせよ、その当事者がいかなる事情にあろうと、私たちはまずその人自身の「主張」に真摯に向き合うべきなのだ。

また一方、どんな内容の主張であれ、「人が命を懸けて」することは無条件に評価する、という立場も、むろん私は採らない。重要なのはそれが「正しい主張」であるかないか、なのであり、今回の場合、この方の訴えはまさにそうした正当性を持っていた。

▲ 兄・小林多喜二の思い出と自らの歩みを語る小林三吾さん（1990年6月、東京都内の御自宅で／撮影・山口泉＝『アジア、冬物語』所収の写真を複写）

では何が正しいか正しくないか、そんなことを人は決められるというのかと、似而非〝中立〟の擬似〝公正〟論者は決まって幼稚な判断停止を舌足らずにうそぶく（うそぶいて、結局、現状の体制に受動的に加担する）。

もちろん、私は決められる。「不偏不党を信用せず」と喝破した竹内好《たけうちよしみ》を引くまでもなく、人は、歴史においてその埒外《らちがい》から「公正」「中立」を仮設することなどできない。常に生死に及ぶ主体的判断を迫られる歴史の選択のなかで、自らの思想と良心に従い、正しいと考える道を生きるだけだ。

このとき、「正しさ」と「正しさ」のぶつかり合いが戦争を産む……などと、鼻をひこつかせる者たちの度し難い浅薄さ。そしてその実、既存のシステムに阿《おもね》り、そこに意志的に呑み込まれようとする卑劣さ——。

第一九信　私たちの疲れ切った「希望」の恢復《かいふく》のために
深まりゆく理念腐蝕の危機に、直ちになされるべきこと

いつもどおり、率直に記したい。私が「沖縄県民」となって四年半、今ほど琉球弧の状況に閉塞感を覚えたことはない。あるいは、初めてこの地を訪ねた二六年前からの全期間を通じても——。単に日米両政府の圧制に対してだけなら、いかなる障壁も打撃も、なお永続的な抵抗の一局面と捉えることは可能だろう。しかしながら現在の危機は、明らかに次元を異にしているという気がする。闘いの方向性がかつてない混迷を深め、さまざまな位相で分断が縦横に進行し、抵抗の根底を支えてきた理念までもが腐蝕しかねない危惧をすら覚える。

もはや安倍政権は、世界の恥である。「人権」の概念を根底から欠いた閣僚・与党議員らの荒廃は枚挙にいとまがないが、何より諸悪の根源は安倍首相自身にほかなるまい。かくの如き人物が自衛隊の指揮権までも握っている事実は、統帥《とうすい》権は天皇の手にあった『大日本帝国憲法』下、あの東條英機が為した以上の軍事独裁の前段階に日本が陥っているに等しい。

その一方、現天皇に「戦後」民主主義の〝守護者〟を見ようとする類の倒錯した「臣民根性」も、むろん剔抉《てっけつ》されねばならない。それにしても、もともとその任に留まり続けていたこと自体が異常な稲田朋美「防衛相」の都議選演説の恐ろしさはどうか。

事は〝自衛隊の私物化〟〝公務員法違反〟どころの話ではない。現職「防衛大臣」が、世界有数の軍隊を挙げて選挙に介入する、と――少なくとも当人は公言したのだから。血も凍る光景である。その稲田氏すら、いまだ罷免されない。本来、ただちに内閣総辞職に追い込まれるべき事態にあって。一九六〇年の安保反対運動当時、国会を取り巻く数十万人のデモの〝鎮圧〟に、戦車を含む自衛隊の「治安出動」を企てた首相・岸信介（安倍首相の祖父）を諫《いさ》めたのは、当時の防衛庁長官・赤城宗徳《あかぎむねのり》だった。そのポストの劣化を極めた果ての後継者が、現「防衛相」稲田朋美である。

ところがこの悪辣な日本国の植民地支配下、まず第一に、当然それを機に琉球弧が一丸となっての抵抗に踏み入るはずだった「オール沖縄」翁長県政の誕生が、にもかかわらず現時点まで、必ずしもその役割を果たしていない。それどころか翁長県政は、沖縄社会と日本国家との間に立ち、もっぱら県民の抵抗の思いとエネルギーをひたすら吸収しつづける、奇妙な緩衝装置としての作用ばかりを及ぼしている。

辺野古・高江の闘いの過酷さは、とうに人びとの限界を超えている。なおかつ現場での抵抗は闘いの〝必要条件〟であって〝十分条件〟ではない。知事自身が明確な方針を示さず、主権者県民に最低限の説明もなさぬ秘密主義の内に任期の八分の五が過ぎながら、県民相互の四分五裂が進んでいるというのに、表面上はそれらが重苦しい沈黙に塗りこめられ、県政の停滞や「オール沖縄」の方向性の迷走ぶりに最低限の異議や懸念を表明することさえ憚られる。

一種〝異端審問〟に似た抑圧的な空気が澱《よど》む現在の琉球弧の状況は、異様である。

宜野湾・宮古島・浦添《うらそえ》・うるまの市長選〝四連敗〟が、それでも最善を尽くしての結果なら、やむを得まい。だがその経緯こそ違え、市長選候補として立てた奥平一夫氏や山内末子氏という優れた県議の議席をもあたら失いつつ、「オール沖縄」はむしろ自ら進んで衰退を加速しているかのようだ。

宮古島に関しては、分裂選挙に加担した国会議員らの責任も甚だ大きい。しかもそれら一連の展開になんら真っ当な検証も行なわれぬまま、このたびの那覇市議選を迎えて、「オール沖縄」の出発点だった名護の次期市長選、さらに県知事選の展望も、いよいよ困難の度を増す。

本欄でも再三、翁長雄志知事に要請してきた辺野古埋め立て承認「撤回」は、もとより闘いの出発点にすぎない。この国で――とりわけ安倍政権の下で「三権分立」は空文と化して久しく、そもそも狭義の「司法」の次元だけで事態が単純に解決することなど、容易には望み得ないのだ。だが、もしも県知事選後ただちに「撤回」が為されていたなら、それは日本政府への何より確実な打撃ともなっていただろう。

ようやくヤマト大衆の批判も高まり始めた安倍政権の惨状に照らして、現局面は再度の――あるいは最後の機会である。これを、座視していてはならない。

第二に。本年六月二三日の『平和宣言』で、翁長知事は「沖縄県は日米安全保障体制の必要性、重要性については理解する立場だ」と言明した。

だが私は元来「日米安保」に反対であり、これを否定している。そしてここで、知事が当初から掲げてきた「イデオロギーよりアイデンティティ」のスローガンに潜む陥穽《かんせい》に、改めて直面する。

《……イデオロギーのないアイデンティティではだめだと思います。イデオロギーもアイデンティティも備えて闘いが組織されてこそ本物だと思います。脱イデオロギーではダメです》

（平敷武蕉《へしきぶしょう》「危機の時代・文学の現在」／『南溟《なんめい》』創刊号＝二〇一六年八月）

「沖縄文壇」に留まらない——現代日本語「文学」圏で、最も真摯な批評家の一人が自ら再録した、右のシンポジウム発言（二〇一五年一〇月・東京）を目にした時の感銘は忘れ難い。

ここにもう御ひとかた、「金武湾《きん》を守る会」「一坪反戦地主会」はじめ多くの闘いの一線に立ちつづけ、「靖国合祀《ごうし》取り消し訴訟」原告も務めた敬仰《けいぎょう》すべき先達の、次の透徹した認識を加えれば、いま沖縄が絶対に譲ってはならない理念が自ずから照射されよう。

《（辺野古基地阻止闘争の）スタッフの中にも多くのヤマトゥンチューがいて（略）雑務など下働きに徹し、献身的に働いている》

《反戦の思想を固めつつ基地を引き受けるという主張が運動論として成り立つのか疑問に思えてならない。闘う者の連帯行動が市民運動の巨きな力となり発展につながることを再確認したい》（崎原盛秀《さきはらせいしゅう》「辺野古闘争の現場で思うこと」／『琉球新報』二〇一六年二月二四日付「文化」面）

辺野古・高江の現地には、在日はじめ外国人の姿もある。人間がその「出自」において分かたれるなら、それは結局、レイシズムに呑み込まれ、重層的な差別の構造をいよいよ増殖させるばかりだろう。《政治は人々を崇高にし、醜悪にもする》（船本洲治）——こう書き遺した青年については、先月の本欄で紹介した。

偽りの〝謙譲〟は、決して歴史への誠実ではない。世界のいかなる場所であれ、人は「理想」を通じてのみ、真の「連帯」に到り得るのだ。

〔初出＝『琉球新報』二〇一七年七月一九日付「文化」面〕

［追記ノート］

稲田朋美「防衛相」の演説とは、二〇一七年六月二七日、東京都議選（七月二日投開票）に際し、板橋区で開かれた自民党候補応援の集会でこの人物が「防衛省・自衛隊、防衛相・自民党としても」支援をお願いする、と公言したもの。こうした言辞を口走る閣僚（それも「防衛相」）が更迭もされない時点で、すでに『日本国憲法』は事実上の廃滅状態に陥っている。その後、稲田氏は七月末、南スーダンPKO（国連平和維持活動）派遣陸上自衛隊の「日報」に関する虚偽答弁問題で辞任したが、それも安倍首相は「罷免」ではなく本人の申し出による「辞任」とした。主権者を歯牙にもかけぬ姿勢である。

それにしても、何度もいうとおり、私がこの『まつろわぬ邦からの手紙』の連載期間中、沖縄の二大痛恨事と考えるのは、翁長雄志知事の「辺野古埋め立て承認撤回」の決定的遅滞と、革新陣営「分裂選挙」による二〇一七年宮古島市長選の奥平一夫候補の敗北だった。にもかかわらず「オール沖縄」はなんら、その誤りを誠実に検証せず、つねに安易に「未来」を語るだけで、自らの失敗と真摯に向き合い、そこから学ぶということがない。それは中核的なメンバーの少なからぬ部分が、本来の課題を実現することより、自らの地位の保全そのものを自己目的化しているせいではないか？

翁長知事の「沖縄県は日米安全保障体制の必要性、重要性については理解する立場」云云の発言においては、「沖縄県」とは知事自身の意であるとしか解釈のしようがない。日米安保と天皇制とが克服されない限り（版図に組み込まれた琉球弧を含め）日本国の自己解放は絶対にあり得ない。

平敷武蕉さんについては、かねて私は本多秋五（一九〇八年〜二〇〇一年）に比肩し、ある意味では本多をも超えた批評家との評価を持っている。この『まつろわぬ邦からの手紙』連載にも、武蕉さんをはじめ幾人かのウチナーンチュ知識人からいただいてきた励ましには、深く謝するところがあった。

使用カット写真は一九九五年末から九六年初頭、東欧を回った旅で撮影したもの。ナチスドイツの強制収容所・絶滅収容所も何箇所か、訪ねたなかから、特にこの一点を用いた意味は、前述のとおり、「民族」や「国籍」の彼方にある理念的連帯の表徴としてである。なおこの写真は、〝宮澤賢治的なるもの〟への私の批判の集大成『宮澤賢治伝説——ガス室のなかの「希望」へ』(二〇〇四年、河出書房新社刊)の表紙にも使ってもらったもので、『琉球新報』掲載時も本書も、カットとしてはその表紙から複写した図版に拠っている。

▲ ポーランドのアウシュヴィッツ強制収容所・銃殺場跡——。戦後、収容者の出身国別の旗を掲揚するため、銃殺場の壁に 20 本のポールが設置された。だが写真中央、囚人服を象徴する青と白の縞模様の布の赤い三角形は、ナチス・ドイツが国家・民族等に関係なく「政治犯」に付けた印を再現したものだという（1996 年 1 月／撮影・山口泉）

第二〇信　過《あやま》てる世界を照射する「光源」を巡る旅から
安倍政権の下、被爆地・広島と長崎は、いま——

八月二五日、翁長雄志知事の「定例記者会見」が行なわれた。報道を見るかぎり、要点は三つ。懸案の辺野古埋め立て承認「撤回」に関し、第一に「任期内かどうかは関係ない」。第二に、しかし「自らが決断する」。第三に「県民投票」の実施は「民意に委ねる」……。

意味の取りにくい部分があるものの、最初の二点は論理の帰結として、迅速な「撤回」より、むしろ「再選」に力点が置かれたものと理解されよう（これは今月一二日の「県民大会」の「翁長知事を支え……」と始まるスローガンの方向性とも符合する）。さらに「県民投票」は、それを「民意」に委ねるとされたことで、従来以上に〝既定〟の選択肢の一つという様相を帯びるかにも見える。

今さらながら、二〇一四年の県知事選の果てに、まさかこれほどの停滞（現実には、重大な後退・逆行）が待ち受けていようとは——。

かねて私は「即時撤回」以外の道があるとは考えていないが、よしんばその〝方法論〟に相違が見られるにせよ、少なくとも県政の主権者は知事ではなく、あくまで県民である。今回までにもすでにさんざん記してきたとおり、私たちは問題を知事に白紙委任したわけではない。自らを選任した主権者に、首長がここまで十分な「説明責任」を果たさぬまま、県民相互の分裂・分断が加速する閉塞状況は、まことにもって憂慮に堪えない。

現在の過てる世界を照射する「光源」は単一ではない。このかん私は、広島―長崎―水俣《みなまた》を回っていた。三都市いずれも、現地でひたむきな活動を続ける長年の盟友たちに迎えられての旅である。

昨年八月の本欄でも記した広島・平和記念公園「原爆の子の像」前での『さだ子と千羽づる』（SHANTI著／オーロラ自由アトリエ刊）の朗読は、今年で二四年目となった。二歳での被爆から一〇年後に白血病を発症、急逝した佐々木禎子さんの実話を基に、日本のアジア侵略の責任から米国の原爆投下、現在の世界の核状況までを伝える絵本を、全国各地から集まった友人たちが代わる代わる朗読し、私は伴奏のチェロを弾く。

毎年八月四日から六日までのこのイベントに先立ち、本年は三日夜、広島市内の《本と自由》という、まことに象徴的な名のブックカフェで、私が『いま広島と沖縄を結ぶもの――山代巴「この世界の片隅で」を手がかりに』と題した講演も行なった。

山代巴《やましろともえ》（一九一二年～二〇〇四年）は、戦中、治安維持法で五年にわたり投獄され、敗戦後は『にんげんをかえせ』の詩人・峠三吉《とうげさんきち》（一九一七年～五三年）らと、原爆の惨禍を記録、伝えるところから出発した文学者である。彼女の編著『この世界の片隅で』（一九六五年／岩波新書）は、最近、酷似した題名のアニメーションが評判のようだが、被爆後の広島の、被差別部落・在日・胎児性被爆小頭症・原爆孤児らの問題を凝視する、山代を含め八人の記録者の綴った八篇から成る著作である。巻末には「沖縄の被爆者」（大牟田稔）の章も置かれている。

同書によれば、広島から帰沖後の一九五九年、宮森小ジェット機事故に遭遇した被爆者は、その瞬間「また原爆が落ちた」と感じたという。

日本政府から何重もの「棄民」の対象とされ、「原爆手帳」やABCC（原爆傷害調査委員会）の存在も知らず、米国が被爆者を〝実験材料〟としたと批判される後者について「治療はしてくれるのか」と尋ねた青年は、最後に呻《うめ》く――「すべての面で沖縄は差別されているんだ」。

一九八〇年、初めて会った山代巴は私に、GHQ（連合国軍最高司令官総司令部）から、それを敢えてするなら「沖縄送り」にして強制労働をさせるとの威嚇を受けながらも「プレスコード」を破り、峠らと被爆の実態の告発を始めた当時を語った。今も耳に残るその声は、一九五〇年代における広島と沖縄との理念的「連帯」の一つの極点を感じさせる。

前掲『この世界の片隅で』巻頭の山代による一五ページに上る「まえがき」は、それ自体、この国の現代史に刻印された闘いの胸を揺すぶる記録である。また、いち早く被爆者救援に尽力しながら、その後「運動」の党派性の前に自ら命を絶った川手健（一九三一年～六〇年）への痛切な追悼ともなっている。なお私の講演は、近日中にインターネット上で全篇の動画を公開したい。

それにしても、年年、強まる八月六日の広島の厳戒状態は何か。この端緒は二〇〇一年、小泉純一郎政権発足からだったことを私は明確に記憶しているが、第二次安倍政権以降、その度合いはますます甚だしい。今年は二〇名ほどの警官隊が、安倍首相批判のプラカードを付けた市民一人を威圧する場面も見られる、異様なものものしさだった。

続いて回った長崎では、旧知の《ピースソリダリティ長崎》（代表・川上靖幸さん）の協力を得、八月九日朝、爆心地公園のほとりでの「長崎原爆朝鮮人犠牲者追悼早朝集会」を経て「原爆犠牲者慰霊平和祈念式典」に参加した。近年の長崎の式典では出席の安倍首相を前にしての被爆者代表の「平和への誓い」の痛切な糾問《きゅうもん》に、毎回、胸を打たれるが、今年の深堀好敏《ふかほりよしとし》さん（八八歳）の言葉も、一八歳

▲「長崎原爆朝鮮人犠牲者追悼早朝集会」で「韓国原爆被害者二世の会」会長・李太宰（イ・テヂェ）さんが横笛演奏する『アリラン』『故郷の春（コヒャンエポム）』に聴き入る人びと（2017年8月9日／撮影・山口泉）

だった姉の無惨な被爆死から、東京電力・福島第一原発事故後の「原発再稼働」を批判し「平和憲法」擁護を訴える、まことに感動的な内容だった。

また今年は田上富久《たうえとみひさ》市長の『長崎平和宣言』が、七月に国連で採択された「核兵器禁止条約」の制定交渉に参加しなかった日本政府を非難する内容だったことが内外に大きな反響を喚《よ》んだ。だがそれ以上に、翌日の地元紙『長崎新聞』が、この『平和宣言』を大きく報じた同じ一面の論説（報道部・田下寛明《たしたひろあき》記者）で「広島の平和宣言に比べると一定評価できる」とはいえ、それは「被爆地の姿勢としては当然」であり、むしろ「改憲への懸念」を示さなかったことの方が問題だと厳しく批判している事実に、私は強い印象を受けた。いかなる政治権力からも自立しようとするジャーナリズムとしての矜持《きょうじ》を見る思いがする。

すでに紙数が尽きた。いま、東京電力・福島第一原発事故と琉球弧の置かれた状況の間で、私にとり、いよいよその意味の深まる水俣の地での豊麗な数十時間については、次回に譲りたい。

〔初出＝『琉球新報』二〇一七年八月三一日付「文化」面〕

［追記ノート］

本文中に予告した、私の講演『いま広島と沖縄を結ぶもの――山代巴「この世界の片隅で」を手がかりに』の動画（一時間三八分）は、遠藤京子さん撮影のものを、次のサイトで御視聴いただける。

https://www.youtube.com/watch?v=ZXcjePrVt_E

また講演内容に関しては、三重県在住の鈴木昌司《すずきまさし》さんがこの動画を基に作成してくださった詳細な摘録が、鈴木さん御自身のブログにアップロードされている。併せて御覧いただければ幸いである。

https://blogs.yahoo.co.jp/papakoman/20799031.html

そもそもこのとき、『この世界の片隅で』に関連する講演をしておく必要を感じたのは、本文でも簡略に言及した「酷似した題名のアニメーション」――すなわち、こうの史代氏の漫画『この世界の片隅に』を原作とした同題のそれが評判となったからだ。山代巴とその仕事に深く敬意を持つ一人として、まず、こうの作品とのタイトルの歴然たる類似に関し、少なくとも先行する優れた文学者の地を匍《は》うような作業があることを明らかにするためだったが、「歴史」や「表現の優先権」に対しての敬意も稀薄なこの国の精神風土では、もっと直截な物言いをしないと駄目なのかもしれない。

こうの氏については、私はすでに二〇〇〇年代に、先行する『夕凪の街　桜の国』（双葉社）をめぐって、『受け容れられやすさ』から抜け落ちるもの――「歴史」をいかに伝えるか』（信濃毎日新聞「同時代への手紙」第三二回／二〇〇四年一二月二四日付＝新聞見出しでは『「被爆」の物語――抜け落ちた歴史の要素』と簡略化）、『美しい物語に潜む「歴史」の脱政治化』（『週刊金曜日』二〇〇五年九月二日号）と二篇の批評を書いている。

そこで私は、この連作の〝巧みさ〟ともいえる点をも一応は確認しつつ、「被爆」が近現代アジア史における加害と被害の関係性をあらかじめ切断された上、「市井の日本人」の悲劇として脱歴史化・脱政治化された「物語」に回収され〝消費〟されてゆくことへの懸念と、それが最終的には新たなナショナリズムへすら収斂してゆきかねない危うさを示唆したのだったが、その段階では同作の題名の、大田洋子（一九〇六年～六三年）の『夕凪の街と人と』『桜の国』（後者は「原爆文学」ではないが）との〝類似性〟は、なお副次的な問題として言及しないでいた。

だがその後、こうの氏がさらに山代巴の重要な編著と〝助詞一字〟しか違わぬ『この世界の片隅に』なる漫画を発表し、それがアニメ化されて飛躍的に広汎な影響を及ぼしはじめてくる過程で、はるかに先行する山代の作業が後景に退く……というより、それらの作業の意味そのものがこの日本社会のなかでないがしろにされる傾向が強まることに強い懸念を覚えるようになった。すでに大田・山代が、ともに故人である事情にも配慮したい。

ジャンルに関わりなく、創作物の作品タイトルが近似することは起こり得ない事態ではない（とりわけ単純な普通名詞の場合など。また伝記等、固有名詞が必須の場合など）。ただし、そのタイトル自体が表現としての一定の〝創作性〟を帯び、しかも作品の扱う内容そのものも近接ないしは重複する場合、事態は決定的に異なってくるだろう。大田洋子も「被爆」を重大なモチーフとした作家で『夕凪の街と人と』はその一篇であり、そして山代の編著は前述のとおり、被爆後の広島の、とりわけ何重もの社会的困難や差別に遭《あ》い続けている被爆者の現実を精査したルポルタージュなのだ。ごく単純化して言っても、主題・モチーフとしてはまさに、こうの氏の作品に先行する営為そのものであるはずである。

にもかかわらず、現在よりはるかに困難な時代に、まさしく心血を注いで「原爆」「被爆」を記録しようとした二人の先行者の作業に対する敬意、ないしは控えめに言っても配慮が、結果としてシステム全体から示されない状況のまま、今日のメディアの物量的な作用の結果として、ひとり、こうの氏の作品のみが突出した〝創造〟であるかのように喧伝されている事態には、それだけでも強い違和感を覚える（こうの氏の作品内容そのものに関しては、さらに言うべきことが多多、出てくるだろう）。

ちなみに、これら大田作品・山代作品との題名の酷似性の問題は、私のみならず、私以上に、少なからぬ識者がすでに指摘されているところである。そして私自身は、山代巴に親しく接し、GHQの恫喝に曝《さら》されながら文字通りの盟友・川手健や峠三吉らとともに「被爆」問題を最初期に告発した当時の凄絶な体験を、山代本人からまさに「宝物」としてつぶさに聞いた〝歴史の証人〟としての責任も感じている（『この世界の片隅で』では、書名に込めた山代の思いも詳しく述べられている）。

よしんば、こうの氏がこれらの先行作品について知らなかったとしても、それを人びとから指摘されて以降の段階では、後発の表現者として、先行者に対し採り得る「礼節」というものが、さまざまな形で考えられるのではないか。

いま一つ、こうの氏の二著はいずれも、文化庁なる政府機関の賞を授けられており、それがまた同氏の作品の圧倒的な普及に与《あずか》ったことも疑いない。一方、たとえば山代巴の『この世界の片隅で』が、いかなる意味でも国家的顕彰を受けることは、同書が扱っている被差別部落・在日・沖縄……等等の問題の性質と、そのかんの日本の政権与党のありようからして——またさらに言うなら、それ以上に、戦前・戦中・戦後を通じての山代自身の辛酸に溢れた歩みからしても、あり得なかった（関連して、本書・第一八信の山代に関する既述も参照）。

これはすでに、こうの氏個人を離れた問題としての側面も含んでくることになるが、かかる決定的な隔絶が、約《つづ》めて言っても「被爆」問題の、現在のこの国における〝一見「脱政治化」されているかに演出されることで、実はより決定的な次元で「政治化」している〟とも定義すべき事態とも考え合わせると、苟《いやしく》も表現者たる以上は、一般論としても、また「被爆」問題についてなら、いよいよ、先行者の苦難に満ちた営為に対する敬意を前提とするのが、あるべき良心的姿勢ではないかと考えざるを得ない。

広島での絵本『さだ子と千羽づる』朗読会に関連しての私の講演会は、この二〇一七年から本格的に再開した。翌二〇一八年からは、NPO「オーロラ自由会議」メンバーによるシンポジウムも、《本と自由》で開催する運びとなっている。この企画にあたっては、同地を中心に活動される劇作家・女優の鈴木まゆさんの斡旋をいただいた。

またこの前年、『さだ子と千羽づる』初版刊行の一九九四年以来の訪問を果たした長崎の地へも、同年から毎年、赴くこととなった。本文で、田上市長の『長崎平和宣言』に対しての『長崎新聞』の田下寛明記者の論評に私が強烈な感銘を覚えたことを記したのは、鋭敏な読者は御賢察のとおり、翁長雄志知事に対する沖縄の二つの新聞の取り上げ方において、かかる自立した批判精神が明らかに乏しく、それどころか時を追って迎合的な判断停止に陥っていると感ずる場合が少なくないからだ。

長崎における私たちの活動展開に関しては、毎年、本文にも記した川上靖幸さんのお力添えを得るところが大きい『まつろわぬ邦からの手紙』連載期間中の「八月」分・三回（二〇一六年・一七年・一八年）のいずれにおいても御紹介している被爆者代表の「平和への誓い」の深さと拡がりをはじめ、長崎は、この日本の現状のなかで、いよいよその意味を増しつつあると感ずる地の一つである。

第二一信　安倍ファシズムの総仕上げを目論む総選挙
世界の存続と私たちの生存を懸けた反抗へ

《森井　もう一昨年になりますか、南フランスのカルパントラという中世史にはよく出てくる人口二万人くらいの村での出来事です。夜中に三十四基のユダヤ人の墓を誰かが暴《あば》いたんですね。多分、高校生か何かのいたずらかもしれません。でも明らかにユダヤ人の墓ばかりを狙って》（森井眞・弓削達《ゆげとおる》『精神と自由――より人間らしく生きるために』一九九二年、オーロラ自由アトリエ刊／表記を一部変更。以下同）

昭和天皇死去に際し「大学人」として文部省（当時）の国家主義に対峙、右翼の攻撃にも曝《さら》された明治学院大学前学長とフェリス女学院大学学長（肩書は共に当時）の対談の司会をお引き受けした時、私がお尋ねしたいことの一つに、この事件があった。明治学院大学前学長の答えを、もう少し引く。

《あのときパリでたちまち二〇万人の大抗議デモが組織され（略）バスチーユ広場での抗議集会にはミッテラン大統領自身も一市民として加わっていました。（略）加わらなかったのは国民戦線だけと言っていいんじゃないですか》（同前）

今回のチビチリガマ蹂躙《じゅうりん》は、報道によれば少年たちの「肝試し」だったとされる。この集団強制死に深く心を寄せてきた人びとが、納得できないのは当然だ。

そもそも問題を〝政治的意図〟と〝悪質ないたずら〟とに二分することなど、できまい。むろん、彼我の事件の構造は必ずしも同一ではない。しかし、あるいは「高校生のいたずら」かもしれぬ死者への冒瀆《ぼうとく》に、ともかく現職大統領が一市民としても抗議した国があった。

このたびの読谷村《よみたんそん》での暴挙は、本来なら、沖縄への加害責任当事者たる日本政府代表として、内閣総理大臣が、広義の「教育」的視点も併せ、進んで「声明」を出して当然の事件である。だが現状のそれはまことに憤ろしいことに、その種の対応など望むべくもない不見識なファシストの政権なのだ。

一方、そうした日本国家と琉球弧との関係では、それ故に透徹した検証が必要とされる事柄もある。先般、放映された『NHKスペシャル／沖縄と核』(二〇一七年九月一〇日)が反響を喚《よ》んでいるようだ。一九五九年の那覇での核ミサイル「誤射」事故には鳥肌立つ思いがするし、六〇年代、核兵器メースBの配備を米側以上に隠蔽しようとする、小坂善太郎外相ら今に通ずる日本政府の卑劣さは度し難い。ただ、気に懸かったのは〝ビキニ水爆実験を契機とした「本土」の核兵器反対運動が、沖縄への米軍基地集中をもたらした〟とする説明である。何より沖縄の現在についての責任は、自らの国体護持のため「沖縄戦」を強いた上、敗戦後もいち早く「米軍の沖縄占領継続」の〝希望〟(一九四七年)、「日本列島からフィリピンに至る対ソ防衛線」構想(一九四八年)と、二度の〝メッセージ〟を平然と米国に伝えた「親米反共主義者」としての昭和天皇に帰せられるべきではないのか。

その点にはいっさい論及せぬまま、あたかも「本土」の平和運動が沖縄の現状を招いたとでもするかのごとき短絡した言説は、問題の本質を見誤らせ、本来、万難を排して連帯すべき者相互の分断をもたらす危うさを持つ。当時の核状況に関しても、加速する軍拡競争のみが強調され、国際的な平和運動の視点を欠くことは、結果として「米の核」の〝存在理由〟を担保しかねまい。

安倍政権の横暴が加速して止まらない。

二〇〇六年の国会答弁で、自らが予備電源の必要性を公然と否定した五年後、まさに危惧されたその通りの形で起こった東京電力・福島第一原発事故を隠蔽するため「事態はコントロールされている」との虚偽まで語って実現した二〇二〇年「東京五輪」招致には、今般、買収があったと報じられている（英紙『ザ・ガーディアン』二〇一七年九月一三日付電子版）。

ところが当の首相は、昨年NPT（核拡散防止条約）に加盟していないインドと「原子力協定」を結び、今回は日立製作所が英国に建設する原発の一兆円にも上るという建設費を全額補償する有り様だ。

二〇日に国連総会で、朝鮮民主主義人民共和国の「完全破壊」を放言したトランプ米大統領に同調しての、同会場での安倍首相の空疎な恫喝的演説は聞き苦しいばかりである。長年「唯一の被爆国」を標榜しながら、しかも「兵器禁止条約」の署名には参加しないまま。

そして「Jアラート」なる茶番は何だろう？　「北の核」を喧伝しながら、現に日本海沿岸に原発は林立し、高度七〇〇㎞の宇宙空間を飛ぶ「弾道ミサイル」をめぐって、煽情的な「警報」が無意味に発令される。指示された通り屈み込み、頭を抱える従順な人びとの惨めさ……。これが「核弾頭」への対処だと言ってのける為政者の欺瞞は、広島・長崎で一瞬にして蒸発した死者、黒焦げになって悶死した死者たちに対する侮辱にほかならない。

電気事業連合会・勝野哲会長は、原発にミサイルが着弾しようと「大量の放射性物質は漏れない」とうそぶいた。どこまでも「理性」が無に帰し、つくづく「責任」という言葉が空しい国である。

かくも社会総体の批判精神が衰弱を極めた果て、今般、突如として衆議院解散・総選挙が〝予告〟された。首相自らにかかる重大な疑惑を糾明すべく野党が要求してきた開催を無視し続けてきた末、作られた「北の脅威」に浮き足立つ大衆と野党の混迷に〝勝機〟を見て招集される臨時国会の冒頭、質疑すらないと予測される異様な一方的解散の先に企まれているのは、安倍ファシズムの総仕上げたる「改憲」であり、核武装であり、米国の楯としての戦争だろう。

それに歯止めをかけ得るのも、また選挙を措《お》いてほかにない。

「ミサイル」は、さらに飛ぶかもしれない。だが、いかなる展開にも決して誑《たぶら》かされてはならない。

政治生命の問われる妄言を呼吸するように吐いてきた麻生太郎副首相は、二三日、宇都宮市での講演で、ついに「武装難民」なる支離滅裂の低劣な概念を捏造し「防衛出動」「射殺」の語を弄《もてあそ》ぶに至った。この国がまともだったら、即刻、罷免されるべき暴言である。

今回は先月、予告した内容を変更せざるを得なかった。きたる総選挙で「憲法改正」発議ができる議席を政府与党に与えることを、何としても阻止しなければならない。ひとたび巨大なシステムが動きだせば、もはやそれを止めることは極めて困難となる。

私たちの世界と未来を、これ以上、低く悪しき者たちに奪われてはならない。

〈初出＝『琉球新報』二〇一七年九月二六日付「文化」面〉

［追記ノート］

この『まつろわぬ邦からの手紙』連載において、森井眞さんは、第二八回〈『琉球新報』二〇一八年四月二〇日付）――すなわち本書では第二八信――にも登場される。だが、そちらの追記では主として天皇制の問題を中心に扱う予定なので、森井さん自身に関しては本章で御紹介しておこう。

ただし主著『ジャン・カルヴァン』（二〇〇五年／教文館刊）をはじめとする御専門のフランス・プロテスタンティズム、また翻訳のあるジュール・ミシュレの「詩的」と形容するほかないフランス近代歴史学について論ずるのは、むろん私の任ではない。私が語り得るのはただ、前掲『精神と自由』の対談収録で謦咳《けいがい》に接して以降、現在に至る、闘う知識人としてのラディカリズムに関してのみである。

一九一九年のお生まれ、本稿の制作・発表時点では九八歳の森井さんは、本年、ちょうど一〇〇歳、いまも安倍ファシズムに真っ向から対峙するデモ・集会の先頭に立って闘い続け、後進を鼓舞しておられる。現在の世界を見渡しても、また歴史を振り返っても、極めて稀有なありようではないか。

時折りいただく御手紙でも、また電話でも、矍鑠《かくしゃく》と形容することすら憚られる、人としてごく自然の佇まいのなかに多年にわたる経験値と穏当で深い洞察の秘められた姿に接すると、今日の末期的な日本社会で、いかに多くの方がたにとって、森井眞さんがかけがえのない存在であるかが推測できる。

縁あって近年、その森井さんも共同代表の「戦争を許さない市民の会」（事務局・三谷啓文さん）が共催し、御自身「呼びかけ発起人」の御一人ともなられている随時企画「怒りの大集会」に、私もメッセージを求められ、お応えする機会が増えてきた。そこで本章では、私がその集会宛てお送りした、二回ほどの「一〇〇字」メッセージを再録しておこう。

ちなみに、森井眞さん同様「呼びかけ発起人」となられている全一一氏のなかには、ほかにも池田龍雄さん（画家）・榮野川安邦《えのかわやすくに》さん（普天間基地爆音訴訟団顧問・元沖縄県高教組委員長・小説家）・大石又七さん（第五福竜丸元乗組員＝ビキニ水爆実験被爆者）・樋口健二さん（写真家）など、私がお会いし、中には親しくお話を伺った方がおられるのも嬉しいことである。

▲ 安倍首相の「あいさつ」が響く「広島原爆死没者慰霊式」を会場外から見つめる人びと。「核兵器禁止条約」への言及は、最後までなかった（2017年8月6日、広島にて／撮影・山口泉）

言葉を愚弄し、とめどなく人権を蹂躙しつづける安倍政権のおぞましさ。日本国憲法を護り、彼らの悪政を打ち倒すことは、アジア現代史にも深い責任を負う私たち、この国の主権者の人間としての義務にほかなりません。

（山口泉《いまこそ〈憲法改悪阻止〉の大闘争を！ 11・11怒りの大集会》のための「一〇〇字メッセージ」／二〇一八年一一月一一日）

安倍ファシズムは今やこの国のあらゆる領域を腐蝕し、さらに天皇代替わりで思考停止に陥った社会は、いよいよ決定的な段階に進もうとしています。瀕死の人権と民主主義を、これ以上、滅ぼさないための渾身の抵抗を。

（山口泉《〈憲法改悪阻止〉〈辺野古新基地建設阻止〉の大闘争を！6・9集会怒りの大集会》のための「一〇〇字メッセージ」／二〇一九年六月九日）

第二二信　現行憲法の終焉を招きかねない総選挙の後に
私は「冷静な絶望」を抱えながらも「断念」は拒否する

事態は最終段階に入った。突如、民進党の「解党」を企てた前原誠司代表も〝小池新党〟も、結果としてこの総選挙で望まれたとおり、一定の役割を果たし、「森友」「加計《かけ》」疑惑で危殆《きたい》に瀕していた安倍政権を救済したばかりか、一気に「改憲」への道を開いたではないか。自公のみで既に三分の二議席に達した勢力は、さらなる合従連衡《がっしょうれんこう》を経て地滑り的な「改憲」発議へと向かうだろう。政府与党の意を受けた諸機関が、迅速かつ周到な調査と分析の上、最も確実な時機を政府に進言するだろう。現状、次の全国規模の投票は「憲法改正」国民投票となる可能性が少なからずある。

「九条」の文言をあげつらう論議も当然、重大だ。だが、そこへ大衆の耳目を誘導しつつ、まずは復古的ファシスト宰相の独裁を無限定に許容する「緊急事態条項」の成立が図られる。それが実現すれば、この国の「民主主義」は名実ともに終焉し、日本は安倍晋三首相の私有物となるに等しいのだ。

もはや大半が自らの社会的責任を拋棄《ほうき》した既存ジャーナリズムの腐敗と、今回の絶望的な投票率とを見ると、現状では最後の防衛線の「国民投票」もあっさり突破されよう。「改憲」日程が始動する前に、従来の抵抗方法の根底からの組み換えが図られねばならない。捨て身の覚悟を以て。

沖縄四区・仲里利信氏の落選を知らされたのは、日付が変わった一〇月二三日の午前二時近くだった。この結果に、昨年、市長選が理不尽な「分裂選挙」となった宮古島（同選挙区）の票が影響したことも極めて象徴的だ。

二〇一四年の県知事選以後、翁長雄志知事与党の「オール沖縄」は県内市長選の全てで敗北している。尋常ならざる事態である。これは、歴史的圧勝を果たして発足したはずの翁長県政が、にもかかわらずその掲げた「辺野古埋め立て」阻止になんら実質的に機能せず、当時、澎湃《ほうはい》として起こった「民意」のエネルギーと時間とを空費し、後退に後退を重ねてきたことと、明らかに関係しよう。

もしも翁長雄志氏の県知事選就任後、ただちに、仲井眞弘多《なかいまひろかず》・前知事が行なった「埋め立て承認」の「撤回」がなされ、国との全面対決の構図が鮮明になっていたら――。その決然たる姿勢は、大半が魂の休眠状態に陥って久しいヤマト大衆をすら（程度の差こそあれ）揺り動かし、安倍政権の倫理的破産を国内外に示して、強力な国際輿論《よろん》をも形成し得ていたろうに。

もとより沖縄の抵抗は、沖縄のものである。だが日米二重植民地支配という強大な敵と対峙するには、ウチナーとヤマト両社会の連帯・共同も必要不可欠だ。そして山城博治さんはじめ、闘いの過酷な現場に身を置く人ほど、真の痛みを携えた魂の深い雅量において、その事実を率直に認め、また呼びかけもされてきたのではなかったか。それなのに、あの昂揚感が飽和点に達しようとしていた気運が、現在の惨状に到るとは……。

今回の総選挙投開票日当日、東京で講演していた翁長知事は〝自分は日米安保に賛成。大半の日本人も賛成ならば、他県も米軍基地負担を〟と語った。だがそもそも〝ミサイル二発で沖縄は全県民が亡くなる〟（二〇一四年一〇月一六日／IWJインタヴュー）との切実な危機感を示したはずの当人が、とりわけ安倍政権の「集団的自衛権」閣議決定（むろん違憲である）後も、なお旧態依然として「日米安保」

を是認しつづけていること自体が、為政者としての根本的な矛盾なのではないか？

一〇月一〇日、福島第一原発事故後、福島の地に留まった人びと、全国各地へ避難移住した人びと——合計四千名近くが、国と東京電力との責任を糾《ただ》し、補償を求めた「なりわい裁判」（福島地裁）で、原告が「勝訴」した。東京電力に対し二〇〇二年末までに「非常用電源設備」の規制権限を行使せず「回避」できた事故を招いた政府の責任を指摘、「放射能に汚染されない権利」を認定した上、救済範囲も拡大する劃期《かっき》的判決である。

この日、六五人の避難移住者が同裁判に原告として参加した沖縄でも、那覇のブックカフェで、福島地裁前とインターネットを結んでの裁判集会が開かれた。原告団沖縄支部代表の久保田美奈穂さん、色鉛筆画家・伊藤路子さんほか原告、弁護士の白充《ペクチュン》さん、山原の畑人《はるさー》（農民）・片岡俊也さんら支援者、そして皆さんの精神的支柱であり続ける琉球大学名誉教授・矢ヶ﨑克馬さん……。旧知の友人・先達と、私もその瞬間を共にすることができた。

二〇一三年一月の急逝の直前まで避難移住者の支援と本訴訟に尽力された御伴侶・沖本八重美さんの写真を抱いて登壇された矢ヶ﨑さんが、この翌日に米軍ヘリコプターCH53が墜落炎上した東村高江の現場に急行、放射性物質ストロンチウム90の測定に当たられたのも、既報の通りである。沖縄を脅かすのが、いかなる仮想敵国でもなく「日米安保」体制により癒着した両国政府であることは、昨年の元・米海兵隊員による痛憤極まりない事件に関連しても本欄で記した。

今回の福島地裁判決（金沢秀樹裁判長）には「まだ司法は生きていた」との喜びが拡がる。だが『権利章典』から三世紀余、『マグナ・カルタ』からすれば八世紀にも及ぶ「人権」の概念を根底から否

▲「なりわい裁判」判決集会で「勝訴」の報に喜ぶ沖縄原告団。左から、久保田美奈穂さん・大橋文之さん・伊藤路子さん（2017年10月10日、那覇にて／撮影・山口泉）

定する自民党「改憲案」の如きそれに、もしも現行『日本国憲法』が取って代わられれば、かかる判決の成立する根拠すら奪われかねまい。

何より、沖縄が「復帰」したのは、あくまで現行憲法の日本国であったはずだ。それが自民党草案のごとき劣悪なものにすり替えられるのでは、少なくとも理念上・道義上は重大な「違約」であろう。

矢ヶ崎克馬さんは近年、実際の人口動態推移の精緻な統計分析を基に、日本で「3・11」東京電力・福島第一原発事故に起因する被曝死者数を「毎年一五万人」と推計されている。だとすると単純計算で既に一〇〇万人になんなんとするその数は、すでにアジア太平洋戦争における狭義の日本人死者（軍人軍属・民間人）の三分の一に近い。しかもこの惨状の直接の「主犯」は、ほかでもない——二〇〇六年一二月、第一次政権在任中の国会答弁で「予備電源」の必要性を公然と否定した安倍首相自身なのだ。

米国に追従し、東アジアの緊張を高める安倍政権が戦争に突入すれば、愚かにも五四基の原子炉を建造、並べ立ててきたこの国だけで、死者は千万人単位にも達しよう。不正義の政府に自他の命を奪われぬため、「改憲」阻止に直ちに渾身の抵抗を拡げるほかない。

事態は極めて危機的である。だが、かねて幾度となく記してきたとおり、私にとって「冷静な絶望」を抱え持つことは批判精神の存在証明であれこそすれ、「断念」の理由とは、何ら、ならない。

〔初出＝『琉球新報』二〇一七年一〇月二六日付「文化」面〕

［追記ノート］

本稿において確認している翁長雄志知事の「日米安保」容認論の問題性は、結局、この連載の期間を通じても最後まで状況が打開されずにきた最大の理由の一つであるかもしれない。しかもそれが同様に私の記したとおり、「集団的自衛権」の閣議決定以後もなんら変わらないという、本来なら由由しき事実には完全に口を噤《つぐ》んだまま、一方で〝大半の日本人も賛成ならば、他県も米軍基地負担を〟との言説に無批判に吸引され、翁長県政を礼讃する「反基地派」の論理的衰弱・倫理的頽廃《たいはい》が、「県」内外におけるこのかんの情緒的な判断停止をもたらしてきたと私は考える。

時折りヤマトから来沖し、辺野古や高江に赴いては「元気を貰って帰る」と称して沖縄を〝消費〟しつづける（そしてその分、自らの「承認欲求」にも一定の見返りを得る）〝「戦後」民主主義〟的小市民の〝良心的〟ヤマトンチュを筆頭に。

結論からいうなら、「日米安保」を容認する県政のままでは、絶対に沖縄の解放はあり得ない。たとえ一朝一夕に実現するはずもない「夢想」であるにしても、少なくとも微分的な志向性として「日米安保」廃棄のヴェクトルをその根底に携えた県政でなくては。

そしてその事情は実は日本社会も同様なのだが、こちらはさらにその批判精神が鈍磨し、また琉球弧や東アジア圏への共感力をも〝薬にしたくとも〟持ち合わせない度し難いそれなのだ。だからこそ、その懸隔には絶えず、何重もの狡知に満ちた「分断」「分裂」を画策する勢力がつけ込む。

こうした末期的な状況下、なかんずく東京電力・福島第一原発事故という「終末」そのものの現実のなかで、矢ヶ﨑克馬さんや、氏と志を共にする皆さんとの協同――そしてウチナーンチュと移住ヤマトンチュとの、隔絶を止揚した連帯は、私にとってますます、その意味を増そうとしている。

第二三信　人権を蹂躙する者らに支配された瀕死の国で貶《おと》められた精神の自由を復権する光を、自ら意志的に浴びよ

《福島原発事故や米軍の犯罪を止められないのに、なぜ安倍首相は留任できるのですか?》(Aさん)
《現在が「資本主義的中世」なら、「第二のルネサンス」はどうすれば作れるのですか?》(Bさん)

一〇月二六日、台中《タイチオン》市の東海《トンハイ》大學で『日本の破局とアジアの危機――福島原発事故隠蔽《いんぺい》、新たな「沖縄戦」画策の先に待つもの』と題した講演を行なった。日本語専攻学生四名から成る〝凄腕〟の通訳チームの皆さんの力もあり、いつもながら輻輳《ふくそう》した私の話の内容を台湾の若者たちが真摯に受け止めてくれた上での感想シートの的確な質問に、胸が熱くなる。

Bさんが質問に記している「資本主義的中世」「第二のルネサンス」とは、かねて私が一九八九年以降――〝ポスト冷戦〟の世界を定義してきた二つの概念で、今回の講演でも用いたそれに即しての問いである。そして当然のことながら、なかには一気に事柄の核心に触れた疑念も寄せられていた。

《結局、日本はどうしてこんな破滅の道を進んでいるのですか?》(Cさん)

翌一〇月二七日には、今回の講演を実現して下さった古川ちかし・同大助理教授(多文化論)の御厚意で「霧社《むしゃ》抗日事件八七周年」の追悼式典に参加、関係者にお会いし、ゆかりの地も回る機会を得た。一九三〇年、日本帝国主義の植民地支配に対する台湾原住民族の決死の抵抗となった「霧社事件」は、

単純に概括し難い複雑な側面を持つ。だが、侵略・植民地支配の末、山砲・航空機から毒ガスまでを投入して「民族絶滅《ジェノサイド》」に及ぼうとした日本の罪責は明白だ。

さらに原住民族同士を分断・反目させ、戦わせた手口の卑劣さ・陰湿さは、日本国家の自家薬籠中《じかやくろうちゅう》の方法として、現在にも通ずるものがあるだろう。事件の全容を構造的に捉えつつ、しかもつねに個個の人びとの痛みに寄り添う古川さんの御案内をいただけたことも貴重だった。

日本の罪科は枚挙に暇《いとま》がない。このたび、在米中国系民間団体が設置した「従軍慰安婦」の像と碑文を公共物としたサンフランシスコ市に反撥《はんぱつ》して、大阪市の吉村洋文市長が「姉妹都市」関係を解消したという。

サンフランシスコ市政を思うとき、直ちに想起されるのは、米国史上初めてゲイであることを表明して公職選挙に当選した市議ハーヴェイ・ミルク（一九三〇年～七八年）の燦然と輝く名だ。性的少数者の権利拡張の先駆者だった彼は、しかし在職一年にも満たず、保守主義の同僚議員ダン・ホワイトにより、ジョージ・マスコーニ市長と共に市庁舎内で暗殺される。

いずれにせよ、歴史改竄《かいざん》主義に染まり上がった首長になど、世界のいかなる都市とも「姉妹都市」関係を結ぶ資格はあるまいが――。むろん大阪でも、今回の市長の暴挙への批判は強い。

その一方、一一月二三日には竹下亘・自民党総務会長（竹下登・元首相の係累）の「同性パートナー」差別発言、今春の学藝員と癌患者とを共に差別した暴言も記憶に新しい山本幸三・前「地方創生担当相」の低劣を極めた凄まじいアフリカ差別発言が報じられた。それに先立つ同二一日には山東昭子・元参議院副議長の「四人以上出産の女性を厚労省で表彰してはどうか」云云のおぞましい国家生殖主義が伝えられている。

つくづく「人権」「自由」を蹂躙《じゅうりん》してやまない輩《やから》に支配された国である。

その「自由」は、いま、この国でどう貶められているか――。

今般、うるま市の〝アートイベント〟で、京都の美術家・岡本光博氏が伊計島の商店のシャッターに描いた、米軍機墜落をモチーフに「落石注意」の標識のパロディが、地元自治会からの「政治的な主張をアピールする作品」との申し入れにより、非公開とされた。依頼者が外的事情に基づく判断で「表現」に介入し、採否をも恣意的に決定するのでは、作者の主体性は失われる。そもそも「作品」が言葉の本質的な意味で「作家の政治的な主張をアピール」するものであるのは当然だ。

《イデオロギー下に詩をなすは／直観粗雑の理論に／屈したるなり》（宮澤賢治）

一見もっともらしいこの定言命題の危うさは、実はこれ自体が一つの、それも人の現実に対する批判精神を封殺するという意味で最も卑劣で悪質な「イデオロギー」そのものにほかならないことに尽きよう。本来「表現」の藝術性と政治性は不可分である。そしていま私たちは《梅雨空に『九条守れ』の女性デモ》の俳句が「公民館だより」への掲載を拒否され、都内の公立小学校の卒業文集で「平和な国を作りたい」と書いた作文が、教師から〝政治批判を含むので書き直せ〟と命じられるという、息詰まるようなファシズムに突入しているのだ。

ついに山城博治さんが、翁長知事の「辺野古埋め立て阻止」をめぐるここまでの姿勢に明確な疑義を呈するに至った。すでに事態が「不可逆点」を過ぎつつあるかに思われる現在、むろん私はそれに賛同する。併せて、灼《や》けつくような焦慮を以て、今後の展開を注視する。

その私たちの沖縄平和運動センター議長は、かねてキャンプ・シュワブ前のブロック積み上げを「表現の自由」と位置づけてきた。いかにも――。まさしく、この概念の要諦《ようてい》をみごとに押さえた、簡潔にして明快な定義である。

一九九九年六月八日、「非暴力と安全の基本原則」のもと「核兵器使用犯罪」を抑止するため、イングランド・デンマーク・スコットランドの三人の女性が、英国ゴイル湖に浮かんだ原潜トライデント用核兵器システムの実験装置を、家庭用ハンマー（！）等を用い「非武器化」する直接行動に踏み切った。ところが一〇万ポンドの損害を与えたとされるこの「器物損壊・破壊行為」で訴えられたはずの女性たちに、同年一〇月二一日、グリンノック地方裁判所は無罪判決を下したのだ。「核兵器は国際法違反」だから「彼女らの行為は正当」との理由で――。

なんと素晴らしい裁判所か。司法権の独立した真の市民社会のありようを象徴し、精神の自由の姿を照射する出来事と言えよう。

これに比して、一一月一八日放映のNHK・ETV特集『ペリーの告白――元米国防長官・沖縄への旅』の、またなんと欺瞞的なことか。人類史上唯一、核兵器を「実戦使用」した超大国の元・国防長官は〝核戦争の悲惨〟を語りながら、あくまで極東における米軍の配備を自明の前提とした〝核抑止論〟に終始する。結果として普天間の〝代替施設〟が辺野古か「県外」かという雑駁な立論の出発点そのものが、そもそも根底から間違っているのだ。前前回で批判した九月一〇日のNHKスペシャル『沖縄と核』も同様だが、この〝公共放送〟がもっともらしく琉球弧の問題を取り上げるとき、最初から日米安保・米軍基地を容認した枠組みのものでしかないことは、絶対に見逃されてはなるまい。かくも蔑《ないがし》ろにされた精神の自由を取り戻すには、人はそれを復権する光を意志的に求め、そこに自ら進んで身を涵《ひた》すよりほかない。

〈初出＝『琉球新報』二〇一七年一一月三〇日付「文化」面〉

［追記ノート］

いまに始まったことではないにせよ、私の場合、もともとの〝保守反動〟は論外として、いわゆる〝リベラル〟の側から一種〝集団催眠〟的に「是」と信じ込まれて疑われることのない人物・事象に関し、根本的な疑義・批判を持たざるを得ない場合が少なくない。宮澤賢治の受け止められ方もその一つで、一切の〝宮澤賢治的なるもの〟への批判が、第一九信でも触れた小著『宮澤賢治伝説――ガス室のなかの「希望」へ』（二〇〇四年／河出書房新社刊）である。ちなみに〝宮澤賢治的なるもの〟の出現範囲は、宮崎駿氏らのアニメーションは言うに及ばず、一般に考えられているより、はるかに広い。

ただ、この文学者の存在は、一方で紛れもない言語表現の力量を具備していることとも併せ、つねにそれら、擬似「リベラル」の仮装を纏《まと》いつつ、しかもいかにそれと見えず時流の大勢に合わせて巧みな現状肯定を図るか――換言すれば、永続的な〝なし崩しの転向〟に生涯を懸けるかに腐心しつづける〝ポスト・モダン〟知識人らの指標でもあることだろう（こう記すとき、私は、すでに小著『アジア、冬物語』＝一九九一年オーロラ自由アトリエ刊＝でも批判している髙橋源一郎氏や橋本治氏ら、とりわけ髙橋氏を念頭に置いている）。今回、引いた《イデオロギー下に》云云なども、彼らやそのエピゴーネンあたりが両手を挙げて迎えそうな欺瞞的言説だ。――なお引用部分は『校本宮澤賢治全集』（筑摩書房）において「詩法メモ」と分類された項目に含まれるもの。もともとこれは『文語詩未定稿ノート』裏表紙裏への書き込みで、すなわち宮澤本人が生前「詩法メモ」なる表題を構想していたわけではない。

▲「霧社事件 87 周年追悼式典」で伝統民謡を歌う、原住民族の皆さん（2017 年 10 月 27 日、台湾・南投県「霧社事件紀念公園」にて／撮影・山口泉）

このかんのＮＨＫの番組内容はおおむねそうだが、これまた擬似「リベラル」派が無批判に〝ＮＨＫでも、これだけは佳い〟といった「評価」を安直に下す沖縄関係の企画も立て続けに、本文で批判しているようなありさまで、さすが「3・11」東京電力・福島第一原発事故以降、いよいよその本性を露《あらわ》にしてきた大本営発表・国策放送としか言いようがない。

そもそも日本の既存「制度圏」メディアは、新聞・出版・放送いずれのそれらも、ただ一つとして「十五年戦争」への協力責任をきちんと取らないまま、今日まで来ている。そのことを、かつてドラマ『私は貝になりたい』（一九五八年／ラジオ東京テレビ＝現ＴＢＳ）で草創期の日本のテレビ界に名を馳せたディレクター・岡本愛彦《よしひこ》さん（一九二五年〜二〇〇四年）が、晩年、私に下さった御手紙でも慨嘆されていたことを思い出す。

第二四信　あくまで人間としてあることの誇りを掲げて
「水俣の思想」が、世界の最深部から照らし出すもの

危機が「常態」と化して久しい世界で、なんとか破局を回避しようとする努力を嘲笑《あざわら》うかのように暴言と愚行を重ねるトランプ大統領が、今度は〝エルサレムのイスラエル首都認定〟を表明した。中東地域の緊張をいたずらに高める愚挙に、米保守派や親米同盟国すら非難を強める中、当のイスラエル以外、世界で唯一、無批判な対米追従を続けるのが安倍首相である。しかも、この絶望的な自国政府の誤謬《ごびゅう》を、主権者大衆の大半は知りもしない。

沖縄では、米軍が住民の生命・生活を脅かす事態がいよいよ激化している。県知事が「抗議」するなど当然で、問題はその「抗議」が形ばかりのアリバイ作りに、現状では留まっていることだろう。その一方で、「辺野古新基地建設阻止」に真っ向から矛盾する、埋め立て資材海上運搬業者への奥港《おくこう》（国頭村《くにがみそん》）の岸壁等の使用許可を出しながら。

米軍ヘリコプター部品が落下した保育園に、最低の脅迫や侮辱が加えられ続けるおぞましい光景は、日米両政府による二重植民地支配の投影そのものだ。そして論議は〝普天間か辺野古か〟という過《あやま》てる「二者択一」はじめ、事柄の本質を徹底的にすりかえ、隠蔽した相互対立へと誤誘導されてゆく――。

《ほぼ全ての柑橘《かんきつ》は接《つ》ぎ木という手法で苗を育て樹に成長します。その接ぎ木の土台に使われてい

るのが「からたち」という柑橘。私たちもそんなからたちのように、水俣病の患者さん達が植えたみかんを今後とも守り、実ったみかん一つから水俣病を伝えるために、根をはっていきたい、そんな意味を込めました》（『からたちの道』創刊号「からたちの意味」一部略／二〇一六年一〇月）

私が初めて水俣の地を訪ねたのは一九八八年夏、当時、東京大学教養学部を拠点とした市民グループに誘われ、国策企業チッソによる不知火海沿岸の有機水銀公害被害者の聴き取り調査に参加してのことだった。日程終了後、私と友人は、水俣病患者の故・杉本雄《たけし》さん・杉本栄子さん夫妻と、京都からの支援移住者だった大澤忠夫さん・大澤つた子さん夫妻が七九年に結成した「反農連」（反農薬水俣袋地区生産者連合）に滞在する。毎年、そこから届く見事な柑橘類の、そもそも私たちは購入者だった。

《生きんが為にも農薬は、絶対やめるべきじゃ。被害者が加害者にならない》（「からたち」ホームページ）との杉本さん夫妻の理念から出発した、その「協同」の場は、当時、つかのま瞥見《べっけん》しただけでも、なんと豊かだったことか。

そして、かねて功利主義・商業主義を自ら戒めてきた大澤さん一家は、昨秋「反農連」の原点を見つめ直し、新たに生産・供給グループ《からたち》を立ち上げて、思いを等しくする水俣病被害者と共に、もはや有機無農薬をも超えて一切の肥料を用いない「自然栽培」へと、さらに探求を深めている。

そんな皆さんと二八年半ぶりに再会したのは昨年末――これも安倍政権の「棄民」の結果にほかならない、いまだその年の春の震災の復興もままならぬ熊本を旅した中でのことだ。続いて今年八月にも、私たちは再び水俣へ赴いた。

《からたち》メンバーは大澤家の忠夫さん・つた子さん夫妻と娘の菜穂子さん、息子の基夫さんと

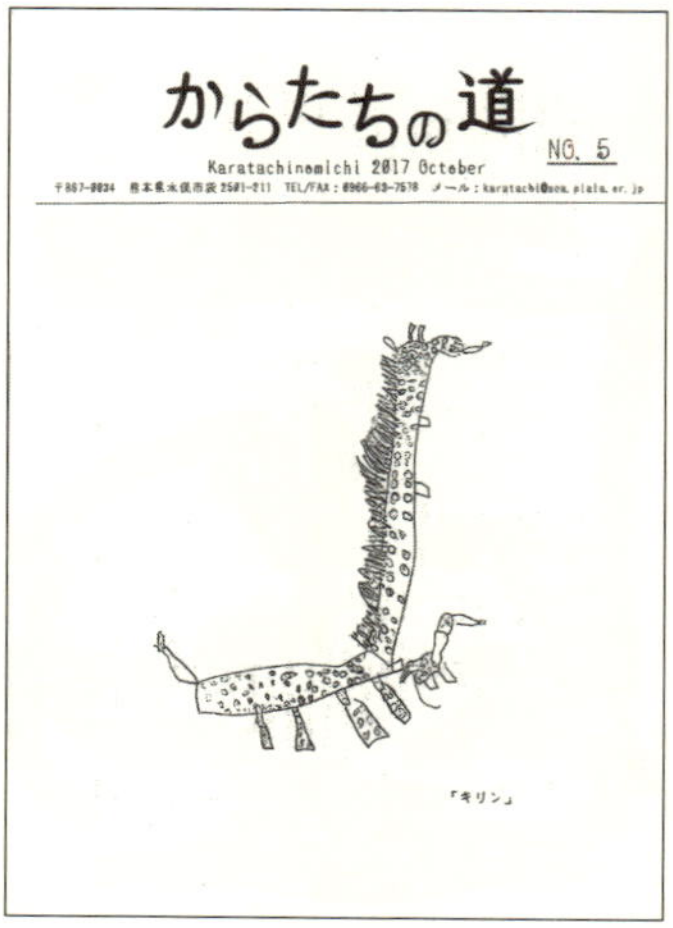

▲子どもたちの絵が毎号、表紙を飾る通信『からたちの道』。生産者へのインタビューや四季の便りを伝える。

伴侶の愛子さん、そして通信『からたちの道』の表紙絵も担当する子どもたちである。つた子さんは昨年、また菜穂子さんは今年、辺野古・高江の反基地運動の支援に来沖されてもいる。

もともとカヌー競技の国際的選手だった基夫さんは、関連の体験企画も立ち上げるなど、多彩な活動展開を模索されている。伴侶の愛子さんは地元の御出身で、私たちに「水俣」の地の複雑な多面性を語ってくださった。

この夏も海上で、また蜜柑畑で豊麗な時間を過ごしたなか、一夕、御一緒する機会を得た森克己《かつみ》さんは、かねて私が、ぜひお会いしたかった生産者のお一人だ。

《無農薬栽培や有機栽培なんて、最近は全国どこでもあるやろ？ でも、オレたちのみかんはただの無農薬じゃない。水俣病を経験しているとこに意味があるの。水俣病を経験したオレ達が農薬に手を出していいのか？ オレは絶対いや。金もうけでみかんを栽培しているわけじゃない》

（『からたちの道』第二号／「甘夏みかん生産者インタビュー森克己さん」）

森さんの胸に迫る言葉は、かつて水俣病患者が無農薬甘夏の生産に踏み出した際の「毒を食わされた者が人に毒を食わすわけにはいかない」という崇高な理念の現在形でもあるだろう（それが、まさに前掲の杉本さん夫妻の言葉にも通ずる）。後から伺ったところ、このときインタヴュアーだった基夫さん自身、森さんのその言葉を聴きながら、メモを取る手が顫《ふる》えたという。

だが私見では、沖縄と同様、水俣もまたその「理解者」「同伴者」を以て任ずる側から〝消費〟されかねない危うさと、常に隣り合ってもいるようだ。とりわけ「3・11」東京電力・福島第一原発事故から始まる「食べて応援」「風評被害」「福島差別」云云の概念が跋扈《ばっこ》し、歴然たる被害側であるはずの水俣病患者までが〝原発事故は物質的繁栄を追い求めすぎた結果……〟といった、危ういプロパガンダの提唱者に擬される時代には。

「加害」と「被害」の構造を捨象し、国家悪・企業悪を臆面もなく棚に上げ、根底に蟠《わだかま》る階級差別を無視したこれら悪質な〝一億総懺悔《ざんげ》〟的言説は、問題の根源を決して糾明《きゅうめい》しないまま、真の責任の所在を塗りこめ、加害者を放免するために、ひたすら本来の被害者を分断し、相互に対立させようとする。「抑圧」を等し並に〝再配分〟し、それを拒否する者は「差別者」だと貶《おとし》めるのだ。物事の理非曲直を糺《ただ》そうとする努力を踏み躪《にじ》り、あたかも〝毒を共に食うことが贖罪《しょくざい》だ〟〝連帯を言うなら、共に毒を食って見せろ〟と強要する、悪辣なファシズムが罷《まか》り通る、この国——。

水俣から、わずか五〇㎞の距離に位置する川内《せんだい》原発は、昨夏、紛れもなくその「一時停止」を公約に当選したはずの三反園訓《みたぞのさとし》・鹿児島県知事が、就任後半年も経たず「運転再開容認」に転じた。どんな言葉を以て詰《なじ》っても足りない最低の倫理的破産であり、民主主義への冒瀆である。

そして悪に悪を重ねる安倍政権は、すでに来年四月の『種子法』廃止も決定している。モンサントほか多国籍企業による「遺伝子組換え作物」の一気の流入・氾濫が懸念され、ひいては命の基本たる食物がハイパー資本主義の完全統制下に組み込まれかねないのだ。

かくもおぞましい欺瞞を「水俣」の思想が世界の根底から打擲《ちょうちゃく》することを、私は渇望してやまない。

〔初出＝『琉球新報』二〇一七年一二月二一日付「文化」面〕

［追記ノート］

「水俣」を思うだけで、私を静かに満たし始める、この〝厳粛な幸福感〟は何だろう。あの稀有の風土のなか、水俣病患者や支援者の皆さんと過ごす一瞬一瞬が、記憶の果汁のように心の深部に蓄えられているようだ。

そして《からたち》の大澤さん一家の、「原点」を決して譲らない、静かな決意に満ちた佇《たたず》まいの輝かしさ——。人が決して揺らがず、歳月や社会の変化に腐蝕されないということの意味を、美しく晴れやかに体現されている姿が眩しい。

折りに触れ届く通信『からたちの道』は、この二〇一九年春で一一号を数えるが、号を重ねるごとに充実する誌面に、皆さんの静かな思いが漲《みなぎ》り、圧倒される。往年の「水俣」の闘いを、あくまでその原則を枉《ま》げることなく、しかも豊かに継承されている営為の現在進行形の記録として、私がいま最も愉しみにしている刊行物の一つである。

ところで、本稿で直接の問題として「水俣」と対置されているのは、東京電力・福島第一原発事故以後の異様な「食べて応援」「風評被害」「福島差別」の恫喝的言説、同調圧力であることは言うまでもない。だが「水俣」の思想が照射し、問いかける範囲は、決してそこに留まらない。

たとえば本書・第二二信で取り上げた翁長雄志知事の発言はどうだろう？　二〇一七年一〇月二一日の東京での講演におけるものだ——〝自分は、日米安保に賛成している。大半の日本人も賛成ならば、

▲ 丹精こめた水俣の自然農法みかん山で。収穫作業の手を休めて語らう《からたち》の皆さん。（左から）大澤忠夫さん・大澤つた子さん・大澤菜穂子さん（2016 年 12 月／撮影・山口泉）

▲ 息子さんを連れ、漁に向かう大澤基夫さん。水俣・袋湾から恋路島を望む（2017 年 8 月／撮影・山口泉）

▲ 水俣名産のタコを捌く大澤愛子さん。（2017 年 8 月／撮影・山口泉）

他県も米軍基地負担を〟。沖縄で、またヤマトで「日米安保」に反対している人びとの存在を措《お》いても、ここでの「米軍基地負担」についての翁長知事の「論理」は、同・第一九信に引いた崎原盛秀さんの省察――《反戦の思想を固めつつ基地を引き受けるという主張が運動論として成り立つのか疑問に思えてならない》と、明らかに対蹠《たいせき》的関係にある。

そして私が「水俣の思想」と定義するものが、どちらに連なるそれかは言うまでもあるまい。すなわち「沖縄」をめぐる現状が、もう一つの相同性を持った主調音として、私のこの「水俣」論の底を貫流していることも、慧眼《けいがん》の読者には容易に御賢察いただけるに違いない。

このとき《オレたちのみかんはただの無農薬じゃない。水俣病を経験しているとこに意味があるの》《水俣病を経験したオレ達が農薬に手を出していいのか?》という森克己さんの深い洞察と静かな自問、さらにその淵源《えんげん》に位置する「毒を食わされた者が人に毒を食わすわけにはいかない」という往時の水俣病患者の皆さんの痛切な自己確認は、それら琉球弧の問題をも含め、「平和」や「反戦」、「人権」という言葉で語られる問題全体の根底を照らし出しているのだ。人が、それらを口にすることの根拠を問いかけているのだ。

だから、なのだろう――。私が、これほどまでに「水俣」に心惹かれ、この欺瞞に満ちた度し難い国の一隅で「水俣」が柔らかな光に包まれていることを、片時も忘れはしないのは。

Ⅲ　二〇一八年

第二五信　システムの根底に潜むものを冷静に検証し
アジアのなかでの日本国家の惨めな姿を直視しよう

南城市長選で、瑞慶覧長敏《ずけらんちょうびん》さんが当選した。自治体として本来あるべき福祉政策の回復をはじめ、市民主体の市政として日米両政府にも対処するはずの新市長の誕生を、まずは寿《ことほ》ぎたい。

ただ「翁長知事が支持した候補が勝利した」との短絡した文脈でこの結果を捉えることに、必ずしも私は与《くみ》しない。二〇一四年末の県知事選後、知事が応援した候補が市長選で全敗してきたという事態を、今回、辛勝とはいえ、ともかく押し止めた市民の真摯な運動に敬意を表する一方、すでに任期の四分の三が過ぎながら、依然、辺野古埋め立て「承認撤回」を表明しない「翁長県政」の現在が、これでそっくり是認されたなどと見誤ってはなるまいとも、私は考える。

今回の結果を、二月四日に迫る名護市長選はじめ、今年うちつづく各選挙にいかに及ぼすか。そして年末には当の県知事選が控えるが、これ以上「承認撤回」が〝店晒《たなざら》し〟された果て、いまさら本末顚倒《てんとう》の「県民投票」という、当初の民意を愚弄する誤謬《ごびゅう》が犯されるなら、分裂と混迷がいっそう深まることは明らかだ。南城市長選の勝利を機に、首長・議員を問わず、もともと主権者から負託を受けた側の根底的な覚醒が緊急に問われている。

昨年一二月一七日、フジテレビ系『THE MANZAI』で放映されたウーマンラッシュアワー（吉本興業）の「原発や基地問題を取り上げた」漫才が反響を喚《よ》んだ。その一方「こうしたお笑いが特別なものでなくなる状況」を待望する声もあった。だが私の考えは、それらのいずれとも異なる。

たとえば、たしかに原発や基地問題が論《あげつら》われはしながら、それ自体の是非そのものではなく現状の〝不均衡〟へと、論点が一種の含意《がんい》（コノテーション）をもって収斂《しゅうれん》していること。たとえば〝小池新党〟や金正恩《キムヂォンウン》氏は無遠慮に揶揄《やゆ》しつつ、安倍政権やトランプ大統領へのそれはないこと……。

私はこの放映に、テレビを含む巨大システム総体の側の〝もはやこの程度のものは、提示せざるを得ない〟との支配構造維持へ向けての現状認識と、同時に〝こうしたものなら、提示はプラスに作用するはず〟という精緻で周到な検討の痕跡を確認する。大衆の感受性の管理装置としての「お笑い」の影響力が、紛れもなく空前のものとなっている、今――。

その後、同コンビの村本大輔氏が、昨秋の衆院選での自らの棄権を大大的に喧伝した事実や、来沖しての「米軍基地に賛成でも反対でもない」等の発言を知り、私の前述の判断はますます強まった。

何より懸念されるのは、こんな漫才を当初から一点の留保もなく絶讃する人びとにおける〝判断停止スイッチ〟ともいうべきものの入り方の、あまりのたやすさである。テレビやSNSを通じて〝圧倒的影響力〟を持つタレントが基地や原発を〝話題にしてくれるだけで有り難い〟と言ってしまう時、その事大主義はあまりにも危うい。

くだんの漫才の中で朝鮮民主主義人民共和国「最高指導者」に放たれた、明らかに諷刺《ふうし》を逸脱した侮辱だけでも、私はこの放送に快哉《かいさい》を叫んだ人びとに戦慄する。当の分断国家の一方や指導者本人への評価以前に、こうしたことができてしまう人間性の問題として。

これは、その種の多数者が反駁に用いたがる言葉でいえば〝重箱の隅〟を突つく論難か？　だが、この「お笑い」が迎えられる、そのすぐ隣には、同じ日本社会のなかで民族衣装の制服を切り裂かれ、差別で自死に追い込まれた人びとがいる。そして関東圏の到るところで、竹槍や鳶口《とびくち》、日本刀を手にした「自警団」が、完全な無法状態で公然と大殺戮《さつりく》を展開した秋から、まだ一世紀も経ってはいない。明らかに悪しきAと、一見それに対抗するかに見えるBとがある時、もとよりAに対峙しながら、Bの抱え込む根深く巧妙に隠された問題点を立ち止まって検証しようとするCが、まず最初に排除されるなら――。ファシズムは確実に、その目盛りをまた一つ進めるだろう。

《日本は既にいくつかの高性能ロケットの発射に成功したし、「人工衛星」にかこつけた強大な弾道ロケットミサイルの本格的な開発および発射計画が総力的に推進されている》（李泳禧《リヨンヒ》『朝鮮半島の新ミレニアム――分断時代の神話を超えて』徐勝《ソスン》・監訳／二〇〇〇年、社会評論社刊）

かつて〝韓国民主化運動の父〟と謳《うた》われた思想家が、こう警鐘を鳴らしたのは、液体燃料ロケットHⅡ（三菱重工製）のことだ。これに対し、今月一八日「打ち上げに成功」した新型「イプシロン」（IHIエアロスペース製）は、液体燃料に比して貯蔵・整備が容易で迅速な発射も可能な固体燃料を用いるロケットで、弾道ミサイルとして格段の優位性を持つ。すでに中国・韓国等、アジア諸国は、この「打ち上げ成功」による「日本の核武装」のいっそうの加速を危惧している。

〝北の脅威〟を喧伝し、昨秋の衆院選で荒唐無稽な〝国難〟キャンペーンを展開した政府は「イプシロン」打ち上げ直後の二二日、再び東京で愚劣な〝ミサイル避難訓練〟を行なった。そもそも戦争を避ける努力をするのが、本来、外交の責務なのに、自ら挑発に挑発を重ね、莫大な国費を蕩尽《とうじん》して外遊を繰り返しては、他国にまで「北制裁」への同調を要求する安倍政権とは、一体、何か？

それに先立つ一六日には、カナダでの外相級会議で日本側が「北朝鮮」からの漂流・漂着民の急増を「制裁が効き始めている結果」と語ったという（米側情報）。メディアは愚にもつかぬ〝不倫報道〟の類など直ちにやめ、自国政府関係者の憲法にも悖《もと》る非人道的暴言の真偽を糾明すべきだろう。この席で、河野太郎外相が、懸命の模索の続く南北対話を「北の時間稼ぎ」と言ってのけたのも、朝鮮半島の分断状況に最大の責任を負う日本の閣僚として「盗っ人猛だけしい」の一語に尽きる。

一方、旧日本軍による「慰安婦」被害者を追慕する像の設置に、わざわざ遺憾の意を伝えにフィリピンへ赴いた野田聖子総務相は「像は表現の自由。阻むことのできない憲法上の権利」と、ドゥテルテ大統領から一蹴される有り様である。今さらながら、日本とは惨めな国だ。

すでに着着と「改憲スケジュール」が動き出しつつある。戦争を防ぎ止めるための、ぎりぎりの抵抗が要請される年が始まった。

〔初出＝『琉球新報』二〇一八年一月三〇日付「文化」面〕

［追記ノート］

いまや瑞慶覧長敏市長による南城市政は、琉球弧全体のなかでも重要な「希望」である。あの二〇一四年末、県知事選の直後には、まさかこうした状況が出来《しゅったい》しようとは考えられなかったが、現実にはそうした事態となっている、その中で――。私自身、刮目《かつもく》してその行方を見守りたい。

本文で批判したウーマンラッシュアワーの漫才に関しては、何より私が生活する沖縄の地で、ほぼ礼讃一色という状況が瞬時に出現し、いまも続いている。ほんとうに、この人までが……と驚くような方がたが「手放し」で褒《ほ》めちぎる場面に次つぎと出くわしている。ファシズムの顕現をまのあたりにする思いだ。

そうしたなか、本稿の発表から数箇月を経た、あるとき――ある場で、まったく別件でお力添えを得た、初対面のある若い方が、本来の用件の済んだ後、思いがけず御自身から、私のこの批判に対し強い賛同の意を表明され、くだんの放送に接した際の違和感が解消したとの言葉をお伝えくださったことがある。それは私にとって一種の「事件」といっても過言ではない出来事だった。私自身の視野には容易に認識されない位置から、私の営為に内在的な眼差しを注がれていることが確かめられたこの経験には、さまざまな感慨を覚える。

▲ 第2次大戦中、三菱重工名古屋工場に勤労動員された梁錦徳（ヤン・クムドク）さんの人生から日本を問う、全情浩（チョン・ヂョンホ）さんの『訪れない解放』（2010年／キャンヴァスにアクリル・150cm×300cm）。中央上の日本人が抱えているのがＨⅡ型ロケット。画面の底から「MITSUBISHI」のロゴマークが浮かび上がる（図版提供・光州ロッテ百貨店ギャラリー）

とはいえ、問題は尽きない。

同様に「イプシロン」打ち上げに際して、それをあたかも〝華麗な宇宙ショー〟めかした安手の美辞麗句で扮飾して伝える報道が、沖縄の既存「制度圏」メディアを覆ったことにも、私はやりきれない思いがした。そもそも翁長雄志氏が県知事選に立候補する前後、表明した危機意識――ミサイル戦争で再び沖縄が「捨て石」にされるという、その事態が、より現実的な段階を一歩進めたものこそが、今回の固体燃料ロケットなのであり、その「打ち上げ成功」は、とりもなおさず、まさに当の琉球弧を、安倍軍国主義ファッショ政権の意図のもと、南西諸島海域を主戦場とする破滅的限定核戦争の最前面に差し出すことへと通ずるはずなのに……。

第二六信　満身創痍の「オール沖縄」の閉塞を超えて
生存と生活を包含する世界像と方法論の創出を

もはや、満身創痍《まんしんそうい》である。

事、ここに及んで「オール沖縄」とは言うまい。二〇一四年一月の名護市長選挙を新たな端緒として、内外に改めて示された「辺野古新基地建設阻止」の気運――日米両政府の圧政に異議を提示し、琉球弧の主体性を高く掲げて始まったはずの崇高な営為が、である。

一連の抵抗の輝かしい先触れとなった第二期・稲嶺《いなみね》進さんの名護市政は、にもかかわらず、今般、事態の地滑り的悪化が押しとどめられぬうちに改選を迎え、市民の幸福安全の最大の課題として「新基地建設阻止」に尽力してきた現職市長を惨敗（あえてそう記す）させる結果に立ち至った。八年に及び、踏みこたえてきた稲嶺市政は、むざむざ見殺しにされたに等しい。

「惨敗」の理由は明白だ。前回の名護市長選の後、くだんの「オール沖縄」の、現象的には明らかに〝頂点〟を成した同年一一月の県知事選で圧倒的支持を得て発足したはずの翁長県政は、しかしその後、主権者県民の「新基地建設阻止」の負託に、どう応えたのか？

翁長雄志知事の任期のまさに折り返し点たる一昨年一二月における「辺野古埋め立て承認取り消し処分」の「取り消し」という奇怪な〝利敵行為〟に集約されるとおり、その実際の対応は、しきりと繰り返される「新基地を造らせない」との言葉とは、あまりに程遠い。挙げ句の果て、辺野古や高江の現場をはじめ「反基地」の思いをつないできた人々の苦闘を愚弄するかのような「県民投票」が、今さら公然と語られるようになっている展開には茫然とするほかない。

そのかん、僅か六五票差で瑞慶覧長敏さんの「辛勝」となった城南市長選を唯一の例外として、全市長選で知事の応援する「オール沖縄」候補は敗北に敗北を重ね、ついに今回〝出発点〟だった名護をも失うに到った。

ちょうど一年前——二〇一七年二月二四日付の本連載『まつろわぬ邦からの手紙』第一四回を、私は『翁長雄志・沖縄県知事への緊急公開書翰／山城博治さん救出と「オール沖縄」の蘇生を』と題して綴った。私たちの敬愛する沖縄平和運動センター議長が、結果的に五箇月にも及んだ、国家権力の最悪の害意をすら感じさせる不当勾留の弾圧を受けていた——まさしく、そのただなかのことである。

その小文が掲載日当日の県議会での翁長知事への質問（金城勉議員）で紹介された経緯、それに対する知事の答えから受けた失望についても、私は翌三月二三日付の本連載・第一五回に記した。〝市民運動と県政とは違う〟（大意）との翁長雄志知事の見解に私が愕然としたのは、それがとりもなおさず「オール沖縄」（とされたもの）の理念を、知事自らが正面から否定するに等しい発言だったからだ。

しかもウチナー社会には、依然として、一種信仰にも似た「翁長支持」の情緒が盤踞《ばんきょ》している。それに疑義を呈することへの微妙な相互規制の気分も、なんとも息苦しいばかりだ。そこにさらに、ヤマトの側からの浅薄な〝善意〟の予定調和的観念論が、沖縄の地で加速する現実の腐蝕の危うさを自ら検証する努力を（その努力だけは）怠ったまま、事態をいよいよ拗《こじ》らせているというのが、現状なのではないか？

今回の名護市長選に関し、稲嶺市政が「辺野古新基地建設反対」に偏倚《へんい》しすぎたのが「敗因」とする見方がある。違う。

むろん辺野古新基地建設に対して直接、正面からの言明を避け当選した対立候補の姿勢など、政治家として論外だ。だが私は、むしろ稲嶺進さんを支援すると称した側（「オール沖縄」？）が、「生存」（反基地）と「生活」（経済）との、本来、不可分の一体性を、当の名護市の有権者と、説得的・共感的に共有しようとする努力に、なお足りないものがあったのではないかと、結果として考えざるを得ない。

《……しかし、人は生きるために変革のみちにすすみつつ、また同時に生きているために変革のみちにすすむことが不可能なのである。われわれにあって変革の思想の最強の敵は、おそらくは生活の思想であり、飢えの思想であり、人が変革のみちからしりぞくのは、人が実在の生を生きている理由によってなのだ》（黒田喜夫『詩は飢えた子供に何ができるか――サルトルらの発言をめぐって』一九六六年）

黒田喜夫《きお》（一九二六年〜八四年）は、狭義の「政治」と「文学」とを極めて高い次元で合一した、日本「戦後詩」屈指の――私見では、最高の――詩人である。

そして、右の洞察の鋭敏さは言うまでもないとして、私たちがいま無限の恐怖を以て直視しなければならないのは、米軍基地から東京電力・福島第一原発事故、ファシズム政権の「改憲」策動と戦争挑発に到るまで、それへの抵抗をやめ「変革のみちからしりぞく」ことは、とりもなおさず私たち自身を「滅亡」「死」へと紛れもなく追い込むだろうという明白な事実なのだ。選挙後、早速、名護新市長に臆面もない厚遇を示す日本政府の底知れぬ卑しさを見るにつけても。

今月前半、一九六八年の「テト攻勢」から半世紀を経たヴェトナムを訪ねた。私以外の一行十数名は全て韓国人で、ヴェトナム戦争当時、アメリカに次ぐ兵力が投入された自国軍が現地で犯した民間人虐殺の跡を辿《たど》るという真摯《しんし》な旅である。そこに、沖縄へ移住したヤマトンチュとして私が参加することの歴史的責任は、当然、極めて深い重層性を帯びる（その一端は、特に琉球弧との関連を中心に、次回以降も少し記したい）。

今次の平昌《ピョンチャン》五輪に際し、安倍政権が個別日本選手の成績を自らの宣伝に利用しようとする報道は、五輪という欺瞞的なスポーツ制度そのものの問題性をとりあえず措《お》くとしても、底知れず醜悪だ。さらに、訪韓しての文在寅《ムンジェイン》大統領との会談で、安倍首相が「パラリンピック」後、米韓合同軍事演習を「予定通り実施するよう求めた」ことに到っては、これ以上ない内政干渉であり、是が非でも東アジアの軍事危機を煽り立てたくてならないという妄執のおぞましさに慄然とするものを覚える。

そんな折りも折り、この独裁者の低劣な底意と符節を合わせるように、NHKの輿論《よろん》調査では「南北融和の動き」を「評価しない」との回答が六五％に達したという。日本の侵略・植民地支配の結果もたらされた分断状況を、しかも当事者らが平和裡《り》に打開しようとする、まさしく懸命の努力に対しての、かくも絶望的なまでの傲慢さ――。なんという政府であり、〝公共放送〟であり、国民なのか。日本人が人間として蘇生するために踏み越えねばならぬものは、あまりに多い。

〔初出＝『琉球新報』二〇一八年二月二八日付「文化」面〕

［追記ノート］
改めて確認するまでもないと思う。本稿において述べているのは、一方で「反戦」「平和」運動に

おいてすらも沖縄を結果的に一過性の「消費」の対象としてしまいかねないまま、ヤマトにおける安倍政権の脅威そのものに対しては、真の危機意識がなお稀薄なのではないかとも思われる、相対的には「少数派」の〝良心的〟日本人のありように対する危惧と、それよりはるかに「多数派」の、分厚く腫《は》れぼったい沈黙や無関心に沈み込み、さらには積極的に安倍ファシズムに加担し底支えする鈍重な日本人への憤りだ。

前者に対しては、「沖日連帯」(琉日連帯)ということを考えるとき、そもそも日本各地の個別の選挙においていかなる抵抗が可能かという問題がある。たとえば安倍晋三がなんら地元選挙区で「落選」の憂いなく、国政の独裁を恣《ほしいまま》にしつづける、そもそもの衆議院選をはじめとして。

ただ、この国に深く蔓延《はびこ》る封建遺制は、別段「山口四区」にだけ特異なものでもなく、全国に遍在しているし、あえて言うなら、その歴史的経緯や不可避の事情が決して同一ではないとはいえ、沖縄——琉球弧にも同様の問題がないわけではない。直接の「地縁」「血縁」の強さばかりではなく、琉球王朝に対してさえ、少なくとも沖縄本島での身体感覚的印象は、必ずしも否定的なものではない気がする(先島=宮古・八重山の場合は、また事情が明らかに異なるが)。

いずれにしても私は〝親の七光〟〝祖父の四十九光〟めいた世襲的構造が大嫌いだし、そればかりではなく、職業政治家や、同様に現存の社会において明らかに〝特権的〟な立場の人びとが同一階級内で「再生産」され続ける構造自体に疑問を感ずるものだ(琉球弧の革新政治家や市民運動家においても、しばしば当然のようにその「係累」が話題にされる)。

そしてとりわけヤマトの場合には、安倍ファシズムを批判する側の人びとすら、その「ステイタス」が上がれば上がるほど、結局、現実総体の根底的変革ではなく、差別や搾取、矛盾を含んだ社会のなかで、自らの特権的地位の保全を自己目的化し、さらには世代を超えて「再生産」する傾向につながるのではないか。「共産主義」を標榜しているはずの政党すら、奇怪にもその歴代トップの座には、東京大学出身者が就くという、この国――。

だが何はともあれ、最も度し難いのは〝「南北融和の動き」を「評価しない」〟とうそぶく「六五％」の日本人だ。むろん、これ自体、国策放送そのもののＮＨＫの数字ではあるにせよ。

▲ 再選後、「辺野古新基地建設反対」の民意を伝える訪米の途に就く稲嶺進・名護市長（当時）と見送りの皆さん（2014 年 5 月 15 日、那覇空港にて／撮影・山口泉＝オリジナルは動画）

「どの面下げて」とは、まさしくこうした手合いに対して用いるべき言葉だろう。いま日本人であるとは、人間として、いよいよ、真に恥ずかしいことだ。

文中のヴェトナム行については『憤怒と静謐――テト攻勢五〇周年のベトナムを韓国の友らと訪ねて』として『週刊金曜日』二〇一八年五月一一日号に寄稿している。御覧いただければありがたい。また、本書・第三六信の写真も、併せて参照されたい。

第二七信 〝破局以後〟の世界をも、生きねばならぬ者として
全抵抗はその人間的根源で、深く静かに「通底」する

二〇一一年三月一一日、東日本を襲った激烈な地震に続いて起こった東京電力・福島第一原発事故以降、七年――個人的事情を記せば、体調不良により東京を離れ、沖縄本島中部への被曝避難移住を決行してから、今月で丸五年が経過した。そのかん、郷里の長野に残した父の臨終に立ち会えなかったことをはじめ、それなりの辛酸はある。だが身近な他者、また琉球弧の旧知の友や先達、さまざまな方がたに支えられてきた私より、はるかに過酷な避難を続ける人びと、そして未曾有の放射能汚染の進む地に、いまも留まらざるを得ない人びとがいる。

先般、その作業内容を知らされずに福島第一原発の「除染」に当たらされたヴェトナム青年が告発の声を上げた。それ自体、根深い植民地主義の伏流水《ふくりゅうすい》を感じさせる非道に、彼が「将来の健康が不安」だと訴えるのは当然だ。ところがこれに比して、同様の立場の日本人は、一体、どうしているのか？

前後して国連人権理事会作業部会では、ドイツが、日本の「避難指示解除」〝基準〟年間二〇ミリシーベルトを、国際法等で定める一ミリシーベルトに戻すよう勧告した。つけ加えると、年間二〇ミリシーベルトは、ドイツでは原発労働者の被曝限度である。

七年前のあの絶望の春の果て、〝破局〟を過ぎてなお、欺瞞に満ちたこの国の「現在」がある。被

害者は何重にも、ずたずたに分断され、加害者は醜悪な打算のもと、狡猾に結託する。

何度でも言うが、この事故の直接の責任者は第一次政権当時の安倍晋三首相だ。二〇〇六年一二月の国会質疑で、まさにその懸念を指摘した吉井英勝議員（日本共産党）の質問に対し、なんの根拠もなく「全電源喪失はあり得ない」と開き直った結果が「3・11」の終末的カタストロフィを惹《ひ》き起こした、その張本人が、今また平然と同じ地位に再来し、戦前は天皇に存して東條英機すら持ち得なかった「統帥権《とうすい》」（軍の最高指揮権）に相当する権力までをも携えて、「国権の最高機関」たる国会の上に、平然と「閣議決定」を置く独裁を加速させている。そして、それに厖大な国民が歓呼し喝采している。

悪夢のごとき茶番の光景としか言いようがない。

歴史的に日米の「国家悪」の吹き荒れる焦点たる地の市民となる道を自ら選び取った以上、それら圧政への抵抗に参加するのは当然だ。まして、そこに責任を負う一半に自らが帰属するからには。

このかん私も沖縄の内外で、日米二重植民地支配との闘いに微力を尽くしてはきたつもりである。「3・11」の初期被曝をほぼ免れたはずの琉球弧へも、物資の流入ほか政府と関連企業の策動で、東京電力・福島第一原発事故による二次被曝・三次被曝の懸念は時を追うに従い、強まっている。いま、日本の国家悪との沖縄の闘いで、理念としての「反基地」と「反原発」とは、いよいよ不可分でなければならない。そもそも全ての人間的抵抗は、その根源において通底する。

今月一四日、那覇地裁において出された山城博治さんらへの「有罪」判決（柴田寿宏裁判長）も、現在の日本における「三権分立」の腐蝕を如実に露呈させた。博治さんの行為が《工事に反対、抗議するという表現活動の面もあるが、実力行使をしており表現の自由の範囲を逸脱している》との舌足らずな判決文の空ぞらしさ。では訊くが「表現活動」は「実力行使」と相容れぬ概念か？　何より、人はそうすべき時「表現の自由」のあるなしになど関わらず「表現せねばならない」し、それが結果として「表現の自由」をも拡張してきたのだ。他の全ての「自由」と同様に——。

「表現」とは本来、既存の支配秩序を揺るがす要素を含む営為である。少なくとも、体制に易やすと迎えられるものに「表現の自由」を拡げる力などない。

今般、朝米首脳会談のニュースが伝えられた。もとより国際政治に予断は禁物だし、その後、米大統領は国家安全保障担当補佐官に「広島への原爆投下は道徳的に正当」と公言するJ・ボルトン元国連大使を任命するなど、相変わらず世界最強の〝帝国〟は横暴な迷走を続ける。しかしともあれ朝鮮半島の緊張に一縷《いちる》の打開の可能性が示されたことは、それに尽力した韓国・文在寅《ムンヂェイン》政権の功績だろう。

ところが日本国民の無知と無恥に乗じ、朝鮮民主主義人民共和国への敵意を「ネトウヨ」顔負けに率先して煽《あお》ることで支持率を維持してきた安倍政権は、この緊張緩和をなりふり構わず阻もうと、急遽「訪米」を表明する有り様だ。私が想起するのは一九七一年夏、自らの〝頭ごし〟に突如、発表された「米中国交正常化」——いわゆる「ニクソン・ショック」に周章狼狽《しゅうしょうろうばい》した佐藤栄作政権末期の姿である（ちなみに佐藤栄作は、言うまでもなく安倍首相の大叔父である）。しかも無教養で不見識な安倍政権の有害性は、事ここに到ってなお最悪の方向に暴走しかねない荒寥《こうりょう》たる危うさに満ちている。

この安倍政権に、いま「森友」「加計《かけ》」問題で、ようやく批判の声が高まりつつある。蠟燭《ろうそく》デモで朴槿恵《パククネ》政権を倒し、前大統領をはじめ関係者を逮捕、さらに李明博《イミョンバク》・前前大統領をも逮捕するような民主主義の動力学が、しかし「自由」と「平等」「人権」の精神史において、いまや人類から取り残された日本に成立し得るか――。むろん最低限、これでなお倒閣に持ち込めないようでは、この国の未来はもはや決定的に危ういのだが。

今回「私事」から書き起こした本稿を、やはり個人的御案内で締め括ることをお許し願いたい。前述の「表現の自由」の対極の陰画ともいうべき、ある種の擬似〝文化〟の問題がある。一例を挙げるなら「反基地」を標榜する人びとにあってすら、巨大〝アミューズメント・パーク〟の人気キャラクターから「ジャンク・フード」に至るまで、自らの「日常」への米国の文化帝国主義――感受性の植民地支配に対する拒絶感が稀薄なのではないかと疑われる点もそうだ。

このたび私が「3・11」以後初めて上梓し〝世界が終わった後を生きる人間の物語〟と位置づける小説集『重力の帝国』（オーロラ自由アトリエ）では、たとえば《タキシードや花柄のワンピースを着、顔だけつるつるに毛を剃り上げた黒ネズミのつがい》の不気味な〝マスコット〟も暗示される。それは、人が自らの主体的な「嗜好」と思い込んでいるものが、実は往往にしてシステムに刷り込まれた結果のそれにほかならず、「侵略」とは軍事力だけではなく、むしろそれ以上に〝文化〟によっても容易に為され得るためだ。

▲2016年12月、台湾・台南大学で『ポスト・フクシマと沖縄革命』と題し講演する著者（奥右）。通訳は、台湾研究者・鳳気至（ふげし）純平氏＝左隣（写真撮影・許倍榕＝シュウベイロン）

（初出＝『琉球新報』二〇一八年三月三〇日付「文化」面）

［追記ノート］

本稿は『琉球新報』掲載時には末尾に別項として、以下の「告知」

を付していただいた。

《山口泉さんの『重力の帝国』刊行記念トークイベントが行なわれる。四月一五日(日)午後三時から、ジュンク堂那覇店。ゲスト＝平敷武蕉氏》

『世界が終わった後に紡ぐ「希望」の物語』と題したこの企画は、当日、予定どおり開催され、新川明さんや矢ヶ崎克馬さんほか、私の畏敬する先達各位の御来駕も得て、文藝批評家・平敷武蕉《へしきぶしょう》さんとの、「3・11」以後の「文学」の意味、沖縄―日本―世界の状況をめぐっての二時間を越えるやりとりは、すこぶる充実したものとなった。幸い、このときの模様は、IWJ (Independent Web Journal) 沖縄支局のY・Yさんのお力添えで、全篇を生中継していただくことができた。現在もアーカイヴが以下のURLにあるので、可能な方は御視聴いただければ幸いである。

https://iwj.co.jp/wj/open/archives/418248

なお、この動画を御覧になればお分かりのとおり、用いられている撮影機材は一台のみであるにもかかわらず、この日、初めてお会いしたY・Yさんのカメラワークは、私の談話の内在的な流れを見事に把握されたそれとなっており、後から確認して、私自身、舌を巻く思いがしたものだった。

特に開始後四〇分を過ぎたあたりから、私がドストエフスキイについて語り出し、ほどなく『カラマーゾフの兄弟』「大審問官」のエピソードを枕に「オール沖縄」のある種の人びとにとっては〝本物のイエス〟たる山城博治さんの存在が、実は疎ましいのではないかと述べている部分(動画開始後、四五分四〇秒過ぎ)からカメラがズームインし始めた瞬間には――。

また、いつもながら三重の鈴木昌司さんが、この動画からメモを作成してくださり、私自身のブログ『精神の戒厳令下に』にその前半部分を掲載させていただいた。

https://auroro.exblog.jp/page/14/

（ただし、鈴木さんが作成してくださったメモの後半部分は、もっぱら私の都合で、いまだ掲載できていない。申し訳ない思いしきりである）

併せて、鈴木さんはこの「トーク・イベント」についての御感想も、御自身のブログ『韓国で頚椎椎間板ヘルニア手術してきました』二〇一八年六月七日の項としてアップロードされている。鈴木昌司さんのブログは、ほかにも高密度の記事が多い。皆さんにも、アクセスをお奨めしたい。

ところで、すでに本書をここまで読み進めてきてくださった方は、私が今回、提示している「表現の自由」の問題が、第二三信で述べた、英国・ゴイル湖での、イングランド・デンマーク・スコットランドの三人の女性が原潜トライデント用核兵器システムの実験装置を家庭用ハンマーで「非武器化」した直接行動と、それに「無罪」判決を下したグリンノック地方裁判所の対応を想起されることだろう。これは個別裁判所の判決という次元を超えた、彼我の精神風土の問題として、苟《いやしく》も市民革命発祥の地と、徳川幕藩体制に「明治」神権天皇制が綯《な》い交《ま》ぜとなって収拾のつかない「人間不在」の地獄が続いている日本国との隔絶を改めて思うばかりである。

▲ジュンク堂書店那覇店でのトーク・イベント。平敷武蕉さん（左）と著者（写真撮影・遠藤海里）

最後に、冒頭で触れた個人的事情に関連して――。

それから五箇月余りを経て発表した『重力の帝国』第四話『人間の類似性について』（初出『週刊金曜日』二〇一七年六月二三日号）は、この出来事と無関係ではない一篇である。私見では、たとえばドストエフスキイやカフカとて、その全作品は「私小説」なのであり、さらに言うなら、およそ作家にとってすべての「小説」は畢竟《ひっきょう》「私小説」にほかならないという、その本源的意味においては――これもまた一つの「私小説」ではあり得るかもしれない。

第二八信　「戦後日本」象徴天皇制民主主義の欺瞞
〝和のファシズム〟による腐蝕作用の速さと根深さ

今月一四日午前、私たちが接したトランプ大統領の声明は、米英仏連合軍がシリアへの攻撃を「既に始めている」との事後発表だった。朝鮮戦争以来、世界のどこにでも遍在し、並ぶもののない暴力を行使する〝現代のローマ帝国〟の、そのまたしてもの挙に、近くは湾岸戦争（一九九一年）・コソボ紛争（九九年）・イラク戦争（二〇〇三年）開戦当時の重苦しさを、まざまざと思い出す。嘉手納基地に遠からぬ私の住まい周辺も、明らかに緊迫の度を加えているようだ。

シリアに関しては、日本で流される情報のみでアサド政権についての精確な判断はできないとの立場を、私は採っている。今回の攻撃の理由とされる「化学兵器使用」も、ちょうど国際的検証を受けようとしていた矢先だった。いずれにせよ、軍事力行使はいかなる解決にもならないし、そもそも自らを攻撃してもいない他国に「武力介入」する正当性など、この世のどの国にも与えられてはいない。

現状、ドイツが当初から、この横暴な挙をめぐって「軍事行動不参加」を表明し、またカナダもそれに続く姿勢を示していることは、いささかの光明だ。独メルケル政権は、このかん欧州の反動化・対米追従のぎりぎりの制御装置となってきた。こうしたことにむろん完璧はあり得ぬものの、少なくともナチズムの負の歴史の責任を背負い続けようとする真摯な意思は感ずる。

これに比して「森友・加計《かけ》」疑惑にいよいよ追いつめられた挙句、ここぞとばかりトランプ大統領の「決断」に「理解」を示し、いそいそ訪米しようとする安倍首相は、どうか。一九六七年一一月、ヴェトナム侵略を続けていたジョンソン大統領の「北爆」という蛮行を支持、訪米した大叔父・佐藤栄作首相の、まさしく再現を見る思いがする。

日本は「唯一の戦争被爆国」を標榜しながら、自民党政権のもと、国連での投票行動においても常に広島・長崎への加害国アメリカの核の覇権主義に恥じることなく迎合してきた。その奴隷国家の醜さが、安倍政権においてはいっそう際立つ。

だが、それも驚くには当たるまい。前述したドイツとの隔たりの最大のものは「戦前」「戦中」の支配構造が、現在この瞬間までそっくり持ち越されてきていることであり、何より日本国の中枢には帝国主義侵略戦争の責任を問われるべき天皇制が厳然として存在しているのだから。

現行『日本国憲法』のもと、現天皇が「政治行為」をせずにきたとする見方もあまりに皮相だ。二〇一一年三月一六日放映の天皇の「ヴィデオ・メッセージ」は、東京電力・福島第一原発事故の空前の危機がもはや隠し難い局面で民心の鎮静化を図ろうとするる、紛れもなく〝第二の玉音放送〟そのものだったし、このたびの与那国島をも含む「在位中最後の訪沖」は、先代が一九四七年と四八年、米国に琉球弧を差し出すことを二度にわたって申し出た「天皇メッセージ」と、遠く共振する意味を含むだろう。「島嶼《とうしょ》防衛」と称して、自衛隊に上陸作戦用部隊の編成までが完成した今――。

いかにも、天皇とはそれ自体が、終始、変わらず政治的存在なのだ。

日本独自の不合理な歴史区分の「平成」なる期間が、ほどなく終わるらしい。かつてこの年号の始まった直後には、「大嘗祭《だいじょうさい》」と称される代替りの儀式が《政教分離の原則からいちじるしく逸脱し、象徴天皇制を神権天皇制に逆行させる途を開くおそれ》を指摘するとともに、神権天皇制が近隣諸国を侵略し、自らの破滅をも招いた歴史的責任を糺《ただ》した大学人らの訴えがあった（『「大嘗祭」に反対するキリスト教四大学学長声明』一九九〇年四月一二日付）。

▲対談『精神と自由』カバー。地の文章は『「大嘗祭」に反対するキリスト教四大学学長声明』冒頭部分（装幀・知里永＝山口泉）

関西学院（柘植《つげ》一雄学長）・国際基督教（渡辺保男学長）・明治学院（福田歓一学長）の各大学と共に、声明に名を連ねたフェリス女学院大学の学長・弓削達《ゆげとおる》さん（一九二四年〜二〇〇六年）は、「声明」発表から一〇日後の夜半、自宅にピストルを撃ち込まれる。また明治学院大学の学長時代、遠からぬであろう昭和天皇の死を前に、その名の下の侵略戦争の責任を決して忘れてはならず、国家はあくまで個人の自由を尊重しなければならぬことを諭《さと》した（「Xデイ」に関する）『学長声明』（一九八八年）を発表した森井眞《まこと》さんは、自宅や大学の近隣を、黒枠で囲われた御自身の写真に個人情報を添えた何百枚もの嫌がらせのビラで埋め尽くされたという。

森井さんと弓削さんの対談『精神と自由——より人間らしく生きるために』（一九九二年／オーロラ自由アトリエ刊）については、昨年九月の本欄『まつろわぬ邦からの手紙』第二一回で、チビチリガマ損壊事件との関係から御紹介した。これは、なんとも不思議な本だ。私自身、司会を務めた対話で示された、御二人の深い叡知と静かな勇気は、時を追うに従い、まるでそのつど初めて読むかのように、むしろますます意味を増してくる印象を受けるのだから。

弓削さんは先年、惜しくも亡くなられたが、今年九九歳になられる森井さんは、現在も若わかしさに溢れ、安倍政権打倒の市民運動の先頭に立たれている。得難い先達である。

だが、そうした方がおられる一方で、〝「戦後日本」象徴天皇制民主主義〟の欺瞞が昨今とりわけ深まり、琉球弧すらその腐蝕作用と無縁ではないことも顕著に感ずる。〝平和を願い憲法を尊ぶ天皇〟に依存して「国民主権」や「基本的人権」を守ろう、などという倒錯した主張は、その最たるものだ。

かつて中国文学者・竹内好《よしみ》（一九一〇年〜七七年）は、小林多喜二『蟹工船』を原作としながら、そこに銃剣で労働者を虐殺する帝国軍隊の描写を安易に追加した映画化（一九五三年／山村聰監督・主演）の単純な一面性を鋭く批判した。

《天皇制には、暴力と同時に「仁慈《じんじ》」の反面がある。頭をなぐるだけでなく、なぐった頭を別の手でなでる。この仁慈の虚偽性にメスを入れるのでなければ、天皇制の本質はつかめない》（竹内好『権力と芸術』一九五八年）

いかにも、直接の暴力より、時としてさらに恐ろしいのは、あたかも自然発生するかのように醸成される「和のファシズム」の根深さだ。〝平成天皇の人柄〟などといった神話に、社会が雪崩《なだれ》を打って回収される根こそぎの総転向が起こりかねない現在――。

それを防ぎ止めるには、たとえば帝国軍人としての死は「犬死に」だったなどという、厚顔な被害者意識の怨嗟《えんさ》と自己免罪で、あたかも何事かを語ったつもりになっているような次元では許されない――能動的であれ受動的であれ、アジア侵略の紛れもない加担者としての罪を直視するのが、最低限の出発点なのである。

▲森井眞氏（撮影／遠藤京子＝『精神と自由』所収の写真を複写）

▲弓削達氏（撮影／遠藤京子＝『精神と自由』所収の写真を複写）

〔初出＝『琉球新報』二〇一八年四月二〇日付「文化」面〕

〔追記ノート〕

天皇制は日本人にとって、最後の最後まで「躓《つまず》きの石」である。現象的には一部〝親日〟外国人（帰化している場合を含め）の場合にも、それに〝搦《から》め捕《と》られている〟かに見える場合がないわけではない。だが、それは自ら意思的に〝搦め捕られ〟ることが、日本国家および日本社会との関係において、おのれの「利益」になるという打算に由来するものなので、日本人の場合のように魂の根底に染みついた度し難い〝遺伝子レヴェル〟のそれとは異なる。

《私たちの内部に骨がらみになっている天皇制の重みを、苦痛の実感で取り出すことに、私たちはまだまだマジメでない。ドレイの血を一滴、一滴しぼり出して、ある朝、気がついてみたら、自分が自由な人間になっていた、というような方向での努力が足りない》（竹内好『屈辱の事件』一九五三年）

本文でも引いた、おそらく日本で最も深く魯迅《ろじん》に私淑したと思われる中国文学者は、またこうも記すが……果たして「血を一滴、一滴しぼり出」すだけで、それが叶うかのどうか（一九五三年という時期なら、まだそれが可能と見えたのだろうとも、私は考えてみる）。——もしかしたら、すべての血を絞り出しても、なお原形質の奥深くに、それは組み込まれているかもしれないのだが。

あの忘れ難い昭和天皇の病状報道のさなか、この国すべてが水を打ったような、私の用語でいう「精神の戒厳令」状態を経て、新天皇の「即位」へと至る過程で、私が深い疑問を抱いた一つは、あの歴史的責任を捨象した凄まじい国家主義の嵐に対して、「大学」なる特権的制度のなかからは、「キリスト教」という、いま一つの（そして歴史的にも地理的にも、さらには理念的にも、天皇制のごときそれよりは、はるかに鞏固《きょうこ》で優位に立つ）宗教イデオロギーに依拠した場の、そのしかもごく一部からしか、このとき天皇制に表立って反対し、その責任を追及する——もしくは相対化する——動きが出てこなかったことだった。

ちなみに前掲書『精神と自由』には「巻末資料」として、『「大嘗祭」に反対するキリスト教四大学学長声明』と森井眞さんの『学長声明』のほかに、一九八九年一月一〇日の弓削達さんの昭和天皇死去発表に際しての『学長声明』、それに遡《さかのぼ》って一九八七年三月二四日の『「国家秘密法」に反対するキリスト教六大学学長の共同声明』が収録されている。このときの「キリスト教六大学」は、関西学院（武田建《けん》学長）・国際基督教（渡辺保男学長）・上智（橋口倫介《ともすけ》学長）・東京女子（隅谷三喜男《すみやみきお》学長）・南山（ロバート・J・リーマー学長）・明治学院（森井眞学長）。

だが実は、その後、新たな天皇「代替わり」に至った現在、この二〇一九年春の日本国の空気は、あの一九八八年から八九年にかけてより、さらにさらに重苦しい。残念ながら、現状では到底、あの時と同程度の動きすら、もはや生まれはしないだろう。とうとう、あらゆる箍《たが》の外れた安倍ファシズムの凄まじさと、〝平和主義者〟だったと流布される「平成天皇」神話が人の批判精神にもたらす液状化作用の根深さを感ずる。いま「精神の戒厳令」状態は、従来とも明らかにその位相を異にし、次の——おそらくは最終の——段階に踏み入ろうとしているのだ。

なお天皇および天皇制をめぐる一連の問題に関しては、さらに本書・第三六信で、『琉球新報』発表の本文と［追記ノート］で、山本太郎さんの評価を含めて、また第三九信［追記ノート］では「新元号」をめぐる意識のあり方を中心に考察している。併せてお読みいただければ幸いである。

第二九信　歴史を開く叡知を湛《たた》えた韓国社会と日本の隔絶
空費された歳月の果て、講ぜられるべき手立ては？

およそ望み得る最高の達成を示した四月二七日の板門店《パンムンヂォム》での南北首脳会談の後、引き続いての展開は必ずしも平坦ではない。だが、米国の「イラン核合意」からの一方的脱退や「リビア方式」への固執を見る限り、平壌《ピョンヤン》側が〝イラクの轍〟を踏むことを危惧したのも無理からぬことで、止むを得まい。パレスチナ民衆が生命を賭した抗議を続けるイスラエルにも、依然、アメリカは加担している。この史上最強の「帝国」アメリカと対峙《たいじ》することの想像を絶する苦難は、私が本年二月に訪ねたヴェトナムでも痛感したものだった。文在寅《ムンヂェイン》大統領の粘り強い努力を願うしかない。

三年前のフェリー「セウォル号」沈没の惨事から蠟燭《ろうそく》デモ、朴槿恵《パククネ》政権打倒と、「民主主義」本来の姿を示した韓国の人びとの輝かしい姿に触れるにつけ、つねに私のなかに蘇る、ある言葉がある。

〝心配ありません。犠牲になった方を思うと心は痛みますが、私たちには、こういう危機をさらに悪化させず打開してきた経験が蓄積されていますから〟——かつて二〇一〇年一一月二三日の延坪島《ヨンピョンド》砲撃事件当日、その日に韓国から東京に戻って接した急報を心配して送った私の電子メイルに、現地で知り合ったばかりの光州《クワンヂュ》の若い美術家・金保秀《キムボス》さんは、ただちにそう返信してきたのだった。

どのような友らに、自分は恵まれているのか……。胸の熱くなる思いがしたことである。

——果たして今月二六日には、予告なしに二回目の南北会談の持たれたことが発表された。歴史を開く叡智の湛えられた社会が、ひたすら眩しい。

それにしても、戒厳令が布《し》かれているわけでもなければ、議会が停止されているわけでもない。選挙のたび、「投票所入場券」と記された葉書は届く……。

だが国政選挙の全国平均投票率は、過半を大きく割り込み、東京電力・福島第一原発事故の被曝被害はいよいよ拡大し続けながら、いずれも国際社会に出すのが憚《はばか》られる水準の閣僚たちは、しかも空前の頻度の外遊を重ねて民から搾《しぼ》り取った税を諸外国にばらまき続ける一方、〝戦時体制〟の構築は着着と進む。『種子法』が廃止され自家採種に法外な罰金を科すことで「食」は多国籍企業に支配され、〝水道民営化〟で生存権の根底が脅かされる。「高度プロフェッショナル制度」などと舌足らずな謳《うた》い文句のもと、労働基準法の廃滅が企まれる今、新たな〝奴隷国家〟の到来は目睫《もくしょう》の間《かん》に迫った。

この安倍政権のおぞましさの極め付けが、麻生太郎副首相擁護のための〝セクハラ罪という罪はない〟との「閣議決定」だろう。なんという無教養。なんという、没道義——。

ここまでくると、もはや存在そのものが人類史の汚辱たる、醜悪な内閣である。彼ら、多く世襲の者たちに壟断《ろうだん》された国政を奪回することもできぬ私たち「主権者」の責任も、いよいよ重い。

ところで初の板門店会談に際し、文大統領は、こう語った——〝従来、南北間の合意は歴代大統領の任期後半が多く、政権が交代すると白紙に戻った。自分はまだ就任一年目。在任中に必ず結果を出せる〟と。真の為政者とは本来、自らの「任期」をかくも尊重し、民の負託に応えようとするものだ。

もとより琉球弧の抵抗はヤマトのためにあるわけではない。ただ現実にヤマトの側の覚醒なくしては、日米の二重植民地支配からの沖縄の自己解放は容易ではなく、二〇一四年県知事選はその気運が飽和点に高まった〝事件〟だった。そのまま一気に「倒閣」へと持ち込める可能性もあり得たほどの。それを私は密かに「沖縄革命」と呼んだ。そして、楽観は許されぬとはいえ南北会談が成功を収めた現在、辺野古・高江をはじめとする琉球弧の基地問題もまた、根底的な打開が遠望できる局面ともなる筈だった。もしもこの三年半の歳月が、空費されさえしなかったら……。

昨年一月の宮古島市長選をむざむざ「分裂選挙」として先島の状況を構造的に一変させた後も、それに加担した県選出国会議員らの自己総括は、なんら成されていない。《生きているために変革のみちにすすむことが不可能》（黒田喜夫《きお》／二月二八日付本欄・第二六回参照）で、「生活」の塗炭《とたん》の苦しみに喘ぐ弱者を、徹底的に置き去りにしたまま。

そして「とどめ」のように、先月の沖縄市長選があった。私は、ほかならぬ選挙期間中、もともと最大の争点だったはずであり、数限りない疑念と懸念に満ちた「一万人アリーナ」建設問題に関して、現職が推進する計画が、あたかも既に市議会を通過したかのような看板や横断幕が〝建設予定地〟に犇《ひし》めく状況の異常さを地元市議らに指摘したのだったが、残念ながら反応は極めて乏しかった。

報じられる翁長雄志知事の病の快癒を願うのは、人として当然だ。しかしながら、それが為政者としての氏の功罪の検証に影響してもならない。

本連載『まつろわぬ邦からの手紙』第二六回にも記したとおり、県政はこの三年半、琉球弧の反基地の抵抗のエネルギーを、もっぱらある種の「緩衝装置」として吸収し続けるだけで、日米両政府の動きを一貫して座視してきたばかりか、任期の半ばには最高裁判決を受けて直ちに「辺野古埋め立て承認取り消し処分の取り消し」を行なって、事態を一気に逆行させた。他の全ての停滞に比して、これのみ、何という迅速さ！

さらに、このかん喧伝されている「県民投票」は、いよいよ危うい〝愚挙〟にほかならない。いまや「三権分立」が完全に形骸と化した日本の司法への〝意思表示〟という段階で、この構想はすでに誤っている。そもそも辺野古新基地建設阻止に関し、くだんの二〇一四年県知事選以上に明白な「意思表示」が、どこにあり得たか？

にもかかわらず、あえて屋上屋を重ねる企ては、一連の市長選挙にも明らかな通り、県政の三年半にわたる「未必の故意」とも言える不対応——少なくとも怠慢によって〝飼い殺し〟にされた「民意」の減衰の度合いを測定する結果ともなりかねまい。よしんば県民が再び歯を食いしばって〝圧倒的〟民意を示したところで（しかもそこには有形無形の多大な損失を伴う）、日本の「司法」がそれを一顧だにせぬことは最初から明らかなのだ。しかもそのかんに「埋め立て」は不可逆的に進んでゆく。

以上、「県民投票」はなんら〝渡る〟意味のない〝危ないだけの橋〟である。至るところ陥穽《かんせい》だらけのプロジェクトが、この期に及んで〝論議〟されること自体、県政の由由しき怠慢を免罪し、何より日米両政府を利するだろう。一種壮大な詐術を見せられている気がする。

いま奇怪にも「県民投票」が喋喋《ちょうちょう》されることは、知事の「承認撤回」を待ち、懸命に闘い続けてきた人びとへの愚弄である。悪性リンパ腫の闘病中、厳寒に靴下の差し入れも許可されぬ状況で五箇月に及ぶ勾留という弾圧、白色テロを受けた山城博治さんをはじめとする——。

この局面で、日本政府の「国民栄誉賞」の手法を髣髴《ほうふつ》させる「県民栄誉賞」のポピュリズムめいた用いられ方に、世間の耳目が誘導される。深く心塞《ふさ》ぐ思いだ。

〈初出＝『琉球新報』二〇一八年五月三〇日付「文化」面〉

［追記ノート］

私がすでに八〇年代の終わりから繰り返し、語ってきたことだが、日本には、たとえば安倍政権のファシズムやそれに唯唯諾諾《いいだくだく》と従うマスメディア、そして大衆を、批判——というより、揶揄するに際し、「まるでどこかの国のようだ」と、明らかに朝鮮民主主義人民共和国を（場合により中国その他をも含め）〝当てこすった〟つもりの紋切型の言辞を用いる自称〝リベラル〟〝左派〟がいる。とりわけ昨今の〝ネット言論〟では、それが目に余る。

この人びとに、南北分断の歴史と、当事者の苦難の、何が分かっているのか？ そして自らが帰属し、安逸を極めてきた国・日本が、そこにいかに根源的・全面的な責任を負っているかの自覚が、いささかでもあるのか？ この恥知らずな者たちの身の程知らずの暴言は（何重もの意味で）間違いである。

それらは、同様に近年、「左派ネット言論」を中心に簇生《そうせい》している感のある〝安倍政権を批判する者こそが「真の愛国者」だ〟といった体の、脳に蕁麻疹《じんましん》の出るようなおぞましい主張と双璧を成すものといえよう。自らがついに「個」として存立しえず、この期に及んで、歴然たるファシズムに対する批判をすら、「愛国」などという過《あやま》てる概念を担保することでしか口にできぬ、腑抜けた者たち。

「愛」と「国」とは、そもそも結びつかず、また結びつけられてはならない概念というのが、私の考えである。ただ、分断された南北朝鮮のように「統一」という回復の過程で、それが一つの「光源」として要請される場合のみを除いて——。

なお、本稿において、私が文在寅大統領の板門店会談に際しての「任期」に関する発言を高く評価

▲ 李相浩（イ・サンホ）『統一列車でベルリンまで』（2013年／紙にアクリル）。金大中（キム・デヂュン）・金正日（キム・ヂォンイル）両氏らの乗る「光州（クワンヂュ）発―平壌（ピョンヤン）経由―ベルリン行」の列車を、金九（キム・グ）・全泰壹（チォン・テイル）・張俊河（チャン・ヂュナ）・尹祥源（ユン・サンウォン）・文益煥（ムン・イクファン）ら民主化・南北統一に尽力した死者たちが見守る（図版提供／画家）

した理由は、慧眼の読者には言うまでもないだろう。それ自体、むろん素晴らしいが、この言葉が沖縄の状況に照らして、いよいよ眩《まばゆ》いことは、本連載『まつろわぬ邦からの手紙』第二〇回（本書・第二〇信）に記したような現実を思えば、ひとしおだ。

また「県民投票」については、その後の翁長雄志知事の任期中の急逝という事態によって、さらに大きな影響を受けざるを得なくなった（あえて言えば、それによって影響を受けるところまですべてが持ち越されてきた全経緯そのものが、重大な責任問題であり、歴史的検証の対象にほかならない）。

したがって本連載の最後期の数回において、一連の問題に関しては、現象的にはそれまでと異なる選択を一種〝消去法〟のそれとして余儀なくされている面はある。だが、事柄の本質が当初から一貫して変わらないのも、この後に続く論攷《ろんこう》を仔細にお読みいただければ明らかなことと考える。

第三〇信　この欺瞞に、全琉球弧が沈黙していて良いか？
すでに危うい抵抗の隘路《あいろ》を閉ざさぬためにも、即時「撤回」を

東アジアの状況が変化を遂げつつある。ただ、朝鮮半島の「非戦」と「統一」の理念を体現した四月の南北会談に比べ、以後の展開の評価に私が慎重にならざるを得ないのは、続く朝米会談が「核」を背景とした〝パワーポリティクス〟の性格を、避けがたく含み込むからだ。

前回も述べた通り、朝鮮民主主義人民共和国がイラクやリビアの先例を〝教訓〟とするのを責める資格は「国際社会」のどこにもない。とりわけ植民地支配によって第二次大戦後の南北分断の原因を作り、その後も米国の手先として朝鮮民族の苦難に寄生してきた日本と日本人とには、まったく――。

だが核の脅威の上に仮設された〝平和〟など決して真のそれではない、恐怖の均衡状態に過ぎないことを、人類はあくまで忘れてはならない。核の既得権と覇権主義に居座り、何より広島・長崎におけるその人体実験的「実戦使用」という無差別大量殺戮を行なった米国が、いまだ世界の核支配構造の維持を図る現実を絶対に容認しないためにも。

そして今、日本はどこにいるのか。常に米国の最も志低い属国としても機能してきたこの国は、社会が政府の歴然たる不義・不正への反応力を喪失し、〝ナチスの手口に学〟んだ（麻生太郎副首相）者たちの思惑通り、いまだ存在はするはずの選挙制度という〝合法的手続き〟の末に、収拾不能の核破

局をきたした国がファシズムを完成させるという、人類史上空前の悪夢の入口に立っている。

東京電力・福島第一原発事故の〝除染土〟を全国の「農地利用」に拡散するという、完全に常軌を逸した策動が進むなか、「柏崎刈羽原発の再稼働には反対」との声が県民輿論《よろん》の多数を占めながら、しかも自公推薦候補が新潟県知事に当選するという現実はどうだろう？

本来、あの夏、「本土決戦」で唯唯諾諾《いいだくだく》と〝総玉砕〟していてもおかしくなかった国が、その瀬戸際、日米支配層の思惑で発動された「玉音放送」でかろうじて延命した果て、六六年の歳月を経て再来した「3・11」という〝ポツダム宣言なき一九四五年〟で、すでに魂が滅び人倫の消滅した、そのぶざまさの全てを露呈させた（小著『原子野のバッハ』）というのが、私の見解である。

それにしても、せっかく存《なが》らえたはずの命の連なりの、なんと軽んぜられることか――。

幼な子が、直接には両親の虐待で痛ましい死を遂げる。しかしながら、それを防ぎ止めなかった行政の無責任と社会の無関心は、そもそも人命・人権を蔑《ないがし》ろにする者たちが国家を私物化する全状況の凝縮された投影ではないか。にもかかわらず、表層の「惨劇」のみを煽情《せんじょう》的に供給することで民心を誑《たぶら》かすメディアと、その「惨劇」をも嗜虐《しぎゃく》的に消費せずにはいられない大衆自身の、低く、いじましい共犯性を見よ。そうして、これら醜悪の極みの構造の上に、人倫に悖《もと》る安倍政権はぬけぬけと逃げおおせようとしている。


危惧されてならないのは、これに対し、最も厳しく強く美しい倫理性を以て抵抗し、その闘いの余波は、魂を喪失した日本社会をも揺さぶり起こす力すら秘めていたかもしれぬ琉球弧の闘いが、いま、烏有《うゆう》に帰しかねないことだ。二〇一四年県知事選以後三年半の、時日の空費の末に。

八月一一日に「辺野古土砂投入反対」の県民大会が開催されるという。目標は三万人で、知事の参加も要請するという。だが、これまで幾度「県民大会」は行なわれてきたのか。幾度、懸命の選挙戦があったのか。座り込みと排除はそれ自体、新たな「日常」と化し、やがて「生活」と「闘い」の相克の結果、いくつもの市長選は連鎖的な敗北に陥った。いま闘いが焦点とすべきは、再来月の県民大会の〝規模〟以前に、それこそが確実に日本政府への痛撃となるにちがいない、知事の、一日も一秒でも早い「埋め立て承認撤回」ではないのか。

「承認撤回」が現状の隘路を開くことについては、先に元裁判官の仲宗根勇さんが委曲を尽くした理論構成を示されている。仲宗根さんを共同代表とする、うるま市「島ぐるみ会議」による今月一三日の県庁での「辺野古埋め立て承認撤回を求める五度目の知事要請行動」報告に接すれば、もはや事態はぎりぎりの局面に達していることが明らかだ。

翁長雄志知事の「病状」については、いかにも、人として惻隠《そくいん》の情を禁じ得まい。では、ここにまで至る全期間を通じての、山城博治さんの苦闘は、どうか？

言論の真の誠実とは何かを、見失ってはならない。いま、雪崩《なだれ》を打って陥ろうとしている地滑り的事態は、琉球弧にとって取り返しがつかないのだから。

この三月から四月にかけ、市内のブックカフェ《象仔書屋》で『座り込み抗議参加者写真展／来たれ辺野古へ』(《ＥＡＰＨＥＴ》＝臺灣東亞歴史資源交流協會＝主催)が行なわれた台中市《タイチオン》で、今月一日、その成果を受け、別グループ《哲學の金曜日》(陳燕琪《チエンイエンチ》代表)によるティーチイン『辺野古の抵抗写真展から／第二次大戦後の東アジア秩序を見る』が開催された。報告者の一人で《ＥＡＰＨＥＴ》代表の林欣怡《リンシンイ》さんは、先年、沖縄国際大学に留学、石原昌家さんの薫陶《くんとう》も受けた人だ。

ただし、超大国・中国の圧力を常に受けている台湾では、「反基地」の理念は必ずしも自明の前提として共有されるわけではない。そこに、現・蔡英文《ツァイインウェン》政権の安倍政権への親密さや、アニメ等「日本文化」への若い世代の親和性が複合的に作用してくる時、その危うさは一層、深まる。安倍首相が、予備電源の必要性をなんの根拠もなく否定するという、自らの決定的誤謬の惹《ひ》き起こした東京電力・福島第一原発事故の実態を隠蔽した上で招致した二〇二〇年「東京五輪」なる欺瞞に満ちたイヴェントで、国際社会へ向け「台湾」の〝国号〟を用いようという「正名運動」が、日本の右翼勢力と連携して展開されている実態も看過されてはならない。

　当夜はこうした流れのなか、陳さんや林さんの発言は見事だったものの、他の論者の主張に関しては、少なからぬ懸念を覚えたところから、当初、そのつもりのなかった私もマイクを借り、若干の発言をした。軍隊は本質的に民衆を守らないこと。何よりそれを示したのが、沖縄戦にこそ、ほかならなかったこと。現在の台湾の置かれた苦境が、しかしながら、もはや末期的様相を示す安倍独裁政権に支配された日本への安易な接近へと収斂《しゅうれん》してはならないこと……等等。

　幸い、大方の皆さんの理解を得ることはできたのではないかという気がしている。

《私たちは話し合いをすることにとっても慣れてるので、何かを討論してるとワクワクしますね》

——以前、聞いた林欣怡さんの言葉だ。困難な中にも民主主義を体現する人びとの姿が、眩しい。

〔初出＝『琉球新報』二〇一八年六月三〇日付「文化」面〕

［追記ノート］

私にとって、台湾との出会いは、韓国に較べても遅い。初めて彼地《かのち》を訪ねたのは今世紀、〇〇年代後半のことで、それも最初は、旧知のマクロビオティック関係者らと、松本光司《みつし》さん（一九三六年〜二〇一四年）を案内役として、台北《タイペイ》の「素食《スーシー》」（とりあえず「菜食主義料理」としておく）を探訪するという趣旨の旅だった。――松本光司さんやマクロビオティックについては、私のブログ『精神の戒厳令下に』に、その一部を記している。

https://auroro.exblog.jp/19438381/

むろんその際にも、個人的に若干、それ以外の目的を果たしはしたものの、この狭いながら（九州とほぼ同面積）中国文化と固有の文化が混淆《こんこう》し、さらに東アジア近現代史の諸要素が極めて濃密に凝縮した台湾の地と、本格的な関わりを持つようになったのは、二度目の訪台――二〇一三年九月に台北で行なわれた『黄榮燦《ホワンロンツァン》紀念・洪成潭《ホンソンダム》「五月版画」台北展』（牯嶺街《クーリンチェ》小劇場）に際し、関連企画のシンポジウム（「二二八《アールアールパー》紀念館」大ホール）のパネリストとして招かれてのことである。

京都から参加された徐勝《ソスン》さん（立命館大学特任教授＝当時）や、韓国からこの展示の当事者として参加した洪成潭さんらとも現地で合流後、ほんの数日間のうちに、まことに多くの出会いを経験したこの二度目の旅のことは、『血債の美術が問う、恥知らずな核加害国の現在』（『週刊金曜日』二〇一三年一〇月四日号）や『「二・二八」「五・一八」と「八・一五」』『内部に自前の「精神の戒厳令」を布告した国よりの報告』『「核破滅」の引力圏からの覚醒と離脱を』（以上三篇は『〝戦後日本〟の果てに――東アジアと「フクシマ」』〔上〕〔中〕〔下〕として、二〇一三年一一月四日・五日・六日、『沖縄タイムス』「文化」面に発表）に記している（これら四篇は、のち『辺野古の弁証法』に収録）。

以後、この五年半ほどの間に、幾度、台湾を訪ねたことか。とりあえず台湾島は、鉄道とバスを乗り継ぎ、四日がかりで一周したし、滞在という以上に、半ばは居住したに等しい期間もあった。その関わり方の集中度合いは、ロンドン北郊のフラット二つに居住した英国より深く、さすがに韓国に対してほどではないものの、明らかにそれに次ぐ。期間の短さからすれば、かつてない密度かもしれない。黄榮燦（一九二〇年〜五二年）とは誰か、「二・二八」事件とは何かについては、紙数の関係から、ここでは触れない。ただ、いずれも日本の植民地支配を被《こうむ》ってきた朝鮮半島・台湾・琉球弧という三つの地域の歴史と現在の、私にとって持つ意味が、今後、ますます重きを成してくることだけは疑いない。

それにつけても確認しておかねばならないのは〝韓国・中国は「反日」だが（——朝鮮民主主義人民共和国は〝言わずもがな〟？）、台湾は「親日」だ〟などと、雑駁な断定をして悦に入っている手合いの見識のなさだ。

たしかに台湾にも、積年の、ないしは新興の、一種利益共同体的な紐帯《ちゅうたい》によって、たとえば東京電力・福島第一原発事故の破局を「なかったこと」とし、二〇二〇年「東京五輪」の欺瞞プロパガンダや、偽りの「東北復興」キャンペーンに参与しようとするような人びとは、一定数、存在する。だが、多様な原住民族をはじめ、大陸中国との関わりのなかで生じてきた民族問題と、さらに近代以降の峻烈なイデオロギー闘争の極めて高次な函数《かんすう》・変数関係のなかから、しかも、むろんのこと「脱原発」を含め、いかなる未来を切り拓こうとするか、周囲を取り巻く複数の超大国の有形無形の影のなかで苦闘しつづける、とりわけ若い世代の切実な姿勢に、私は彼地を訪ねるたび、胸を打たるのだ。ひるがえって、自らの帰属する、かつての宗主国でもあった国の度し難さを恥じるのだ。

▲ ティーチイン『辺野古の抵抗写真展から／第二次大戦後の東アジア秩序を見る』（2018 年 6 月 1 日・台中市内にて／撮影・山口泉）

新潟県知事選の結果にも明らかなとおり、日本には「論理」がない。むろん「倫理」もない。いかにも、実は「論理」と「倫理」とは、不可分というより、同一のものの見え方の違いにすぎないのだが——。

第三一信　日米二重支配に最も好都合となった翁長県政
命の不可侵性を否定する安倍型ナチズムに呑み込まれるな

この国は、もはや安倍政権に滅ぼされるしかないのだろうか？

《新聞社で「今朝から死刑をやっている」と聞く》——石川啄木が日記にこう記した一九一一年一月二四日、東京監獄（市ヶ谷）で、幸徳秋水・内山愚堂・大石誠之助ら一一名が、早朝から夕刻まで「昼休み」を挟んで順次、絞首され、翌二五日朝、管野スガが絞首された。

日本の擬似近代の矛盾と苦闘した末、「天皇暗殺」の冤罪を明治政府にフレームアップされた「大逆事件」の犠牲者たちと、夥《おびただ》しい凶行の実行犯たる〝宗教〟組織の構成員とは、むろん比較を絶する。だが、それでもなお——国家が権力を以て〝合法的に〟人命を断つ「刑罰」は、おしなべて絶対悪なのだ。当該死刑囚自身にとってのみならず、侵されてはならない普遍的な「人権」の否定として。

しかも今回、迫り来る大規模天候災害が警告されるさなか、何重にも命を侮辱する安倍内閣と与党・自民党の忌まわしい酒宴の直後、その犯罪自体、いまだ不分明な点をあまりにも多く残した大事件の関係者に対して、この回復不可能な刑罰の執行指揮は為された。明らかに、直接には「水道民営化」「賭博場設営」等、数かずの棄民的悪法の成立や常軌を逸した対米追従から国民の目を逸らす策動として。

そしてそれを同時進行で〝報道〟するメディアのもと、大衆が威嚇《いかく》的な大量国家殺人を「娯楽」として消費する社会状態が現出した。これは「人間」総体への侮辱であり、すなわち私への侮辱でもある。

さらに今月六日の七人に続き、二六日には同様に上川陽子法相の命令を受けて、残る六人も一斉処刑された。この〝事件〟に関する確定死刑囚全員の、文字通りの抹殺である。国家が、メディア操作・人心収攬《しゅうらん》のために「数」として命を玩弄《がんろう》し、死刑囚を「質駒」のごとく扱っては、思いのままに縊《くび》り殺す醜行に、怒りを覚える。


史上、おそらく、かくも低劣な者たちに国政が壟断《ろうだん》されたことはない。最も新しいところでは、これも人間として数多《あまた》の重大な謬見《びゅうけん》を述べ立ててきた杉田水脈《みお》・衆議院議員が、性的少数者をめぐり、浅ましくも生殖を「生産」と定義した上での差別発言が問題となっている。しかもそれを、二階俊博・自民党幹事長は「人生観」の問題と言いくるめて擁護するという陋劣ぶりだ。

かつて一九六〇年代から七〇年代にかけ「不幸な子どもの生まれない運動」なるおぞましい〝キャンペーン〟を展開した兵庫県で、「普通の人は一生に二億円ほどを稼ぐのに、障害者は金を使うだけだ」と言ってのけた当時の同県知事も、やはり自民党関係者だった。資本家・財界と癒着した保守反動政党の体質を如実に示す〝世界観〟と言えよう。

先年の「ナチスの手口に学べ」発言の麻生太郎副首相はじめ、世界が営営と築き上げてきた「基本的人権」の概念、命の不可侵性を公然と否定する安倍政権と自民党は、紛れもなく全人類の敵である。かくも国際社会に恥ずべき政権を、いまだ倒し得ぬ私たち主権者の責任も免れ難い。

これら、末期的な日本国の政治・社会状況のさなか、辺野古・大浦湾はついに閉ざされてしまった。

二〇一四年沖縄県知事選からの歳月は、一体、何だったのか？
二七日、ようやく翁長雄志知事による埋め立て承認「撤回」表明がなされた。今月一五日から六日間にわたる県民広場での「即時撤回」要請座り込みを貫かれた元裁判官の仲宗根勇さんや、車椅子で駆けつけられた島袋文子さんをはじめとする方がたが、最後は知事室前にも座り込むに及んだ行動に満腔《まんこう》の敬意を表したい。

それにしても、メディアや県民からの質問をも黙殺し、菅官房長官らとの会見内容を含めて「秘密主義」を貫いてきた翁長雄志知事の態度は、私の理解を超える。なるほど、県民は知事に権限を負託した。しかし、主権者はあくまで県民である。この三年七箇月に及ぶ期間の知事の、最低限の「説明責任」をも果たさず、県民にひたすら希望的観測の忖度《そんたく》を強いる態度は、さながら中世の封建領主のようだとも感じた。

しかもそのかん、実際に知事が下したのは一つの例外もなく「阻止」どころか新基地建設を「推進」する決定ばかりだった。あれほど昂揚《こうよう》した「反基地」と「沖縄のアイデンティティ」のエネルギーを吸収し続けただけの知事の拒絶的な沈黙は、何度も言うとおり、とりもなおさず日米両政府への巨大な緩衝装置以外の何物でもない。挙句の果て、いま賞揚される「県民投票」キャンペーンは、深刻な分断を生みつつある。

二〇一四年県知事選で「圧勝」した翁長氏は、その後、任期の八分の七以上を費やして、県民を曖昧な〝期待〟の停滞状態に繋《つな》ぎ止めたまま、知事選当時、疑いなくその沸点に達していた基地反対運動のエネルギーを徹底的に「空焚き」し「消耗」する道を選んだ。

いま大浦湾は閉ざされ、縛られ続けた私たちの「希望」は疲弊している。結果として日米両政府にとり、翁長知事のそれほど〝好都合〟な県政はなかったとも言えるだろう。少なくとも、今月二六日までの展開に関する限りは――。

私たち自身が主権者であることの認識を手放し、この過程の検証を曖昧にしては、早くも自民党総裁選「三選」を視野に、一気に「改憲」へと持ち込むプログラムを用意している安倍型ナチズムと、琉球弧が真に闘うことなど、到底できまい。

すでに「憲法改正」国民投票をめぐり、日本民間放送連盟が「表現の自由」(!)を理由に、〝テレビCM規制〟に難色を示す段階にまで、事態は加速しているのだ。この展開は、何を意味するか?現職だった故・大田昌秀知事が稲嶺恵一候補に破れた一九九八年知事選の「県政不況」キャンペーンを想起しよう。次に来るのが物量を以て展開される大宣伝であることは、火を見るよりも明らかだ。それが投票結果に及ぼす影響は、計り知れない。

たとえ朝鮮半島の〝緊張緩和〟が実現したとしても、その代わりに新たな「戦場」を必要とする超大国の思惑がある。かつて琉球弧のみが日本政府から「ミサイル戦争」の捨て石として差し出される懸念を述べていたのは、ほかならぬ那覇市長時代の翁長雄志氏その人だったではないか。とりわけ今、先島《さきしま》(宮古諸島・八重山諸島)は危うい。

安倍政権の独裁を、これ以上、許してはならない。このままでは、西日本大水害の惨状をよそに「開幕まであと二年」のキャンペーンが囂《かまびす》しい「東京五輪」とやらが、放射能も酷暑も無視して強行されるのは、現行『日本国憲法』が、それとは似ても似つかぬ人権否定の自民党草案「新憲法」に取って代わられた、悪夢のような国であるかもしれないのだから。

〔初出＝『琉球新報』二〇一八年七月三一日付「文化」面〕

［追記ノート］

《「そんな……いくら郡長さんだって、殺す、なんてことが——できるはずはないよ。なんでか、っていえば……人を殺した人間は、自分だって死刑になるんだもの」

「ふむ。ところがね、それもまた——かならずしもそうではないかもしれないのだよ」

相手は、かすかな叫び声をあげて手をふりかざしたゴルノザ先生が押しとどめようとするより早く、極度の怒りがかえってそうした外見を与えているかのような、蒼ざめ、落着きはらった調子で、ウルムチの言葉を引取りました。

「理由は簡単だ。いま、きみは——死刑になるといったね。人を殺せば、その殺した者も死刑になる、と。だったらなぜ、その、人を殺した人を死刑にする人も死刑にならない？　またその人を死刑にした人も、その死刑にした人を死刑にした人も——死刑にならないのか？　ふん、そんなふうにしてゆくと、一つの国じゅうの人間がほとんどみんな死刑になってしまうことになりそうだが……実際、そんなことが起こらないのは、死刑というのが——認められた、許される人殺しだからだ。死刑のために、係の人が罪人を殺すのは、これは仕事でしているんであって、罪ではありませんよ、という約束をしてもらってあるからだ。ほかにだって、あるだろう？　そう、たとえば戦争のときがそうだね。》

（山口泉『吹雪の星の子どもたち』第二十章「みんなの国——国家のみんな」一九八四年／径書房刊）

この世にはさまざまな殺人があるが、国家が為すがゆえにそれが罰されることのない（場合がある）

のが「戦争」と「死刑」である。そしてそのいずれをも、私は深く嫌悪する。個別の誰彼に対してだけでない、人間の普遍的な尊厳のために。

《一九八三年七月十五日、免田栄さんという確定死刑囚が三十五年余にわたって叫びつづけてきた「無実」が正式な司法手続きを経て立証された瞬間、この国の行刑制度における死刑の正当性は、それだけで完全に打ち砕かれてしまったはずだ。それがいまなお、国民共通の認識とはなっていないこの国の現実、国民一人一人の感覚の鈍麻ぶりは何なのだろう?》（山口泉『アジア、冬物語』第二十七章「いまなお、死刑を残す国に生きて」一九九一年／オーロラ自由アトリエ刊、傍点は原文）

「戦争」と「死刑」とは、国家悪そのものだ。本書・第五信［追記ノート］で取り上げた「菊池事件」にも典型的なように、すべての死刑は国家による、民に対しての威嚇装置にほかならない。この制度を容認するがごとき自称〝リベラル〟の似而非《えせ》言説を、私は侮蔑し憎悪する。この反人道的・国家主義的制度を否定しない浅はかで鈍重、残忍な者とは、当然のことながら真の「連帯」は成立し得ない。

オウム真理教（私は長く「某〝真理教〟」と呼び習わしてきたが）問題については、私の見解はたぶん今日までの日本のメディアや「論壇」で表立って議論されてきたところと、まったく異なる。その一部は『某〝真理教〟論議に欠落しているもの』（月刊『世界』一九九六年七月号）と『この〝戦争〟は「宗教戦争」でも「革命戦争」でもない』（同・九月号）の二篇の論攷《ろんこう》に記した（いずれも、後に『宮澤賢治伝説――ガス室のなかの「希望」へ』＝二〇〇四年／河出書房新社刊＝に収録）。併せて『テレビと戦う』（一九九五年／日本エディタースクール出版部刊）の「あとがき――幻のアジアTVへ」をお読みいただければ、この「事件」に関する私の立場は、ほぼ、お分かりいただけると思う（ほかに、九〇年代に『信濃毎日新聞』の長期連載で取り上げたものなども、若干、あるにしても）。

▲ 2014年8月19日の辺野古・大浦湾（撮影・山口泉）。オリジナルのカラー画像は『辺野古の弁証法』（2016年／オーロラ自由アトリエ刊）カバーに。詳細は同書、参照。

翁長知事の埋め立て承認「撤回」表明の第一報は、本文にも記した二〇一八年七月一五日から六日間の県庁前広場座り込みを行なった元裁判官・仲宗根勇さん（うるま市具志川九条の会）ほかの皆さんが、最後に謝花《じゃはな》喜一郎・副知事から得た言葉として発表されたのが第一報だった。僭越な言いようで恐縮だが、島袋文子さんを含め、このとき県政を動かした皆さんの原則主義と直接性は、沖縄の宝ではないかと思う。

しかし本稿発表の直後、翁長雄志知事は急逝、沖縄の状況がその〝後継指名〟問題と繰り上げられた県知事選、そして結果的に実施を余儀なくされた「県民投票」へと続いて、さらに困難を増すこととなったのも周知のとおりだ。

本章［追記ノート］冒頭に引用した『吹雪の星の子どもたち』は、未発表の完結篇『翡翠の天の子どもたち』と併せ、二〇二〇年ないし二〇二一年、今回はオーロラ自由アトリエから二部作の合本として刊行の予定である。

第三二信　〝緊急避難〟的措置の後の民主主義の再生と安倍政権への阻止線の再構築を不可分のものとして

今月八日、翁長雄志知事の訃報には、長崎郊外で接した。毎年この時期、広島―長崎と、両被爆地をめぐる旅のさなかのことだ。人として、深く哀悼の意を表する。

それと同時に、その在任中に成され得なかったことの不可抗力性、また逆に成されたことの不可避性を含めて、為政者としての氏の事績の精確《せいかく》な検証は、沖縄の容易ならざる未来を開く上で必要不可欠な作業であるとも、私は考える。翁長県政はすでに一つの「歴史」なのだ。人の死という厳粛な事態に際しての当然の感情が、だが「歴史」の検証を阻む判断停止へと収斂《しゅうれん》してもならない。

併せて、昨二〇一七年一月の宮古島市長選の「分裂選挙」はじめ、このかん琉球弧の重層的な分断・対立をひときわ深めてきた推移に与《あずか》った国会・県会議員個個の責任が雲散霧消してしまうはずもない。「歴史」の評価とは、いつか遠い未来に、誰か〝超越者〟の決裁を恃《たの》むものではない。今、この瞬間を生きる私たち一人一人が、おのおの主体的な勇気を以《もっ》て、まず示すべきなのだ。

さらに、翁長氏の「遺言」音源の〝存在〟が、それまで進んでいた知事選候補の選定過程を「白紙撤回」させ、玉城デニー氏を〝後継指名〟するという帰結についても、私はその手続きを自らのブログ『精神の戒厳令下に』等でも批判してきた。とりわけ沖縄のメディアがこれに対し、そのつどひたすら経過を報ずるのみで、なんら意見表明をなさないことには疑問を感じた。

しかしながら、それでもなお——仮に、かかる展開を現在の沖縄における一種〝緊急避難〟的な措置として追認するほかないのだとすれば……その後に本来の民主主義を再生するため、厖大な努力が要求されるだろうことは、私たち皆が覚悟し、共有しておかねばならぬ苦い認識である。

この錯綜し、かつ緊迫した状況下、私は、その理念の厳密さにおいて、また運動の真摯さにおいて、これぞと思う方がたと電話・電子メイル等で直接やりとりさせていただき、きたる知事選に対する個別の意向を伺う機会を得た。それらを踏まえ、ともかく最緊急の課題と私が位置づけるのは、日本政府と一体化した、あまりにも危うい沖縄県知事の誕生だけは、断じて阻むことである。

《桃原《とうばる》功議員「市長が加入されている日本会議、どのような団体なのか。これからも日本会議の活動を続けていくのか」

佐喜眞淳市長「これからの行動については、日本会議が持つさまざまな政策あるいは施策等について吟味しながら、私が同意できるものに対しては、やっていきたいと思う」》(『ぎのわん市議会だより』第八四号／二〇一二年九月一〇日発行)

すでに県知事選に自公推薦での立候補を表明、選挙態勢も着着と整いつつある、この前・宜野湾市長が「加入」する「日本会議」とは何か？　それは、「日本を守る会」「日本を守る国民会議」を前身とし、《皇室と国民の強い絆》《同じ民族としての一体感》のもと、彼らの解釈では〝現行憲法のもたらした《行きすぎた国家と宗教との分離解釈》や《先の大戦を一方的に断罪する(略)謝罪外交》《権利偏重の教育》〟を否定し、《自らの手で自らの国を守る気概を養》うことを賞揚する団体であるという(以上の引用は、同会議ウェブサイトから)。女性の権利を否定し、家父長制を礼讃する志向も顕著だ。

諸外国からも「日本最大の国家主義者団体」(ニューヨーク・タイムズ)「(歴史)修正主義」の「超国

家主義団体」（ル・モンド）等と評される同会議が主催した〝尖閣諸島防衛〟や、保育園児に『教育勅語』を唱和させるなど復古主義教育を鼓吹する企画でも、宜野湾市長時代の佐喜眞氏は「沖縄代表」として、すこぶる積極的な役割を果たしてきた。

実は現日本政府閣僚も、安倍首相・麻生副首相はじめ、大半がそのメンバーであることが知られているこの国粋主義団体への参加は、それ自体が歴然たる立場表明である。安倍政権とその国家主義において鞏固《きょうこ》な相同性を帯びた佐喜眞淳氏が沖縄県知事となることは、必然の結果として琉球弧のみならず日本全体、さらには東アジアの平和にも負の影響をもたらしかねないと、私は深く危惧する。

《……被爆者の苦しみと核兵器の非人道性を最もよく知っているはずの日本政府は、同盟国アメリカの意に従って「核兵器禁止条約」に署名も批准もしないと、昨年の原爆の日に総理自ら公言されました。極めて残念でなりません》（田中熙己《てるみ》さん）

八月九日の「長崎原爆犠牲者慰霊平和記念式典」では、今年も安倍首相を前に、日本政府を批判する被爆者代表の『平和への誓い』が響いた。

その一方、八月六日夜半の広島・平和記念公園のほとりでは、原爆の被爆被害と、いよいよ深刻さを増す東京電力・福島第一原発事故の被曝状況とを重ね合わせて訴えていた、〝3・11東北・関東放射能汚染からの避難者と仲間たち〟《ゴーウェスト》の女性メンバーが、甚だ不分明な「器物損壊」の容疑で広島県警に逮捕、長期勾留されるという、かつてない弾圧が発生している。

現在、日本型ナチズムの道を邁進《まいしん》する安倍内閣が、歴代自民党政権のいずれと較《くら》べても常軌を逸しているのは、第一次政権時代の二〇〇六年、安倍首相自身が国会答弁で「予備電源」の必要性を否定するという絶対的責任を負った福島第一原発事故を、その根底に隠蔽《いんぺい》しているからだ。
矢ヶ崎克馬・琉球大学名誉教授の推定によれば、発生以来毎年一五万人――すなわち、ここまでで累計一〇〇万人になんなんとする被曝死をもたらしているジェノサイド（大量虐殺）を偽って招致した二〇二〇年「東京五輪」に、民の膏血《こうけつ》の最後の一滴をも搾《しぼ》り取ろうとする悪政は、今や悪夢のごとき末期的ファシズム国家を現出させている。二〇一三年、この「東京五輪成功決議」という決定的な欺瞞の大政翼賛に反対したのが、衆参七〇〇名余の全国会議員中、山本太郎氏ただ一人（！）だった事実も、永遠に忘れられてはなるまい。

安倍首相が窺《うかが》う「あと三年」の政権続行は、とりもなおさず「改憲」を含む日本国の破滅の総仕上げとなるべきプログラムである。かつて二〇一四年の翁長県政発足の直後、「倒閣」をも遠望し得る連携・連帯を私が期待した琉球弧と日本社会は、今それぞれに重く疲弊している。
そうしたなか、二九日付の報道では「辺野古埋め立て承認」撤回が謝花喜一郎・副知事により、ついに為されるという。ここで、安倍政権の国家主義を体現する沖縄県知事を誕生させないことは、もはや絶対に譲れぬ、私たちの抵抗線なのだ。そしてその過程を通じ、いま一度、今般の〝緊急避難〟的措置の後の県政民主主義の再生も、不可分の課題として、私たちの前に浮上してくることだろう。

〔初出＝『琉球新報』二〇一八年八月三一日付「文化」面〕

［追記ノート］
ここまでお読みいただければ明らかなとおり、良心と批判精神の必然の作用として、この『まつろ

わぬ邦からの手紙』連載期間を通じ、翁長県政に対する私の評価は、刻刻、変化してゆかざるを得ない部分があった。これに対し——意外に思われるかもしれないが——実は私のもとに直接、届いた反響・反応は、電子メイルや電話、口頭のそれを含め、ほぼすべて賛意・共感を示される肯定的なもので、逆の声には接したことがない(反撥《はんぱつ》するような人びとは、直接、私には言ってこないのかもしれないが)。

むろん沖縄県政に関してばかりではない、広汎な——すなわち、苟《いやしく》も精神たるものが対象とすべき全ての問題に亙《わた》って扱ってきた——その作業に関し、直接には『琉球新報』(紙版の)読者である方がた……沖縄論壇というより、いま少し普遍的な沖縄社会のなかで私が畏敬してやまない、声望赫赫《かっかく》たる幾たりかの先達からいただいてきたのは「これはあなたにしか書けないこと」「自分たちが言いたくても言えないことを言ってくれている」「シタイヒャー!(してやったり)」「今のウチナーにとってなくてはならない人」「この世のあるべき姿を一般紙でくっきりとわかりやすく描いてくれる」「この国の行く末を見つめる定点観測」「集団催眠に陥っている沖縄を覚醒させる一撃」といった、身に余るありがたい御感想ばかりだった(ありがたいので、多めに紹介させていただいた)。同時に、そうした過分な御言葉に接しては、時として、この方までもがそうした〝自己抑圧〟を……と改めて驚くほど、私からは見えにくい、ウチナー社会独特の息苦しい困難を再確認する思いもしたものだったが——。

付言すると、右に綴った事柄に関連して、一件だけ、例外があった。本文に記したとおり翁長知事の(在職したままの)訃報に接してほどなく、その八月の九州行がまだ終わらぬうちに、何度か、勝ち誇ったように、私のこのかんの翁長県政批判に関する攻撃を繰り返してきた人物がいたからだ。現実の事態は何一つ変わってはおらず、それどころか時間の経過のなかで確実に構造的な腐蝕を深めているというのに、あたかも翁長氏の逝去によって一気に沖縄社会に瀰漫《びまん》した気分に乗ずるように居丈高に振る舞う姿勢は、翁長雄志氏という一人の人間の死についてすら、それを最も低い次元で「利用」し冒瀆するものにほかなるまい。暗然とさせられた。念のため書き添えておくと、私に対してそうしてきたのは、ウチナーンチュではなく移住ヤマトンチュである。さまざまに思わざるを得ない。

周知のように、事態はここから〝後継〟としての玉城デニー氏の〝指名〟、繰り上げられた二〇一八年度県知事選、そして「県民投票」と、一瀉千里の道を辿り、しかもそれらを経た現在、琉球弧が安倍ファシズムといかに拮抗するかが、ますます見えにくい状況となっている。先島の急速な軍事拠点化を含め、いよいよ困難は深い。

いずれにせよ私は、少なくともあの二〇一四年沖縄県知事選の「熱気」が確実に減衰していった翁長県政の三年半に及ぶ任期の検証（併せて、これも何度でも言うとおり、二〇一七年一月の宮古島市長選の「分裂選挙」の責任追及）が為されなければ——さらに、翁長知事があたかも全沖縄を代表するかのごとく言明した「日米安保容認」が、琉球弧の真の解放・自立と相反するものではないのかという次元からの根底的な問いかけなしには、「未来」など一歩も拓《ひら》けないと考えている。

二〇一四年県知事選において、私は翁長雄志候補を支持した。だが氏の逝去後、〝後継者〟として玉城デニー氏を位置づけ、同時に「翁長県政」を絶対不可侵の神聖な事象であるかのように恭《うやうや》しく取り扱い、歴史的検証の対象からあらかじめ外している語る人びとは、一体その三年半の間の展開と現在とに、どう向き合うつもりなのだろう？　この情緒的な相互監視・自己規制から解き放たれない限り、敢えて言うなら、琉球弧で起こることすら、別種の危ういファシズムとなりかねないのだ。

その一方、この翁長知事の逝去と、玉城デニー氏の〝後継〟問題までの間には、さらに別の問題も並行して起こっていた。というのは、おそらくは私より早く、そして一部は私よりさらに徹底した翁長批判の立場を採る人びと（その点においては、私は彼らに一定の敬意を表しもする）が、この後任県知事選において最後まで示し続けた、良く言えば〝理念至上主義〟的、厳しく言えば教条主義的な方向性のことだ。彼らは玉城デニー候補が落選した場合――すなわち全琉球弧が「日本会議」佐喜眞淳・前宜野湾市長の手に落ちる事態に対しての対応を欠落させていた。

このとき本文で私が、このかん《その理念の厳密さにおいて、また運動の真摯さにおいて、これぞと思う》《直接やりとりさせていただ》いていた方がたとは、そもそも、どのような人びとだったか？ ――本連載や、私のこれまでのSNS等での発言を確認されている明敏な読者なら、ある程度の類推はつかれることと思う。また、だからこそ私は、二〇一八年八月三一日という、いわばぎりぎりの日付で、『琉球新報』という、少なくとも沖縄においては確実な影響力を持つメディアに掲載される論攷《ろんこう》に、御本人たちの御立場も斟酌し、書くことのできる範囲いっぱいで、それを記したのだ。そもそも「反翁長」の批判を「反デニー」にまで拡張した各位は、彼らが最後まで沖縄県知事としたいと願望していた方がたを、私自身もまた一度でも念頭に置いたことがなかったと思われたのだろうか？ いずれにせよ、誰もが容易に動き得ない、あの二〇一八年八月中下旬の状況下（その重苦しさは、いま思い出しても窒息するかのようだ）、一部の人びとが――その真情を、私は情緒的な同調圧力として翁長県政批判を禁忌とする側に対してよりは、それでもなお擁護する部分を残してはいるにもせよ――依然、非現実的な観念論で、沖縄県政を「日本会議」の掌中に落としかねない政治感覚の不足した教条主義には、あえて釘を刺し続けてきたつもりである。つけ加えるなら、自らはヤマトの側に身を置きながら、中学生でも赤面するような生齧《かじ》りの〝文学〟趣味で琉球弧の民の生死を無責任に玩弄するような似而非《えせ》〝リベラル〟論者らのごときは、そもそも論外であるが。

――以後の展開に関しては、次章・第三三信の［追記ノート］で、最小限の補足を施したい。

ここからは、この年の広島と長崎について、少し記しておく。昨二〇一八年は、本書でも記してきた絵本『さだ子と千羽づる』（SHANTI著／オーロラ自由アトリエ刊）日本語版初版の刊行と広島・平和記念公園での朗読開始後二五周年という、私たちにとって記念すべき年だった。

八月三日午後、広島入りしてほどなく、私たちは毎年、地元で御世話になる協力者・池庄司幸臣《いけしょうじゆきおみ》さんのお計らいで、オーロラ自由アトリエの遠藤京子さんともども、五月に開設されたばかりという市内中区・幟町《のぼりちょう》小学校の「のぼり平和資料室」を訪問した（広島市職員で、かつ口笛の、文字通り世界的名手という池庄司幸臣さんのことは、いずれ機会を改めて詳しく御紹介したい）。

幟町小学校は、『さだ子と千羽づる』の――そして平和記念公園に建つ「原爆の子の像」のモデルである佐々木禎子さん（一九四三年〜五五年）の出身校である。禎子さんはこの幟町小学校六年在籍中だった五四年秋、原爆症を発症し、一年の闘病の後、逝去した。

「のぼり平和資料室」は、この佐々木禎子さんの遺品や資料をはじめ、被爆に関する展示が充実したスペースである。何より、現に運営されている小学校のなかにこうした場所の存在する意味は比類なく大きいだろう。展示された校内外からの子どもらのたくさんのメッセージにも、それは看《み》て取ることができた。御案内くださった岡部喜久雄さんは、長年、被爆資料の蒐集《しゅうしゅう》や見学者への解説をヴォランティアでされてきた方である。教員や事務等、構内の皆さんにも御高配をいただいた。

思いがけなかったことが、一つ、ある。

「靉光《あいみつ》の資料も展示されているんですね？」

硝子ケースの一つが、まるまるこの日本を代表するシュルレアリスム画家（と、とりあえず位置づけられる）の画集や雑誌記事で占められていることをお尋ねすると、今度は岡部さんが、ここで靉光のことを話題にされたのは初めてですと驚かれて「彼も幟町小学校の卒業生なんです」とおっしゃるではないか。私が愛好し、自著『「新しい中世」がやってきた！』（一九九四年／岩波書店刊＝原題『新しい中世の始まりにあたって』）でも一節を割いて論じている絵『眼のある風景』（一九三八年／東京国立近代美術館蔵）で知られる靉光（本名・石村日郎《にちろう》／一九〇七年～四六年＝上海で戦病死）が、広島県生まれだったことまではもちろん知っていたが、まさか佐々木禎子さんの小学校の同窓の先輩だったとは――。

後期の自画像連作三点には、後にアルベルト・ジャコメッティが塑像での探求を通じて切り開いた空間把握に通ずる意識が仄見えるなど、日本近代油彩画の一極点を示したその画業の多くも、原爆により消失した。同時に、この疑いなく優れた画家の生涯は、アジア圏やヨーロッパのそれらに比しては言うまでもなく、日本においても真に抵抗した表現者たちとの隔たりにおいて、この国のモダニズム的「前衛性」の一つの限界を示しているとも言えるだろう。

この日はその後、幸臣さんと交代された兄・池庄司英臣《ひでおみ》さん（数学者・広島工業大学名誉教授）の車で、数年来、現地でお力添えいただいている鈴木まゆさん（劇作家・女優）に御案内いただき、広島市郊外・上八木《かみやぎ》駅ちかくの《カフェ・テアトロ・アビエルト》へ赴く。ガルシーア・ロルカの痛切な詩『遺言(Memento)』に命名の因《ちな》む「テアトロ・アビエルト」は、「開かれた劇場」の意。夾雑物を排した演劇稽古場に瀟洒なビストロも併設され、さまざまな活動の行なわれる空間のようだ。

初めてお目にかかる主宰者の中山幸雄さんは、広島の舞台藝術界の重鎮で、青年期から山谷・釜ヶ崎の労働者解放闘争に参加、山岡強一《きょういち》（一九四〇年～八六年）・船本洲治（一九四五年～七五年）の両氏と〝三羽鴉〟とも謳《うた》われたと聞く。ともに若くして身罷《みまか》った二人の盟友を、間近で見送られた方でもある。

この夜は中山さんと、カフェの厨房も任されている御仲間の大槻オサムさんに歓待していただき、絶品の酒肴を堪能しながら、鈴木まゆさん・池庄司英臣さん・遠藤京子さんともども、至福の時を過ごす。御自身も「身体表現者」としての活動を展開される大槻さんと、鈴木さん、そして中山さんの御三方の佇《たたず》まいには、広島の地で緊張感に満ちた活動をそれぞれ展開されてきた往時の遠い残響がかすかにたゆたいながら、時間の堆積のなかでそれが一種芳醇なものへと醗酵を遂げてきたさまが、時に瞥見される思いもして興味深い。政治と演劇をめぐるさまざまな事柄に関し、どんな会話も、ほぼ一言でたちどころに通ずる談論が深夜まで続いた心地よさは、私自身、久びさに味わうものだった。

翌四日は、例年のとおり午後から平和記念公園「原爆の子の像」の前で絵本『さだ子と千羽づる』の朗読を開始、宵には、情趣溢れる横川町の一隅のブックカフェ《本と自由》（青山修三さん主宰）で、二五周年記念のシンポジウムを開催する。

本書・第二〇信にも記したとおり、前年の二〇一七年には八月三日の夜、私一人で『いま広島と沖縄を結ぶもの――山代巴「この世界の片隅で」を手がかりに』と題した講演をさせていただいた場所だが、このときは迂闊にも、三日の段階ではまだ日程の都合上、肝腎のNPO「オーロラ自由会議」メンバーが仕事のやりくりその他で、北海道から九州、沖縄の各地から広島に集まれないことを顧慮しないでいた。今回はその「反省」を踏まえ、第一部の私の基調講演に続き、第二部で今世紀に入って以降、とりわけ「3・11」、〝ポスト・フクシマ〟の時代に万難を排して参加し続けてくれている盟友たちにも個別に発言してもらうことも計画していたところから、時間帯を一日目の朗読会が終わってからとした次第である（事実、札幌から参加のメンバーは、このシンポジウムの開始後に到着した）。

ありがたいことには《本と自由》の店内がいっぱいになるほどの来場者を得て、予定どおり、私の講演『平和記念公園での四半世紀を振り返って――「原爆の子の像」前、絵本『さだ子と千羽づる』

朗読会の現場から』を行ない、それに続いて、朗読会参加メンバー、遠藤京子さん・横尾泰三さん・長谷川千穂さん・川上靖幸さん・佐藤基子さん・安藤鉄雄さんに話してもらうことができた。どなたの談話もそれぞれの『さだ子と千羽づる』朗読との関わりの歴史を踏まえて、大変、感動的であり、また貴重だったと感ずる。実は機材の事情により、このとき収録できた動画は私の講演部分のみなのだが、各メンバーに話していただいた内容は改めて原稿をいただいている。二〇一九年度——二六年目の広島での朗読会開催までには、ぜひとも関係動画をアップロードしておきたい。

会場には、毎年、お世話になっている『中国新聞』の著名な記者・道面雅量《どうめんまさかず》さん、御伴侶で日本の現代美術に関し表層の「消費者」ではない内在的な「伴走者」としてありつづける道面央子《ひろこ》さんのほか、辱知を得たばかりの中山さんも御来駕くださっていた。鈴木まゆさんが、わざわざ上八木から広島市内においでになるのは珍しいと驚かれた中山さんは、しかも私に前夜、御自身が製作に関わられた書籍・資料——船本洲治遺稿集刊行会編『新版 黙って野たれ死ぬな』(二〇一八年/共和国刊)・『船本洲治決起四〇年・生誕七〇年祭——船本とカマキョー・ゲントーの時代』(二〇一五年/同実行委員会編・発行)・『山岡強一虐殺三〇年/山さん、プレセンテ!』(二〇一六年/同実行会・編集委員会発行)を下さったのに続き、この夜もプログラムを終わりまでお聴きいただいてから、前夜《カフェ・テアトロ・アビエルト》でその存在を知って以来、私が強く惹《ひ》かれていた画家・下地秋緒《ときお》氏の作品集『すべてのもののつながり』(下地喜美江・中山幸雄編/二〇一一年、現代企画室刊)を鈴木さんに託《ことづ》けてお帰りなったのだった。

——ここから、本書の装画は決まった(詳細は「後記」参照)。

その後、八月五日・六日の朗読会も、例年どおりの酷暑のなか、NPO「オーロラ自由会議」メンバーによる絵本『さだ子と千羽づる』朗読の伴奏チェロを弾き続ける。そのあいだ、例年どおり、広島市・広島県内外、日本の国内外から平和記念公園を訪れた多くの方との出会いを重ねた。毎年、この三日間に実現する皆さんとの再会も嬉しい。SNSだけでなく『週刊金曜日』のイヴェント告知欄に掲載してもらっている効果も小さくないようで、ここに来れば山口泉さんに会えると思ったので、と言われて来られた方も二組、おられた。

これは別の年――「3・11」東京電力・福島第一原発事故の起こった、すなわち現在に至るこの国の破滅的な道筋を決した二〇一一年に関してだが、広島・平和記念公園「原爆の子の像」の前での朗読会の模様を、私は小著『原子野のバッハ――被曝地・東京の三三〇日』（二〇一二年／勉誠出版刊）の第Ⅵ部「八月――みんな死ねばいいんだ」で、四六判二段組七〇ページ（！）にわたって詳述している（この部タイトルは、私が日本の「反戦平和文学」の一つの極北と考えてきた歌人・正田篠枝＝一九一〇年～六五年＝の詩『みんな死ねばいいんだ』＝一九六二年＝から）。

その『原子野のバッハ』にも登場される林寛《はやしひろし》さんは、小学校教員で、広島《被爆二世教師の会》の活動を長年、担ってこられている方である。こうした先生に受け持ってもらう子どもたちは、さぞかし幸運だろう。毎年八月五日、三重県の新任の若手教員の皆さん数十名を引率しての市内の平和レクチャーのコースに、必ず私たちの絵本『さだ子と千羽づる』朗読を取り入れてくださっていた。しかもその若手教員の皆さんのなかから、男女数名の「読み手」をその場で募られるのも変わらない。それにしても教師とはなかなか凄いもので、いずれも二十代半ばの若者たちが、初見であるはずの絵本を数十名を前にして、、ともかく一定程度の水準で（と、僭越ながら記す）朗読できてしまう職能の人びとなのだ。そして、林さんがお連れくださる青年男女が、現在の日本の教育現場で「反戦」「平和」のぎりぎりの阻止線を形成されている方がたであるだろうことも想像に難くない。

ほかにも地元・広島では、池庄司英臣・池庄司幸臣御兄弟はもとより、世紀の変わり目ごろから毎年、最終日の八月六日夕刻、私たちに花を届けて下さり、いつの頃からか、御自身も朗読をされるようになった市内在住のH・Mさんはじめ、少なからぬ方がたのお力添えも得ている。また昨二〇一八年は演奏での〝飛び入り〟参加も多く、鍋型のパンドラムを叩いて私のチェロとセッションされた打楽器奏者の男性がいたり、視覚に不自由のある若い女性のオカリナ演奏家が、朗読冒頭で私が弾く『鳥の歌』（カタルーニャ民謡／パブロ・カザルス編曲）を二重奏にされたり……といった場面もあった。

八月五日の昼過ぎだったか、その日すでに十数度目の朗読を了えた後、チェロの弓に松脂《まつやに》を塗り直していた私の前に、大柄な白人男性が歩み寄ってきた。私とほぼ同年配とおぼしいその方は、ピッツバーグから来たチェリストだと自己紹介される。自分が弾くのと同じ楽器の、それもプロの演奏家から声をかけられたことに私としては少なからず緊張したが、「これが、とても良かったよ」と、この方は微笑みながら短くハミングされた。J・S・バッハ『無伴奏チェロ組曲』第五番・ハ短調（BWV一〇一一）の「サラバンド」。絵本『さだ子と千羽づる』の第一一場面――原爆症からの回復を願い、懸命に鶴を折り続ける主人公・佐々木禎子さんに、しかし死の影が濃くなってくる部分の伴奏である。

既述のように、八月の広島は私にとって長年「再会」の地ともなってきた。とりわけ昨二〇一八年のそれは私にとって大掛かりなもので、その前年の秋から、この二五回目の朗読会で三十数年の時を隔てて再会することが決まっていた友もいた。こうしたときは、改めてSNSの「正」の力を感ずる。

彼女五日の昼前、私たちの前に姿を現わした。朴郁仙《パクウクソン》さん。現在居住する九州から訪ねて来てくれた、在日二世の友である。一九八〇年代前半に、都内のある場で朝鮮語共同学習の「自主講座」を私たちが五名ほどで始めたとき、当時大学生で、私たちの講師を引き受けてくれた――というより、彼女と知り合ったことで、かねて学びたかった朝鮮語の「自主講座」を立ち上げることに踏み切った、というのが、むしろ順序としては正しかったかもしれない。
休憩時間にチェロを調整していた私が、こちらも共に「自主講座」に参加していた遠藤京子さんや、やはり彼女と頻繁に会っていた安藤鉄雄さんに促されて背後を振り返ると、彼女はいた。人は三三年の余を経ても、これほど変わらないものか——すでに前年秋、私のツイッターアカウントを見出したとのことで、最初に朝鮮語の短いメッセージが届き、それからのやりとりで近影を送ってもらってもいたものの、まるで昨日、朝鮮語講座があった翌日、また顔を合わせたかのような再会だった。柔らかな微笑も、その眼差しの底の静かな厳しさも、当時と変わっていない。

いや、むろん変化はある。すでにメイルのやりとりを通じて、この日本という国に在日として生きてくる困難については、当時、漏らされていた言葉よりさらに多くの出来事があったとは示唆されていたし、やがて出会われた伴侶・本田裕之さんにも、今回、お会いできた。《カフェ・テアトロ・アビエルト》で前前日、私が瀬戸内の地魚に示された、その庖丁さばきに感嘆した大槻オサムさんによる、原発労働者の被曝事故を一つの核とするという一人芝居『ホシハ チカニ オドル』（私は未見）を、彼女がすでに九州で観覧していたとは、ほどなく知ったことだ（この舞台の音楽を担当される谷本仰《あおぐ》さんのヴァイオリン演奏にも、私たちは今回、思いがけず北九州での野外イヴェントで接することができた）。

そして私においては、在日・南北朝鮮に対する認識を含めた諸もろも、少なくとも朝鮮語「自主講座」の当時よりは深まってはいるはずだった。このかんインターネットで私の発言を確認され〝昔よりさらに純度と硬度を増している〟——と嬉しくも評していただいた——との御判断のもと、郁仙さんは私にメイル連絡を取ってくださったのだから。

ともかく当時の私たち生徒は、厳密に民族的出自を明らかにしながら私たち日本人と向き合ってくださった彼女から、「反切表《パンヂォルピョ》」（ハングル一覧表）を示され、「カナダラ」（가나다라＝朝鮮語の子音字と母

音字の基本的組み合わせの通称。日本語の場合でいえば「あかさたな」に近い）を教えられ、ハングルの書き方も一字一字、覚えたのだった（私の手書きのハングルが綺麗だと、かつて李泳禧《リヨンヒ》さんが褒めてくださったことがある）。残念ながらこの「自主講座」が続いたのはほんの数箇月、朝鮮民謡『トラヂの歌』を合唱するあたりで、さまざまな事情により中絶してしまったのだったが……。

しかもさらに驚くべきは、これほど早くに学び始めていながら、私自身の朝鮮語はそれからほとんどなんの進歩もしていないことなのだった。ただ、それでも漢語の熟語から入る朴郁仙ソンセンニム（선생님＝先生）の教授法は、相変わらず日常会話は満足にできないものの、いま洪成潭《ホンソンダム》や洪成旻《ホンソンミン》、全情浩《チョンヂオンホ》や李相浩《イサンホ》ら、光州《クワンヂュ》民衆美術の盟友はじめ、韓国の友人たちとたちと、政治や美術について論議するときには、ある程度、やりとりできなくもない、という——私の一種独特の朝鮮語語彙力と言語感覚の形成にも確実に影響している。

さらに朴郁仙さんは、メイルで「予告」されていたとおり、同様に八〇年代、同じ場で何度かお会いしていた長谷川一成《かずなり》さん・長谷川孝子さん御夫妻もお誘いくださっていた。旧国鉄職員だった一成さんは国鉄の「分割・民営化」に際して職を辞し、パン作りの修業を積んだ後、首都圏から広島に帰郷、庄原市総領町五箇で、地名に由来し名づけられた天然酵母パンの工房《ル・サンク》（Le Cinq＝フランス語で「5」）を始められた。そしてこの日は、私たち「オーロラ自由会議」メンバー全員が広島滞在中、食べ切れないほどたくさん、各種のパンを差し入れしてくださったのだった。

むろん、大状況はさらに悪化している。二〇一一年以降、広島・長崎を蹂躙しつづける排外主義極右団体の動きは変わらないし、今回の場合、本文に記したとおり、市民グループ《ゴーウェスト》メンバーの不当逮捕という、これまでとも次元を異にした警察国家化の進行を如実に感じさせる事態も起こった。そうしたなか、私たちは広島の日程を了え、この二〇一八年も前年に続いて長崎へ回った。

長崎では本書・第二〇信にも記したのと同様、前年に引き続いて、広島から御一緒した川上靖幸さん（《ピースソリダリティ長崎》代表）にお世話になった。到着の翌八日、私が長崎新聞社で受けたインタヴュー（文＝報道部次長・堂下康一《どうしたこういち》さん／写真＝写真デジタル部・濱崎武さん）も、川上さんの尽力で実現した企画である。川上さんは毎年、講演会や朗読会、地元コミュニティFM番組へのゲスト出演など、さまざまな企画を私たちのためにコーディネイトしてくださってきた。

インタヴューは『「長崎の発進力　大切」――原爆の日に絵本朗読に取り組む沖縄の作家　山口泉さん』として、翌八月九日の同紙・社会面に大きく掲載していただいた。東京電力・福島第一原発事故の被爆被害によって東京から沖縄に避難移住した作家が、沖縄で「反基地」と「反原発」を繋ごうとしつつ、四半世紀にわたって続けてきた広島での反核絵本『さだ子と千羽づる』朗読の活動に加え、近年の長崎の平和アピールに盛り込まれる現在の日本政府のありようへの批判に深く感銘していることを、私がお伝えした城臺美彌子《じょうだいみやこ》さんや故・谷口稜曄《すみてる》さん、井原東洋一《とよかず》さん（いずれも本書・第八信、参照）の御名前も織り交ぜながら的確にまとめてくださったもので、「原爆忌」の『長崎新聞』でこのように御紹介いただけたのは、「オーロラ自由会議」の活動にとっても、まことに光栄だった。

八月九日は、本文で記した「長崎原爆犠牲者慰霊平和記念式典」に先立ち、やはり前年同様「長崎原爆朝鮮人犠牲者追悼早朝集会」にも参加した（本書・第二〇信、参照）。この「朝鮮人犠牲者追悼早朝集会」では、前年に続き、釜山《プサン》から来られ、横笛の演奏をされた「韓国原爆被害者二世の会」会長・李太宰《イテヂェ》さんに御挨拶し、絵本『さだ子と千羽づる』の朝鮮語版（訳＝徐民教《ソミンギョ》・現代語学塾有志／一九九五年、オーロラ自由アトリエ刊）をお渡しするという昨年来の念願も叶った。

▲「被爆 73 周年・長崎原爆犠牲者慰霊平和記念式典」会場。『平和への誓い』を読み上げる被爆者代表・田中熙己さん＝演壇の人（本年８月９日／撮影・山口泉）

今回はどちらの式典も、長崎で合流してくださった朴郁仙さんとも御一緒できた。これも、私にとっては意義深いことだった。

この後、同年一〇月にも私は九州で横尾泰三さんや川上靖幸さん、朴郁仙さんと再会し、また本二〇一九年一月には初めて真冬の広島を訪ねた。鈴木まゆさんの御伴侶でドラマーの泉裕昭さんや友人の皆さんとの交流は、広島との関係にさらに多岐にわたる回路が開かれる予感を強めてくれたし、そして、毎年一月一三日、日雇い労働者を抑圧する手配師暴力団の兇弾に斃《たお》れた盟友・山岡強一氏の命日に、《カフェ・テアトロ・アビエルト》で中山幸雄さんが行なわれてきた、山岡氏の遺作となった記録映画『山谷（やま）――やられたらやりかえせ』（一九八五年完成／同題の遺稿集＝一九九六年、現代企画室刊＝もあり）の上映会に参加するのは、かねての念願でもあった。

この山谷の日雇い労働者の搾取をめぐっての抵抗を記録したドキュメンタリー映画は、当初の監督・佐藤満夫氏（一九四七年～八四年）が、撮影を開始してほどなく、山谷を仕切る右翼暴力団によって刺殺された後、監督を引き継いだ山岡氏も映画完成後、同様に射殺されるという、言語を絶する背景を持つ作品である。満席の来場者を前に、亡き友を偲びながら、休むことなく続けられてきたこの企画への思いを語られる中山さんの、温かく飾らぬ挨拶に胸を打たれる。

私は今回、併せて上映された『生きてるうちが花なのよ死んだらそれまでよ党宣言』（森崎東《あずま》監督／一九八五年）ともども、いずれも自分自身、東京で暮らしていた時期に一度ずつは観ていたはずの映画であるにもかかわらず、まるで初見のごとき印象を受けるという不思議な経験に、少なからず戸惑った。とりわけ後者は、原発労働の凄惨な実態や学校教育の管理化、沖縄の状況、外国人労働者への搾取……等等が、ごっそり〝てんこ盛り〟に詰め込まれた秀作で、実際にはチェルノブイリ原子力発電所事故以前に作られた作品であるにもかかわらず、まるで東京電力・福島第一原発事故以後――現在そのものを描いた作品であるかのような切迫感に、改めて驚いたのだった。

これは、追悼上映会のプロデューサーとしての中山幸雄さんの「状況」に対する鋭敏な感覚の反映であると同時に、紛れもなく時代がこれらの作品に〝追いついた〟結果でもあるのだろう。すなわち、安倍ファシズム政権に支配された日本は、とうとう、末期的な段階に踏み入ったということだ。

どんなに恐怖しても足りない、真に戦慄すべき事態である。

第三三信　偽りなく「命」の側に立とうとする候補は誰か？
人権を守り戦争を拒否する意思表示の県知事選挙へ

《ツイッターで、泊原発を動かしていたらブラックアウトはなかったなどと言っている人がいますが「殺す気か！」と怒りしか感じません。空間線量は著変なしです》

北海道胆振《いぶり》東部地震の発生した翌日の九月七日、友人の長谷川千穂《ちほ》さんから、自ら放射能測定をしながらの、緊迫したメッセージが届いた。このかん、病院勤務医として那覇から札幌へ赴任している彼女の報告は、地震に伴う北海道全土の停電をも「原発再稼働」推進に悪用しようとする詭弁《きべん》への憤りに貫かれている。

そもそも今回の「全道停電」は、勇払《ゆうふつ》郡厚真《あつま》町の苫東《とまとう》厚真石炭火力発電所が地震の揺れで緊急停止し、電力網の周波数バランスが崩れた結果にほかならない。その過程で、くだんの北海道電力泊《とまり》原子力発電所は外部電力の供給が途絶え、使用済み燃料プールの冷却に予備電源を投入するという極限的事態に陥った。そうしたなか、はしなくもその予備電源の供給量が、使用済み燃料冷却に関してさえ、わずか七日分しか余裕のなかったことも露呈した。

——では、こうした事態が、万一、稼働中の原発に起こったら？

二〇〇六年一二月二二日、吉井英勝・衆議院議員（日本共産党）の国会質問に対して、第一次政権時の安倍晋三首相は「地震・津波で全電源喪失は起こらない」と、なんの根拠も知見もなくうそぶき、必要な対策を怠った。その結果、二〇一一年三月一一日、東日本大震災による冷却停止が一気に炉心溶融をもたらし、チェルノブイリ原子力発電所事故に数倍する、人類史上未曾有《みぞう》最悪の核破局に至った東京電力・福島第一原発事故こそが、まさにそれである。

〝原発推進〟論者がことさら喧伝《けんでん》する医療用機器の電源確保は、当然、他の方法によって担保されるべきだろう。何より、原発の過酷事故が起こっては全ての生命が危ういのであり、その脅威はこの世に原発が存在する限り、永久に続くのだ。原発停止が停電の原因だ、などというがごとき悪辣《あくらつ》な虚偽宣伝を、あの二〇一一年三月、稼働中の原発の連続メルトダウンの報道に「世界の終わり」の恐怖と絶望を以て接した以上、私は絶対に許すわけにはいかない。

打ち続く大災害は、また積年の政治の責任でもある。それに最低限の対応すらしないまま、「宗主国」米国をはじめ諸外国への国家財源の〝ばらまき〟で、利益の還元される大企業のみを潤おす安倍政権の現状は、もはや到底、近代国家の体を成していない。

米国からの武器購入はじめ諸外国に過去四年間で七〇兆円の資金を無分別に吐き出し続ける一方、今般の地震での北海道への支援総額が、たった五億円余（五〇〇万道民一人あたり一〇〇円！）という、人間を愚弄する対応は何か？　このような政府に、民から徴税する正当性などあるまい。

安倍政権のファシズムは、いよいよ常軌を逸している。〝公共放送〟ＮＨＫがそれに加担し〝ポーズ〟だけの災害対策からスポーツ国際大会の優勝者報道まで、強引に「首相」を前面に押し出す演出が頻繁に目につくようになった。

わけても、北海道地震の死者数まで首相自ら「関係閣僚会議」で発表した挙句、その数が間違っていたというに至っては、死者をも利用しようとする最悪のポピュリズムに胸が悪くなる思いだ。為政者としての根底が虚偽に満ちた安倍首相の偶像化を図り、民心を誑《たぶら》かす「手口」は、先年、麻生太郎副首相が揚言したとおり、二一世紀の日本型ハイパー・ナチズムを感じさせる。

しかも、この空前のファシスト政権が『日本国憲法』に手をかける虞《おそれ》は、今や焦眉《しょうび》の急となっているのだ。現状のままでは、来夏には私たちの生きる風景は一変していかねない。

こうした状況下、九月三〇日に沖縄県知事選が行なわれる。

このかん繰り返し述べてきたとおり、前回県知事選当時に較《くら》べても、琉球弧の置かれた状況が重層的な困難を増していることは疑う余地がない。明らかに言えるのは、積年の差別と苦難を強いられてきた沖縄の政治が、さらに外的な支配に従属してはならないことだろう。

もとより選挙で、この候補者には全てを委ねられるという「十分条件」など存在するはずもない。だが一方、それだけは避けねばならぬという「絶対条件」ならある。

現状、採り得る選択肢のなかから、最も戦争に遠く平和の可能性を高めるそれを、状況との厳しい函数《かんすう》関係において選び取ること。さらに、この「絶対条件」の選択を「十分条件」の次元にまで、可能な限り高めてゆくこと——。それができないというのは「主権者」としての怠慢だ。

棄権や白票、無効票が「政治不信」の〝意思表示〟であるなどとする愚劣な強弁は、既存の支配構造にとって痛くも痒《かゆ》くもない虚妄にすぎない。当事者の生死に責任を負えるはずもないまま、棄権を唆《そそのか》す悪辣なイデオローグたちを、信じてはならない。

また当然、期日前投票の場合を含め、個個の主権者本人の意思を侵害する、あらゆる外的な圧力が許されないことも言うまでもない。投票は有権者一人一人の最重要の意思表示であり、侵し難い権利の行使なのだから。

わずか数語の言葉が〝世界の理《ことわり》〟を照らし出す場合がある。

《あなたの命より　偉大なものは／何もないんだ　この地上には》（笠木透《かさぎとおる》『あなたが夜明けをつげる子どもたち』作曲・細田登）

日本の「フォークソング」の最も原則的な体現者だった笠木透（一九三七年〜二〇一四年）の右の詩句が確認する真実を、私は尊ぶ。そして、これを貶《おとし》める一切を、私は認めない。たとえば〝国に命を捧げる〟と称する行為を賞揚する者たちを。

「命」を守るために「国家」が重要なのだといった主客転倒した論法にも、瞞着《まんちゃく》されてはならない。ほかでもない、その「国家」のために、どれほどの「命」が踏み躙《にじ》られてきたことか。

すでに、日本国のファシズムを押しとどめ得るか否かの瀬戸際である。目前に迫った沖縄県知事選挙が「命」の絶対的尊厳を譲らぬ結果となることを、この地に生きる一人として、強く願う――。

〔初出＝『琉球新報』二〇一八年九月二一日付「文化」面〕

［追記ノート］

この二〇一八年九月末の県知事選に際しての私の判断は、前章［追記ノート］で明らかにしているように、ともかく「日本会議」の知事を誕生させないため――すなわち佐喜眞淳・前宜野湾市長の当選を阻むため、必然の選択として玉城デニー候補を支持する、というものだった。

ただし、玉城デニー候補本人に関して評価する部分、期待する部分がまったくなかったわけでもない。いずれにしても本稿は、九月一三日の告示後、すでに選挙期間に入り、投票日まで残すところ九日という時期の掲載だった関係で、御覧のとおり、具体的な候補者についての論及はいっさい控えている。また同じ事情から、私が撮影した、佐喜眞市長（当時）による自衛隊への名簿提供に抗議する、二〇一五年一二月五日の宜野湾市役所前の集会の模様の写真も、翌月の『まつろわぬ邦からの手紙』第三四回のカットに回すこととした。桃原功《とうばるいさお》・宜野湾市議の告発・糾弾をめぐる扱いが、文章では八月掲載回、写真の方は一〇月のそれとなっている不調法は、そうした理由による。

桃原功市議の二〇一二年の宜野湾市議会での追及は、六年を閲《けみ》して、玉城デニー知事誕生——というより、佐喜眞淳候補落選に、確実に寄与したということができるだろう。少なくとも私自身は、この『ぎのわん市議会だより』第八四号（二〇一二年九月一〇日発行）を確認できたことで、前章・本文のとおり『琉球新報』紙上で、佐喜眞氏と「日本会議」の関係を心置きなく批判することができた。

かねてインターネット上では、佐喜眞氏が「日本会議」会員であることは一定程度、取り沙汰されていたものの、紙のメディア——それも「県紙」に正面からこの件が出たことの意味は小さくなかったはずである。私としては、そうした場に発言の機会を持つ者として、この事実をあきらかにすることは文筆家としての義務であると考えた。

桃原功市議の努力に感謝するとともに、職業政治家（とあえて記す）たる議員には、主権者の信任の上に議員報酬も得ている以上、少なくともこうした水準の活動を期待したい。

笠木透は、特別な思い出のあるフォーク歌手だ。現オーロラ自由アトリエ代表の遠藤京子さんが、笠木ファンの友人A・Mさんと共に、一九八五年末、東京都立大学ホール（目黒区）を会場に企画した彼らメンバーの自主コンサートについては、前章「追記ノート」に掲げた小著『原子野のバッハ』(二〇一二年／勉誠出版刊)の、こちらは第IX部「十一月──生きている鳥たちが」を中心に書き留めている(この部タイトルは、笠木の詩・曲になる『私の子どもたちへ』の歌い出しに由来する)。

毎年八月六日午後、私たちが絵本『さだ子と千羽づる』を朗読している広島・平和記念公園「原爆の子の像」の近くで、数十人の女性グループが合唱の〝ミニ・ライヴ〟を行なう。そのプログラムに必ず『あなたが夜明けをつげる子どもたち』が含まれており、それを聴くのが私の愉しみの一つであることも、同書に記した。笠木の詩による作品でも、これと『海に向かって』『私に人生と言えるものがあるなら』(メロディはいずれも「アメリカ民謡」)は、それぞれに固有の記憶の伴う、私にとってはとりわけ重要な三曲である。日常、耳にする機会はほとんどないものの、それらタイトルや歌詞を思うとき、一九八〇年代という時代に、一度は確かに瞥見《べっけん》しながら、人が集う「場」はまた必ず腐蝕し、変質するものだという一種不可抗力的な原理と、未熟だった私自身の力不足もあって、そこからの新たな展開の回路を拓《ひら》き切れぬまま、惜しくも潰《つい》えた「連帯」と「共同性」の幻が立ち上がってくる。現在の終末的ファシズムのただなかで、この悔いもまた、教訓として活かすよりほかないのだが──。

本文冒頭にメッセージ・メイルを引用し、今回のカット写真も提供していただいた長谷川千穂さんのことは、前掲『原子野のバッハ』の第VI部「八月──みんな死ねばいいんだ」のなかでも簡略に紹介している。最初、私の読者として出会い、その後、初志を貫いて内科医となった彼女との交友も、すでに十五年以上に及ぶ。『原子野のバッハ』に記した後の長谷川さんの歩みは、私の講演や、名古屋や大阪、京都へ最小単位の〝二人ユニット〟として赴き、病院や書店、保育園等の場で共にした『さだ子と千羽づる』出張朗読会、その他の場でもお伝えしてきた(名古屋は彼女の職場だった病院、大阪は福島聡《あきら》店長の企画で名高いジュンク堂書店難波店、京都は子どもたちの平和キャンプで知られている「ぶどうの木保育園」）。それらの模様の一部はネット上の動画でも御覧いただけるので、今回は割愛する。

生まれ育ち、住み慣れた名古屋から、私や他の友人たちにやや遅れて沖縄への被曝避難移住を実行した。本稿掲載時には、既述のように北海道に赴任中だったが、現在は再び沖縄に戻って、近しく往き来できるようになっている。心強い限りだ。長谷川さんは、過去一五年の間、ただ一年だけを除き、どこの地にいた時も八月の広島の朗読会への参加も続けてくれている。毎夏の広島を含め、とりわけ幼い子どもたちへの訴求力の高い読み手だ。

原発事故や被曝への鋭敏な意識ばかりでなく、性差別から現代医療の問題点まで、現在、生起するさまざまな事象に、最も原則的な価値観・世界観を共有して共に向き合うことのできる、得難い盟友である。

▲ 北海道胆振東部地震で損壊した、新千歳空港・国内線ターミナルロビー（2018 年 9 月 11 日／撮影・長谷川千穂）

第三四信　いかなる未来も「歴史」との真摯な対話の上にこそ
かねて私たちの社会で最も欠落してきたものは何か？

前回は掲載を早めてもらった関係で間が空いたが、県知事選に関し、まずは玉城デニー知事の誕生を寿《ことほ》ぎたい。すでに安倍政権閣僚がそのメンバーで占められてしまった最悪の極右団体「日本会議」会員の手に、沖縄県政までが落ちなかったことに、何はともあれ安堵する。続く豊見城市長選・那覇市長選の結果も、この県知事選の余熱を受けてのものとは言えるだろう。

しかしながら、県知事選と同日、投開票された宜野湾市長選では「前市政の継承」を公言した松川正則・前副市長が「オール沖縄」支持候補に大差をつけて当選を果たした。看過し難い事態である。

このたびの県知事選が斥《しりぞ》けた佐喜真淳・前市長の宜野湾「市政」といえば、何を措《お》いても二〇一五年末に大きな抗議運動が起こった自衛隊沖縄地方協力本部への「自衛官適齢」（一八歳〜二七歳未満）市民名簿の、住民基本台帳からの提供問題を想起する。

これに対する糾弾を受け、佐喜真市政は、自衛隊の要請に「違法性がなく断る理由がない」と弁解した。「違法性がない」ことを即自的に、提供に応ずる根拠へと易やすと転化してしまう自治体首長としての主体性の乏しさ、市民の命に関わる事柄への見識の決定的な低さが、当時も副市長として当該の問題に責任を共有していた人物により、今後も公然と「継承」されてしまう危うさは、ゆめ軽視されてはなるまい。

そして前・宜野湾市長がしきりと自らとの〝太いパイプ〟を強調していた、その日本政府・内閣府は、早速、沖縄防衛局を通じ、辺野古埋め立て承認撤回に『行政不服審査法』を悪用しての圧力という、「個人」と「国家」の関係を本末転倒させる暴挙に出た。いかにも安倍政権らしい陋劣《ろうれつ》さに満ちた、幼児的と言っては幼児に失礼な醜行である。

これに対し、一〇月二七日に報じられた全国の行政法研究者有志一一〇名による批判声明は、当初、玉城デニー新知事が直ちに「国の自作自演」と喝破《かっぱ》した指摘の的確さを、法理の側から裏付ける内容となった。もともと玉城氏の人格的可塑性ともいうべき資質に関しては、私は一定の好感も持つ。

ただ、この重大な転換点にあたって、なお懸念を覚えざるを得ないのは、現状が直近三年半の「翁長県政」に対し、依然、基本的な検証を欠いているからだ。

あの二〇一四年県知事選の劇的な圧勝から、直ちに「承認撤回」へと持ち込むことができなかったのはなぜか？　二〇一六年七月二二日の高江での警視庁機動隊らによる陰惨な弾圧に対し、翁長氏が知事として採り得る手立てはなかったのか？　同年一二月二六日の「埋め立て承認取り消しの取り消し」は、真に不可避の選択だったのか？

……これらいずれについても、もしもそこに避け難い必然の理由があったのなら、その理由を私たちも広く共有しなければならない。為政者は問題の所在を主権者に精確に示して、打開の道を諮《はか》らねばならない。それが、本来の民主主義というものではないか。

《これから私たちは盧武鉉《ノムヒョン》大統領を克服していかねばならない。これから私たちは参与政府を超えていかねばならない。成功は成功として、挫折は挫折として、超えていかなければならないのだ》（文在寅《ムンヂェイン》自伝『運命』序文「川の水となって再び出会うことを」矢野百合子訳／二〇一八年、岩波書店刊）

今回、書評の必要もあって、現・韓国大統領の自伝を通読した（原著は二〇一一年。「日本語版への序文」が新たに書き下ろされた邦訳は、今月刊）。

私の書評は『週刊金曜日』に近く掲載予定だが、同書で強い感銘を覚えた点の一つに、自らも高官を務めた「参与政府」（「市民参加」を謳《うた》った盧武鉉政権の別名）への、著者のひたむきな検証がある。

《よくやった部分はよくやった、駄目だった部分は駄目だったと評価され、克服されていけばいい。彼もそれを願っているはずだ》（同前）

歴代韓国の軍事独裁政権の残滓《ざんし》と果敢に闘い抜き、最後は、取って代わられた李明博《イミョンバク》政権の卑劣で陰湿な政治報復によって悲惨な自死に追い込まれた、その青春時代からの盟友に対して、なお示されるこうした率直な認識こそ、実は真の友情と、そして何より主権者たる民に対する責任の意識の現われというべきだろう。朴正熙《パクチョンヒ》暗殺（一九七九年）後の束の間の「ソウルの春」を終焉させ、光州《クワンヂュ》市民蜂起（一九八〇年五月）における虐殺を惹《ひ》き起こしたのが、軍の投入を恐れデモの最終段階で撤収したソウル地区の学生たちの背信だったとの指摘も、率直そのものだ。この誠実さが、昨春、ソウル光化門《クワンファムン》広場をはじめ韓国全土を埋め尽くした「蠟燭デモ」の熱情と共振し、結果として文在寅政権は実現した。

それにひきかえ、日本という国の閉塞しきった事大主義・権威主義は、どこまでも異常である。先般「LGBTは生産性がない」旨の発言をした杉田水脈・自民党衆議院議員がいまだ議員辞職すらせずに済んでいる信じ難い光景もさることながら、くだんの〝論文〟を掲載した『新潮45』の発行元、

▲ 市民講座「脱核学校」での講演『核破局の国・日本から残された世界を防衛し、非核アジアを構築するには』終了後、光州環境運動連合や韓国《緑の党》、関連グループの皆さんと。前列左から３人目の男性が、尹祥源烈士の盟友で『光州　五月の記憶──尹祥源・評伝』の著者、現・光州環境運動連合・共同議長の林洛平さん。2013 年 4 月 23 日、光州 YMCA にて（撮影・崔成旭＝チォェ・ソンオク）

新潮社をめぐっての輿論《よろん》の反応もあまりに浅薄だ。そもそも、問題は当の雑誌だけのことか？

私が出会ってきた中でも、真に独立不羈《ふき》のジャーナリスト・丸山邦男（一九二〇年〜九四年）は七〇年代初頭、同社の看板雑誌『週刊新潮』を涵《ひた》す情緒を、体制に従順な日本保守層の鬱屈と諦念に満ちたニヒリズムとして「町奴《まちゃつこ》精神」と痛罵《つうば》した。この週刊誌が、現在、辺野古・高江の反基地運動への誹謗中傷にも、相変わらずその「町奴」ぶりを存分に発揮しつづけていることは、周知のとおりである。

このとき〝日本文学史にも寄与してきたはずの一流出版社〟が、こんな雑誌も出して……といった二重基準に陥るのは誤りだ。三〇年ちかく前、私自身も数回、同社といささかの関わりを持ったことを記さねばならないが、必要なのは、かくのごとき雑誌を出す出版社によって〝作られてきた〟（とされる）、当の「日本文学」の総体そのものの内実をも、併せて検証することなのだから。

一連の事情は､他の大半の〝大出版社〟や新聞社も同様である。十五年戦争――さらに遡るなら「明治」以後の日本の侵略・植民地支配に進んで加担してきながら、自らの歴史的責任を真に自己剔抉《てっけつ》した言論機関は、極めて乏しい。こうした欺瞞が、そのまま、たとえば韓国との民主主義の次元の隔絶に投影されているのだと、私は感ずる。

〔初出＝『琉球新報』二〇一八年一〇月三一日付「文化」面〕

［追記ノート］

二〇一八年度・沖縄県知事選は周知のような結果となった。ただし、「日本会議」の知事誕生という最悪の展開は回避されたにせよ、実現したのは最も基本的な「必要条件」にすぎない。〝後継指名〟問題で、明らかに危殆《きたい》に瀕《ひん》した沖縄の民主主義恢復にとってすら、依然「十分条件」ではない。そもそも、この三年半以上の歳月は何だったのか。そして辺野古の海の破壊や先島の軍事基地化は加速度的に進んでいる。

また玉城デニー新知事自身に関しても、現二〇一九年五月までの時点では、主権者が包み込むように守り通した「希望」の熾火《おきび》を持ち寄って彼の当選に託した、その願いも、残念ながら満たされているわけではない。いくら当初から苦渋の〝消去法〟としての選択たる側面を否定し難く帯びてはいたにせよ、現状では玉城デニー知事の〝功績〟は、結局、ただ「日本会議」知事の誕生だけは阻んだ、という一点に帰結しかねない頼りなさすら持っていると、私は懸念している。

別にそれがありさえすれば良いというものではまったくないが、この困難な沖縄の首長としての主体的な指導性、存在感が極めて乏しいとも感ずる。生い立ちや人柄に関しては、私自身、否定的な感情を持つはずもない玉城デニー現知事の、いっそうの奮起を期待する、と言うしかない。

そもそも最近ではそれについて話題にされることすらなくなった感があるが、ある時期まで「翁長県政」の三年半をどう評価しているのかを私が問いかけると、少なからぬ人びとが決まって「苦渋」の表情を浮かべた。しかし決して、その先に率直な言葉は出てこない——ごく一部の方がたを除いて。

今回『まつろわぬ邦からの手紙』第三四回の本文で、私がなぜ文在寅自伝『運命』の美しく気骨ある序文を、ただでさえ紙数に制限のある新聞連載にもかかわらず、あえて二箇所にわたって引用したかは、言うまでもないだろう。《成功は成功として、挫折は挫折として》《よくやった部分はよくやった、駄目だった部分は駄目だったと評価され、克服されていけばいい》（前出「川の水となって再び出会うことを」）——こうした晴れ晴れとした姿勢が、一定の力を持つ〝県民輿論〟として「翁長県政」に示されたことは、私の知る限り、残念ながら、ない。幇間《ほうかん》的（と言ってしまっては幇間に対して失礼かもしれない）知識人・言論人らによる、目に余る判断停止・偶像化は枚挙にいとまがないのに対して。

同じ日本帝国主義の植民地支配を受けながら、韓国と沖縄とでのこの差異がなぜ生ずるか。むろん、それは韓国と異なり、現に沖縄が今も日米の二重植民地支配を受けているからであるとは私は理解するが——そして、その鬱屈もまたヤマトの側の責任であると認めるのも、その加害責任主体であるヤマトに自らが帰属する事実を直視するのも当然であるが。しかしそれでもなお「翁長県政」（と、二〇一七年宮古島市長選を含む「オール沖縄」の対応）をア・プリオリに無謬《むびゅう》のもの、批判はおろか検証すらしてはならないものとし続けているかぎり、琉球弧の現在以降の歴史は本質的に欺瞞を抱え込まざるを得ないだろう。だからこそ私は、自らの移住ヤマトンチュとしての責任においても、この

『まつろわぬ邦からの手紙』連載に心血を注いでもきたのだ。その批判の対象が、「翁長県政」以上に、東京電力・福島第一原発事故というカタストロフィの後の安倍軍国主義ファシズム、そして諸悪の根源たる天皇制と日米安保体制でもあることは、本書に御覧いただくとおりである。

本文では簡略に言及するに留めた、文在寅自伝『運命』で批判されている《ソウル地区の学生たちの背信》は、世に「ソウル駅大回軍」と呼ばれる一九八〇年五月一五日の事件である。軍部の傀儡《かいらい》として民主化に不実な対応を続ける崔圭夏《チェギュハ》大統領の退陣を要求し、ソウル市内だけで二〇万人にのぼった学生デモを、隊列がソウル駅にさしかかった、その〝最高潮〟の局面で突如、「軍との対決回避」を名目に、ソウル大学の沈在哲《シムヂエチオル》・総学生会長（後に保守系ハンナラ党―右派・自由韓国党の国会議員）ら学生指導部が一方的に撤収・解散させてしまう。この決定の結果、全国に拡がっていた民主化の気運は一気に銷沈《しょうちん》するとともに、光州ほか一部地域のみが孤立し、全斗煥《チォンドゥファン》将軍の凄惨な暴圧を集中的に受ける状況が現出した。

これについては、実は第一七信で紹介した『光州　五月の記憶――尹祥源《ユンサンウォン》・評伝』でも、原著者の林洛平《イムナッピョン》さんが以下のように論評している（同書・一三七頁〜一三八頁）。

《この日、学生側が手綱を緩めず、（引用者註＝崔圭夏大統領の）退陣を要求して政府側を追い込んでいたら、新しい歴史が生まれたかもしれないと思わせるほどの、すごいデモの人並みだった。（略）その後の政治過程を見れば、千秋の恨みを残す、余りにも無念な回軍であった》

ここで高橋邦輔氏の訳者註は、日本人としての節度も前提のされてのことと思うが、慎重に沈在哲側の〝言い分〟の事実関係にも言及している。一方『運命』における、当時ソウルの大学生だった現・韓国大統領の「ソウル駅大回軍」に対する歴史的評価は、光州市民蜂起の渦中を尹祥源烈士らとともに生きた林洛平さんより、さらに厳しい（文在寅自伝『運命』一三九頁）。

《……どの大学でも復学生グループ（引用者註＝文在寅氏はソウルの慶熙《キョンヒ》大学を学生運動により除籍、拘束された上、懲罰的な徴兵で空挺部隊に配属され、二年半を経て除隊、その後、朴正熙暗殺後の〝ソウルの春〟で慶熙大学に復学していた）は概ね、軍が投入されても「死即生」の心意気で立ち向かって闘うべきだと考えていた。民主化にむけた最後の山場だった。ここでためらうと、再び軍事独裁が延長されるのだ。（略）復学生たちは総学生会長団を説得しようと努力したが、デモの経験が少ない彼らは軍投入の噂に怖気づいてしまった。そうやって解散した学生たちは二度と集結できなかった。この重大な岐路でソウルの学生たちが現実から目を背けてしまったことで、光州の市民たちは戒厳軍と孤独な闘いを強いられたのだった。／私はソウル地域の学生たちが最後の瞬間に背信したことが、五・一八光州抗争で光州市民にあれほど大きな犠牲をもたらす結果を生んだと考えている》

——こうした叙述に接し、私がおのずから思うのは、沖縄のことだ。八〇年五月の韓国に較べれば明らかに過酷さの度合いがはるかに少なかったはずの二〇一〇年代後半の琉球弧の政治状況で、にもかかわらず「翁長県政」や「オール沖縄」は幾たび、同様の判断の誤りを犯し、結果として山城博治さんや島袋文子さんはじめ、辺野古や高江の闘いの現場の人びとに集中的な苦難を強いてきたか。

文在寅大統領は本年五月一〇日、就任二周年を期に、独『フランクフルター・アルゲマイネ・ツァイトゥング』（FAZ）紙に寄稿した論攷《ろんこう》『平凡さの偉大さ　新たな世界秩序を考えて』でも、わざわざ「ソウル駅大回軍」に言及している（これを見ても、氏における、この事件の重大性の評価が判る）。

なお、《韓国南西部の光州は韓国の現代史を象徴する都市です。韓国人は光州に心の負い目があり、今でも多くの韓国人が光州のことを考え、絶えず自らが正義に反していないかどうかを問い返していますと書き出される、この『平凡さの偉大さ　新たな世界秩序を考えて』（邦訳はタイトルも含め《聯合ニュース》による）は、「光州」が韓国現代史に持つ意味、さらに遡って「三・一《サミル》」独立運動が果たした意味を、現代ドイツとの関わり、歴史的比較にも触れつつ述べながら、真の民主主義についての文在寅大統領の理念を明らかにした文章で、その格調の高さ、胸に迫る感銘は比類ない。完全に同世代で、その歩んできた人生はまさに対極にある日本国の現・内閣総理大臣の、〝没知性〟〝無教養〟の底を踏み抜いた低劣さに引き較べるとき、〝天と地〟〝雲泥〟……その他、いかなる「差」の比喩を以てしても足りない隔絶をまのあたりにすると、情けなさと羨望に涙が出る思いだ。

いよいよ、こうした為政者を持つ国の民を尊敬するばかりである。

最後の〝文藝ジャーナリズム〟をめぐる問題では、沖縄はとりわけ現在もなおいわゆる「文学」の営為に熱心な風土であるだけに、ともすればより事大主義や制度のヒエラルキーに搦《から》め捕られる部分が時に目につく気もする。ヤマトの序列や商業主義をも受容し、それに対する懐疑が稀薄な印象を受けなくはない。――このあたりは、かつて『批判精神』編集長・遠藤京子さんの企画提案を受け、同誌で実現した新川《あらかわ》明さんとの対談『言いたいことの何もない日本に向かって』（季刊『批判精神』第五号／特集「沖縄が解放されるとき」二〇〇〇年七月、オーロラ自由アトリエ発行）でも少し、話題としたことだが。

もともと制度としての「日本文学」に懐疑的であり、そもそも「文学」という言葉自体を好まない私が（この二文字を括弧に入れずに用いることは、まずない）、それでも機会を得、この領域に関して紙誌や編纂物に寄稿してきた文章は、必ずしも少なくはない。五千枚は優に越え、本書・第五信で触れた松下竜一氏に対しての「個人解説」も含めると、もしかしたら一万枚をも上回るかもしれないそれらを、ある篤実な学術系出版社が一書にまとめてくれる計画も二〇一〇年頃にはあったのだが、他のさまざまな事案と同様、これも「3・11」で、すっかり頓挫してしまった。他日を期したい。

第三五信　「絶対に取り返しのつかぬこと」の数かずを「あたかも何事もなかったかの如く」取り繕う日本の頽廃

今月二四日、台湾で統一地方選挙と併せ「住民投票」（日本でいう「国民投票」に該当）が行なわれた。懸けられた一〇本に及ぶ案件は多岐にわたり、その結果が示すところも、また必ずしも単純ではない。蔡英文《ツアイインウェン》政権が掲げてきた「二〇二五年までに全原発停止」の『電気事業法』条文削除が成立したのは由由しきことといえよう。その一方、福島はじめ東日本五県（福島・茨城・栃木・群馬・千葉）産の食品の禁輸措置は、さらに二年の継続が決まった。

先月二〇日と二一日、私は琉球大学名誉教授・矢ヶ崎克馬さんと、台北・台中両市を回った。氏に東京電力・福島第一原発事故に関する講演をしていただき、現地の皆さんに放射能被害の実態を伝えるためだ（企画・主催／Ｅａｐｈｅｔ＝臺灣東亞歷史資源交流協會）。

事故後の日本の食品や飲料水の放射線量が、事故前に較べ、いかに桁違いの高さとなっているか。それに合わせて被曝の「安全基準」もまた、いかに理不尽に引き上げられているか。

居住地からの被曝避難の条件も「年間二〇ミリシーベルト」という高さで、それすら事故後わずか五年で「解除」され、避難支援が打ち切られる日本にひきかえ、福島事故の三分の一以下（！）の放射線総飛散量のチェルノブイリ原発電事故では、一ミリシーベルトで「避難の権利」が保障され、五ミリシーベルトともなれば「強制避難」区域として、事故後三二年が経つ現在も行政の支援がなされている……。

こうした問題提起を「福島差別」などと誹謗する者は、疫学上一〇〇万人に一人ないし二人の発症率とされる小児甲状腺癌が、現に本年三月末で、すでに福島県内の子どもたち一九八人に見出されるという事実をはじめ、どれほど深刻な健康被害が増大しているかを、まず冷静に直視すべきだろう。

ちなみに、海を隔て一八〇〇km離れた沖縄の一人当たり福島県産米消費量は、日本の全都道府県中三位である（福島を除く）。この現状は、何を意味するか？

今般の「住民投票」結果が示す、台湾の人びとの当然の警戒に、だが日本の各紙は、あろうことか「日台関係にとって大きな打撃」（毎日）「日本側に失望感が広がるのは確実」（東京）と、とめどない「棄民」とまやかしの「国体」護持を謀《はか》る自国政府に加担する論評を連ねている。さらに、もともと植民地支配の加害者・日本が勝手に〝親日〟の虚像を形成してきた台湾から、対象が別に移ると、この傾向はいっそう露骨となるようだ。

一〇月三〇日、韓国大法院が、植民地時代に強制労働をさせられた李春植《イチュンシク》さんら、元「徴用工」四氏の損害賠償請求を認めた判決への、日本社会の攻撃は凄まじい。日本側が論拠とする一九六五年の「日韓条約」は政府間の「外交保護権」の抛棄《ほうき》を意味するに過ぎず「個人請求権」の存在は国会答弁でも明言されていた（一九九一年／柳井俊二・外務省条約局長）。にもかかわらず「隣国関係が台無し」（朝日）「問題解決を図るべきは韓国政府」（毎日）といった、他国の「三権分立」をも平然と否定する異様な〝国粋功利主義〟の「社説」を、全国紙が軒並み、ためらうこともなく掲げる。

そもそも「日韓条約」締結相手の朴正熙《パクチオンヒ》政権が、真に韓国民衆を代表する政府であったか？　何より日本に責任が帰されるべき南北分断の上に軍事独裁体制を布《し》き、民に塗炭の苦しみを強いた、元・

大日本帝国職業軍人の朴大統領に、日本政府が、いかなる〝共犯関係〟を以て一貫して加担してきたか。

なお、あえて付言すると、この徴用工問題で『沖縄タイムス』にヤマトの他紙と選ぶところのない「社説」（一一月一日付）が出たのは、日米二重植民地支配下の琉球弧で反基地の闘いを呼びかけつづけてきたはずの新聞として、まことに残念なことだった。続いて一一月二二日付同紙の、これまで「慰安婦」問題をすり替える作用を果たしてきた「和解・癒やし財団」を解散する選択へと踏み切った韓国政府を、日本国家とそっくり一体となって非難した「社説」も同様である。

私は日本人として、自らを「アジア」に帰属するなどとは、容易に口にし得ぬ歴史的立場を自覚する。一方、少なくともヤマトよりは相対的にその資格を残しているとおぼしい琉球弧には、本来、真に向くべき「連帯」の方向があるのではないか？

韓国に対するこの歪《いびつ》な敵意が集約的に現出したのが、このたびのK―POPグループ《BTS》（防弾少年団）の〝Tシャツ問題〟だった。

もとより原爆投下が日本の十五年戦争降伏をもたらしたものとする浅薄な歴史観には、私はまったく与《くみ》しない。そして人を殺傷した歴史的事実が、商業主義と一線を劃《かく》し難いなかで「消費」されてゆきかねない事象には、人はあくまで慎重であるべきだ。

しかしながら、その一方、彼らアジア圏の若者に、無差別大量殺戮の時代の幕開けの「図像」をそのように安直に受容させてしまう責任は、何より、おれの戦争責任を認めようとしないまま、「戦後」世界で一貫して、原爆投下国アメリカの最も従順卑屈な属国として、国連決議の投票行動はじめ、その核戦略の手先となってきた日本政府にある（この後さらに《BTS》については〝ナチス徽章《きしょう》〟問題が報じられたが、日本の藝能界で起こったさらに悪質な事例の一部は、以前の本欄で記している）。

そもそも日本は〝唯一の（戦争）被爆国〟を標榜しながら、アジア諸国の過《あやま》てる原爆観を是正するために、いかなる努力をしてきたのか？　東京大空襲ほか無差別爆撃、そして広島・長崎への原爆投下を指揮した米空軍大将カーチス・ルメイ（一九〇六年～九〇年）に、その後「航空自衛隊育成」に功があったとして勲一等旭日大綬章を与えた国――何より、戦争の最高責任者・昭和天皇が、原爆投下を「広島市民には気の毒だが、やむを得ない」（一九七五年記者会見）と公言した国が？

そればかりではなく、真の戦争責任と、ついに真摯に向き合わずにきた「戦後日本」の頽廃《たいはい》が、東京電力・福島第一原発事故の事態をも惹《ひ》き起こしたのだと、私は考えている。

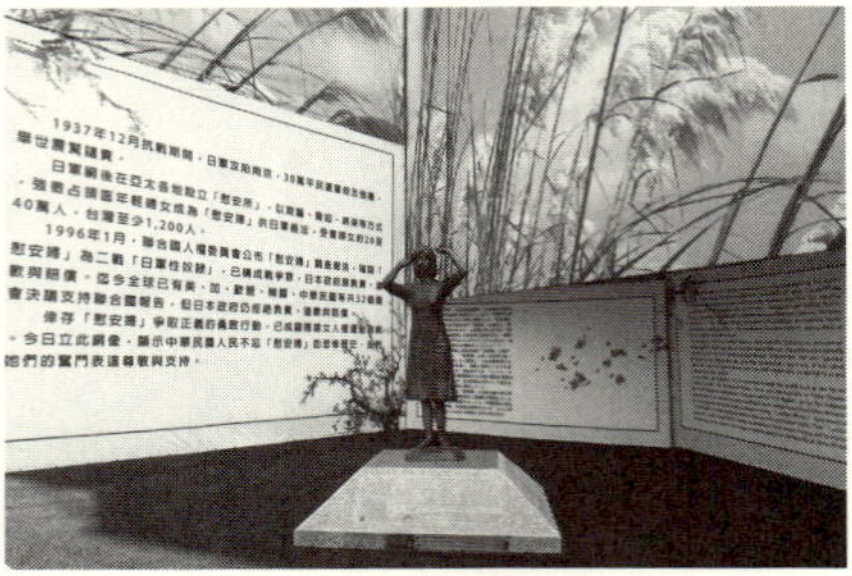

▲台湾・台南市の国民党本部前に建てられた「従軍慰安婦像」。本年9月11日、日本の保守団体幹事の藤井実彦氏がこの像を足蹴にする動作をとったことは、国際的非難を浴びた（2018年9月22日／撮影・山口泉）

「従軍慰安婦」（性奴隷）ほか戦時性暴力も、原爆投下も、原発事故も、その本質はまぎれもない国家犯罪にほかならない。それら比較を絶する悪のすべてを隠蔽し、対等どころか、いわれなき高みに立って〝あるべき〟日韓関係・日台関係を論《あげつら》う、この国の政府やメディア、大衆の厚顔無恥の度し難さは何だろう。

日本は「絶対に取り返しのつかぬこと」の数かずを「あたかも何事もなかったかの如く」取り繕う欺瞞の国だ。死者と、今も痛みに苦しむ生者へ向け、最低限の思いを致すことすらしないまま――。

〔初出＝『琉球新報』二〇一八年一一月三〇日付「文化」面〕

〔追記ノート〕

この「徴用工」問題は、日本という国に（好むと好まざるとに関わらず）帰属する者が、歴史と人権に向き合う際の、古典的用語でいえば「リトマス試験紙」でも「試金石」でもあるようだ。その点、最終的には「天皇制」へと回収されてゆく性格を持つ事柄ともいえる。

もともと心ある人びとは〝ブル新〟（「ブルジョワ新聞」の意）と蔑《さげす》み、またこうした術語を用いない人びとの目にも、いまや批判精神の衰亡著しいことが歴然たるメディアとはいえ……ともあれ『讀賣新聞』や『産経新聞』よりは「まし」と思われてきた『朝日新聞』や『毎日新聞』の反応が、このありさまなのである。これほど明明白白たる理不尽、非道をめぐって、言論機関としての、かかる姿勢は、真に末期的だ。十五年戦争における自らの責任に頬被りしてきた七三年前（当該時点で）から、その特権的・保身的・体制補完的体質は一貫していることを露呈している。

そして何より『沖縄タイムス』に、韓国に関連して立て続けに二回、私が本文で指摘したように、琉球弧のメディアとしてもはや自殺的な「社説」が出たことは凄まじい。一一月一日付が「『徴用工』訴訟／関係損なわない対応を」で〝このままでは日本企業の韓国展開や投資にも影響する〟〝新たな摩擦の原因となる前に韓国政府はその責任で必要な措置を講じよ〟というもの。一一月二二日付の「慰安婦財団解散／説明責任は韓国政府に」は、〝日韓合意の白紙化は和解の芽を摘む〟〝慰安婦問題が「最終的かつ不可逆的に解決した合意の履行を日本政府が求めるのは当然〟というのがあくまで主眼で、そこに自民党政治家の「暴言」や国内右翼の排外主義を絡ませて体裁を調《ととの》えようとするから、結果として論旨はさらに混乱している。

私がもう一方の「県紙」での連載で、今回、批判を書いたような前例が、両紙の間でこれまであったのかどうか。私は詳《つまび》らかにしないが、いずれにしても本稿掲載の後も、私の批判に関して何らかの反応が示されたとは承知していない。

琉球弧の沈黙は、真に恐ろしい。ヤマト社会に較《くら》べ、明白な圧政に曝《さら》され、それと闘っているはずの社会が、実は本質的な問いには決して答えようとしないのだから。しかもその沈黙のうちに、排除されるべき側は確実に排除され、孤立すべきものはどんどん孤立へと追い込まれてゆく……。空気中の酸素量が、加速度的に減っている感覚である（何度でも繰り返すが、こうした空気それ自体がヤマトの圧制と搾取の結果であると言われるなら、その指摘は、むろん私も全面否定するものではない）。

以前、本書・第二六信（『琉球新報』二〇一八年二月二八日掲載分）で言及した《浅薄な〝善意〟の予定調和的観念論》を事として、沖縄の〝進歩的〟とされる〝ブランド〟を持ち上げていさえすれば自らの〝進歩性〟もまた担保されると思い込んでいるようなヤマトの似而非《えせ》〝リベラリスト〟たちは、終生、こうした現実に眼を閉ざしているのだろう。というより、気づくこともしないで済むのだろう。真に民主主義を滅ぼすのは、まさにこのような人びとなのだ。そして同様の傾向が、琉球弧への移住ヤマトンチュの場合、より増幅した形でみられる場合が目につくのは、第三二信「追記ノート」にも記したとおりである（――もしかしたら、相対的に〝知名度〟の高い人びとほど、総じて）。

ついでに本連載の発表媒体であった、いま一方の『琉球新報』に関していっておくと、私が今回の原稿を送った二〇一八年一一月二八日の時点までは、私が確認したかぎり、どうしたわけか、ほぼ丸一箇月にわたり「社説」で「徴用工」問題はまったく取り上げられずにきていた。それが、偶然にも本稿が掲載されたのと同じ一一月三〇日に至って「社説」がこれを論じたのだが、その内容は私の主張するところに近く、すなわち『沖縄タイムス』「社説」とは対蹠《たいせき》的なもので、琉球弧の一方の新聞がともかくこの件に関して踏み止まったことそれ自体には、少しだけ安堵した次第である。

とはいえ、もとより『琉球新報』もまた無謬ではない。私以上に長年、当地のメディアに関して知見を持つ、畏敬する先達の幾人かが、百田尚樹氏ら、安倍ファシズム政権の御用イデオローグによる〝沖縄の新聞は偏向している〟プロパガンダの効力がここにきて「ボディブローのように効き始め」（……と、ある方は私へのメイルで記されていた）、両紙とも、最近とみに気懸かりな変化が見られる、とおっしゃっているのは、私自身も感じていることだ。傾聴すべき御意見と考える（現に、この［追記ノート］を綴っている二〇一九年五月の時点で、ほとんど「天皇代替り」「新元号」報道の〝感謝〟と〝奉祝〟一色に塗り潰された沖縄二紙の状況たるや凄まじい）。またこれらと直接、同質の問題ではないが、他にも気懸かりな出来事もなくはない。関連しては、本書・第三九信の［追記ノート］も参照されたい。

いずれにせよ「日韓」「日朝」関係、そして「在日」に対していかなる立場を採るかは、日本人という、当初から歴史への責任の意識が稀薄で人権に関して本質的に無自覚な――すなわち人類史に対して「負性」を帯びて生まれてこざるを得なかった者において、重大な判断基準の一つである。

「従軍慰安婦」（性奴隷）の問題については、ちょうど本稿を草する直前の二〇一八年一一月中旬後半、これまた徐勝《ソスン》さん（現在は韓国・又石《ウソク》大学東亜平和研究所所長）の御高配でゲスト発話者として招かれた上海・華東《ファドン》師範大学《アジアマルクス主義伝播研究所》創設記念の、同研究所主催による国際シンポジウム『アジアにおけるマルクス主義の伝播《でんぱ》』で知遇を得た明治学院大学准教授・鄭栄桓《チォンヨンファン》さん（在日朝鮮人史・朝鮮近現代史）から、帰沖後、氏の労作『忘却のための「和解」――「帝国の慰安婦」と日本の責任』（二〇一六年／世織書房）を御恵贈いただき、少なからず教えられるところがあった。

▲ 国際シンポジウム『アジアにおけるマルクス主義の伝播』会場風景（上海・師範大学《アジアマルクス主義伝播研究所》）。2018 年 11 月。正面奥・マルクスの肖像左下が著者（写真提供・同研究所）

なかんずく、深刻なのは、鄭栄桓さんが（日本では、極めて孤立した形で）批判の営為を継続されてきた朴裕河《パクユハ》『帝国の慰安婦　植民地支配と記憶の闘い』（原著は二〇一三年／日本語版は二〇一四年、朝日新聞出版刊）の、この国における一種異常な迎えられようだ。

『帝国の慰安婦』を涵《ひた》す、たとえば朝鮮人「慰安婦」と大日本帝国軍兵士とは〝「同志」的関係〟で連帯していたというがごとき、内臓すべてが裏返りそうなおぞましい欺瞞の主張を、日本の論壇――〝進歩的〟メディアや〝知識人〟がいかに両手《もろで》を挙げて礼讃しつづけているか。当の日本の制度的ギルドが与えた「賞」のごときを、その〝価値〟の論拠として同語反復的に主張し、韓国における同書と著者への厳しい社会的批判・法的制裁への希求に向かっては、「言論・出版の自由」「学問・藝術の自由」なる概念を、ひたすら相対的・現状肯定的・制度補完的観点からのみ安易に弄《もてあそ》んで、身に染《し》みついた度し難い差別性を根底から剔抉《てっけつ》することもなく、擬似客観主義的・超越的な非当事者意識、第三者ぶりの高みから『帝国の慰安婦』の再差別を臆面もなく愛《め》で、褒《ほ》めそやしているか。その結果として、長く侮辱され傷つけられてきた被害者ハルモニたちの尊厳を、いまなお、したり顔の猫撫で声で継続的に蹂躙しているか。

何より、ほかならぬ当の被害者たるハルモニたち自身が『帝国の慰安婦』を自分たちへの「名誉棄損」として血を吐くような言葉と共に訴えているにもかかわらず――。


鄭栄桓さんの『忘却のための「和解」』は、『帝国の慰安婦』に充ち満ちる歴史修正主義の欺瞞ばかりでなく、それ以上に、それら現在進行形の差別加害者たる日本側〝知識人〟の醜悪な戯画ぶりをも、地を匍《は》うような丹念な論証の作業を通じ、精緻に指摘してゆく。自らの尊厳のために身を裂かれる思いで真実を語り、日本の責任を糺《ただ》そうとして闘うハルモニがたを、あろうことか、他者に操られていると貶《おとし》め、もしくは〝植民地支配の病理の反映〟だなどと本末顚倒した歪曲を行なうという『帝国の慰安婦』の主張は、ほかでもない、日本社会のとりわけ〝進歩派〟に最も受け容れられやすく迎合した新しい「親日派《チニルパ》」の〝手法〟にほかなるまい。同じ「被害者」でも、決して恨み辛みを述べない〝従順な被害者〟のみが愛《う》い奴と許され、告発者は排除、誹謗中傷される日本社会（そこには「右」だけでなく、それ以上に悪質な「左」が犇めく）との関係のなかで、まさしく当初からの恒常的な〝セカンド・レイプ〟が持続され、そしてそれらは最終的に「加害」と「被害」の歴史的関係を一切無化する、道徳犯罪そのものの「和解」という欺瞞の極限値へと収斂《しゅうれん》してゆく……。

それにしても同書で鄭栄桓さんが疑義を呈している、『朴裕河氏の起訴に対する抗議声明』（二〇一五年一一月二六日）に賛同し、名を連ねた人びと――また個別に〝絶賛〟めいた朴裕河評価を得得と披瀝する人びと（両者は一部、重なる）――上野千鶴子や大江健三郎、鎌田慧、高橋源一郎、中沢けい、その他、好んで名を挙げる気もしない人士がそっくり、現状、SNSを含めて〝反安倍政権〟＝「護憲」の市民運動イデオローグとして脚光を浴びているさま、欺瞞が真実のふりを演ずることで〝真の真実〟が外縁部へと追いやられる構造が維持され続けるさまは、日本「戦後」象徴天皇制民主主義の末期的な姿そのものだ。

そもそもこの『声明』に名を連ねた人びとは、自らが「慰安婦」問題にいかなる知見を持っているという前提のもとに、こうした挙に出たのだろう？　これまで、まともに「慰安婦」問題について考えたことがどの程度あったのか？　ましてや日本政府を告発してきたハルモニがたに関し、自らが直接、お会いしたかどうかまではともかくとして、せめてそのうち何人かの御名前やお顔、人生について知っていたのか？　こう糺《ただ》されて、もしも「慰安婦」問題それ自体を詳しくは知らないが、あくまで「言論の自由」を擁護したのだといった〝一般論〟へ遁《に》げ込もうとするなら、それはすでに差別への加担に容易に傾斜する危うさを抱え込み、百歩譲っても、実はくだんの〝言論の自由〟をその内側から腐蝕させるものだ。なぜなら〝言論の自由〟とは抽象的に宙に浮いた概念ではなく、個別具体的な事案に即してそのつど生成し顕現するものだから。

そしてそもそも彼らは、自らの尊厳が再度、傷つけられたとして訴えを起こしたハルモニがたの懸命の抗議の叫びを封殺する、いかなる「権利」が、自らにあると認識しているのだろう？　この人びとは真に誠実に「言論の自由」について一秒でも考えたことがあるのだろうか。なんという鈍感な傲慢さか。

さらに付言すると、これらのうち、『朴裕河氏の起訴に対する抗議声明』に名を連ねた一部「作家」の書く、小説作品はひとまず措《お》くとしても——なぜなら小説は一種の「多声性」を前提とする、との論理は、一応、一定の範囲までは成立はするから——少なくとも〝エッセイ〟等における「性」や「女性」

の扱いは、大前提として彼らが「慰安婦」＝性奴隷問題について発言する「資格」があるのか、そもそもなぜこの問題に容喙《ようかい》しようとするかについても、私に疑念を持たせる。

それから、朴裕河氏擁護〝知識人〟のなかで、わけても上野千鶴子氏が極めて熱心に『帝国の慰安婦』を礼讃しているというのも、甚だ象徴的だ。〝フェミニズム〟を標榜しながら、その実、既存の性差別の根底的構造そのものを撤廃して「人間」の普遍性へと至ることは絶対にない、現存差別世界への媚びに涵《ひた》された「女性」性に依拠する、この特権的フェミニスト社会学者の姿勢は、『帝国の慰安婦』が捏造する〝日本人も安心できる元「慰安婦」〟像――〝一切の告発を諦め「和解」へと回収される、物分かりのよい元「慰安婦」〟像という虚構と、なんと見事に符合し、相同性・親和性を示していることか。日本を〝声高に告発しない〟ことで日本社会に迎えられる在日。東京電力・福島第一原発事故は社会全体が豊かな暮らしを求め過ぎた結果だと諭《さと》す、水俣病患者。原爆を投下したアメリカを恨みませんと語る被爆者……。その他、こうした構造は現在の過てる世界の随所に瀰漫《びまん》している。上野千鶴子氏に関する私の見解については、本書・第三九信の［追記ノート］も参照。

『忘却のための「和解」』が闡明《せんめい》する、現在の日本の論壇・制度圏メディア・〝知識人〟の頽廃は、この現実を見る限り、いま安倍晋三によって仕掛けられている日本の滅びは、どうやら回避し難いのかもしれないとすら、改めて感じさせられる酷さである（むろん、回避のための努力は最後まで続けられねばならないとはいえ――）。

併せて鄭栄桓さんが送ってくださった資料（『前夜NEWS LETTER』第四号／二〇〇八年五月、編集・発行＝特定非営利活動法人「前夜」）では、氏がすでに二〇〇八年の時点で、私が『「新しい中世」がやってきた！』や『テレビと戦う』で提起した、直接にはそれら「慰安婦」（性奴隷）問題をめぐっての「謝罪する権利」の概念について言及して下さっていたことも知った（座談会『いまなぜ、「和解」が求められるのか？』高和政《コファヂオン》・鄭栄桓・中西新太郎）。この「謝罪権」は、私が「慰安婦」（性奴隷）に限らず「歴史」と「責任」の問題について考察する際の基本姿勢を提示したものなので、関心を持ってくださった方には前掲二著をお読みいただければ幸いである。

なお、本書が上梓される時点ではすでに公開がはじまっているはずの〝4・24教育闘争七〇周年記念〟ドキュメンタリー映画『ニジノキセキ――「4・24」の未来へ、七色の架け橋』（二〇一九年、兵庫青商会制作／プロデューサー＝趙寿來《チオスレ》、監督＝朴英二《パクヨンイ》・金功哲《キムコンチオル》、ディレクター＝趙源模《チオウオンモ》、出演＝金紗梨《キムサリ》・張鐵柱《チアンチオルヂユ》、他）の予告篇・冒頭にも、鄭栄桓さんは登場されている。

https://www.nijinokiseki424.com

南北分断から朝鮮戦争へと至る緊迫した状況下、『ポツダム宣言』や『ユネスコ憲章』も蹂躙して民族教育の機会を奪おうとするGHQと日本政府に対し、在日朝鮮人が文字通り決死の抗議を展開、「戦後」日本で唯一「非常事態宣言」の発されるなか、日本警官隊により朝鮮人青年・金太一《キムテイル》氏が射殺された。この「四・二四《サイサ》」に関し、一章を割《さ》いた『朝鮮独立への隘路――在日朝鮮人の解放五年史』（二〇一三年／法政大学出版局刊）という労作も、鄭栄桓さんにはある（前述『ポツダム宣言』『ユネスコ憲章』については、同書に引かれた在日本朝鮮人連盟東京本部の抗議書＝一九四八年四月二四日付＝に負う）。日本「戦後」史に永く深く刻まれるべき「四・二四」阪神教育闘争を描いたこの映画が、より広く上映されてゆくことを願ってやまない（何より私自身、早く観たい）。

もう御一人、やはり上海での前述のシンポジウムに際して辱知を得た、東北師範大学（長春《チヤンチユン》）教授の大田英昭さん（日本近代思想史）は、沖縄に「ルーツ」を持たれ、そうした立場からの認識も包含しつつ、日本における社会主義・社会民主主義思想の受容・展開を、主に研究されている方である。二〇一五年、《SEALDs》の「綱領」の無批判な自己肯定性に対して、至当極まりない批判を述べたソウルから来日中の研究者・鄭玹汀《チオンヒョンチオン》氏にインターネット上で加えられた、陰惨な恫喝をも籠るおぞましい攻撃に、真摯に立ち向かわれた経過は、氏のブログ『長春だより』にも詳しい。

自らが帰属せざるを得ない国にゆかりある若い世代に、真の知性と勇気を不可分に具備した知識人を見出すという、悦ばしい刺戟《しげき》に満ちた旅ともなった、私にとって一八年ぶりのこの上海行のことは、『霧雨のプラタナス——上海・二〇一八年／〝アジア革命の聖地〟で、マルクス・レーニン・魯迅は今』（『週刊金曜日』二〇一九年一月二五日号）に記した。

《BTS》（防弾少年団）の〝原爆Tシャツ〟事件は、本来なされるべき論議の入口で、問題の検証の方向性を曖昧にしかねない要素をも持つ。同グループのメンバーが〝愛用している〟と口にするだけで特定の「芳香剤」が爆発的に売れる……といった韓国社会の現実のなか、本質はあくまで商業主義にほかならないものが、にもかかわらず一つのファッションとして〝政治的〟〝社会的〟メッセージを発するかに見える（というより、実際、別の意味でたしかにそれをしてはいる）という例は、たとえば前世紀末葉の《ベネトン》の、人種差別や抑圧、南北格差、搾取、HIV感染等をも〝イメージ〟として「消費」しつづけた空ぞらしい〝意見広告〟もどきや、その後、日本では《カタログハウス》の、現在に至る雑誌『通販生活』におけるチェルノブイリ原子力発電所事故や普天間の基地問題（後者の取り上げ方については遅れて知った）等に対して典型的なそれが見られ、私は時に強い拒絶感を覚えてもきた。『通販生活』が「原発」問題との関連で重用しつづけた広河隆一氏の性的加害性の問題も最近になって明らかとなったが、これに対する同誌の事後対応にも少なからぬ疑問がある。この点、「従軍慰安婦」とされた女性たち個人個人の固有の人間的尊厳から出発しようとする、韓国の《マリーモンド》（ＭＡＲＹＭＯＮＤ）との違いを——少なくとも現時点においては——感ずる。

その一方、日本の「戦前」「戦中」「戦後」一貫しての加害性と倫理的頽廃が、広島・長崎への人類史上最初の核兵器使用という暴虐の責任追及を常に曖昧にしつづけてきたことも、本文に記したとおりである。

もともと私は「加害」と「被害」の歴史的関係をめぐって、遅くとも絵本『さだ子と千羽づる』日本語版（一九九四年／オーロラ自由アトリエ刊）をＳＨＡＮＴＩ（絵本を通して平和を考えるフェリス女学院大学学生有志）メンバーと共に制作してきた段階で、すでに彼女らに繰り返し伝えてきた。それに先行しては、たとえば金《キム》芝河《ヂハ》氏と大江健三郎氏の対談『世界はヒロシマを覚えているか』（一九九〇年／ＮＨＫスペシャル）での〝ヒロシマを語る前に日本のアジア侵略・加害行為を自ら問え〟といった金氏の大江批判のような事例もある。

私たちは、日本のアジア侵略の責任から出発しつつ、核兵器の罪科を問う絵本『さだ子と千羽づる』日本語版を制作し、またそれにすぐ続いて、同書の朝鮮語版（一九九五年／同前）と英語版（一九九六年／同前）とを制作したのだったが、その三冊それぞれに付した私の解説『ＳＨＡＮＴＩが断ち切ったもの、ＳＨＡＮＴＩが切り開いたもの——絵本『さだ子と千羽づる』に寄せて』（日本語版）、『いま、日本人が「ＨＩＲＯＳＨＩＭＡ」「ＮＧＡＳＡＫＩ」を語ることの意味と資格 지금 일본인이 〝ＨＩＲＯＳＨＩＭＡ〟〝ＮＡＧＡＳＡＫＩ〟를 말하는 것의 의미와 자격』（朝鮮語版）、『「良心」の国際連帯のために——絵本『さだ子と千羽づる』英語版の刊行にあたって Towards an International Solidarity of

Conscience』（英語版）において、当該時点まで日本語圏においてなされてきたなかでは最も徹底した暫定的回答（「最終回答」とは言わない）を示しているとの思いはある。

――この絵本『さだ子と千羽づる』三箇国語版制作にあたっては、何より朝鮮語圏・英語圏の翻訳協力者を得るのに、想像をはるかに上回る困難を伴いもした。まず日本語版制作の段階で、自らの歴史的責任についての意識の根本から欠落した日本人の無知と迷妄を打破するための苦闘（これは今も打破されていないどころか、むしろ安倍ファシズムのもとで逆にいよいよ強まっている）があり、次に私たちが当時、接したアジア圏の人びとの少なからぬ部分が〝侵略・植民地支配をなした日本は原爆を落とされて当然で、原爆はアジアを解放した〟との認識が支配的な状況下に置かれている現実があった。

さらに英語圏の人びとにあっては、原爆投下をあたかも自然災害ででもあったかのように描き続けてきたこれまでの類書とは次元を異にし、アメリカの覇権主義と核兵器使用の罪をも問う絵本『さだ子と千羽づる』の内容は、この超大国の「正義」を否定し戦争犯罪を追及することにつながるものとして、その作業に協力することへの怯懦《きょうだ》が見られたからだ。ちょうどこの頃、米国・スミソニアン航空宇宙博物館で企画された「原爆展」が米在郷軍人会の圧力を受け中止となって、館長マーティン・ハーウィット氏が辞任に追い込まれる一方、アジア圏では「教科書」問題を中心に、日本の歴史に無反省な横暴への反撥から、再び原爆肯定論が強まるという事情もあった。

この時期の困難に関しては、絵本『さだ子と千羽づる』が朝鮮語版（翻訳＝徐民教《ソミンギョ》・現代語学塾有志）までは協力者たちの支えでなんとか刊行に漕《こ》ぎ着けたものの、英語版に関してはまったく目処《めど》が立たない状況にあった時期、そのかんの一連の経緯を網羅的に報告したオーロラ自由アトリエ代表・遠藤京子さんの個人誌『蜚語《ひご》』第一六・一七合併特大号（一九九六年二月発行）の特集「原爆――極東支配から世界へ、アメリカのもくろみ」に詳しい。遠藤さんの報告やアピールのほか、私の前記二篇の外国語版「解説」の日本語原文が収録され、さらにSHANTIメンバーの湯浅佳子《けいこ》さん・大野由貴子さん・酒井菜々子《ななこ》さんの寄稿は、彼女たちが初めて直面した彼我の「原爆観」の隔絶の深さに向き合おうとする姿勢に一つの可能性を見出す。

ところで、この特集巻頭に紹介されている『ハンギョレ』(一九九五年一〇月一八日付)掲載の、韓国の高名な諷刺漫画家・朴在東《パクヂェドン》氏による一齣《こま》漫画は、当時の日韓におけるその歴史観・原爆観の隔たりをよく示したものと言えるだろう。「東洋平和のために」「日韓併合」をしたと日本支配層＝自民党政治家?＝が公言している頭上(背景は大都会)に「それならまた、世界平和のために」と、爆撃機が一機、核爆弾を投下してゆく、という構図である(一応、画面の片隅に「決して再びあってはならないこと」といった添え書きが小さく付されてはいるが……)。

結局、絵本『さだ子と千羽づる』英語版はその後、本文に関しては前記『蜚語』でも言及されている、縁あってその存在を知った滋賀県立八幡商業高校一九九四年度卒業生グループの共同訳を基に――そして私の「解説」を含む他の部分は日本経済新聞社系列の「日経ニュース広報」Nikkei News Bulletin, Inc. の御助力を得て完成した(一九九六年八月六日、発行)。

三箇国語版が揃った後の一九九七年、絵本『さだ子と千羽づる』が得た第三回「平和・協同ジャーナリスト基金賞」大賞という識者らからの励ましは、こうした期間を経てのものなのだ。

なお、もともと、この絵本『さだ子と千羽づる』を企画した当初から、同書は〝核兵器を保有しているすべての国の言語に訳す〟というのが目標の一つだった。当時、シラク大統領による核実験再開がなされたことからフランス語版と、それより早く中国語版を作る計画も進んでいたが、この二冊も、やはり翻訳者を探す問題でいったん頓挫している。

とくに中国語版は、実際に具体的な人選にまで進んでいたものの、（おそらくは）中国の核政策との抵触への懸念から、一度は翻訳を引き受けかけた方が辞退を連絡してくる展開となった。ただ、こちらに関しては現在、台湾の関係者の協力を得、繁体字中国語の翻訳テキストがすでに完成している。なるべく早期の刊行をめざしたい。

中国に関して触れておくと、そもそもナチスドイツのゲルニカ爆撃（一九三七年）に続いた大日本帝国の重慶《チョンチン》爆撃（一九三八年～四三年）によって、無差別大量殺戮の「戦略爆撃」は現代戦の常套手段となったのであり、これらが第二次世界大戦中の日本の都市へのアメリカの空襲や、英米連合軍のハンブルク、ドレスデン等への空襲――さらにはヒロシマ・ナガサキをも、アメリカ側の言い分としては〝正当化〟させる役割をも果たした。

二〇〇四年夏の《ＡＦＣアジアカップ》で会場となった中国各都市のうち、とくに重慶での試合の際、日本チームに対する中国観客の反撥が、日本ではことさら一面的・煽情的に報じられたが、そこに重慶爆撃の歴史的背景があったことは疑いない。試合の翌日、私は当時、住んでいた東京で、日本人の夫を持つ知り合いの中国人女性から、突然「昨日はすみませんでした」と謝られた。サッカーに興味もなかった私は、最初、なんの話か戸惑ったが、事情を聞き、改めて彼女が、日本というこの度し難い国に生きる上でどれほどの不安と恐怖を感じているかに申し訳ない思いがしたものだった。さまざまな意味で彼女が謝罪する必要などまったくないし、日本の歴史的責任と現在もそれを直視しない道義的頽廃を思うなら、中国の人びとの怒りは当然だと、私が応じたのは言うまでもない。

これら一連の問題については、私は前述の絵本『さだ子と千羽づる』三箇国語版への各解説をはじめ、さまざまな論攷を綴ってきた。それらをかねて原爆論集『死の貨幣』として予告してきているが、現実の諸事情のなかで未刊となっている。それがさらにこの期に及んで、K—POPアイドルグループの〝原爆Tシャツ〟をきっかけに、ここまで後退した〝論議〟に陥ること自体、「戦後」日本——とりわけ現・安倍ファシスト政権の度し難い論理的衰弱・倫理的頽廃を直接間接に反映した結果にほかならないだろう。あまりにもやりきれない話である。

前記『信濃毎日新聞』での連載は、期間として一七年、回数にして全二百数十回に及んだが——その最初の二年分をまとめたものが『アジア、冬物語』(一九九一年/オーロラ自由アトリエ刊)である——総一五〇〇枚以上に達する未刊分が、なお残っている。先に記した前(当時)スミソニアン航空宇宙博物館館長マーティン・ハーウィットさんが来日されたとき、東京大学駒場キャンパスの講演会でお会いした折りの模様や、東京・夢の島に展示された第五福竜丸甲板上でSHANTIメンバーと共に、同船乗組員でビキニ水爆実験に巻き込まれた大石又七さんのお話を伺ったこと……等等、核廃絶の問題に限っても非常に多岐にわたるこの〝超長期連載〟は、『週刊金曜日』その他の媒体に発表した単行本未収録稿に先駆けて、なんとか公刊したいと考えてきた。こちらも九〇年代から、自著の「著者紹介」や、毎年、旬刊『出版ニュース』(出版ニュース社)新年の号の特集「今年の執筆予定」で二十年近くにわたり、ずっと予告のみは重ねてきた『日本レクイエム』がそれに当たる。

一時期、もはや改めて上梓する意味はないかとの判断にも傾いたこれら諸篇だったが、昨今のこの国の末期的「言論」状況を見ると、再度、ある種の〝歴史的文献〟として残しておくべき必要を感ずるようにもなっている。本年から来年、完結篇『翡翠の天の子どもたち』とともに『吹雪の星の子どもたち』二部作という小説の作業を了えた後、『日本レクイエム』と『死の貨幣』には取り組みたい。

第三六信　今度こそ、かくも〝民主的に〟滅びようとする国で
他の全野党議員はなぜ、山本太郎のように生きることができないか

とうとう始められた辺野古の土砂投入の暴挙を、岩屋毅防衛相は「日本国民のため」と、うそぶく。琉球弧の民が、ならばそこに自分たちは含まれるのかと反問するのは当然だ。

むろん、日本国支配層の植民地主義は、沖縄の民を歯牙にもかけてはいまい。そればかりか、彼らの口にする「日本国」には、当の「日本国民」すら、実は入ってなどいないのだから。

私は元来「左右」を問わず〝親の七光り〟で生きる人びとを嫌悪する。だが、現在この国は、その最たる者たち――ただ係累関係によってのみ、日本の行政権力の頂点に立つ輩《やから》に横領され、私物化されてしまった。問題は、にもかかわらずその口実とされているにすぎない日本国民の多くが、琉球弧との連帯どころか、日本政府――安倍政権のまぎれもない奴隷たる自らの境遇にすら、まったく何の関心も払わずにいる異様さだ。

使途の公約をとめどなく違《たが》えることも糾《ただ》されぬまま、消費税率が一〇％に上がろうと、年金支給開始年齢が、なし崩しに先延ばしされようと、「福祉」が空文と化し、打ち続く災害の復旧が顧みられない一方で、米国からの兆単位の軍備購入や首相夫妻が諸外国を回っての〝ばらまき外交〟に、窮乏を深める民から搾《しぼ》り取った税が蕩尽《とうじん》されようと、国民皆保険制度から種子、飲料水にいたるまで、生

存の根幹に関わる資源・社会資本が他国に勝手に売り渡されようと……史上最悪の原発事故に人が落命し続ける状況下、政府と深く結託したシステムが供給する低劣な「娯楽」に大衆の関心が吸引されたまま、主権者自らが嬉嬉として人権を抛棄《ほうき》するという、世界史に類を見ない「改憲」が成立しかねない。国家の諸矛盾を強行突破するための「開戦」の危機も加速度的に高まる今、積年の教育の腐蝕とメディアの頽廃《たいはい》は憤ろしいばかりだ。

「本土決戦」「一億玉砕」のスローガンのもと、本来一九四五年に滅んでいたはずの国は、それから七三年を経て、再度、かくも〝民主的に〟滅びようとしている。そして琉球弧に対する日本政府の態度は、もはや偽りの〝合目的性〟すら取り繕《つくろ》おうともせず、沖縄戦の前夜から米国への「捨て石」とされながら、今にいたるもなお屈服せぬ、まつろわぬ民に加えられる陰湿な見せしめとしての意図もこもる、憎悪に充ち満ちた嗜虐《しぎゃく》的な報復となることだろう。

この年末に至り、メディアがさまざまな事象に「平成最後の」なる枕詞を付しての狂騒が囂《かまびす》しい。人類史から逸脱する特異な国粋主義を集約したかのような時間記述法たる天皇暦――「元号」制度が依然として続くこと自体、理不尽極まりない話だが、そうした中、今般、現天皇が〝天皇として迎える最後の記者会見〟映像が公開された。

会見それ自体は、従来の〝平和を愛し民主主義を尊重する平成天皇〟像の延長上に、それを完結させようとするもので、さまざまに指摘すべき点はある。昭和天皇の戦争責任についての見解表明が、ついになされなかったこと。いま沖縄へ向けて、最後に語られる言葉が、このようなものであって良いのかということ。現代史全般の認識が、あらかじめ自らをその「外部」に置いたもので、日本国家の直接間接の関与がなんら述べられていないこと。東京電力・福島第一原発事故への具体的な言及が

▲ ヴェトナム中部・クアンナム省ハミ村で慰霊碑に線香を手向ける、韓国の諷刺漫画家・高慶日（コ・ギョンイル）さん（1968 年生）。ヴェトナム戦争中の 68 年 2 月 25 日、米国と共に「参戦」していた韓国の海兵隊「青龍部隊」は、この地で女性・老人・子ども 135 人を虐殺した。碑の下には、戦車に轢き潰された村民多数の遺体が、いまもそのまま埋められているという（2018 年 2 月 11 日／撮影・山口泉）

皆無だったこと——。

今年四月の本欄（第二八回）でも記したとおり、二〇一一年三月一六日の天皇の「ビデオ・メッセージ」は、明確に福島第一原発事故を指しての〝第二の玉音放送〟の役割を帯びていた。それを思えば、両者の間の歴然たる差異は、逆に事態のもはや回復不可能な深刻さを物語ってもいよう。

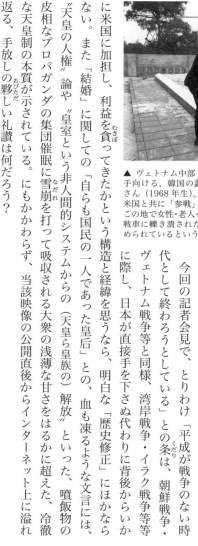

今回の記者会見で、とりわけ「平成が戦争のない時代として終わろうとしている」との条《くだり》は、朝鮮戦争・ヴェトナム戦争等と同様、湾岸戦争・イラク戦争等等に際し、日本が直接手を下さぬ代わりに背後からいかに米国に加担し、利益を貪《むさぼ》ってきたかという構造と経緯を思うなら、明白な「歴史修正」にほかならない。また「結婚」に関しての「自らも国民の一人であった皇后」との、血も凍るような文言には、〝天皇の人権〟論や〝皇室という非人間的システムからの（天皇ら皇族の）解放〟といった、噴飯物の皮相なプロパガンダの集団催眠に雪崩《なだれ》を打って吸収される大衆の浅薄な甘さをはるかに超えた、冷徹な天皇制の本質が示されている。にもかかわらず、当該映像の公開直後からインターネット上に溢れ返る、手放しの夥《おびただ》しい礼讃は何だろう？

かつて二〇〇四年秋の園遊会で、東京都教育委員の任にあった棋士・米長邦雄（この発言の直後の〇五年から一二年まで、日本将棋連盟会長。二〇一三年物故）が「日本中の学校で日の丸を掲揚させ、君が代を歌わせるのが自分の務め」と意気込んでみせたのに対し「強制でないことが望ましい」と天皇が鷹揚に窘《たしな》めたとき「陛下も強制には反対」と快哉《かいさい》を叫んだ〝護憲派〟のおぞましさを、私は繰り返し批判してきた。「強制」ではなく〝自発的に〟それをするようになってしまうということが語られている恐ろしさにすら思いを致さぬ、その想像力・批判精神の貧しさと併せて――。

このたび露呈したのは、くだんの記者会見を〝暴走する安倍政権への牽制〟などと評価し、利用しようとする安直な功利主義が、「象徴」天皇制と「神権」天皇制の二重構造にいかに見事に搦《から》め取られるかという無惨な事実である。さらに、明言されてもいないことを勝手に善意の忖度《そんたく》で楽観的に扮飾し、たちまち判断停止に陥るのも、この国独特の精神風土に由来する、一種奇怪極まりない不気味な傾向だ。

安倍政権への批判はそれなりに、いっぱし口に上《のぼ》せて見せる人びとが、この記者会見に関しては恭《うやうや》しく敬語を用い、いかなる疑問を差し挟むことをも厳として許さぬ相互規制の気分に充ち満ちた「平和天皇」への〝礼讃競争〟に陥っている。そのあまりにも無自覚な「臣民」ぶりのファシズムには、改めてこの国に人間として生きることの困難を覚えざるを得ない。挙句の果てには、ヤマトの側とおぼしき立場からの、現天皇・皇后夫妻に沖縄の反基地闘争現場への「参加」を待望という倒錯的発言にまで接する有り様である。

自らが「個」として自立しないための絶対的な思考停止装置として、天皇制は徹頭徹尾、なんと見事に機能していることか。いま繰り拡げられているのは、民が己の主体性を喪失し、最後は天皇の「仁慈」(竹内好)に守られたいという〝「戦後」民主主義〟の成れの果ての姿なのだ。

〔初出＝『琉球新報』二〇一八年一二月二七日付「文化」面〕

［追記ノート］

本書の第二八信・本文で、私は《天皇とはそれ自体が、終始、変わらず政治的存在なのだ》と記している。自明のことだ。

ところが今般の〝代替わり〟「新元号」狂躁のなかで、いまさら「天皇の政治利用が気になる」など間の抜けたことをうそぶく声が、いわゆる〝リベラル系知識人〟のなかから上がってきたりしている。「戦後民主主義」の──私の用語でいえば〝「戦後」象徴天皇制民主主義〟の功利性の欺瞞が凝集されたがごとき妄言である。この種の人びとが、壮大な欺瞞の延長として、実はもとより自らも信じてなどいない虚構を補完しようとしているのなら、それはあまりに陋劣《ろうれつ》というものだし、もしも本気でそう思い込んだ上で言っているのだとすれば、その愚昧さは度し難い。これと踵《きびす》を接して、たとえば「天皇の人権」だの「天皇制からの皇族の解放を」などという論議がある。そこに加わることができる類の人びとには、「戦後」も終生、「天皇は神か、人間か？」という深い問いを発しつづけた不羈のジャーナリスト・丸山邦男のような、苦く鋭敏な洞察力は、どうやら薬にしたくともないのだろう。

こうした私の天皇制批判・天皇観を前提とした上で──この間の状況、今後の展開を綜合的に判断し、いずれにせよ本書のどこかで述べておく必要のあると考えてきた問題について、以下、簡略に記す。山本太郎さんのことだ。

私の発言を継続的に御覧になってきた方は御存知のとおり、私は現時点にいたるまで、著書でも紙誌への寄稿でもSNS上の発言でも、山本太郎さんを極めて高く評価しつづけてきている。それはそもそも氏が「政界」に入るよりも前、東京電力・福島第一原発事故のまさに直後から敢然と「反原発」の声を上げ、〝政治的発言〟〝社会的発言〟が当然のごとく禁忌とされる日本藝能界での活動がたちまち困難になった、その時期から一貫しての話である。

このかんの事情は、私の『原子野のバッハ――被曝地・東京の三三〇日』（二〇一二年三月一一日／勉誠出版刊）において、第一二五章「俳優・山本太郎さんに告発状」・第一二六章「人命に関わる事柄での非暴力直接行動として」・第一二七章「『正しく偏る』ということ」・第一二八章「山本太郎さんが突出せざるを得ない国、日本」・第一二九章「キム次長と原田左之助とを隔てるもの」……と、同書の三五六頁から三六四頁まで、四六判二段組で正味八ページにわたって詳述したし、それらの「補説ノート」でもさらに二ページを費やしている。なお、もともと同書の基となった私のブログ『精神の戒厳令下に』での当該記事の発表は、二〇一一年九月二一日夜から九月二九日夜にかけてだった。

（――ちなみに前記のうち第一二七章のタイトルに出てくる「正しく偏る」という概念は、本書・前章に記した絵本『さだ子と千羽づる』の最初の日本語版制作過程で、私がSHANTI＝絵本を通して平和を考えるフェリス女学院大学学生有志＝メンバーに繰り返し、説いてきたものでもある）

その後も、二〇一三年一〇月二〇日未明から同二一日夜にかけ、同ブログに発表した『ファシズムの完成を瀬戸際で食い止めるために』全三篇――前篇『「東京五輪成功決議」という踏み絵を踏んだ者たちへ』・中篇『「オールジャパン」大政翼賛国会の醜悪』・後篇『新しい「ゼネスト」の構築は可能か？』をはじめ、実にさまざまな場で、事あるごとに私は山本太郎さんへの評価と支持を表明してきた（この『ファシズムの完成を瀬戸際で食い止めるために』は、その後『辺野古の弁証法――ポスト・フクシマと「沖縄革命」』＝二〇一六年／オーロラ自由アトリエ刊）の第Ⅲ部「二〇一三年〝戦後日本〟の果てに」に収録）。

講演や選挙応援で来沖された御本人とは、二回ほどお会いし、短時間だが、お話している（後述）。そうした全過程を通じ、氏への評価は高まりこそすれ、基本的に揺らぐことがない。なぜか？　その理由は簡単だ。

それはまず、山本太郎さんが本物の危機感を持っているからだ。もはや事態は末期的であり、このままでは遠からず、すべてが間に合わなくなるという必死の――そして現実の度し難さからすれば、当然の――真っ当な危機感を持ち、その上で、懸命の、渾身の努力を、しかも「問題」の勘所を摑む鋭敏な力を携え、正しい方向性において倦《う》むことなく展開しているからだ。それも、虐げられ苦しむ人びとへの深い共感を根底に。

何より重要なのは、山本太郎さんがほんとうに怒り、本気で闘おうとしていることである。

そんなことは議員として――それも国会議員として、主権者国民の負託を受けた者である以上、当然ではないか。……そう、あなたは思うだろうか？

ところが実際には、そうではない。山本太郎さん以外のすべての国会議員は――むろん、個個の程度の差はあるにせよ――彼のようにほんとうに怒り、真剣に闘おうとはしていない。そうする人間的能力が、どこか、根本から欠如している。極右政党の自民から「共産」を党名に掲げる〝左派〟政党に至るまで、真に驚愕し、また恐怖すべきことには、山本太郎さん以外の全国会議員が。

それを何より端的に、最も明白に示したのが――何度も何度も私が書いてきたとおり――二〇一三年一〇月一五日の参議院本会議において、東京電力・福島第一原発事故の事実隠蔽と安倍政権への無批判な迎合、利権構造の欺瞞に満ちた国策幇助の大政翼賛たることを隠しようもない『二〇二〇年東京五輪成功決議』なる代物に、山本太郎さんただ一人が「反対」し、他の衆参全国会議員――すなわち七二二名中、七二一名、日本共産党のそれらまでが、臆面もなくこの悪辣な決議に賛成したという事実である（そもそも一体、これだけの数の国会議員が、日日、何をしているのか？）。

また「特定秘密保護法」や「集団的自衛権」「カジノ法」等、安倍政権の度重なるファッショ法案「可決」に際して、山本太郎さんただ一人が、国会内の悪罵・国会外の嘲弄を一身に受けながら示し続けた「牛歩」する姿も、そうだ。

前述の『二〇二〇年東京五輪成功決議』に反対したという、ただその一事だけでも、山本太郎さんの名前は、日本国の、現段階ですでに息も絶え絶えの「憲政」史に永遠に刻み込まれるに値するだろう。日本共産党をはじめとする「左派」政党は、彼の姿の前に顔を上げることができるか。また、沖縄選出の議員たちは？　だがそれどころか、こうした決議がなされたことも、それに反対したのが山本太郎ただ一人であることを知りさえしないまま、「オール沖縄」系革新議員の応援に熱心に取り組む人びとが存在することにも茫然とする。国会が滅びるわけである。

しかも山本太郎さんの闘いは、それだけではない。ほかにも、二〇一五年七月二九日の参議院平和安全法制特別委員会における〝原発がミサイル攻撃される事態の危険性〟をめぐっての質問、同年八月二六日の同委員会での〝米国による広島・長崎への原爆投下、東京大空襲等が国際法違反の戦争犯罪である疑義〟についての追及、それに先立ってのイラク戦争での米軍の残虐行為に対する質問も。

この最後の質問に関しては、答えを求められた安倍首相は「事実確認のしようがない」「論評は差し控える」と戯《たわ》けた答えに遁《に》げ込んだが、確認できないならば当然、確認のための努力をすべきだろう。そして、それもできないのなら、軍事行動を採り続ける米国との「協力」「協調」など、ただちに凍結すべきだろう。

これらの闘いの果て、二〇一五年九月一九日の『安保法制』採決の際、参議院本会議場に雁首《がんくび》を揃えた全参議院議員――賛成する者はもちろん、反対すると称して、しかし決して真には闘わない者ら――すべてに対し、山本太郎さんが、投票箱の置かれた壇上で、手にした反対票を振りかざしながら、三〇秒以上にわたって叫んだ渾身の言葉はどうか――。

「アメリカと経団連にコントロールされた政治をやめろ！　組織票が欲しいか？　ポジションが欲しいか？　誰のための政治をやっている？　外の声が聞こえないか？　あの声が聞こえないんだったら、政治家なんて辞めた方がいいだろう！　違憲立法してまで、自分が議員でいたいか？」

山本太郎に較べれば、日本の全国会議員は、人間としての魂を喪失した木偶《でく》に見える。なぜ彼ら・彼女らは、ほんの一瞬たりとも、山本太郎のように生きることができないのか？　せっかく選挙で選ばれ、議員として国会に議席を占めながら――。

そのほか、二〇一六年「核実験」をめぐる朝鮮民主主義人民共和国に対しての制裁決議への「棄権」という慎重な原則的姿勢、さらには院外でのさまざまな活動、年末年始の炊き出しや、入国管理センターの視察とその非人道的実態の告発、街頭演説の基本的スタイル……等等、その見事なまでに考え抜かれた判断と、全身全霊を賭しての活動は枚挙にいとまがない。

比較的最近では、二〇一九年二月二六日、《日本母親連盟》西東京地区主催の講演会（くにたち市民芸術小ホール）に招かれた、その席上、おそらくは周到な準備のもとに、当の《日本母親連盟》と右翼団体《倫理法人会》や《日本会議》との関連を明らかにし、現在、新たな国家主義が「3・11」後のこの国の末期的状況のなかで、似而非《えせ》科学や無教養な神秘主義を基盤に、いかにさまざまに伸張してきているかを明らかにした。この壮挙は、もっか、この種の潮流に〝従来「政治」や「社会」に関心を持ってこなかった〟と事もなげに(つまりは悪びれることもなく)告白する「層」が、無防備に、かつ加速度的に取り込まれつつある現実の危うさへの告発として、極めて貴重である(主催者側の立場に立つ人びとは、この山本さんの告発を〝講演テロ〟と誹謗した)。

――ただし、ここでの山本太郎さんの問題提起のなかで唯一、ホメオパシーその他「オルタナティヴ医療」(と、とりあえず概括的に定義しておく)に関しての認識だけは、世界的視野で観た場合には、必ずしも十分ではない。

本来、ヨーロッパを中心に何世紀にもわたり、現在にまできちんと市民社会に根づいた〝真っ当なオルタナティヴ医療としてのホメオパシー(homeopathy)〟は、ここで山本太郎さんが糾弾しているようないかがわしいそれらとは、本来まったく別のものだからだ。これは込み入った論議になるので、ここではあまり立ち入らないが、英国でもフランスでもドイツでも〝まともなホメオパシー〟はすでに市民社会に定着して久しく、その制度の理念的な当否は別にして、フランスではホメオパシーのレメディは医師免許を持つ者が処方することが法律に定められている。また英国全土に展開するドラッグストア・チェーン「ブーツ」(Boots)では、どの店舗にも必ず、ホメオパシーやバッチフラワー(Bach flower)のレメディのコーナーが設置され、人びとがアロパシー(allopathy=従来の西洋医学療法と、便宜的定義しておく)薬を購入するのと同程度か、それ以上の頻度で、こうしたオルタナティヴ医療を日常的に用いていることは、彼地に一度でも行った者にとっては当たり前の光景である。これだけ海外渡航が盛んに行なわれ〝国際交流〟が進んでいるはずの現在、海外の医療事情に関してこうした基本的な情報すら日本に入って来ない事実には、逆にこの国の医療業界・製薬業界・医療機器業界の既得権者らのさまざまな圧力による「情報遮断」をも感ずる。

また、ただし——現状、日本における一部「ホメオパシー」をはじめとする自称〝オルタナティヴ医療〟の一定部分が、山本太郎さんの糾弾するような〝いかがわしさ〟を——しかもまさしく「南京大虐殺」否定論や「従軍慰安婦」とされた女性たちへの誹謗中傷を含んだ歴史修正主義をはじめとする反動性・反社会性を抱え持っていることも、私自身、自らの見聞に即し、全面的に肯《うけが》うことのできる紛れもない事実だ。現状の問題は、日本のそうした擬似〝オルタナティヴ医療〟とその国家主義・ファシズム的神秘主義との習合・癒着であり、私自身、そうした現実をこれまでにも批判してきた。否定されるべきは、日本の歪《いびつ》な精神風土のなかで日本的に変造・歪曲された、悪しき紛い物のそれらなのである。

ともあれ、いまこの時点で、「3・11」東京電力・福島第一原発事故の恐怖に反応し、そこにつけ込む欺瞞に侵蝕されようとする日本社会のかかる部分の危うさにまで、きちんと目配りし、的確な楔《くさび》を打ち込む山本太郎さんの鋭敏な見識と行動力には、改めて讃歎の念を覚える。いかに氏が深く優れた見識と、それをたった一人でも実行する勇気とを兼ね具えた人物か。

「戦後」七十有余年、党利党略やさまざまな思惑に支配されつづける他のいかなる国会議員もなしえなかった、この国の欺瞞を根底から抉《えぐ》り出そうとする参議院議員・山本太郎の思想と行動の意味が、彼のこれだけ渾身の闘いをまのあたりにしても、なお分からないとすれば、それは分からない者たちの帰属する大衆社会があまりにも愚劣だからだ。

安倍政権の広告塔たる秋元康の人権抑圧的アイドル商品タレントや、松本人志に表徴される吉本興業の〝お笑い〟（あれらの何が「面白い」のか？　まこと、人が何で「笑う」かは、真に当人たちの本質的な意味での「知性」を逆照射する）に魂が腐蝕され、システムの意のままに自らがコントロールされているからだ。しかも後者についていえば、吉本興業という、もはやこの国の大衆の感受性を支配する一大帝国は、そのなかにちゃんと一定程度の〝政治批判〟をも――それも決して体制に打撃にはならない程度の匙《さじ》加減で――むしろ真にラディカルなものを駆逐するための悪貨＝贋造品としての使命を帯びさせつつ、すでに配置している。

いま、一人の山本太郎は、現状の腐り切り、死の沈黙に沈み込んだ恥ずべき大政翼賛国会において、無慮、議席数五〇ないし一〇〇以上の「野党」一つに匹敵するか、綜合的には、それをも上回る役割を果たしていると、私は見積もっている。

――実のところ、すでに日本に今なお「野党」が存在しているのかどうか、それすら実は危ういのだが。「共産主義」を標榜しているはずの政党が、しかも天皇制を全肯定し、恬《てん》として恥じることのない、このみすぼらしい悪夢のごとき状況下……。他の議員たちはまさに自己保身、自らの議席と次の選挙のことしか、考えていない。

私が生きる地について見れば、忌憚なく言って「オール沖縄」選出国会議員は例外なく、ただ選挙のとき〝自民党候補を落とす〟ための票の集中先でしかない。それ以外、議員となって以降のまともな活動がなきに等しい（存在感すら感じない）現状と、たった一人で安倍政権と対峙しつづける山本太郎さんとでは、あまりにも議員としても人間としても次元が違いすぎる。このかん私自身も、まさか自民党候補を当選させるわけにはいかないという苦渋の消去法的選択から、怒りと侮蔑を押し殺して、やむなく「オール沖縄」候補に票を投じているだけである。

もとより資質の問題もあるかもしれないにせよ、彼らには、山本太郎さんのような闘いをしようという努力の影すら見えない。そして主権者県民もまた、そうした議員たちの姿に異様なほど共犯的に寛容である。あの、国会議員として以前に人間として絶望的な「東京五輪成功決議」に対しての態度の評価を含めて。

それらのなかには、私が立候補前に個人的に面談を申し入れ、委曲を尽くした提言とともに支援した議員もいる。いま何をしているのか。この安倍ファシズムに支配された国会のなかで、いるのかいないのか、まったく影が薄い。ただ選挙の時、自らの選挙区で議員になるだけで終わっている。何のために議員になったのか、現状の危機への見識と闘う覚悟がない。失望というより、その定見・見識のなさと、主体性・勇気の欠如に烈しい憤りを覚える。にもかかわらず、それらの人びとは結局、何ら結果を出さずとも、何をしなくても支持され続けていることを、本人もまた知悉しているという印象も受ける。議員であることが自己目的化している。

話を山本太郎さんに戻せば、氏の政治活動の出発点となった東京電力・福島第一原発事故の影響への真摯な対応もまた、一歩も後退してはいない。この問題をめぐっても、衆参全国会議員の誰一人、彼に匹敵する真の危機感を持っていない（その鈍感ぶりの投影こそが、まさしく二〇一三年一〇月一五日の『二〇二〇年東京五輪成功決議』への恥ずべき賛同でもあるのだが）。

岸信介や正力松太郎、中曾根康弘らが『原子力基本法』という〝対米共犯関係〟のもと、推進した、おぞましい「核」政策の結果、この日本国中に五四基もの商業用巨大原子炉が林立し、そして岸の孫であるという、まさにその封建遺制の係累性だけを〝理由〟として内閣総理大臣に就任した、かくも愚昧と無教養の極みの安倍晋三の「予備電源」否定が、とりもなおさず最終的な〝引き鉄《がね》〟となって惹き起こされた——チェルノブイリ原子力発電所事故を数倍上回る「核破局」こそが、東京電力・福島第一原発事故にほかならない。しかもこの過酷事故の実態は、いまこの瞬間にもなお、民主党の菅直人・枝野幸男・野田佳彦らの無能と陋劣《ろうれつ》によって、平然と政権に復位するレールの敷かれた当の主犯・安倍晋三自身が、徹底的に隠蔽しつづけている——。

他のいっさいを超え、もはやもちろんこの国の滅亡を現在確実に進行させていることはもとより、さらには東アジア圏、ひいては北半球一帯に深刻な影響を与えかねない、この人類史上最悪の終末的破局に対し、現存の日本国・国会議員で、真に最後まで闘う覚悟のあるのは山本太郎さんだけなのだ。また近年の氏の提唱する経済政策——単なる〝ポーズ〟では決してない現実変革のヴィジョンの的確さにも、まことに瞠目《どうもく》すべきものがある。現在、この分野をはじめ、相当程度に優秀な〝ブレーン〟、スタッフが山本太郎さんのまわりには結集していることが窺われるが、それもまたそうした人びとを集める力量があってこその結果であり、その力量は政治家として必須のものだ。同時に、それら優秀な人びとが、同様の危機意識に衝《つ》き動かされ、いま自らの識見や経験、能力を活かす最善の選択として、山本太郎さんを支えようとしているのだろうことも、想像に難くない。

ところで不思議なのは、事ほどさように、このただ一人、真に怒り、的確に問題を剔抉し、渾身の闘いを続けている——私見では、現在の日本の全国会議員のなかで最も真摯な、かつ卓越した人物である山本太郎さんに関して、にもかかわらずその価値が必ずしも正当に評価されているとは考えにくい印象を受ける場合が、ままあることだ。それも、私が別の意味で評価し、ないしは敬意を払う——およそ今日の日本においては、明らかに相対的に真っ当な方のなかにも山本太郎さんに対する強い批判や拒絶が、時に見受けられる。

私見では現時点までに、そうした方がたが問題とするのは特に二点——第一に、二〇一三年一〇月三一日の「園遊会」において明仁天皇に、東京電力・福島第一原発事故の実態を訴える書翰を手交した件と、第二に、今般、氏が立ち上げた「政治グループ」の名称に〝新元号〟が用いられている件だろう。それらがいずれも「天皇」および「天皇制」と関わることが、山本太郎さんの評価をめぐる問題を本章の「追記ノート」で取り上げる所以《ゆえん》である。

とはいえ、これらの問題に関して、私が連綿と述べるべきことは、実はあまりない。繰り返すが、私自身は天皇制を否定するものであり、またこれまでのそれらに対してと同様〝新元号〟とやらを用いるつもりはまったくない。目にするのも不快なほどである。

その上で記すと、まず前者の「園遊会」での書翰手渡し問題に関しては、たしか二〇一四年か一五年の秋、山本さんが宜野湾で行なった講演の終了後、初対面の挨拶とともに、少し、お話した。御本人にしてみれば、すでにさんざん言われてきたことでもあろうが、田中正造の「足尾鉱毒」問題〝直訴〟事件等との関連の上で。私がお伝えしたのは、私自らは「天皇」および「天皇制」を根本的に認めないが、ただし、かかる挙に及んだ山本太郎さんの危機意識の切実さはあくまで「理解」する立場であること。そして現にこうした〝反響〟を喚起した氏の方法論のしたたかさも感ずること——。

付随して言うなら、天皇なる〝機関〟（美濃部達吉）の位置づけが『大日本帝国憲法』下のそれとはまったく異なるではないか……云云と、明仁天皇に関して定義し、山本太郎さんの行動の〝誤り〟を指摘しようとする類の論者は、そもそも『日本国憲法』における「象徴」天皇制の二重基準的原理そのものの欺瞞、国民主権と並立される「国民統合の象徴」の曖昧さと、現にこの国の全領域・全事象に、その「戦後」なる時代区分において最も「天皇」および「天皇制」の支配力が相対的に弱まった時においてすら、いかに根深く骨の髄にまで喰い入り民心を蝕《むしば》んでいたかに思いを致し、山本太郎さんの挙が副次的には、そうした現実の真の姿を照射する作用を帯びていることにも気づくべきだろう。

もちろん、かねて形骸化している『日本国憲法』の空文性を、この山本太郎さんの行為がいっそう加速させたという批判なら、一定程度、検討されることも無意味ではないかもしれない。しかしそうであったとしても、この問題の本質はすでに別の次元で、もっとはるかに早期から、実は決しているのであり、私は山本さんの行為は、そうした現実総体の「確認」の作業でもあったと考えている。

なお、これは最終的には当然〝「護憲」天皇制民主主義は、果たして狭義の「護憲」に関して（すら）有効か？〟という問題にも繋がってゆくことだろう。現にその種の「護憲」論者は山のようにいる。ただし私には、実は山本太郎さんの理念が最終的に、私の言う「護憲」天皇制民主主義に等しいものだと言い切ってしまうことにも、なお留保すべき部分があるのではないかとの予感もあるのだ。氏の理念は本来、もう少し「民主主義」の本質に近いものなのではないか、と。

次に山本太郎さんにお会いしたのは二〇一六年の一月、宜野湾市長選挙に際し、志村恵一郎候補の応援に来沖されたときである。冷え込みの増す雨もよいの宵、同候補の選対本部で、すでにとっぷりと暮れた外回りの演説から帰ってきた氏と簡単に久闊《きゅうかつ》を叙し、短いやりとりをした。

——そして今回、山本さんが新たに「政治グループ」を立ち上げたとの報に接した次第である。

最初、その名称を耳にしたとき——忌憚なく言って私も〝誰か、止める人間はいなかったのか？〟との思いが、一瞬、脳裡をよぎった。今までの彼の支持者を分断し（さらに言うなら、最も心ある支持者に余分な負担を強い）た上、せっかくの彼の政治家としての途方もない可能性を自ら狭めるのではないか、〝大衆性の獲得〟というものを読み違えているのではないか……と。

山本太郎さんもまた、日本社会党や〝リベラリズム〟メディア等等が嵌《は》まり込んできた陥穽に陥ってしまったのではないか。新しい支持は増えず、これまでの味方は離れる。敵は冷笑する。たかが「名称」一つでここまでの「損」をするのは、あまりに短慮ではないか——と。そして万が一にも、本人にとってそれが単に「名称」以上の意味を持つのであるなら、さらに話は別になってくる、とも。

しかしながら、その後さらに思いをめぐらし、とりわけこの問題に関して氏自身が各地の街頭演説で支持者の質問に答える説明を確認するにつれ、私の考えは変わってきた。

この点について、記者会見等で意図として語られている山本さんなりの〝深慮遠謀〟の説明は、まだ必ずしも説得的ではない。だが支持者とのやりとり（こうした「対話」を通じて自らの意図を広く共有しようとする彼の姿勢は、まさしく「民主主義」そのものだ）に接すると、実は「新元号」狂躁のファシズムがここまで一気に全土を覆っているこの国の現実のなかで、実際の「変革」がいかにして可能かという氏の必死の模索の結果が、当然、多くの非難が寄せられることは承知の上でその「グループ」名に「新元号」を冠し、また自らの〝出世作〟となったNHK大河ドラマ（私も、山本太郎さんの存在はそれで知った）の徳川時代末期の治安警察隊という、普通なら、なかなかプラスに作用するとは考えにくい〝時代錯誤〟的な命名に至ったのかもしれないと、まず——。

山本太郎さん自身は口が裂けてもそうは言わないだろうし、また事実、彼の頭の中には露ほどもそんな見解がないだろうとも私は推測するが、私自身からすれば（これはあくまで、私自身の見解である）、現状のこの国は、いまだ、今回、山本太郎さんが命名した「グループ」名が、総体としては有効な段階にあるのかもしれない（こうした判断に「大衆蔑視」の匂いが、少なくとも山本太郎さん自身には皆無であることも、私は承知している。なんとなれば彼自身が、自分は大衆の一員だと自己規定するだろうから)。高邁な〝理想主義〟、硬直した〝教条主義〟では、もはや目睫《もくしょう》の間《かん》に迫った安倍ファシスト政権の「改憲」に到底、間に合わないという、ここまで真に闘ってき、そして今後も闘う人としての必死懸命の覚悟が、氏にこの「グループ」名を選ばせたのだ、と。

現に氏自身の発言のなかで「消費税」や「景気回復」を最優先課題として出していることをめぐっては「護憲」や「反戦」「平和」の理念では人が動かない、との苦渋に満ちた述懐も漏らされている。だが、併せて山本太郎さんの掲げる八項目の政策提言(原発即時廃止・被曝阻止、辺野古新基地建設中止、消費税廃止、全国一律最低賃金補償、第一次産業保護、安倍政権下で作られた悪法の数かずの廃止……等等)の的確さ、鋭敏さ、誠実さはどうだ? 喫緊の短期的なものから、中・長期的なものまで、これならこの死に瀕した国をも、あるいは緊急救命し、蘇生させることが(もしかしたら)できるかもしれないという、一縷《いちる》の望みの残された僅かな可能性をすら、精確にそれらは示している。そして何より、「政権」を取ったら直ちに実行すると彼が提示した構想に対する、山本太郎ただ一人に向けた国家権力の重層的な攻撃の凄まじさが、「敵」側の恐れを物語っている。インターネット上でのさまざまな誹謗中傷、なんとか彼の〝イメージ〟を毀損しようという、いじましい工作も、それに連なるものだろう。

その一方、より真っ当な知性を具《そな》え、先に私が試みに挙げたような論拠から今回の山本太郎さんの決断を批判し、彼に背を向けようとする人は、おそらく現在の日本の大衆社会の、ほぼ生体反応を喪失した末期的状態の深刻さが、残念ながら分かっていないのではないだろうか。そして、東京電力・福島第一原発事故の現状がどれほど絶望的・終末的なものか、それをしかも当の事故の「主犯」たる安倍晋三の政権が、いかに「亡国」「棄民」そのものの隠蔽と目眩《めくらま》しで〝行けるところまで行〟こうとしているか――が。

いま、もし山本太郎を見棄てるなら、それはすなわち「議会制民主主義」を見棄てるに等しい。そして日本の救出は、もはや完全に諦められるほかない（実際問題として、冷静客観的に観れば、東京電力・福島第一原発事故の現状だけでも、すでに恢復は限りなく困難ではあるのだが――）。

それにしても「名称」一つでこれだけの論議を喚んでいる事態も、凄いといえば凄い。その意味では、すでに事柄の第一段階では、山本太郎さんの意図は奏功している、とも言えるのか。

本稿を綴っている時点で、既に衆議院は「全会一致」で新天皇の即位「賀詞」を議決した。共産党もそこに名を連ねたことを右派メディアは嘲弄を込めて大大的に書き立てている。無様の極みである。まもなく参議院でも行なわれるそれには、山本太郎さんも（おそらく）加わることだろう。その点、基本的・根本的に天皇制を否定する私とは、立場を異にする。ただ、それには私は驚かないし、とりあえず非難もしない。そもそも氏の理念・世界観においては、とりあえず「天皇制」は容認されていてもおかしくないのであり、むしろそれが彼の考える「公約」実現のための〝早道〟で、安倍ファシズムを止める方法だと位置づけられているとしたら、これを拒む理由がないからだ。

そして人は他者に、もとよりすべての点にわたって、自らと同じ考えを要求することはできない。しかも現職国会議員として「政治」の現実性に対する山本太郎さんの判断が極めて真摯なものであることも、ここまで述べてきたとおりだ。天皇制の問題は、人間として――とりわけ日本人として、根本的な事柄ではあるが、少なくとも現時点で山本太郎さんの姿勢は、それを以て私が自ら氏と袂を分かつべき、容認しようのない決定的なものとは考えない。ただし、むろん今後にそうした事態が出来《しゅったい》する可能性が絶無ではないが。

それよりも問題とされるべきは〝天皇代替り〟「新元号」狂躁の現在、「共産主義」を標榜してきたはずの政党が、平然とそれらを全容認している惨状だろう。これは、山本太郎さんの場合とは根本的に異なる、紛れもない「変節」「転向」そのものだ。むろん——少なくとも「戦後」の日本共産党とは、所詮〝日本の共産党〟の謂《い》いであり、つまるところそれは、一種独自のナショナリズムに涵《ひた》された〝愛国主義共産党〟に過ぎず、普遍的共産主義とも社会主義とも無縁だと——またその歴代トップは、東京大学というこの国の愚劣な「教育」ヒエラルキーの頂点に君臨する〝権威〟の出身者によって継承されてきた官僚主義政党なのだとも、言ってしまえばそれまでのことではあるにせよ。

《風薫るよき日に》《御即位》《御代の末永き弥栄》《国民を代表して》《慎んで慶祝》——。脳に蕁麻疹《じんましん》の出るような、こうしたおぞましい文言の連なる即位「賀詞」とやらに平然と「賛成」した上、《天皇の制度というのは憲法上の制度です。この制度に基づいて新しい方が天皇に即位したのですから、祝意を示すことは当然だと考えています。私も談話で祝意を述べました。国会としても祝意を示すことは当然だと考えます》(志位和夫・日本共産党委員長/『しんぶん赤旗』電子版・二〇一九年五月一〇日付)と、この引いた部分に四つしかないセンテンスの一文ごとに、途方もない飛躍の続く強弁をぬけぬけとうそぶく。諂《へつら》いと転向そのものの姿。自らが嫌にならないか。

かつて日本の魯迅研究の第一人者が、六〇年安保に遡ること一〇年という段階で、いち早くこの「党」に対し提示してきた疑義が、いま改めて、またしてもその先見性を明らかにする。

《日本共産党にたいする私の不満をつきつめていくと、それは結局、日本共産党が日本の革命を主題にしていない、ということに行きつくのではないかと思う》(竹内好「日本共産党批判 一」一九五〇年)

中野重治、山代巴、黒田喜夫をはじめ、「戦後」日本で私の評価する——ないしは畏敬する文学者らもすべて、最終的にはこの党から「除名」され、もしくは離れてきた。百歩譲っても、もはや現・日本共産党は「戦前」「戦中」からの党としての連続性・人格的同一性を主張する資格は完全に喪失したと、私は考える。現執行部は、その倫理性・人間性において破綻している。党史に恥じ、小林多喜二をはじめ『治安維持法』下で闘い、落命してきたすべての男女先達党員に恥じるべきである。今回の〝天皇代替り〟に際しての同党の態度が、遠からず日本型ナチズムたる安倍晋三のファシズム大政翼賛の一角を担う――もしくはそこに参与しようとして結局のところ無様に切り捨てられ滅ぼされる――手始めとならないことを願うばかりである（とでも締め括るしか、言いようがない）。

むろん山本太郎さんとて、完璧なわけではない。現時点で私から見て相対的に脆弱と感ずるのは、二点ほど――一つは既述のとおり「天皇」と「天皇制」に関する問題であり、もう一つは氏の対外的感覚――とりわけアジア圏全体の歴史的構図のなかで日本を捉えるという視座の構築が、まだ必ずしも十分ではないことだ。それが、急速に階級再編成が進む日本社会のなかで「弱者」の側に立とうとする氏の基本的姿勢とも相俟《あいま》って、時として「排外主義」的と論難される側面にも繋がっている。

ただし、これに関してすら、たとえば「核実験」に対しての対朝鮮民主主義人民共和国「制裁」をめぐる慎重な留保や、入管センターへ赴いた上での、滞留外国人への非人道的処遇への告発はじめ、山本太郎さんが自ら素手で掘り抜き、探り当ててきた問題に関しては、鋭敏な、他のすべての国会議員と次元を異にする誠意に満ちた対応が展開されている。

現状で山本太郎さんに足りないものがあると感じたら、必要なのはそれに気づいた側がそのつど建設的提言をし、私たちの議員としてさらに相応しいありようへと彼を高めてゆくことだ。むろんそれが、最初から彼の存在や活動を全否定する理由になるはずもない。

私自身は、さしあたって山本太郎さんには、安倍首相の「原発予備電源の必要性否定」（二〇〇六年一二月二二日・衆議院本会議／吉井英勝議員＝日本共産党＝の質問に対し）が、その四年余り後に、まさに危惧されたとおりの機序で東京電力・福島第一原発事故を惹き起こしたことの歴史的責任を、安倍の政治生命を断つ段階まで、さらに告発・糾弾しつづけてほしいと望んでいる。

――付言すると、前段で私が批判した、時を追うに従いその「堕落」ぶりが著しい日本共産党のなかで、数少ない先見性と誠実を兼備した、その吉井議員の歴史的告発は、同党が本気で安倍政権を打倒する気があるなら、これ以上ないほどの追及の「武器」となるはずである。にもかかわらず、奇妙なことに同党はそれを一切、用いようとはせず、逆に当の吉井議員は「3・11」からほどなく、まさに同議員の真価が発揮されるべき段階で、まだ六十代の終わりだったというのに「勇退」が発表されてしまった。日本共産党は一体、何をしているのだろう？

冒頭に記した『原子野のバッハ』所収の五章のうち、最後の第一二九章「キム次長と原田左之助とを隔てるもの」は、二〇〇八年八月一〇日、東京で「反靖国」のデモに参加した際、韓国から来日中の俳優・権海孝《クォンヘヒョ》さんと御一緒したエピソード（小文『「出る杭は打たれる」国の抑圧を超えて』／『週刊金曜日』二〇〇八年一〇月一〇日号）から書き起こされる。

周知のとおり、日本でも一世を風靡《ふうび》した〝韓流ドラマ〟『冬のソナタ《ふゆソナ》』（原題『冬の恋歌《キョウレヨンガ》』）で、主役の裵勇浚《ペヨンヂュン》の精神的支柱となる側近「キム次長」を演じ、裵勇浚に優るとも劣らぬ魅力を発揮したこの名優は、かねてさまざまな政治的・社会的問題にも活潑に発言し、さらに韓国に根深い家父長制・男権社会への批判でも知られている。

そもそもの小文は、この權海孝さんの生き方と、二〇一一年「3・11」東京電力・福島第一原発事故をきっかけに「反原発」の声を上げ、現代日本の藝能人として空前の活動を展開するに至った山本太郎さんを、しかしなお取り巻く偏見や抑圧とを比較して、韓日の社会の隔絶を論じたものだった。

だが私がNHK大河ドラマ『新選組！』（二〇〇四年／脚本・三谷幸喜）で種田流槍術の手だれの十番隊隊長として存在を認識したこの時点から、山本太郎さんはさらに見事な自己展開を見せ、本稿に記したような存在となった。一方、權海孝さんも同様の持続的展開を続け、近年では本書・第三五信に記した「朝鮮学校」への支援活動でも広く知られている。日本の在日民族教育への共感を通じ、南北の平和統一のヴィジョンを膨らませるという氏の営為には、日本人として深く敬意と感謝を覚える。

その「底本」となるブログ『精神の戒厳令下に』での発信をしたときはもとより、関連五篇を『原子野のバッハ』に収録した段階でもなお、その後の山本太郎さんが、かくも見事な自己展開を遂げるとは、私自身、予想していなかった。山本太郎さんのここまでの歩みは、「3・11」以後のこの国の惨憺たる歴史のなかで、疑いなく最も尊いものの一つだろう。

闘う気のない腰抜け・腑抜け・卑怯者が、山本太郎を嗤《わら》う。ないしは罵倒する。さらに心の底で、自らの無様さと引き比べ、嫉妬し、憎悪する……。

だが、いずれにせよ、いま日本国会に一人、山本太郎が存在することは、瀕死のこの国の議会制民主主義の稀有の希望なのだ。そして私は、この度し難い日本で、現在の韓国における文在寅《ムンヂェイン》大統領に当たる存在と成り得る政治家が現われるとしたら、それに最も近い位置にいるのが山本太郎さんであることを疑っていない。

［追記ノートへの追記］

前段で触れた参議院での新天皇即位「賀詞」が、五月一五日「全会一致」で議決された。つまり、山本太郎議員の反対はない。そして——詳細を確認し、私は改めて強い感銘に揺さぶられている。それは参議院の「賀詞」が、極めて重要な点で衆議院のそれとは文言を異にするものとなったからだ。

衆議院・新天皇即位「賀詞」《令和の御代の末永き弥栄をお祈り申し上げます》
参議院・新天皇即位「賀詞」《令和の時代が悠久の歴史に新たな希望と光を添えるものとなりますよう 心からお祈り申し上げます》

この違い——。これを私は、参議院には山本太郎さんが存在したからだと「推測」する。衆議院のあの恥知らずな「賀詞」に賛同した上、機関紙で党首が言い訳までする政党の力ではなく、より根源的な部分で。これは、必要とあらば天皇に書翰を手交することすら辞さなかった、真に闘う覚悟を持つ、たった一人の〝厄介な〟国会議員在が、素手で問題を掘り下げ、状況を喰い止め、結果として全体をも巻き込んで形成した阻止線ではないかと、経緯の構図全体を「推測」している。

明らかに、ここでの対応次第では、この国で政治家としての山本太郎氏をめぐる状況は一気に終局へと突入してしまう。またしかも、自ら「政治グループ名」に冠した語を、彼が否定する理由はない。だが「賀詞」で「御代」と言ってしまうか、「時代」に留めるか。「時代」はなお時間区分だが、「御代」だの「世」だのは存在する世界全体の支配である。《末永き弥栄》は言わずもがな。私はこの衆参両院の間の異例の違いを、院内の状況における、ひとり山本太郎という議員の存在と結びつけて「推測」し、彼の底知れぬ叡知と勇気、理想主義と現実性の両面を見極める資質に、改めて感嘆する。

Ⅳ　二〇一九年

第三七信　後退の「歴史」を噛みしめながらも次善の打開策へ
ファシズムの汚染水を食い止め〝究極の県民投票〟をも視野に

年末年始、ニュージーランドを訪ねていた。環太平洋圏の南端への地理的な関心もさることながら、原住民族マオリと白人、さらにさまざまな移住者の暮らす姿を、直接、確かめたかったからだ。こうした多民族社会には、かねて欧州でもある程度、接してきたが、今回のニュージーランドでは、それ以上に「共生」が成熟している印象は受けた。むろん、ごく短期の旅行者の瞥見《べっけん》には過ぎないものの、帰沖後に知遇を得た南アフリカ出身の方も、私のこの判断は肯《うけが》ってくれた。

滞在したオークランド市の中心部、死火山がそのまま公園となったマウント・イーデンでは、偶然、駐車場で隣り合ったレンタカー（日本製）に、私も沖縄で用いているのとそっくり同じ「辺野古新基地反対！」のステッカーが、複数、貼られているではないか。真新しいものではない。どんな事情によるのか、いずれにせよ旧知と再会したかのように感激する私を訝《いぶか》る借り手のアジア系観光客に、これは沖縄の反基地運動の訴えである旨を簡略に解説した。

もとより市民権を得るのは容易ではない、だがそれを取得しさえすれば差別はない——。そう断言したのは、お子さんたちの教育のため移住を決断したというパキスタン出身のタクシー運転手だった。日本が好きだという彼は、東京電力・福島第一原発事故についても、一定の知識を持っていた。

現在の安倍政権は凄まじい独裁を進めているのだと伝えたら「その首相は選挙で選ばれたんじゃないのか？　王が指名でもしたのか？」と問い返される。あまりにも真っ当な疑問に、小選挙区制と投票率の低さ、国民の政治への無関心……等を説明したが、相手はしきりに首を捻《ひね》っていた。

何から糾問《きゅうもん》してゆけば良いのか。安倍政権の欺瞞と横暴は、本欄でも数限りなく取り上げてきたが、首相・副首相・官房長官から、各閣僚、若手の〝親衛隊〟的議員まで、極右政府・政党ならではの常軌を逸した言動が、日ごと、深刻化し、日常茶飯事となってゆく。いずれも、かつてはそれだけで内閣総辞職に至ってもおかしくなかったろうものばかりだ。

ところで、よしんば理念や道義は喪失していても、自らの〝損得〟にだけは、この国の大衆は依然、敏感に反応するものと、私は思っていた。だが消費税率一〇％が目前に迫り、営営と支払い続けてきた年金すら還元されないかもしれぬという状態のまま、米国からの武器購入と首相夫妻の豪遊を兼ねた卑屈な〝ばらまき外交〟に貴重な財源が〝湯水のごとく〟蕩尽されつづけているというのに、いっこうに主権者は反応しようとしない。いよいよ社会が、死の淵にまで来ているようだ。

言葉と思想を腐蝕させ、人間の苦しみや怒りを愚弄する最低の政権に、野党もメディアも迎合する。デモ行進やハンガー・ストライキという、民主主義の当然の意思表示として尊重されるべき手段に対し、あろうことか「テロ」などという倒錯した誹謗《ひぼう》を加えて平然としている没論理の卑劣な権力者やそれに諂《へつら》う者たちに横領された国では、唯唯諾諾《いいだくだく》と政府の言うなりに生き、死ぬ国民のみが〝善良〟とされるのだろう。奴隷国家である。

今月二一日、東洋大学(東京都)で文学部哲学科四年生の船橋秀人《しゅうと》さんが「竹中平蔵による授業反対！」の手作りの立て看板と、委曲を尽くしたビラで、単身、今日の日本の格差社会・経済的惨状を招いた

〝新自由主義〟の元兇たる人物の招聘《しょうへい》に抗議する、大学運営批判を行なった。むしろその知性と勇気が賞讃こそされるべき学生の行動に、ところが大学当局は一方的な恫喝・弾圧を加えたのだ。

社会のあらゆる領域に、とめどない激流となって流れ込むファシズムの汚染水を、いま、ぎりぎりの局面で、なんとしても防ぎ止めねばならない。

そして「県民投票」である――。もともと二〇一四年一一月、現職の仲井眞弘多知事に一〇万票という圧倒的大差をつけて圧勝した県知事選後、翁長雄志・新知事により「辺野古埋め立て承認」撤回が速やかになされていさえすれば、少なくともこれは本来、まったく不要な手続きだったはずだ。大体、その二〇一四年県知事選において「県民投票」は、翁長氏ではなく、三位で落選した下地幹郎候補の「公約」だったではないか。

ところが翁長知事は最後の段階まで撤回を持ち越し、しかも、にもかかわらず「歴史」が連続性において捉えられることなく情緒に流れる精神風土のなかで、現在の苦難をもたらした過程への検証は完全に禁忌とされ、沖縄社会は深刻な判断停止に陥っている。この「承認撤回」の遅延と、二〇一七年の宮古島市長選における「オール沖縄」国会議員らにより仕掛けられた不見識な分裂選挙の結果が、琉球弧現代史の二大痛恨事として記されることのないよう、私たちは力を尽くすしかない。

もっか、玉城デニー知事の直面する困難を思えば、翁長県政時代なら、本来、主権者との信義則における道義上からも絶対になされてはならなかった「県民投票」が、しかし不可避的に別の意味を帯びつつあることは推測できる（「理解する」とは、言わない）。

何より、それが既に実施されることになってしまった以上、私たちはその来たる「県民投票」でも、またしても「埋立反対」を貫くほかはない。「白票」という意思表示があり得たにもかかわらず、当初の〝二択〟が、このかん沖縄・宜野湾・うるま・宮古島・石垣の五市長の反対により〝代案としての三択〟という重大な後退・変質に至った危うさにも細心の注意を払いながら、単に〝マイナスをゼロに戻す〟以上の奇蹟的な力業を達成せざるを得ないのだ。

ところで私には、いま一つ、やがて要請されるであろう〝究極の県民投票〟の予感もある。現状の日本社会の仮死状態に照らせば、安倍政権はそのファシズムの完成のため、これからもたえず衆議院解散の機会を窺《うかが》うだろう。遅くとも本年七月の参院選が「衆参同日選挙」に持ち込まれる可能性は決して低くなく、さらに言うなら最悪の場合、それが「緊急事態条項」等を含む「憲法改正」の「国民投票」と連動してゆく虞《おそれ》もある。その時、安倍政権が電通その他の宣伝機関を総動員する宣伝は、いかに途方もないものとなるか——。三選をめざした大田昌秀知事が、稲嶺恵一陣営による「県政不況」の一大キャンペーンに破れた一九九八年県知事選とも桁違いの、悪夢のごとき事態が日本全土に現出するはずだ。

だが沖縄の「本土復帰」とは、そもそも現行『日本国憲法』が「国民の不断の努力によつて」(『日本国憲法』第一二条)堅守されているはずの日本国家へのそれだったのではないか。だとすれば、考え得る最悪の展開に際しては、その現行憲法を進んで、むざむざ棄てようとする日本に対し、琉球弧が衷心《ちゅうしん》からの警告と、自ら進むべき道の意思表示として為す、真の意味での「県民投票」はあり得るかもしれない。——そう、私は考えている。

なお本連載は三月末で終了する運びとなった。状況が極めて緊迫している中、慌ただしい走り書きとなるかもしれないが、あと二回、山積する厖大な問題の確認におつきあいいただければ幸いである。

〔初出＝『琉球新報』二〇一九年一月三一日付「文化」面〕

〔追記ノート〕

改めて記すまでもなく、もともとイギリス連邦の国国に対しては、その帝国主義的・植民地主義的な成り立ちに関して、私のなかでは一つの留保がある。しかしながらそれは「近代日本」も同様か、それ以上（以下？）の負性を帯びた問題だし、琉球弧を含むアジア圏への歴史的責任の自覚と履行という観点からすれば、安倍政権に支配された現在、ひときわ根深い犯罪性をますます深刻化させていることは、本書をはじめとして私自身もこれまで、縷縷《るる》、述べてきたとおりだ。

英連邦の諸国の現代の状況をめぐっては、かつて埴谷雄高と対談した折り、『死霊』の文豪が、ネルソン・マンデラに指導された南アフリカに関して、黒人と白人の「共生」「共存」に、私が最初、聞かされた瞬間には〝あまりに楽観的すぎるのでは〟とも感じた評価を述べていたことを思い出す。

この『「新しい中世」がやってきた！』（一九九四年／岩波書店刊）での「巻末解説」対談『預言者の運命』（一九九四年五月一一日、埴谷邸にて収録）は、当時、同書にまとめられることになった『新しい中世の始まりにあたって』（月刊『世界』一九九二年四月号〜一二月号連載／私自身は、いまもこの初出の題名の方に愛着がある）を愛読してくれていたという埴谷が、おそらくは同書の売れ行きを気遣って——というより、まず版元がこの作品をより積極的に刊行するための〝後押し〟の意味を込めて——自ら、私の担当編集者だった岡本厚氏や社長（当時）の故・安江良介さんに申し出てくれたものだった。

これはその後、何年かに一度、ふと読み返すたび、埴谷がその後の私の営為に向けて、相当程度に深い示唆と励ましを与えてくれていたことに気づく、という、まさに「預言」的性格の対談でもあるのだが（……それにしても、あの収録からすでに四半世紀が経過したことに、まず茫然とする）、この南アフリカに対する見解も、当時は私自身〃楽観的〃と感じたそれが、だがさらに長い歴史的スパンでは〃結局、そうした方向性で捉えるしかない〃というものの一つではないか、という気もしてきてはいる。

ただし、もともと埴谷雄高の思想のなかにも、全体として見たとき、いくつかの弱点はあって、顕著なものとしては性差別への自覚の弱さや科学技術の「進歩」への過分な評価が直ちに思い浮かぶが、植民地主義の問題も同様の性格を持ってはいることも確認しておかねばならない。何より埴谷自身が当時の植民地台湾で生まれ育った背景を持ち、また『死霊』という、少なくとも第三章――もしかしたら第四章まではすこぶる魅力的な小説のなかでも、在日朝鮮人の造形をはじめとして、さらに検討の余地は残している（私の在日の知己の一人で、いち早くこの問題に着目していた人物もいた）。

その南アフリカについても本文中で簡略に触れたが、今般、赴いたニュージーランドは、何はともあれ〃世界史上初めて在任中に出産、産休を取得した〃現首相ジャシンダ・アーダーン氏の生き方、「自由」や「平等」に関する世界観が――情報として伝えられる限りにおいて――まことに好もしい。そして、それを当然のごとく受け容れ、慶賀する国民のありようも、また（抜き難くミソジニー＝「女性憎悪」「女性蔑視」の渦巻く現状の日本では、何重もの意味で想像を絶することだろう）。

もとより、これらはなお、人が真の「自由」へと接近する途上の出来事ではあるにせよ、人類がいましばらくは「国家」というシステムを揚棄（Aufheben）できないとすれば、このありようはそうした中で、より「自由」へと向かい、さらには「国家」システムそのものをいっそう柔らかく相対化・「解体」してゆくプロセスの一過程とも見ることはできるかもしれない。

周知のようにニュージーランドは、原発を一基も持たず、必要電力の八〇%を「自然エネルギー」で賄《まかな》っているという——また食料自給率が三〇〇%に達する第一次産業を擁するという国である。さまざまな意味で〝世界最低の国〟日本（ひとえに安倍政権のせいでそれすら急速に滅びつつあるとはいえ、なおまだ国家総体としては〝上位〟にランクされるらしい瞬間風速的な意味での「経済」だの、表面上の「治安」だのといった点に関してではなく——より根源的な人間性の本質の次元において）に繋ぎ止められている者として、ただただ溜め息が出るばかりだ。

その国で、しかも今回、ムスリム系移民に対する、オーストラリア国籍の「白人優越主義者」（と報じられる）による、陰惨を極めた兇行が行なわれた。私はその構造的背景に、アーダーン政権の理想主義に対しての、さらに巨きな根深い攻撃の意図をも疑っているが、犠牲者を哀悼するとともに、この難局に際して、一九八〇年生まれの若い首相が、あくまで「多様性国家」の理念を手放さず、国民と手を携え、情理を尽くして誠実に立ち向かう姿には、改めて強烈な感銘を覚える。

前述の埴谷雄高と私の対談は『「新しい中世」がやってきた！』のほか、埴谷のエッセイ・対談シリーズの一冊『超時と没我』（一九九六年／未来社刊）、『埴谷雄高全集』第一八巻（二〇〇一年／講談社刊）にも再録されている。埴谷自身、九五年にくれた年賀状に「岩波の対談、なかなかうまく行っていました」と書き添えていたので、彼の愛読者には興味を持っていただけるのではないかとも思う。

『琉球新報』での連載終了に関しては、この回で初めて公表した。実は前年二〇一八年の秋に、同年末か翌年三月末までという選択肢が提示され、打ち切りが伝えられていた事情がある。私としては当然、より長い方を希望し、さらに重ねて、日本国の命運を決する事態となるだろう二〇一九年夏の参院選終了後までの継続を打診したものの、後続の新企画が詰まっているとのことで叶わなかった。

第三八信　戦争を拒み平和を貫くのは、全人的〝覚悟〟の問題
人類の敵・安倍政権を打倒する、真の「沖日連帯」を

「辺野古新基地建設反対」の民意が、またも「県民投票」で示された（こう書き記すこと、そもそも改めて記さねばならぬこと自体に、さまざまな思いがある）。そして、当初、目標とされた〝有権者の四分の一〟どころではない――四三万四二七三票という歴史的票数には、私は、依然として色褪せない「反基地」の理念の輝かしさと同時に、一種深い痛みと憤りをも覚える。

かくまでの意思表示を重ねてきた主権者県民に、これ以上、何が求められるのか？　もともと二〇一四年県知事選で完全に決着がついていたはずの事柄に、しかも再び〝駄目押し〟するかのごとき空前の努力が払われて実現した、このたびの「県民投票」開票結果の後で……。

今回、当初の「二択」形式が、桑江朝千夫《さちお》・沖縄市長らの論難の結果、変更された「三択」のそれなど、結局、まったく意味を持たなかった。「辺野古新基地建設反対」の声は、それほどまでに揺らぎなく圧倒的だったのだから。

行政体の大小に、本来、質的差異はない。真に尊重されるべきは個個人とその意思であり、県だろうが国だろうが、もとよりそのための便宜的な装置にすぎない。

にもかかわらず、すでに投票前から平然と〝その結果を無視する〟と公言して憚《はばか》らなかった、度し

難いまでに反民主主義の菅義偉官房長官ら、汚辱に満ちた安倍ファシズム政権構成員らは、単に現在における日本政治の問題としてだけではない――私が何度も言ってきたとおり『マグナ・カルタ（大憲章）』（一二一五年）以来八〇〇年を越える民主主義を根底から蹂躙《じゅうりん》する「人類の敵」なのだ。

政府がこれ以上の強行と専横を企てることは、単に琉球弧のみならず人道に対する挑戦である。彼らがなお、あえてそれを為すなら、琉球弧は当然、より高次の人間的価値に依拠して日本政府と闘う正当性を持つだろう。事は、もはや悪の国家に対する「抵抗権」（ジョン・ロック）の位相に入ろうとしている。

日頃、搭乗した旅客機が那覇を離陸するたび、いやでも目に入ってくるのが、空港を「共用」する航空自衛隊の機影である。眼下に灰色の双垂直尾翼のジェット戦闘機梯団《ていだん》が誇らしげに並ぶさまは、私にとって、この世で最も恐ろしい光景の一つなのだ。

昨今、想起するのは、安倍政権が米国から買い付ける一機一〇〇億円――一〇〇機で総計一兆円という新機種の話題だ。関連して、三五年前の自著を少し、引かせていただく。

《……例をあげると、F15イーグル一機を買う金があれば、学校がいくつ建ち、老人医療費ならどこまで引下げられるか、というような論理で軍備縮小を主張する平和論者たちは、他国の攻撃をうけて国が消滅したあとで学校や老人医療費の負担率がどうなるのだという、為政者の自信にみちた恫喝のまえに言葉を失うのである》

（山口泉『星屑のオペラ』一九八五年、径書房刊／初出＝季刊『いま、人間として』第九巻＝一九八四年）

ここで私が批判した志向は、「戦後」すぐの〝掌返し〟のいじましい功利主義的「平和」思想の典型ともいえる『あたらしい憲法のはなし』（「昭和二二年文部省翻刷発行」と奥付にある）にも、遡ることができよう。ほんの二、三年（！）とはいえ、全国の中学一年生の憲法学習の教材となったというこの冊子では、一方で天皇はじめ日本の戦争責任の所在を完全に抽象化—非人格化—空洞化した上で、いち早く「象徴天皇制」の宣伝に努めながら、軍備が「戦争放棄」と大書された炉を経て、鉄道や船舶、自動車やビルに生まれ変わるという、戦争を惹《ひ》き起こす根本の構造が等閑に付された、はなはだ安直な〝実利性〟を図解した挿画で、よく知られている。民から吸い上げた税を、首相夫妻が世界を回っては、ばらまき、もはや福祉や教育という、本来、近代国家が「国民」に果たすべき基本的義務が打ち棄てられた現状の日本はさらに末期的な窮状にあるのだが、権力者が戦争を画策する際、常套手段とする主張を拒絶するには、単なる比較計算ではない、そもそも人間が生きる上での根底的理念である「反戦」の意思、「平和」への全人的な覚悟が、抵抗の大前提として要請されていると私は考える。

日本は、欺瞞そのものの国だ。

今月七日の文喜相《ムンヒサン》・韓国国会議長による「従軍慰安婦」（日本軍性奴隷）問題に関しての「天皇の謝罪」要請発言は、その趣旨からすればなんら驚くには当たらない当然のことである。『大日本国憲法』で「統帥権」を持ち、日本軍に関する最終責任が帰せられる以上、「慰安婦」問題がそこに含まれるのは自明の論理だ。そして敗戦・無条件降伏後も、アメリカに沖縄を差し出すという取り引きをも通じ、結果として天皇制はそっくり温存されたのだから、戦争遂行の最高責任者たる責任の継承が、一般国民の場合以上に「次代」の天皇に連続することも、また言を俟《ま》たない。むしろ私は、文議長発言の〝それですっかり事態は解消される〟という〝寛容〟ぶりの方に、実は少なからぬ違和感を覚えるのだが。絶対に取り返しのつかぬ罪科は、いかにしても「解消」「解決」などするものだろうか？

にもかかわらず、この文議長発言に対する「甚だしく不適切」（安倍首相）「極めて無礼」（河野太郎外相）

といった臆面もない非難は、国内的には〝神聖不可侵〟な天皇の絶対化そのものだし、韓国に対しては依然、倒錯した宗主国意識が続く証である。そしてそれに当然のように追随する「野党」の安易さも極めて危機的だ。この文喜相議長発言に関連して、文在寅《ムンジェイン》大統領をすら誹謗《ひぼう》する気分が日本政府関係者の間に蔓延していることは、先の「徴用工」判決の際と同様、まず日本にいかに三権分立の概念が稀薄かを露呈させている。だが、ここまでくると、事はもはやそれ以前に「思想信条の自由」の否定の段階ですらあると言わざるを得ない。

折りしも〝戦争のなかった三〇年〟などという皮相な認識のもと、米国の世界支配の強化に加担してきた日本の全実態が隠蔽され、象徴天皇制と首相独裁とが縒《よ》り合わさった前例のないファシズム国家が生成されつつある。南西諸島を〝舞台〟に、ことさら中国との緊張を（表層においては）浅まし く無責任な〝娯楽〟として煽《あお》る『空母いぶき』（かわぐちかいじ原作／若松節朗監督）などというおぞましい国策映画が、数多《あまた》の人気俳優を擁して制作される意図はあまりにも明白だ。たえずアジアに「敵」を設定しては民心を収攬《しゅうらん》する政府やメディアの目眩《めくらま》しに誑《たぶら》かされてはならない。それらを見抜き、糾弾する「沖日」の覚醒的連帯こそが、私たちが国家や独占資本から仕組まれた破滅を拒否する道にほかならない。

〔初出＝『琉球新報』二〇一九年二月二八日付「文化」面〕

［追記ノート］

それにしても「オール沖縄」の政治家たちは、どこまでの負担を主権者民衆に強いるつもりなのだろう。自らが決して真に闘おうとはしない（としか、言いようがない）怠慢と怯懦《きょうだ》の負債をそのつど、際限なく「現場」の民に償わせ、自らはただ議員でありつづけることを自己目的化しているだけか？

沖縄の民は、いつまで闘い続けねばならないのか？　沖縄選出国会議員に対する私の疑問は、このかんの辺野古・高江や先島の軍事要塞化をめぐる無為・無策、ないしは〝未必の故意〟ともいうべき日米両政府の暴圧に対しての没主体的容認もしくは消極的加担に対してだけではない。彼らが揃いも揃って、アジアに対する「連帯」の歴史的意識を根本から欠いている惨状にも、それは向けられている。

韓国や台湾がせっかく指し示してくれている、歴代日本政府の圧制への批判に対し、なぜ「オール沖縄」選出国会議員らは、かくも無関心でいつづけられるのか？　朝鮮戦争・ヴェトナム戦争・湾岸戦争・イラク戦争をはじめ、強いられた日米二重植民地支配体制から心ならずも加担することを余儀なくされたアジアや中東に対しての受動的責任（むろんそこには、より罪科の重いそれとして日本国とそこに帰属する者たちのそれがあり、かく記す私自身の負うべきそれもあるのだが）を見つめつつ、改めて「連帯」の回路を拓こうとする努力を、どうしてここまで等閑に付すことができるのか？

それが、「徴用工」問題や「慰安婦」問題に関して『讀賣新聞』『産経新聞』と見紛うばかりの『沖縄タイムス』の、二〇一八年一一月の二度にわたる「社説」（本書・第三五信／参照）等にも通ずる、琉球弧総体としての批判精神の機能不全状態と符節を合わせているようにも、私には感ぜられる。

言っておくが、十五年戦争の責任者であり、それ以前からのアジアに対する侵略・植民地支配の責任者である天皇に対しての、韓国からの「謝罪要求」は、今回の文喜相・国会議長が初めてだったわけではない。たとえば、朴槿惠《パククネ》・前大統領と並んで、今世紀に入って以降の韓国政治の「反動化」の象徴であったような、あの李明博《イミョンバク》・元大統領すら、在任中の二〇一二年八月一四日、天皇に対し〝韓国を訪問したいのなら、独立運動に落命した人びとに心から謝罪せよ〟と――（問題の全体からすれば、まだまだ部分的で不十分ではあるにせよ）当然の発言をしているではないか。そしてそれに対しても、例によってこの日本という、倫理観と国際的歴史感覚を根本から喪失した無様な国では、「礼を失している』（松原仁・国家公安委員長）「非常に驚いている」（山口那津男・公明党代表）「一国の大統領の発言として、失礼千万」（森田健作・千葉県知事）といった、浅ましく恥知らずな脊髄反射的反撥が噴出し、それに無教養・無分別な〝ネトウヨ〟が飛びついたではないか。

▲ フィリピンの市民組織《リラ・ピリピーナス》事務所に掲げられた、かつて日本軍により「慰安婦（性奴隷）」となることを強いられた女性たちの肖像。自ら名乗り出、闘ってきた皆さんは、支援者からは親しみを込めて「ロラ」（タガログ語で「おばあさん」）と呼ばれている（2018年7月、ケソン市内にて／撮影・山口泉）

彼らの思考停止、天皇と天皇制の絶対化は何か？ 世界は日本を中心に回り、天皇は世界を支配する絶対不可侵の存在だと思い込んでいるのか？ 人間としての「礼節」の尺度は、日本国天皇への服従にあるのか？「礼を失している」のは明らかに、日本の政治的要路にある彼らの方ではないか。

この国が滅びへと驀進《ばくしん》するのも、まこと道理である。

本文に引いた『星屑のオペラ』については、かつて上野英信が激賞してくれていると伝え聞いたことを記したが、それとは別に同書の刊行直後、『朝日新聞』「読書」面の著者インタヴュー「著者との一時間」で紹介されたりもした（一九八五年四月一日付）。当時とて、同紙が決して無謬《むびゅう》であったわけではないにせよ、今日の状況からすると〝隔世の感〟がある。

第三九信　世界に背を向け末期的「国体」護持に走る日本政府
私たちが最後まで、自らの生を全うするためには――

三月三〇日といえば、ちょうど半世紀前の一九六九年、パリ市内で三〇歳のフランシーヌ・ルコント氏が焼身抗議を遂げた日だ。ヴェトナム戦争やビアフラの飢餓に心を痛めての行為とされる。日本では、この日付が詞（いまいずみあきら）に刻印された、同年発表の新谷のり子氏の〝ヒット曲〟『フランシーヌの場合』で知られた。

レコードの発売日に六月一五日が選ばれたのは、一九六〇年の岸信介内閣に対する安保反対闘争のさなか、国会南通用門で東大生・樺《かんば》美智子氏（当時二二歳）が命を落とした日付に因《ちな》んでのことだ。しかしこれまで私が接した日本の年少の世代に、「現役大学生」を含め、樺氏の存在を知る人は極めて稀だった。今月一日「三・一《サミル》」独立運動一〇〇周年の式典で、文在寅《ムンジェイン》大統領の感動的な演説の最後にも言及された独立闘争の象徴――柳寛順《ユグァンスン》・烈士《ヨルサ》（義挙に斃《たお》れた死者の尊称）らの名は、韓国では今も幼子にまで浸透している。それにひきかえ、日本の抵抗の死者たちの不当な不遇の、いかに言葉の本質的な意味で不幸なことか。

このたびニュージーランドで起こされたテロに憤りを覚える一方、ジャシンダ・アーダーン首相の真摯な姿勢には感銘を受ける。もとよりこうした事態に「万全」な対応など、あり得るはずもないものの、政権が率先して差別と抑圧、排外主義を鼓吹する日本との、何という隔絶だろう。《だから私は、この日本を「死の国」だというのだ。肉体より先、命より先に、人びとの魂と批判精神とが滅んだ国である》（山口泉『死の国からも、なお語られ得る「希望」はあるか？』／マンソーレ・ラーナマ編／国際アンソロジー『フクシマについてのポスター、文章、詩』二〇一二年、独ドルトムントにて刊）

文字通り〝この世の終わり〟を感じた東京電力・福島第一原発事故から八年、私自身が沖縄に移住して六年が過ぎた。終末的危機は、いよいよ深刻化している。二〇〇六年一二月、第一次政権時の国会答弁で「予備電源」の必要性を公然と否定した安倍晋三首相――この史上最悪の原発事故の、まさしく〝主犯〟にほかならぬ権力者によって、空前の絶望的な実態がひたすら隠蔽されながら。

その罪科だけでも直ちに「政治生命」が断たれるべき者が、あろうことか、悪夢のように政権に舞い戻り、新たな「国体」護持の妄執の彼方に全ての責任を溶解させようと、人類史を完全に逆行する独裁を深めている。「3・11」以後を、この歴史認識なしに語ることは根本的な誤りだ。

このかん福島第一原発事故の真実を、最も根底から包括的に訴えつづけてこられた琉球大学名誉教授・矢ヶ﨑克馬さんの講演企画が、先般〝被曝を語ることは福島差別〟との、あまりにも典型的、かつ危うい謬見《びゅうけん》に遭《あ》い、主催者側の手続きの疎漏《そろう》もあって、いったん白紙撤回される事態が起こっている。矢ヶ﨑さんや協力者の皆さんが粘り強く提唱する「放射能について知る権利」の、この国――そして琉球弧における行方を、注視したい。

すでに東京電力・福島第一原発事故それ自体が、国家による民の緩慢かつ無期限の殺戮である。そして独裁者は、そこから民の目を逸らすため、より明視的な戦争をも画策する。いま、奄美から与那るではないか。

国まで、美しい花綵《かさい》列島には〝限定戦争〟開戦の欲望を剝き出しとした挑発の軍事施設が犇《ひし》めいてい

私は二〇一六年に上梓した論集『辺野古の弁証法』（オーロラ自由アトリエ刊）の副題を『ポスト・フクシマと「沖縄革命」』とした。もとより「反基地」と「反原発」の闘いは一つであり、日本国家の歴史的責任を見据えつつ、なおヤマトと琉球弧の民が連帯して日米二重植民地支配と対峙《たいじ》することに望みをかけたからだ。

けれども残念ながら、現状は必ずしもそうなってはいない。本来連帯すべき者同士がたえず分断され、それどころか、ともすれば対立へと誘導される構造が確実に深まっている。

中野重治『雨の降る品川駅』（一九二九年初出）は、発表前年の裕仁天皇即位に際し、強制送還される朝鮮人の盟友らを歌った名高い詩だが、後に中野自身が、その作品における自らの植民地主義を批判した（本章「追記ノート」参照）ことは、当の詩ほどには知られていないかもしれない。それとて徹底した自己剔抉ではなかったにせよ、少なくとも誠実に問題の端緒に就こうとしているとは言えるだろう。たとえば——琉球弧の「独立」という概念をも愚弄する、次のような〝沖縄観〟に比べれば。

《……なんで本土復帰なんてしたんだろうねえ。（略）独立しておけばよかったのに。基地貸しでアメリカさんからたっぷり借用料をしぼりとった上で、それを元にして無公害型のハイテク立国をめざす》（上野千鶴子『極楽通信』／『朝日ジャーナル』一九九一年三月一日号）

沖縄は、ヤマトの制度的な〝権威〟や〝序列〟、〝商業的成功〟をそのまま無批判に受容したり、沖

縄に関心を寄せてくれるだけで有り難いと、相手の内実の検証抜きに何かを手放しで礼讃したりする事大主義に陥るべきではない。いかなる名目であれ琉球弧を「消費」しようとする思惑は、そのつど注意深く押し返されねばならない。

二〇〇〇年の沖縄サミットの時期、新川明さんと対談させていただく機会を得た。事前の打ち合わせで、氏が日本に対しては「何も言いたくない」のではなく「言いたいことが何もない」のだと確認された言葉は、いまも印象に鮮やかだ（対談は季刊『批判精神』第五号「特集／沖縄が解放されるとき」＝二〇〇〇年七月・オーロラ自由アトリエ発行＝所収）。

そこまで日本の倫理的欠格を痛罵し、日本を峻拒《しゅんきょ》しながら――しかもなお「反復帰」の思想家は、その国を糺《ただ》しつづけるのだが。

国家の根幹が腐りだすと、その害毒があらゆる領域に浸透する速度は凄まじい。安倍政権のもと、社会全体が抑圧と閉塞に陥り、不正義に対しても「見て見ぬふり」が蔓延《はびこ》る。おぞましい性暴力の地滑り的な容認をはじめ、強い者・富める者への、司法・検察・メディアの阿諛追従《あゆついしょう》は常軌を逸している。明後日には、どうやら新「元号」とやらが〝発表〟されるらしい。厚顔な国家支配と、それにどこまでも従順な社会の受動性に、窒息感が漲《みなぎ》る。沖縄の苦難と日本の欺瞞が「日米安保体制」と「天皇制」という二つの軛《くびき》の克服なしに解決しないのは明らかなのに。

今後、人類の敵・安倍ファシズムの「改憲」策動や沖縄弾圧は、さらに猖獗《しょうけつ》を極めるだろう。首相や副首相の無教養を嗤《わら》って済ませている場合ではない。本来なら、まぎれもなくゼネストを以て対抗すべき段階である。

そうしたさなか、本連載が終了するのはまことに心残りだが、願わくは琉球弧があくまで「まつろわぬ」地であらんことを。ここに生きる私たちが、真に自らの生を全うするために――。

〔初出＝『琉球新報』二〇一九年三月三〇日付「文化」面〕

［追記ノート］

『琉球新報』連載の最終回――。このかん連載終了の告知から後、少なからぬ方から反響をいただいており、さまざまに思うところがあった。御一読いただければ明らかなとおり、ともかくいつもの紙数（二二〇〇字前後）に、盛り込める限りの内容を盛り込んでいる。

以下、この章の［追記ノート］は便宜上、本文で取り上げている事柄の順に綴りたい。構成として最善ではないが、そうしないと本書の刊行に間に合わないほど、作業が厖大となってしまうためだ。また、若干、気の重い事柄について記さねばならない成り行きも、あらかじめお断りしておく。ほんとうなら、せめてこの最終章の［追記ノート］くらいは簡略に済ませたかったのだが……。

まず、フランシーヌ・ルコント氏の死は、決して彼女のそれのみが時代から孤立した単独の挙というわけではなかった。すでに一九六三年六月一一日、直接には仏教徒弾圧に抗議する意図で行なわれて全世界に衝撃を与え、南ヴェトナムのゴ・ディン・ジエム政権打倒につながった僧ティック・クアン・ドック師の焼身自殺の後、米国では一九六五年三月、デトロイトでアリス・ハーズ氏がヴェトナム戦争に対する焼身抗議を遂げる。彼女は第二次大戦中、ナチズムを逃れてドイツを脱出、アメリカに亡命したユダヤ系クエーカー教徒だった。

彼女を嚆矢《こうし》として、同年一一月、米国防省前で焼身自殺したクエーカー教徒ノーマン・モリソン氏、同月、国連本部前で焼身自殺したカトリック教徒ロジャー・ラポルテ氏、六七年一〇月に、ロサンゼルスで焼身自殺したフローレンス・ボーモント氏ら八名の米国人男女がヴェトナム戦争に抗議する自死を遂げている。日本でも六七年一一月の由比忠之進氏の死があったことは、本書・第一八信の本文と［追記ノート］に記したとおりである。そして彼らヴェトナム戦争に反対しての人びとのみならず、一般的に抵抗・抗議の自死をどう考えるかについての私の立場も、前出［追記ノート］で明らかにした。

全泰壹《チォンテイル》・烈士《ヨルサ》をはじめ韓国の多くの死者たち、また本書でも紹介した船本洲治氏や、二〇一四年六月二九日、新宿駅南口で「集団的自衛権」容認に反対し焼身自殺を図った男性、同年一一月、辺野古・高江の基地建設に抗議して日比谷公園で焼身自殺した新田進さん（筆名）らをめぐって語るべきことは多いが、すべて次の機会に譲る。

ここでは一人、いままでも私の他の著作で取り上げてきた人物だが、韓国の若い死者について書き留めておきたい。

一九九一年一二月六日午後四時八分、韓国・釜山《プサン》の履物会社《大峰《テボン》》の労働争議で、工員の権美卿《クォンミギョン》さん（当時二二歳）は、立てこもっていた同社三階建ての社屋屋上から抗議の投身自殺を遂げた。仲間たちに宛てた彼女の遺書が、左腕の皮膚にボールペンで記されていた理由は、紙に書いたのでは、死後、警察に湮滅《いんめつ》される虞《おそれ》があったためだ。以下、全文を拙訳する――。

《愛する私の兄弟たちよ！　私をこの冷たい土に埋めないで、あなたがたの胸の奥深く埋めてくれ。その時こそ私たちは、完全に一つになることができるだろう。人間らしく生きたかった。これ以上、私たちを抑圧するな。私の名はコンスニではなく、ミギョンだ》

「コンスニ（공순이）」とは「女工」の蔑称とされる。小学校卒業後、ただちに過酷な労働に身を投じながら、仲間たちとの読書会のなかで自己形成を続けてきた權美卿さんの思想が凝集したハングル全九六字の「遺書」は、いま釜山の民主化運動烈士霊園の彼女の墓碑に刻まれている。

――遺書原文の底本は、民族民主烈士・犠牲者資料集『生きて会わん《サラソマンナリラ》（살아서 만나리라）』（一九九八年／全国民族民主遺家族協議会、全国民族民主烈士・犠牲者追慕＝記念＝団体連帯会議刊）。韓国民主化運動に斃《たお》れた烈士・犠牲者二四〇名の記録が全五五七ページにわたり集められた「紙の墓標」であり、私の座右の書の一冊である（ただし、たとえば尹祥源《ユンサンウォン》烈士や朴琪順《パクギスン》烈士は、ここには収録されていない。このように、狭義の烈士・犠牲者の総数も、もっとはるかに多いし、その概念をどう定義するかで、それはさらに民族的規模のものともなるだろう）。

眼前にストップウォッチを置かれ労務管理されるという、抑圧的な工場労働の日日のなかで綴られた權美卿さんの日記には、次のような言葉も見られたという――。

《私一人の幸福に固執するのではなく、人びと皆と共に生きよう》

奇しくも光州《クワンヂュ》市民蜂起で全羅南道《チョルラナムド》道庁に最後まで立てこもり、戒厳軍の銃弾に落命した尹祥源烈士のノートにも同様の言葉が記されていた。

私が權美卿さんと彼女の遺書の内容を知ったのは、その死からさほど間を置かない時期、遅くとも一九九二年の早春だった。『世界』九二年七月号掲載の連載『新しい中世の始まりにあたって』第五回「行き違うアジア列車を見送って」でも、一章を割《さ》いて記した上で「生者と死者の入会地」の概念を提示している（『「新しい中世」がやってきた！』として一九九四年、岩波書店刊）。

それ以後、現在に至るまで、彼女の存在を忘れたことはない。

その韓国と異なり、およそ民の歴史というものがきちんと継承されないこの日本では、こんな基本的なことすら何度でも言い続けなければならないのだが——一九六〇年、国民の反対を押し切って「日米新安保体制」を樹立し、現在に到るまでの対米従属体制を完成させた、時の首相にして元A級戦犯・岸信介の孫が、現首相・安倍晋三である。二〇〇六年、無責任にも「原発予備電源の必要性」を否定し、東京電力・福島第一原発事故という、少なくとも日本にとっての〝この世の終わり〟の扉を開いた男は、祖父伝来の「棄民」「亡国」の過程を完成させる支配階級の中枢に位置しているということだ。

（六〇年安保に際しては、岸は右翼暴力団を組織編成しての弾圧部隊を作ったのみならず、最終的にはデモ「鎮圧」のため、自衛隊の「治安出動」をも画策する。だがこの事態は、防衛庁長官・赤城宗徳が事実上、命令を拒否したことで回避された）

その一部を引用した小文『死の国からも、なお語られ得る「希望」はあるか？』の収録された『フクシマについてのポスター、文章、詩』の編者マンソーレ・ラーナマ（通称マナ）さんは、ドイツ・ドルトムント在住のイラン人。本書・第一七信で記したとおり彼女とは、私がデュッセルドルフで同地《緑の党》に招かれての講演の際、知り合い、折りから彼女が編纂中だったくだんのアンソロジーへの寄稿を依頼された。なお『フクシマについてのポスター、文章、詩』のためには『死の国からも、なお語られ得る「希望」はあるか？』を日英両文で書いたが、うち日本語原文は小著『辺野古の弁証法——ポスト・フクシマと「沖縄革命」』（二〇一六年／オーロラ自由アトリエ刊）の巻頭に再録してある。

だが、二〇一三年沖縄移住以後の私の一貫した課題の一つである「反基地」と「反原発」の闘いの協同は、この六年余を通じ、残念ながら、明らかに重大な後退を示している。その理由は「反基地」の側にも「反原発」の側にも、また琉球弧の側にもヤマトの側にもあり、単純に言ってこの四つの変数の組み合わせがあるだけでも事態は容易ではないが、そこにさらに——現在、私が生きている場としておのずから意識されるという意味では——琉球弧の社会における重層的な「格差」や「差別」の問題があることも看過できない事実だ。このかん在日の友の遭遇した理不尽な事態も含め、これらに関しては、私自身、今後とも持続的な追及を続ける義務を感じてもいる。

そもそも私は「沖縄」を決して「沖縄」のみ単独の問題として捉えようとは思っていない（そして残念ながら、少なくとも私の知る限り、当地でそうした姿勢を持つ論者は、必ずしも多いとはいえない）。本書でも、広島・長崎・水俣、そして東京電力・福島第一原発事故、また韓国・朝鮮民主主義人民共和国や台湾、ヴェトナムについてたえず論及しているのはそのためだ。むろんそれらの問題の根源は、最終的に「近代日本」の諸悪へと帰結してゆくのだが。

中野重治『雨の降る品川駅』を「連載最終回」であえて引いたのには、他のすべての要素と同様、単一ならざる理由がある。支配と被支配、差別被差別の構造に跨がる「連帯」と「分断」に関わるものであると同時に、むろんこの高名な詩の成立の事情からして、私の論及が、本連載が「終了」することとなった、その直後に控える〝天皇代替わり〟との関連を意識してのものであることは言うまでもない（そして実は、さらにそれだけでもない）。

『雨の降る品川駅』は、狭義の「叙情性」と「政治性」との結合から、「日本近代詩」史の名篇とすることもできよう（現に、あの黒田喜夫すら、いささか〝点が甘すぎる〟のではないかと感ずるほどの〝手放し〟の賛辞を呈しているのだが、この戦後最高の詩人をはじめとして、そうした評価は一般的なようだ）。

ただ同時に私は——『琉球新報』掲載形では紙数の関係でごく簡略にしか触れることができなかったものの——戦後に中野自身が、その作品における自らの〝植民地主義〟性に省察を加えていることの方を、詩そのものよりも、さらに重視したい。とくに「伏字だらけ」となった最初期形のテキストの内容を踏まえつつ、中野重治はこう自省する。

《むしろ私は、仮りに天皇暗殺の類のことが考えられるとして、なぜ詩を書いた日本人本人にそれを考えさせなかったか。なぜそれを、国を奪われたほうの朝鮮人の肩に移そうとしたか。そこに私という国を奪った側の日本人がいたということだった。私は私のことでこのことを記録する。同時に、この種のものがまだまだ広く、深く、支配側、被支配側、民主的—革命的勢力の側を含めてわれわれのところに寝そべっているように思う》（『中野重治全集』第二四巻「著者うしろ書」／一九七七年、筑摩書房刊）

ここで擱筆《かくひつ》される、この文章の日付は「一九七七年七月二十一日」とされている（中野の逝去はそれから二年後のことだ）。

一読して明らかなとおり、センテンスごとに――というより、同一センテンスの内部にあってすら、中野自身と集合体としての「日本人」とが微妙に混乱した用い方をされた〝揺らぎ〟が特徴的なテキストとなっているが――そしてこのこと自体が、中野においてもなお、この問題が正面から直視されきっていないことをも感じさせられないではないが――それでもやはり、中野が「問題」を自ら探り当て、とりあえず提示していることそのものに、日本の文学者としては貴重な姿勢を私は見る。

……と確認した後で、ここから話はいささか暗澹たるものになってゆく。

本文にその一部を引いた上野千鶴子氏の『朝日ジャーナル』見開き二ページの連載エッセイ（第八回だそうだ）は「沖縄はなぜ独立しなかったか？」と銘打たれ、《生まれて初めて沖縄へ行った》と書き出される文章で、実は私自身、この一九九一年の早春、人生で初の琉球弧の旅（石垣島・小浜島～本島）を経験し、帰京してほどなくの同誌で目にしたという事情もあり、なおのこと茫然とする代物だった。

（私の旅は一月三〇日から二月一三日までで、この折りのことは当時『信濃毎日新聞』「文化」面に隔週連載していたエッセイ『本の散歩道』で『琉球弧の旅から』として特別に三回にわたって綴った——前篇「八重山が映し出す日本」中篇「沖縄民衆の水準に学ぶ平和論を」後篇「花花を供えられた傷口」＝その後『アジア、冬物語』の第四七章・四八章・四九章として収録。このうち最初の分は沖縄現地から、当時まだ電子メイルはもちろん携帯用のコンピュータも用いていなかったこととて、何年ぶりかの手書き原稿を、友人の原付を借りて赴いた最寄りのスーパーマーケットからファクシミリで送稿した）

そんな経緯で目にしたのが最初だったのだが、ともかくこの上野氏の文章は、引用部分のみならず全篇にわたり、同様の「能天気」な差別性と臆面もない自己肯定に涵《ひた》されきった内容で、〝被差別の女性〟性に依拠しながら自己のみを特権化し、外側の差別の構造はそっくり温存、再肯定した上で、ただひたすら自らの倒錯した「承認欲求」をアピールする、という意識と手法が、この「社会学者」の〝フェミニズム〟のすべてを還流している特質は、本書・第三五信で触れた鄭栄桓《チオンヨンファン》さんの『忘却のための「和解」——「帝国の慰安婦」と日本の責任』（二〇一六年／世織書房刊）において精緻に指摘されている、朴裕河《パクユハ》『帝国の慰安婦』に対する雑駁な礼讃も、さだめし……と納得できたことだった。すべてが現在の差別構造に依拠した上で、その根底的変革は決して企図しないまま、ひたすら低劣な競争原理のなかでの〝自己実現〟をのみ〝我が事〟とする——。

それにしても、《基地貸し》で《アメリカさん》（この下卑た物言い！）から《たっぷり借用料をしぼりとった上で》《それを元にして無公害型のハイテク立国をめざす》とは？　この精神の低さ。本気でそう言っているなら、大学教員としても驚くべきこの無教養。道義性の欠如と同時に、何より現代史にも国際関係にも軍事にも「公害」にも無知な放言は、いかに沖縄の基地問題も広義の環境問題も、当人が真摯に考えていないかをさらけ出している。語るに落ちるとはこのことだろう。そもそも、すでに衰亡の兆し明らかで、この翌年には廃刊に至る雑誌とはいえ、かかる愚論をそっくりそのまま掲載した『朝日ジャーナル』（下村満子編集長）側の見識さえも問われる酷さである。

これほどの妄言を黙っていることができるはずもなく、早速私は前述の沖縄紀行（『アジア、冬物語』所収）において、今回と同様の批判をしている。そうした経緯があった上で、その二八年前の批判を、いま琉球弧で小さからぬ影響力を持っているはずの「県紙」での三年三箇月・三九回に及んだ連載が心ならずも終了するに当たり、再び提示したのはなぜか？

一つには、二八年前に私がこの批判を発表したとき、当該の部分に対する反応がまったく、どこからも寄せられなかったことは、やはりどう考えても異様であると改めて感じたため。また、この二八年のあいだ、当の大学教員がますます持て囃《はや》され、その大衆社会的影響力がいよいよ膨脹し伸張してきていると感ぜられるため。最後に、これだけ「反基地」運動が懸命に展開されているばかりか、「独立」論や、また一部にはヤマトへの「基地引き取り論」までが語られるようになっている琉球弧において、ではこのヤマトの〝高名な〟大学教員のかかる暴言・妄言が、どのように受け止められるかを確認したかったためだ。――果たして、その結果はどうだったか？

この『琉球新報』連載の最終回が出てから今まで、ありがたいことには、さまざまに好意的な反応、連載終了を惜しむ声をいただいてはいる。だが、その一方、驚くべきことに私がここで引用した上野氏の暴言（という以上の、これはものだが）に反応されてくる方は、ただの、一、人、も、お、ら、れ、な、か、っ、た、のだ。むろん、ウチナーンチュにおいても。メイルや電話はもとより、私の確認し得たかぎりのSNSでも。

これは一体、どういうことなのだろう。私が前掲部分を引用して行なった上野批判はただ私の目に映っているだけで、他の方が手にされた『琉球新報』二〇一九年三月三〇日付「文化」面では、この十数行分がそっくり抜け落ちてでもいたのだろうか。

そうではなく、ともかく目には触れているのだとすれば、それらの人びとは例によって〝見て見ぬふり〟をしているのか（私が、人間として最も嫌忌し、唾棄する態度――天皇制を底支えする心性そのものだ）。一言で言って、「腹が立たない」のだろうか？　あれほど熱心に〝基地引き取り〟論やヤマトンチュの「植民地意識」を言い募る人びとが、なぜ上野千鶴子氏に対しては、こうして押し黙るのか。この上野氏の言い分を黙って認めるのだとしたら、そもそも「反基地運動」の拠って立つ根拠そのものも失われてしまうのではないか？

私はこの事大主義（？）のあまりにも不気味な沈黙にこそ、あえていうなら植民地支配のもたらしつづけている重大な受動性を感ぜずにはいられない。それすらもヤマトの責任だという主張にも、むろん私自身は考慮の余地を残しているが（――ただし、ではそう主張する側は、よもや上野発言そのものは等閑に付すという二重基準は採り得ないはずであろうことも、確認しておく）。

この沈黙は私にとって真に不気味であり、私が沖縄のメディアにものを書くこと自体の意味をすら考え込まされるものだった。驚くというより、あきれるというより――ある寂しい恐怖を覚えた。

ところが、現実はそれどころではなかった。

私のこの『まつろわぬ邦からの手紙』第三九回＝最終回が『琉球新報』に掲載されて半月と経たぬ四月一二日、東京大学名誉教授たる上野氏が同大学の「入学式」で新入生に向けて述べた「祝辞」なるものが、商業メディアを通じ「外部」へと拡散、〝報道〟されるや否や、一読（一見）して明らかな問題に満ちたそれへの集団的賛仰の狂躁にヤマトが染まり上がったのと相似形を成して、沖縄もまた同様の無批判な礼讃状態に陥ったのだから。

『琉球新報』という新聞の、当地・沖縄における影響力は決して小さくないはずであり、私の『まつろわぬ邦からの手紙』連載も毎回、少なからぬ人びとが目にしているはずだ（その事実は現に私もこれまで、ほぼ毎回、経験的に確認している）。そしてその「最終回」文中で、上野氏のここまでの琉球弧に対する侮辱、この地の民の苦しみと必死の闘いを愚弄する妄言を、私が直接提示し、具体的に批判したにもかかわらず、それに対してはまったく、完全に〝何事もなかったかのように〟〝見て見ぬふり〟がされながら、マスメディアは平然と、くだんの上野氏の「入学式」「祝辞」を、さも〝痛快な美談〟とでも言いたげな演出で増幅・拡散する……。

〝競争社会〟の悪しき現実、〝強者〟〝弱者〟なる関係性はそっくり温存し、そうした構造を根底から打破する意思は薬にしたくともないまま、そこに自らが商品化した〝女性の被差別性〟——人間の普遍性には決して達することも、それを希求することすらしない上で、再度「女性」の「女性」による再差別の回路を固定化・神話化することに終始し、自らが「名誉教授」として帰属する悪しき権威の〝総本山〟の大学の学生の性行動にまつわる下卑た話題で、無批判な聴衆のだらしない〝笑い〟を〝取り〟、さらにそこにあろうことか——「難民」という、現にいまこの瞬間にも生命の維持存続すら危うい状況に置かれた数千万・数億の無辜の民を粗雑な「引き合い」として出して侮辱し、消費し（巨視的構造を精査すれば、現在の世界で彼らを「難民」とせしめていることに「東京大学」的なるもののおぞましい特権性が加担しているかもしれぬ可能性をすら自省してみることなく）、自らの帰属する集団意識・共同体意識のなかで、〝辛口〟の〝こわもて〟の浅薄な自己演出を、この人物はして見せているにすぎない。たかが東京大学に合格・入学したという程度で（もしかしたら）自己充足できるのかもしれぬ「新入生」に尊大に媚びながら。

およそ、この現存の社会の差別・格差、不正・不平等の根源の構造に加担している（少なくとも、そうした側面を否定できない）「東京大学」なるシステムの存立する根拠をすら、ゆめ疑うこともせず、矮小な自画自賛を繰り返すこの「名誉教授」のいじましい特権意識の滲む「入学式」〝辛口〟スピーチに対して、ジャーナリズムを標榜する制度側が総体を挙げ、手放しの礼讃ファシズムに涵されきっているのである。「3・11」東京電力・福島第一原発事故という〝この世の終わり〟の後のどん底で、なお能天気にも行なわれている旧態依然たる因襲的制度圏の儀式を「取材」して。

かつて私がとある大学なるものに、やむを得ざる事情から「入学」したとき、そこの〝名物教官〟なる一人の男が自らの講義の最初に、私たち「新入生」に向かって、こう言い放った。

「まず諸君におめでとうと言っておこう。なぜなら諸君がいるのは、今の日本で入学したことが心から祝われる数少ない大学の一つだからだ」

この「教官」がなぜそう言ったかというと、くだんの国立大学が「東京大学」にも「京都大学」にも存在しない、二つの「学部」からのみ成るそれだったためと思われる。その分野で〝東大・京大級の学府〟というわけだ。そしてこの歯の浮くような浅ましい媚びに、これまたあろうことか、私のまわりの大半の「新入生」は、やんやの喝采を上げ、拍手で応じたのである。その時にも、私はこの大学を一刻も早くやめたいと思った（実際に私がそこから中退、離脱したのは、しばらく後だったが）。今回の東京大学名誉教授の「祝辞」をめぐる雰囲気には、その馴れ合いをさらに増幅したものを感ずる。

――つけ加えておくと、ではなぜ私が前述の大学なるものに入ったかといえば、当時はまだ現在の階級社会の露骨な再編の前とて、私立大学に較べ、格段に授業料が安かった国公立大学のなかで、受験が全国規模で統一管理される直前の時代、入試科目に全国で唯一〝理数系〟のそれがなかったのが、その大学だったからだ（私は数学や物理学、化学、生物学、地学その他〝理数系〟の領域の知識を学ぶことは好むが、「受験」カリキュラムのそれはまったく不得手で嫌いだったので）。

ところで、東京大学という、この悪しき国の過《あやま》てる「教育」ヒエラルキーの〝頂点〟に君臨するとされ、また当人たち自身、その謬見《びゅうけん》に陶酔した歪《いびつ》な特権的共同体意識の鼻持ちならない傲慢と、相互の擽《くすぐ》り合いに満ちた「名誉教授」および「新入生」らの〝共犯関係〟それ自体も、右に述べたとおり、社会的にはれっきとした加害性を抱え込むが――それでも、百歩も千歩も譲って、その矮小な世界観と特権意識が、閉ざされた狭い共同体のなかで共有され消費されて自家中毒的集団熱狂に陥ることは、もとより限りなく不快ではあるものの、人間心理の作用としては（かろうじて）説明はつく。

だがそれ以上に異様なのは、その流出した（というより、招じ入れられた制度圏メディアによって大大的に喧伝された）「祝辞」を、もとよりその共同体に呼び入れられるはずもない「一般大衆」が、同様に有り難がり、その「東大名誉教授」〝辛口のフェミニズム学者〟ブランドを口パクで賛嘆してみせることが、自らもその余光・おこぼれにありついて、擬似〝知性〟と、実は制度によって周到に造られた幻想にすぎない〝自立した「女性」性〟（およびそれに理解を示す〝開明的〟なつもりの「男性」性、その他）のヒエラルキーの末端に、あたかも自らも連なったかのような錯覚に陥っているという、この底知れぬ悲喜劇の絶望的ないじましさである。特権者の特権意識の擽り合い、撫でさすり合いに、その特権性から周到に排除された者が、にもかかわらず自らが再差別され愚弄されていることにすら気づかぬまま〝感動〟している奇怪。そもそも、自らの被差別性、自らの生き難さを設定している元兇にほかならないかもしれない、当の中枢の装置に対しての、このぶざまな跪拝《きはい》。つくづく批判精神の枯渇した、度し難く悲惨な奴隷根性としか言いようがない。安倍政権が安泰なわけだ。

そして上野氏が女性であることが終始、その「ジェンダー」言説の〝正当性〟を無条件に担保すると決め込み、それへの批判者が男なら、批判の内実の検証は打ち棄てて、問題の構造を捩《ね》じ曲げ、誤誘導し、批判をも〝神話化〟に転用しようというシステム全体の陋劣さ。実は女性差別の極みである。

しかも事が琉球弧においては、さらにその二週間足らず前、私がその当人の明明白白たる沖縄差別を、人口一四〇万の地で二〇万に垂《なんな》んとする発行部数を誇る新聞紙上で、〝ぐうの音も出ない〟形で指摘しているにもかかわらず——あくまで〝なかったこと〟にし〝見て見ぬふり〟を決め込んで礼讃するという、より深刻な状態にまで陥った光景が展開された。……もはや「言論」は、無意味か？

最後に言っておく。

「私は〝フェミニズム〟という〝思想〟を認めない」というのは、オーロラ自由アトリエ代表である遠藤京子さんから、かれこれ三〇年前に聞いた言葉だが——分かる者には一瞬にして分かる、この簡単明瞭な洞察の意味すら、上野千鶴子・東京大学名誉教授の「祝辞」に集団催眠的に陶酔・熱狂することのできるような手合いには、たとい〝生まれ変わっても〟(?)「読解」することは叶うまい。

それでも、これを噛み砕いて定義するなら、上野千鶴子・東京大学名誉教授らの〝フェミニズム〟とは所詮、差別の本質的な構造は温存、女性差別を「消費」し、差別のある「世界」を生きる糧とする陋劣な主張にすぎないということだ。最後まで、「女性」性を男女いずれからも「客体」として囲い込み、人間を性差において皮相に分割・固定化し、それゆえ「性差」そのものを止揚して、私の定義する「人間の普遍性」に達することなど永遠にない、欺瞞の道だということだ。

ちなみに〝フェミニズムを思想として認めない〟遠藤京子さんは、ではこの世界に歴然と瀰漫《びまん》する性差別にどう対峙しているか。自らが出産した子の「出生届」に関し、用紙に「嫡出」「非嫡出」欄が設けられていることを差別として、その部分を真っ黒に塗り潰した上で提出した彼女は、またその子どもの生物学的「父親」が当初の相互の協定を踏み躙り、その子と遠藤さん自身を「授精者」的に支配（私の用語では「媒介的支配」）しようとして一方的に「認知届」を提出（私の用語では「性暴力としての認知」）した際、ビラから個人誌『蜚語』（一九八七年創刊／未完舎、のちオーロラ自由アトリエ発行）まで、自らに可能なあらゆる手段を用いてその事実を告発・糾弾した（このとき最初に法的対抗措置を相談した、〝フェミニズム〟で名高い女性弁護士は、事情を聴いて「ああ、認知して下さったんですね」と誤解したのが第一声だったそうだ。その後、真相と遠藤京子さんの怒りを知ると「後ずさり」して退散したという）。

――これらに関しては小著『「新しい中世」がやってきた！』（一九九四年／岩波書店刊）第八信「生と死とにわたるファシズム」参照。

むろん自らの子どもたちが現状の教育制度の差別性のなかで抑圧されることに対しても、「就学時健診」拒否から予防接種拒否、卒業証書の「元号」使用拒否の申し入れまで、遠藤さんはあらゆる闘いを展開している。上野千鶴子・東京大学名誉教授やそれに心酔する〝フェミニズム〟信奉者が、それにひきかえ、どこまで抵抗の全体性とともにあるかを問うこと自体、空しく、そもそも「東京大学」なる制度に依拠したり、それをいじましくも無批判・無検証に目をぱちくりさせながら賛仰・礼讃しているという、その段階ですでに、私見では真の「解放」「自由」に達することなどなく、実は自らの〝知的ファッション〟とする以外にはその必要すら感じていない人びとということになるのだが。

▲季刊『批判精神』第５号「特集／沖縄が解放されるとき」より

ここで、なぜ遠藤京子さんの思想と行動についてやや詳しく説明したかというと、上野千鶴子・東大名誉教授が説く程度のことに数倍する――というより、最初から次元を異にする――考察と実践は、すでに数十年前から、より非特権的、さらには困難な立場で展開されてきている例証としてだ。ところがこの国の奴隷的大衆は、そうした営為を知ることは忌避し、〝見て見ぬふり〟〝聞いて聞かなかったふり〟〝読んで読まなかったふり〟を反射的自己防衛として決め込み、何十年も遅れて大学教員という――しかも東京大学名誉教授の〝辛口フェミニスト〟(?)という、彼らの世界観では〝最上位〟のあたりに位置するとおぼしい特権的立場から言われる(しかも依然として紛い物の)言説の方を〝ブランド〟として有り難がる。たとい内実が同じであったとしてすら(それは実はあり得ないが)、そうであるならば非特権的立場からの言説の方がよほど価値があり、しかも実は精確なのだが。〝フェミニズム〟なる、そもそも性差別(と付随する他の差別)の構造を前提かつ擬似恒久的なシステムとして措定する内的要請がその根底に牢固に忍ばされ、人間を部分化・局限化・分断するイデオロギーを〝神託〟のごとく崇拝する。

以上、述べてきた、この事大主義――何かに跪拝していないと気が済まず、その結果、必然的に自らを愚弄しているものを崇めることにいたる奴隷根性、いったん自らが〝権威〟として崇め奉ることを決意した対象の誤謬をすべて「不問」に付し、免責する卑屈さが克服されないかぎり、この国の批判精神の荒廃ぶりは度し難く、民の自己解放など永遠に「夢のまた夢」だろう。そして忌憚なく言って、その事大主義は沖縄でも(ある意味では増幅された形で)現に顕現しているかにも感ずる。

二〇〇〇年・沖縄サミットの時期、その遠藤京子さんが自ら編集・発行する季刊『批判精神』沖縄特集号の巻頭企画として提案したのが、新川明さんと私との対談だった。遠藤さんの私への要請は、いま、ともかくこの方とお会いしてお話すべきだという「厳命」ともいうべきもので、ヤマトにもその高名の轟く伝説的な思想家と、いきなりそんなことが可能なのか……と、私としては半信半疑だったのだが。にもかかわらず新川さんが、そんな突然のお願いを容れ、とある春宵、打ち合わせの喫茶店まで御来駕くださったのも、今にして思えば望外のことだったというべきか——。

ところが、その事前の打ち合わせらしきものを始めてたちまち、事態は暗礁に乗り上げる。こちらが何を話しても、ともかく一筋縄ではいかない（いくはずもない）狷介孤高の思想家とのやりとりのあまりの大変さ（何しろ第一声が「日本には、言いたいことが何もない」なのだから！）に、取りつく島もない思いを持て余し、音を上げた私が、これではとても「対談」など無理、無理と、企画提案した遠藤京子さんを恨みながら、新川さんに「どうもすみませんでした。もう結構ですから……」と謝って（?）、席を立ちかけると、今度は新川さんが「まあ、ちょっと待って」と、私をなだめられる——。

そんなやりとりを数回、繰り返すうちに、この方のますます〝一筋縄ではいかない〟人間的魅力が伝わってきて、どうしたわけか対談は実現の運びとなり、それから数日後、私の沖縄での最初期の友人が仕事場に使っていた首里の琉球赤瓦の古民家で収録されたのが、本文にも記した『言いたいことの何もない日本に向かって』（季刊『批判精神』第五号「特集／沖縄が解放されるとき」＝二〇〇〇年七月、オーロラ自由アトリエ発行）だったという次第である。音声は、時折り上空を掠めるジェット戦闘機の爆音にしばしば圧し潰されながら。

——ちなみにこの『批判精神』第五号の「沖縄特集」は、くだんの巻頭対談のみならず、太田武二さん（《命どぅ宝ネットワーク》）による〝琉球大学三教授〟（高良倉吉・真栄城守定・大城常夫）の『沖縄イニシアティブ』構想を批判した『沖縄かがやけ！　御万人《ウマンチュ》のイニシアティブで！』、一九七一年一〇月一九日の第六七国会において衆議院本会議場傍聴席から《沖縄協定国会粉砕！　第三次琉球処分実力阻止！　沖縄青年同盟行動隊》の垂れ幕を垂らすとともに爆竹を鳴らし「全ての沖縄人は団結して決起せよ！」のビラを撒《ま》いた、いわゆる「国会爆竹事件」三名の沖縄青年の御一人・真久田正さんの『沖縄独立論の水準——「沖青同資料集」（仮称）の草稿から（抄）』、《駐韓美軍（米軍）犯罪根絶運動本部》幹事・呉珍娥《オヂナ》さんによる梅香里《メヒャンニ》の米軍射爆場や各地の米軍性犯罪の告発を含む緊迫した報告『韓国での米軍問題熱風と、その影にひそむ問題』（邦訳は同本部・宮内秋緒さん）、「在日沖縄のオジサン」を名乗られる詩人・沖島正さんの率直かつ情理を尽くしたエッセイ『天皇制は退け』をはじめ、八名の方から貴重な寄稿をいただいた総六〇〇頁以上に及ぶ圧倒的なもので、現在にまでいたる琉球弧の問題の相当程度の部分が包摂されているのではないかとすら思われる内容である。

当時一人でこれだけの特集を構想・実現した編集発行人・遠藤京子さんの力量に感嘆するとともに、私自身、紆余曲折を経て、新川明さんの辱知を得たことには深く感謝している。

《沖縄の苦難と日本の欺瞞が「日米安保体制」と「天皇制」という二つの軛の克服なしに解決しない》——本書の一方の主題を一言でいうなら、この部分に尽きるかもしれない（いま一つは、近年の私の他の全著作と同様「私たちは東京電力・福島第一原発事故という〝世界の終わり〟の後を生きている」ということ）。

もちろんヤマトの大衆の多くはこの事実を認識していない。だが一方の沖縄にあっても、翁長雄志知事の「県政」に対する無検証の全肯定と神話化にも見られるとおり、「日米安保体制」の問題については曖昧にされてきた傾向が抜き難くあったのではないか。特に同知事自身の「日米安保」観は、今にして思えば、そもそも「オール沖縄」それ自体の理念的矛盾ないし混乱と密接に繋がっていたと言わざるを得ない。そこに今回の〝代替わり〟で、琉球弧の理念的自立性の根幹に関わるはずの「天皇制」に対しても、少なくとも当地の制度圏ジャーナリズムの姿勢が極めて危ういことは、幾重にも心もとないかぎりである。

「憲法改悪」への対抗手段としての「ゼネスト」は、そもそも八〇年代初め、最晩年の羽仁五郎が、当時、中曽根政権によるそれが危ぶまれた時代、最終かつ最有力の選択肢として措定してきた。だが、さすがの羽仁も、その最終手段を繰り出す前に、国家側の策動の前段階として総評のあっけない解体（一九八九年）に始まり、現在にいたる労働組合・「労働運動」の雲散霧消が起こってしまう状況は、想定の外にあったようだ。その意味でも山本太郎さんの営為は、いよいよ重要性を増す。

最後の、琉球弧があくまで「まつろわぬ」地であってほしいとの呼びかけは、私が二〇一六年一月の『琉球新報』連載開始時に用意した本作の〝通しタイトル〟も踏まえ、私としては衷心からの訴えのつもりである（だった）。ところで、ここでも若干、気懸かりなことが起こっている。それも、ほかならぬ『琉球新報』を発生源として。こうしたことに貴重な紙数を費やさねばならぬのは甚だ不本意だが、問題の本質的意味あいからすれば放置しておくわけにもいかない事態が出来《しゅったい》している。

私自身はとりあえずの延長を希望したものの叶わず、甚だ残念ながらこの連載が終了した、一箇月後の四月三〇日、〝天皇代替わり〟の当日、まさしくこの同じ『琉球新報』の一面に大きく、同社・編集局長という松元剛氏なる人物の「まつろわず片頭痛克服を『沖縄と平成、令和』」と題された奇妙な（と、敢えて記す）文章が、〝特別評論〟と銘打たれて掲載されたことを、後から人に教えられた。

そもそもタイトルにある「片頭痛」なる隠喩（？）が何かというと〝沖縄に日米安保の負担を集中させる「構造的差別」は深まり、治癒が見通せない片頭痛〟なのだそうだ。この前段の論理の前提にも問題があるが（それは本書で縷《る》縷《る》、述べてきた）、後段の「片頭痛」という言語感覚はあまりに安易で、〝取ってつけたよう〟だ。だがそれも驚くには当たらない主張が、踵《きびす》を接して展開される――。《新しい「令和」の世は、沖縄の主体性と創意に彩られた豊かで平和な時代を紡ぎたい。（略）他者の痛みを受け止めて行動する「肝苦（ちむぐ）りさ」の心を広く共有したいものだ》

これが〝結語〟らしき部分の始まりで、そしてさらにこう続く。

《「まつろわぬ民」という言葉がある。大和朝廷への理不尽な服従を拒んだ蝦夷が語源だが、今の沖縄にも通じる。（略）まつろわぬ心で民の声を反映させ、沖縄社会に横たわる不条理と片頭痛克服に挑む担い手は、主権者たる県民一人一人である》（ここで了）

この『琉球新報』編集局長の〝特別評論〟には、形の上では二つの問題がある。以下、それを示す。

まず容易に目につく、表層の部分から――。もとより「まつろう」は（やや古語の気配をも帯びてはいるにせよ）一般的な言葉である。したがって通常、人がこの語を用い、なんらかの表現をすることに制約のあろう筈はない。しかしながら今回の場合、事情はそうした一般論とはいささか異なる。前述の語釈が、私が本連載を開始した第一回の末尾《「まつろう」は、もともと〝（大和朝廷に）服従する〟の意。したがって表題は、日本政府の圧制に屈しないウチナーンチュと共にありたいと願う移住ヤマトンチュの言葉――のつもりである》と酷似していることは一読されれば明らかだが、語釈が似通うのはあり得ることとしよう。だがこの言葉の意味するところが、この〝特別評論〟の筆者が事改めて言うまでもなく現在の琉球弧と日本政府との関係において意味を持つからこそ、私は二〇一六年一月の連載開始にあたり、通しタイトルにこの語を措定したのだ。私の基本的方針にほかならない。

その連載が前月まで続いていた同じ紙面で、ところがまるで初めての話柄のごとく「『まつろわぬ民』という言葉がある」と、おもむろに切り出すこの筆者本人は、私のように社外の寄稿者というわけですらない。れっきとした『琉球新報』内部の、それも編集局長という、同紙の紙面作りの最高責任者――と、私が新聞社一般の職制に関して持っている知識からは理解する――なのだ。そうである以上、『まつろわぬ民』という言葉がある」も何も……自らが毎日編集してきた新聞の、この直前まで三年三箇月・毎月一回、計三九回にわたり、「文化」面トップに毎回〝七段抜き〟二三〇〇字――無慮六五〇〇平方センチメートルに及ぶ面積で、しかもすべてがオリジナルのカット写真とともに連載されつづけていた同時代批評のタイトルを知らないはずはあるまい。

だとすると、当然、私の連載のタイトルと、何よりその趣旨、そして三九回に及んだ内容を承知の上で、編集局長という立場の人物がこうした挙に出ていることは、まず、自らの編集する新聞への外部寄稿者に対する職業上の礼節、また文筆家としての倫理に関わる問題でもあると、私は考える。さらに言うなら、そのちょうど一箇月前まで続いてきた私の連載の存在を、結果として〝なかったことにする〟作用を持つ一つの「歴史修正」の行為との印象すら、私は受ける。

畏敬する知識人各位はじめ沖縄各界、さらに「県外」から、私のもとへも相当程度の反響もあったこの連載の、再三、書いているとおり、私としては少なからず不本意な終了（私自身は継続を希望したものの容れられなかったのだから、その判断がどなたの権限によるものだったにせよ、ある意味では「打ち切り」）直後に、よしんばその連載終了の決定とは直接、関係がないとしても、ともかく紙面作りの最高責任者が、当の私の連載への言及は一言もしないまま、わざわざ「『まつろわぬ民』という言葉がある」云云と提示するのは――仮に私なら――絶対にしないところだ。私なら、どうしてもこの語を使いたければ、一般的には「三月まで本紙に連載されていた山口泉氏のエッセイでも用いられていたが……」といった前置きを付す。というより、いかなる意味でも「独創」を命とする表現者の沽券《こけん》と矜持《きょうじ》において、そもそも他者の連載終了直後に、それと通ずる〝キーワード〟や概念を用いること自体を避ける。仮に自分が思いついたものであってすら、それが判った段階で取りやめる。これは、個個人の価値観・世界観の問題に入ってくるが。

いずれにせよ、この『琉球新報』編集局長にあっては、この〝特別評論〟の起草にあたり、少なくとも私の連載が一定程度、影響したのだと推測しても、我田引水・牽強付会の譏《そし》りは受けまい（立場上、私の連載を目にしたことがなかったはずはないのだから）。そして、現在の日本ではすべての「歴史」が大小を問わず、後から来たもの、より広汎な宣伝力や大規模な帰属母体を持つもの、立場の強いものに、そうではないものが覆い隠され、埋もれてゆくという危うい傾向がある（そうした後味の悪い経験は、これまでも何度か、私もさせられきた）。この場合、沖縄を代表する大新聞社の編集局長と、あくまで一介の不安定な文筆家にすぎない――常に自らの「表現」「言論」の発表の場を探す必要のある――私との立場にも隔たりがある。

ともあれ、右に述べたとおり〝現世的〟力関係の上での歴然たる隔たりがあるなか、ここまであっさり「『まつろわぬ民』という言葉がある」……云云と（しかも同じ新聞紙上で）書かれてしまうと、もしかしたらこのままでは後代、あたかも私が精魂込めた連載三九回の始まりにあたり、熟慮を重ねた末の『まつろわぬ邦からの手紙』というタイトル自体、私の発案ではないかのごとき誤解すら生じかねないのを危ぶむところから、あえてこの点、〝不粋〟を承知で付言しておくこととした。こんなことをわざわざ時間と紙数、有形無形のエネルギーを費やして書かねばならぬこと自体、私としては苦痛だし、なんの利益もなく、また読者におかれても不快な余分の負担であることは推測するが、ともかくこうした事態が外から一方的に発生してきた以上、これも、いかにささやかなものとはいえ一つの「歴史」に臨む姿勢の問題としてやむをえないと考えての対応である。諒とせられればありがたい。

……と、これだけでもすでに（私見では）そこそこに由由しき事態である。
ところが、これだけで話は終わらない。さらに重大なことを、ここから述べる。

くだんの『琉球新報』編集局長の〝特別評論〟は、《昭和の終わりの4年間、東京の沖縄県人学生寮「南灯寮」で暮らした。平成に代替わりしたころ、官僚試験突破を目指す東大生など10人余の学生サークルと交流する機会があった》と書き出される。「内容」に関わることとしては、ここからの「自己規定」の帰属意識が、同時に自らの言説の正当性をア・プリオリに担保するものとして措定されていると窺われる点をはじめ、言うべきことは終始、見出されるが、今回、それはひとまず措《お》く。

それにしても――。題名をはじめ、この書き出し部分、そして前掲の締め括り部分、いずれにも怒濤のごとく繰り出される「元号」のあっけなさ。無造作ぶり。「元号」すなわち「天皇暦」である。念のため、どんなに慎重に検討しても《新しい「令和」の世》に「揶揄」の要素はない（なお「揶揄」としてそれを用いるとすれば、その姿勢はそれ自体、誤りだが）。また仮に「揶揄」であれば、書き出しの「昭和」「平成」とは整合性がつかないし、ここでは元号を用いぬ方が効果的だろう。何よりテキストの基調として《新しい「令和」の世》が何らの留保もなく肯定されていることは最低限の読解力を具備した者には明らかだ。すなわちこの〝特別評論〟の世界観は、元号＝「天皇暦」の上に成立している。そうしながら、しかも《まつろわぬ心で民の声を反映》？　《「まつろわぬ民」という言葉がある》？

すでにこの〝特別評論〟は、題名も書き出しも締め括りもすべて徹頭徹尾〝まつろ〟っているのだが？　《新しい「令和」の世は》――平然とこう記しながら、どんな思想的アクロバットを行なえば《まつろわぬ心で民の声を》云云とうそぶくことができるのか？　そもそもが（もはや誰に「影響」されたものか、などという次元を超え）「まつろう」「まつろわぬ」が、この筆者にとって空疎な「借り物」の言葉・概念でしかないから、かくも惨憺たる破綻が、この〝特別評論〟を埋め尽くすのだ。その内実にも、同様の矛盾と思考停止、論理の失速と飛躍が目白押しである。その《新しい「令和」の世》と〝共存〟する《沖縄の主体性と創意》とは？　《新しい「令和」の世》に《他者の痛みを受け止めて行動する「肝苦（ちむぐ）りさ」の心を広く共有したいものだ》とは？　わざわざウチナーグチを持ち出した上での、改めての自己「皇民化」「臣民化」そのものの文言にほかなるまい。

　しかも《「令和」の世》である。本書・第三六信の末尾、［追記ノートへの追記］で私が比較対照した衆議院・新天皇即位「賀詞」の《令和の御代》と参議院・新天皇即位「賀詞」《令和の時代》との関係でいえば、この〝特別評論〟の「天皇暦」認識は、衆議院「賀詞」のそれの方に限りなく近い。いま一度記すと「時代」はなお時間区分だが、「御代」だの「世」だのは存在する世界全体の支配である。しかも現状日本の国会と違い、なんらの制約も受けずに言葉を選べるはずの〝ラディカルな〟――「まつろわぬ」（?!）沖縄の新聞の編集局長が。《新しい「令和」の世》とは……。

　さらにこの〝特別評論〟において、何より異様なのは〝沖縄に日米安保の負担を集中させる「構造的差別」〟だの〝沖縄社会に横たわる不条理と片頭痛〟（?）だのと書き連ねながら、しかも自らが持ち出している「まつろわぬ」と「天皇暦」の（矛盾そのものであることは既述の通りだが）概念操作からすれば、当然、相手取ることが絶対不可避のはずの近代「天皇」「天皇制」「天皇の戦争（戦後）責任」の問題が、言葉としても内容上からも、まったく現われてこないことだ。一九四五年二月の〝敗戦は最早必至〟という『近衛上奏文』に対し、「もう一度、戦果を挙げてから……」と応じた（『木戸幸一日記』）、ただその保身一つのために、東京大空襲はじめ全国各都市への空襲も、沖縄戦も、広島・長崎への原爆投下も、「ソ連参戦」もが起こった昭和天皇の。そして「敗戦」後はいち早く「米軍の沖縄占領継続」

の〝希望〟（一九四七年）、「日本列島からフィリピンに至る対ソ防衛線」構想（一九四八年）と、二度の〝メッセージ〟を米国に伝え、琉球弧を差し出して自らと天皇制＝「国体」の延命を図った昭和天皇の。この編集局長が「ヤマト」「日本」と書くとき、いったいその「実体」は何なのか？　ここではあらかじめ最大の責任の所在を免罪し空洞化した上で、ただ情緒的に言葉が並べられているにすぎない。

四月三〇日の『琉球新報』一面に〝でかでかと〟掲載された編集局長〝特別評論〟の罪は重い。最初から思考停止した借り物に過ぎぬから、かくも安易に「まつろわぬ」という言葉を弄び、この概念を「天皇暦」と〝共存〟する低みにまで貶《おとし》め、腐蝕させた上、しかもその内容は、昭和天皇の全責任を終始、棚上げした言説を通じて。これは結果として明仁天皇が三〇年を費やして果たした父の戦争責任の湮滅《いんめつ》への加担であり、何重もの意味で「まつろわぬ」という言葉と概念に対する侮辱であり、あえて言うなら直前に終了した私の連載『まつろわぬ邦からの手紙』全三九回に対する侮辱でもある。

私が本書でも繰り返し述べてきた、一般に似而非《えせ》なるもの、紛い物、換骨奪胎されたものが幅を利かすことで、より真実のもの、本質的なもの、根源的なものが押しやられ、放逐され、湮滅・抹消されるという力学が、ここでも存分に作用している。「反基地」「沖縄の自立」を標榜しているはずの地元新聞まで、この「天皇代替わり」ファシズムで紙面の大半が前天皇への〝沖縄県民の高くなった好感度〟一一回も訪沖してくれて有り難い〟キャンペーンに染まり上がっている。そして既存の「制度圏」言論にあっては、天皇制への批判すら、大方はあらかじめ特権的に用意された「知識人枠」に予定調和的に収まる程度の、信じ難く浅薄で生ぬるく凡庸な水準のものでしかなくなるのだ。

言い添えれば、ヤマトにおいてもヤマトンチュでも、「元号」＝「天皇暦」と、さらには天皇制そのものと粘り強い闘いを続け、現に続けている人びとはいくらでもいる。この『琉球新報』編集局長は、あるいはそうした存在さえ知らないのかもしれぬが、せめて、それを学ぶ努力をしてはどうか。

この『琉球新報』編集局長に言う。「まつろわぬ」という言葉の、真に意味するところは何か？　いま〝天皇代替わり〟に際して、真の「まつろわぬ」言論とは、どのようなものか。その見本（と、敢えて記す）は、私が昨二〇一八年一二月二七日付『琉球新報』「文化」面の連載『まつろわぬ邦からの手紙』第三六回（本書・第三六信本文）で示しておいた。「まつろわぬ」とは、こうしたことを言う。

いかにもウチナーの被差別、日米二重植民地支配の暴虐は、本書を通じても確認してきたとおりである。だが一方、ウチナーンチュであることはそれ自体、〝ア・プリオリ〟に即自的な無謬性を担保するものでもない。現にいま沖縄社会に、いくらでもかつての李光洙《イグワンス》（一八九二年～一九五〇年）ら「親日派《チニルパ》」に比すべき――それどころか、彼らよりさらに悪質で粗暴な右翼ウチナーンチュは跳梁《ちょうりょう》跋扈《ばっこ》している。李光洙が自ら選んだ〝日本名〟「香山光郎」は〝天香具山《あまのかぐやま》〟に由来する。《新しい「令和」の世》とあっさり言ってしまえる意識は、私見ではすでに危うい（ちなみに李光洙は、光復《クワンボク》＝解放＝後、自らの「親日」を朝鮮民族のためだったと弁解した）。本書・第一信で私が示唆したとおり、「世界」を縦にではなく横に見ることが忌避され、「人間としての普遍性」の尺度に悖《もと》るありようが糺《ただ》されないのなら、そもそもすべての営為は、それがこの地上に拠って立つべき根拠を喪《うしな》うだろう。

二〇一三年春の移住から二年余りを経た頃、著者御自身のお求めを受けて平敷武蕉《へしきぶしょう》さんの御労作『文学批評の音域と思想』（二〇一五年／出版舎Mugen刊）の書評を「読書」面でお引き受けする機会を得た。以来、本連載『まつろわぬ邦からの手紙』に先行する単発のエッセイ、短期集中連載をも算《かぞ》えれば、四年足らずの間に五〇回近い寄稿を重ねてきた『琉球新報』という新聞におけるこのたびの展開は、もとより私自身の夢にも予期しなかったところではあるにせよ、あまりにも残念な事態ではあった。

これはやや違った話となるが、教員やジャーナリストを含め、安定した企業（ないし国家・自治体）

に帰属しているサラリーマンがいちばん安泰で強い立場となり（馘首されない限りは）、どんなに劣悪で空疎なものであっても、内実ではなくその身分・立場ですべてが済んでしまう貧しさが、日本社会の劣化を確実に加速している。だから結果的に役人でも教員でもジャーナリストでも、せいぜい当たり前のことをしているにすぎないのに、さも特別「偉い」かのように礼讃される（自分たちは間違っても矢面に立ちたくない卑劣な人びとが、アリバイ造りに身代わりの〝弾除け〟に仕立て上げたスターとして）。

本来は同じ方向をめざしているとされる側も、実は決して一様ではない。そして、私が最も敬い、また尊ぶのは、あくまで独立不羈《ふき》の闘いに挑んでいる人びとなのだ。本書で取り上げてきた皆さん――韓国民主化運動の烈士《ヨルサ》たちも、黄榮燦《ホワンロンツァン》も、光州民衆美術運動の画家たちも、李泳禧も……田中正造も、幸徳秋水も、管野スガも、樺美智子も……黒田喜夫も、小林多喜二も、正田篠江も、山代巴も、川手健も、峠三吉も、丸山邦男も……アリス・ハーズも、フランシーヌ・ルコントも、マーティン・ハーウィット氏も……由比忠之進も、船本洲治も、山岡強一も……長崎の歴代『平和への誓い』を述べられる被爆者の皆さんも、新宿駅南口で焼身抗議を図った男性も、「新田進」氏も……森井眞さんも、島袋文子さんも、矢ヶ崎克馬さんも、山城博治さんも、文在寅《ムンジェイン》大統領も、山本太郎さんも……その他、この最後の［追記ノート］では、もはや御名前を挙げきれない多くの方がたが――私にとってはそうした存在なのだ。

『琉球新報』連載としての最終回のカット写真は、さまざまに迷ったが、やはり「光州《クワンヂュ》」にまつわるそれを用いることとした。本稿を綴っているきょう、二〇一九年五月一八日――一九八〇年から三九回目の「五《オ》・一八《イルパル》」の光州から届けられた追悼式典のニュースも圧倒的なものとなっている。

《まぎれもない五月が来ました。／いまは亡き方がたがこの上なく懐かしい、五月が来ました。／

▲ 1980 年 5 月、全斗煥（チォン・ドゥファン）将軍の軍事独裁に抵抗した光州（クワンヂュ）市民蜂起の際に犠牲者の遺体が載せられた手押し車の資料を見つめる民衆美術家・全情浩（チォン・ヂォンホ）さん（2015 年 9 月、光州市内《5・18 民主化運動記録館》にて／撮影・山口泉）
全情浩さんについては、本書・第 17 信を参照。

生きている五月が来ました。／悲しみが勇気として咲き匂う五月が来ました》

こう語り起こされた文在寅大統領による追悼演説の見事さ――。つい先日のドイツ紙《フランクフルター・アルゲマイネ・ツァイトゥング》（FAZ）への大統領自身の寄稿『平凡さの偉大さ　新たな世界秩序を考えて』に溢れた熱と光に、まさに匹敵しよう。

（演説は、KBS＝韓国放送公社＝のサイト掲載のテキストから拙訳。青瓦台《チォンワデ》＝韓国大統領府＝がプレス・リリースしているとしたら、細部の文言には異同があるかもしれない）

《八〇年五月、光州が血を流し、死に行くとき／光州と共にできなかったことが／あの時代を生きた市民の一人として、ほんとうに申し訳ありません》と続く演説は「五・一八」がその後、現在にいたる韓国の民主主義に持つ絶対の倫理的な意義を崇敬し、光州市民・全羅南道《チォルラナムド》道民の苦闘を讃えるものだが、同時に近年、明らかになってきている全斗煥《チォンドゥファン》麾下《きか》の戒厳軍のより悪辣な暴力の疑惑、ヘリコプターからの無差別機銃掃射や、おぞましい性暴力等の問題についても踏み込んで言及し、さらに尊い市民蜂起を平然と讒謗《ざんぼう》する事実無根の誹謗中傷が再び高まっている事態への糾弾を行なうなど、苦渋に満ちた部分をも含む。いま東アジアで密かに企まれていること、このかんの「南北対話」の進展等が都合の悪い勢力（それは韓国国内のみならず、より広汎な場にも存在するだろう）等との困難な闘いをも推測させる内容である。

それら、すべての苦渋を噛みしめるように確認した後、さらに「光州」の精神を国民全員のものとするための自らの政権の努力を誓ってから、胸を揺さぶる演説は、こう締め括られる。

《私たちの五月が毎年、輝き／すべての国民にとって未来へと向かう力となるよう願います》

ＫＢＳの原文サイトと、機械的な粗訳ならできる翻訳サイト、そして時に声を詰まらせながら語りつづける大統領と喪服姿のハルモニがた多数を含む遺族席で涙を拭う人びとが交互に映し出される会場からの中継動画の、三つのページをコンピュータの液晶画面上に並置して、この胸に迫る二〇一九年度・光州「五・一八」追悼式典の文在寅演説に聴き入る。声もなく、私自身の内部のどこかが号泣し、慟哭しているようだ——。

もとより私に、ここに「加わる」資格はない。だが、叶うことなら、この人びとの生死を超えた「連帯」の裾野に近づきたい。

いま、この地上に光州が、「五・一八」民主化運動の「歴史」が存在することは、私の生涯のまぎれもない希望であり、はるかな光源である。

後記
――言論の廃墟のただなかで、本書の読者へ送る、四〇通目の手紙

結果として三年三箇月、全三九回となった連作を、いまここで一書にまとめるにあたって、どこまでも気持ちが晴れません。

もとより暗澹たる閉塞感に満ちた大状況からすれば当然でしょうか？　けれど、たとえそうだとしても、ともあれそれなりに一つのささやかな達成感を以て綴ってきたのが、これまでの小著いずれもの「あとがき」でした。「3・11」東京電力・福島第一原発事故の後、世界の終わりと命の危機のただなかに上梓した『原子のバッハ』の時や、沖縄移住後〝将来〟はおろか翌年の見通しも立たないまま、一種灼《や》けつくような焦慮に炙《あぶ》られながらまとめた『辺野古の弁証法』の時……さらに言うなら、もはや制度としての「文学」とは次元を異にした場から小説の提示を企図した、最初からさまざまな意味での孤絶を承知の上の『重力の帝国』の時でさえも。

それが今回は、ほとんどないのです。ただ、どこまでも底知れぬ〝未到達感〟とでも呼ぶしかない苛立ちと、自他と世界すべてを、このままで済ますわけにはいかないという憤りだけがあります。

いかなる意味でも到底、それらが肯定的な感情のはずはありますまい。しかも、にもかかわらずそれを、私はどうやらいま、人が一般に「希望」と呼ぶものの代わりに携えて行くしかないようです。

二〇一六年一月、『琉球新報』での『まつろわぬ邦からの手紙』連載開始当初、この同時代批評がどこまで続くかは、もとより予測しようもないことでした。琉球弧にとっても日本にとっても、さらには東アジア現代史のなかでも、おそらくは決定的だったにちがいないこの期間（そうした状況は、実は現在、さらに深まっているのですが）――思いのほか長く続けることができたとも、また、絶対にここで終わってはならないところで終了したとも言えるでしょう。

忌憚なく記して、いよいよつのる徒労感も、かつてない苦い思いもあります。むろんその上で、なおこの作業には一定の意味があったとは考えていますし、いまこうした「言論」の場がどんどん狭められ奪われてゆく状況下、さらに内心、期すところもなくはないにしても。

ともあれ、今回、本書をまとめる作業を通じ、改めて確認しているのは、結局、私は最初から最後まで、ずっと「同じ一つのこと」を言い続けてきたのだな、という簡明な事実でした。それはあるいは本連載に留まらず、一九七〇年代後半以降、自らの書いたものを「活字」（当初はまだ）にしてくるなか、一貫してそうであったにすぎないのかもしれないのですが――。

この三九回の同時代批評を通じ、私が採ってきた基本姿勢の一つは、これまで他のすべての媒体に寄稿してきたそれらの場合と、なんら変わりません。すなわち、発表媒体が〝沖縄の新聞〟であるからといって、問題を決して琉球弧の内に限定するのではなく、あくまで琉球弧をその「一部」とした「世界」全体のなかで、つねに捉え、位置づけること。空間的・地理的にも、時間的・歴史的にも（前近代から近代、現代、そして私たちになお未来があるとすれば、その未来をも含んで）――。そうする理由の一つは「沖縄」の問題も、また決して沖縄のみで解決することはないと、私は考えるからです。

同時に、本書の副題をめぐって一言、触れておくと、集合論的関係からいえば私にとって「沖縄」

「日本」「東アジア」は、そのいずれも、どれか一つが他の何かに包摂される〝部分集合〟の関係にあるものでもありません。「沖縄」は「日本」の一部ではなく、また「日本」は「東アジア」には帰属しない――そうする資格はない国なのです（このことは本書・第三五信の本文――すなわち連載・第三五回にも記しました）。

私においては、三者はそれぞれ、まったく別個の存在・領域・概念です。

とはいえ、現状では今日の日本国の版図のなかの一商業紙にもほかならない『琉球新報』にあって、このかん私を御担当くださった文化部の歴代三氏――米倉外昭《がいしょう》さん・與那覇《よなは》裕子さん・山城祐樹さんの御三方にお示しいただいた御高配には、厚く御礼申し上げます。

毎回毎回、時には下版直前となったこともある校了まで、何次かのゲラにわたって、錯綜を極め、微に入り細を穿《うが》つ手直しをお願いする私の希望を、にもかかわらず、ぎりぎりまで反映して下さった親身の御対応もさることながら、何より私が多としてきたのは、この全三九回を通じ、歴代三氏が、ただの一度も、私の原稿の基本的主張に関して、その表現を含め、いかなる〝変更〟も要請されることなく、筆者の意向を最後まで十全に尊重して下さった事実でした。読者各位におかれても、本書の本文が、稀に細部に若干の整合を施した場合を別にすれば、ほぼここに収録されている状態のままのテキストとして、現在の日本の「制度圏」の新聞に三年三箇月にわたって掲載されつづけてきたことには、おそらくある「驚異」を覚えられるのではないでしょうか。

御三方は現在、当時の立場におられないとのことで、沖縄を代表する新聞社の一方という巨大システムについて、もとより私にはなんの知見があるはずもありませんが、毎月、紙面作りの現場で本作『まつろわぬ邦からの手紙』連載を支えつづけてくださった米倉さん・與那覇さん・山城さんには、ひたすら感謝の念があるばかりです。

本書の装画には、私から、ぜひにと希望して、下地秋緒《ときお》さん（一九七五年〜二〇〇八年）の銅版画『Nubes pasajeras／ちぎれた雲』（二〇〇七年／一二〇㎜×一七〇㎜）の使用が叶《かな》いました。

その経緯については本書・第三二信［追記ノート］でも触れていますが、昨二〇一八年八月、広島市横川町のブックカフェ《本と自由》での、絵本『さだ子と千羽づる』刊行二五周年記念シンポジウムに御来駕くださった中山幸雄さんから、思いがけず、何冊かの書籍・資料を御恵贈いただいたのがきっかけでした。そこに含まれていた下地秋緒作品集『すべてのもののつながり』（二〇一一年／現代企画室刊）が、まさしくその〝すべてのつながり〟の発端だったのです。

前夜、劇作家・女優の鈴木まゆさんのお引き合わせで、私は中山さんの主宰されるカフェ《テアトロ・アビエルト》（同市・上八木）をお訪ねし、氏の辱知を得ました。その折り、初めて拝見した中山さん製作の『船本洲治決起四〇年・生誕七〇年祭——船本とカマキョー・ゲントーの時代』資料集で存在を知った下地秋緒さんの、表紙を飾っていた『Una conversaci con marciano／宇宙人との会話』（二〇〇四年）に始まり、鏤《ちりば》められた、いずれの版画にも感嘆措《お》く能わざる気配だったとおぼしい私に対しての、この贈り物は中山さんの御高配だったのでした。

帰沖後、同書のページを飽かず繰りながら、この早世した人の画業への私の評価はいよいよ高まりました。初期彫刻の外連味《けれんみ》のない誠実さ。精確なヴォリューム感覚。最後期の（と、今となっては言うしかない）銅版画の揺るぎなさ。言葉の本質的な意味での、美しさ。全ページを通覧するなかで、わけても私がたちまち引き寄せられたのが、この『ちぎれた雲』でした。御覧のとおり、清冽にして深い——。自らの孤独にどこまでも沈潜しながら、しかもそこから世界を凝視しつづける強靭な意思。

まだ昨夏には具体的にそうした事態は認識していなかったものの、いまにして思えば『琉球新報』連載の末期だった頃、私としてはこの同時代批評を一書にまとめる場合、その本の装画として、これより相応しい作品はないとの結論に直ちに達していました（すべての判断は、瞬間に来るものです）。付言するなら、画集解説をはじめ彼女の画業について愛惜を込めて語り、少なからぬ言葉を費やしている方がたのどなたも（私の知り得た限り）この傑作にだけは言及されてはいないこと、インターネット上の画像でも『ちぎれた雲』は、なぜか見当たらないことは、ますます私の思いを強めました。

初期彫刻作品から一貫していることですが、とりわけ『ちぎれた雲』では、その空間把握の確かさが並大抵ではありません。作品空間全体の無定形《アモルフ》な設《しつら》えの巧みさのなか、さらに二人の人物を深い距離をとって配置した中央部の別次元の空間の陥入・象嵌《ぞうがん》ぶりの見事さ。しかもこのエッチングでは、一切を最少のそれらで提示する「線」の有機的な感覚——生命感が水際立っています。

何よりここには、曖昧なもの・借り物・贋《にせ》のものがまったくありません。抑制されきった線が一本の例外もなく、すべて「必然」であり、どんな細部にも、画家が自ら素手で摑《つか》み取った真実が息づいています。そしてこの上なく静謐な画面の中に、深く沈痛な思念が湛《たた》えられているのです。その静かな「確信」に満ちた真実さは、私が愛好するジャコメッティ作品にも通ずるものといえるでしょう。およそ、あらゆる本物の表現はその根源で通底するのです。

——そう、彼女の色彩や線描に、人は容易にパウル・クレーの名を出すかもしれません。けれどもこの画家の本質は、クレーより、むしろシュルレアリスム期後半のジャコメッティに近いと私は考えます（当該時期のジャコメッティより優れています）。銅版画のみならず、造形表現でこれほど独創的で清冽なものに出会ったのは久しぶりのことでした。いつまでも見入り続けていたい思いがしました。

さればこそ『まつろわぬ邦からの手紙』連載が心ならずも終了し、ただちにそれを本にまとめる必要が生じたとき、「運命」のように出会ったこの銅版画で書物を装いたいと、私が改めて願わない筈があるでしょうか。

後日、秋緒さんのお母様・下地喜美江さんにお会いし、装画としての使用について御快諾いただくなかで、この作品は一葉だけが刷られたそれを、画家の早世後に開かれた展示即売会で、どなたかが購入され、また原版の所在も不明との事情をお聞きしました。なんということ……。美術用語では、最初から一枚しか刷られず、絵画と同様の唯一性を持つ版画を「ウニカ」unica（ラテン語。「それのみ」「ただ一つ」の意）と呼びます。古代から中世のヨーロッパでは、宗教的な理由も含め、珍しくありません。したがって、いまでは画集『すべてのもののつながり』のために撮られた写真が、この作品の姿を最も近く留めた資料ということになるわけですが、その貴重な画像を、今回、収録作品を撮影された写真家・今泉真也さんから御提供いただくことができました。

そうした皆さんの御厚意で、本書の装幀は成立しています。深く感謝する思いです。

なお、これは画家・下地秋緒や『ちぎれた雲』をはじめとする彼女の画業の評価とは、直接には、まったく別個の事柄であるものの（それらは当然、おのおの自立しているから）、別の意味で一つの大切な歴史的事実であり、また本書の内容にも関わることなので付言しておくと、下地秋緒さんは、私が本書の第一八信・第一九信・第三二信・第三九信で言及している船本洲治氏の娘さんでもあります。

留学先のスペイン・マドリッドでの客死の事情を含めた伝記的細部について記すことは、もとより私の任ではありませんが、彼女が生まれ育ち、自己形成を遂げてきたはずのコザは、私も三八年余りを過ごした東京からの移住の地として選んだ街で、とりわけ最初の住まいは、下地喜美江さんの主宰される素敵な古書店《コザすばる書房》の、偶然にも間近だったのでした。

むろん船本洲治の名は、在京中の七〇年代の終わりごろには、私は承知していたにせよ、二〇一四年春には、いまだそうした経緯をまったく存じ上げない状態で、事前の御連絡もなしに《コザすばる書房》をお訪ねし、私の《ウミエラ館》講演のポスターを貼っていただいたりしたこともありました。すでに移住後、単発的に新聞に寄稿した小文はお目に留まっていたようですが、それが、現在も一貫して琉球弧の解放、被抑圧者相互の連帯の闘いをつづけておられる下地喜美江さんとの初対面でもありました。今日の展開はまったく予想もしないままの。

もとより管見ですが、現在、沖縄でも船本洲治の存在を知る人は、それほど多くはない気がします。その一方、「反基地」「沖縄の自立」を標榜しているはずの地元新聞までが、〝天皇代替わり〟にまつわる壮大なキャンペーンを展開しているのが現状です。そうしたさなか、ささやかな一書とはいえ、一九七五年の「皇太子来沖」に命を賭して抗議した人物の名を刻みつけておくことは、船本洲治氏の思想と行動に全的に賛同するか否かを超え、この欺瞞のただなかで、現在の世界に対する異議を持つ方がたとの回路を共有する上でも、一つの意味を持つのではないかと、私は考えています。

装幀の七語のアルファベットは私の他の著作の場合と同様、書名のエスペラント訳で〝レテーロイ・エル・ラ・ランド・キウ・ネ・オベエモ〟と読みます（「手紙」は「j《ヨー》」を付して複数形になっています）。

今後の私の「表現」「言論」の展開は、さらに厳しいものを予想しています。その一端は本書をお読みいただけば明らかですが、安倍政権に同調する者はもとより、反対を標榜するなかにもギルドや権威、そこから派生する悪しきヒエラルキーがあり、それらはいたるところを腐蝕し、空洞化しています。ヤマトにはもちろん、琉球弧でも。また、琉球弧への移住者のなかでも。

既存の単純化された「対立」構造を無批判に鵜呑みにし、その構図において自らがあらかじめ批判することを決めた対象と賞讃することを決めた対象との間に、あまりにも安易に引いた境界線の〝こちら側〟と思い込まされたものから、たちまち安易な権威や偶像を探し出しては（実は、宛てがわれては）それをひたすら崇拝しさえすれば自らの〝革新性〟の証明にもなるかのごとく思い込んでいる人びとの言説は、それがどんなに大量かつ高頻度であっても、そうであればあるほど、つまるところ現にある停滞した構造の既存権益を追認し、擁護しているにすぎず、自らはその構造の維持に加担しているのです。そもそもあらかじめそうした「境界線」を引くことそれ自体が、実は批判精神の抛棄《ほうき》にほかなりませんが、あえてそれをしたいのであれば、本来のその「境界線」は、当人の思っているよりも、はるか手前——おそらくはその当人の「背後」に引かれなければならないのではないでしょうか？

いま日本国の版図はまぎれもなく、言論の惨憺たる廃墟そのものです。

半ば以上、個人的な心覚えとして記しておくと、その成り立ちや性格からして、私の旧著で本書にいちばん近いのは『アジア、冬物語』（一九九一年／オーロラ自由アトリエ刊）でしょう。とはいえ、外的な状況は同書が上梓された二八年前と較べても、さまざまな意味で、はるかに厳しく、この新たな本が今後、真に出会うべき読者とめぐり逢うための回路は、あらかじめ何重にも寸断され、塗りこめられ、徹底的に奪い去られています。こうした状況下、『避難ママ——沖縄に、放射能を逃れて』以降、私の著作の刊行をもっぱら引き受けてもらう形となっているオーロラ自由アトリエ（その最大の理由は明白で、批評であれ小説であれ「ポスト・フクシマ」のほんとうの真実を書いた本を刊行し得る出版社は、現在の日本で極めて限られるからです）に強いる負担も、ますます強まっています。

同社・代表の遠藤京子さんとの共同作業は、それ以前、一九八〇年代半ばの個人プロダクション「未完舎」（この名前も、もともとは八〇年代初め、ある事情から私が〝理想の出版社〟の名前として構想したものので、その後『吹雪の星の子どもたち』＝一九八四年／径書房刊＝に出てくる架空の書肆《しょし》のそれともなっています）の時代から始まっているのですが、その後の「オーロラ自由アトリエ」という社名は、私の最初の長篇小説『旅する人びとの国』上下巻（同前／筑摩書房刊）の冒頭に仮設された、物語上の架空の作家・知里永《ともさとひさし》が、二五歳で「文学」を離れてから身を投じた革命運動の末、五〇歳になって同志らと共に建国を成し遂げ、初代大統領に就任した「オーロラ自由国」の国名に由来しています（小説として着手された順序は『旅する人びとの国』の方が早かったにもかかわらず、全二五〇〇枚・上下二巻というそれが完成に手間取ったため、本の刊行は『吹雪の星の子どもたち』の方が半年ほど早くなりました）。

本書・巻末のオーロラ自由アトリエ「出版目録」の内容は、かつて二十代前半の私が「オーロラ自由国」の名のもとに抱いていた幼く稚拙な思考に較べれば、遠藤京子さんやその後にお会いしてきた内外各地、幅広い世代にわたる皆さんのお蔭で、はるかに成熟した思想の結晶となっています。しかし同時に、それに反比例するように日本語出版圏の状況はいよいよ荒寥としています。

そうしたなか、この過酷な現実の底で、これまで以上に困難な作業を引き受けてくれたオーロラ自由アトリエのためにも、本書に御共感いただける読者のお力添えを得ることを、私は切望しています。

公共図書館に本書のリクエストをしていただくのは、とてもありがたく、またさらに言えば意義深いことと考えます。現状、とりわけ小泉純一郎政権以降の自民党政治の構造的抑圧により、多くの人が強いられている経済的困難が深まりゆく一方のなかで、図書館が社会から期待される機能にも、それ以前になかった切実な多様性が生じていますが、そもそも図書館には、かつて「戦後」の出発点に羽仁五郎が国立国会図書館の理念として措定した、『ヨハネ福音書』に由来するとされる簡潔にして力強い言葉――《真理が我らを自由にする》のとおり、もともと「民主主義」の礎を成す、真の精神の「自由」の砦としての役割があったはずなのですから。

現在以後の状況が、この国に生きざるを得ない者にとって、従来のあらゆる経験値を超えたものとなることは間違いありません。最終的な破滅が、目前に迫っています。成算は極めて乏しいのですが、ともかく闘い続けるほかありません。それ以外に、採り得る道がない以上は。

そうした中、おのおのがどこまで持ちこたえられるかは、誰にとっても、自らが孤絶した単独者でないと確認できるような大切な「他者」の存在を最後まで見失わずにいられるか否かに懸かっている気がします。私たちが、なおも生き、この世界を存続させたいと、本気で考えるのであれば――。

本書の困難極まりない刊行を引き受けてくれたオーロラ自由アトリエ・遠藤京子さんに感謝するとともに、皆さんのお力添えを、どうか、お願い申し上げます。

二〇一九年五月一八日

沖縄・コザにて

山口　泉

山口泉（やまぐちいずみ）

作家。1955 年、長野県生まれ。1977 年、東京藝術大学美術学部在学中に中篇小説『夜よ 天使を受胎せよ』（未刊）で第 13 回太宰治賞優秀作を得、文筆活動に入る。

SHANTI（シャンティ＝絵本を通して平和を考える会）アドヴァイザー。同志社大学メディア・コミュニケーション研究センター嘱託研究員。日本文藝家協会会員。日本ペンクラブ会員。

2005 年〜 2018 年、「小諸・藤村文学賞」銓衡委員。2013 年、東京から沖縄本島へ移住。

現在『週刊金曜日』に同時代批評『肯（うべな）わぬ者からの手紙』を月 1 回連載中。

著　書（以下には、単著のみを掲げる）
『吹雪の星の子どもたち』（1984 年／径書房）
『旅する人びとの国』〈上巻〉〈下巻〉（1984 年／筑摩書房）
『星屑のオペラ』（1985 年／径書房）
『世の終わりのための五重奏』（1987 年／河出書房新社）
『宇宙のみなもとの滝』（1989 年／新潮社）
『アジア、冬物語』（1991 年／オーロラ自由アトリエ）
『ホテル物語——十二のホテルと一人の旅人』（1993 年／ NTT 出版）
『悲惨鑑賞団』（1994 年／河出書房新社）
『「新しい中世」がやってきた！』（1994 年／岩波書店）
『テレビと戦う』（1995 年／日本エディタースクール出版部）
『オーロラ交響曲の冬』（1997 年／河出書房新社）
『ホテル・アウシュヴィッツ』（1998 年／河出書房新社）
『永遠の春』（2000 年／河出書房新社）
『神聖家族』（2003 年／河出書房新社）
『宮澤賢治伝説——ガス室のなかの「希望」へ』（2004 年／河出書房新社）
『アルベルト・ジャコメッティの椅子』（2009 年／芸術新聞社）
『原子野のバッハ——被曝地・東京の三三〇日』（2012 年／勉誠出版）
『避難ママ——沖縄に放射能を逃れて』（2013 年／オーロラ自由アトリエ）
『避難ママ——沖縄に放射能を逃れて』音訳版 CD（2013 年／オーロラ自由アトリエ）
『辺野古の弁証法——ポスト・フクシマと「沖縄革命」』（2016 年／オーロラ自由アトリエ）
『重力の帝国——世界と人間の現在についての十三の物語』（2018 年／オーロラ自由アトリエ）
『まつろわぬ邦からの手紙——沖縄・日本・東アジア年代記』（2019 年／オーロラ自由アトリエ）
近　刊
『吹雪の星の子どもたち』『翡翠の天の子どもたち』完結篇〔II 部作・合本〕

その他、主な単行本未収録作品に、信濃毎日新聞（1991 年〜 2006 年）連載・同時代批評 213 篇、長篇小説『オーロラ年代記』（季刊「批判精神」連載中断）、『「日本文学」の世界戦のために』（季刊「文藝」連載）5 章、「『正義』と『平和』」（「同志社メディア・コミュニケーション研究」）をはじめとする日本文学論・世界文学論多数、原爆論、現代韓国論、現代東アジア民衆美術論、河出書房新社『松下竜一その仕事』全 30 巻「全巻個人解説」、『世界』『週刊金曜日』『図書新聞』『読書人』『ミュージック・マガジン』『アート・トップ』等に寄稿してきた書評・テレビ評・文化論関連の論攷多数がある。現在、小説のほかジャコメッティ論、魯迅論、マルクス論を準備中。

ウェブサイト『魂の連邦共和国へむけて』 http://www.jca.apc.org/~izm/
ブログ『精神の戒厳令下に』 http://auroro.exblog.jp/
ツイッター　https://twitter.com/yamaguchi_izumi
フェイスブック、インスタグラムもあり。

総索引

【人 名】

〈あ行〉

鬉　光　第32信
青地晨　第5信
青山修三　第32信
赤城宗徳　　第19信，第39信
秋元康　　第17信，第36信
安慶田光男　第14信
安里清信　第3信
麻生太郎　第4信，第21信，第29信，第30信，第31信，第33信
アーダーン，ジャシンダ（Ardern, Jacinda）　第37信，第39信
安倍昭恵　第8信，第15信，第18信
安倍晋三　第1信，第3信，第4信，第5信，第6信，第7信，第8信，第10信，第11信，第16信，第17信，第18信，第19信，第20信，第21信，第22信，第23信，第24信，第26信，第27信，第28信，第30信，第33信，第34信，第35信，第36信，第38信，第39信
安保徹　第12信
荒井六貴　第18信
新垣毅　第2信
新川明　第27信，第34信，第39信
荒木栄　第2信
新田進（筆名）　第18信，第39信
安英淑（안영숙＝アン・ヨンスク）　第17信
安藤鉄雄　第16信，第32信
李　衛（이위＝イ・ウィ）　第5信
李光洙（이광수＝イ・グワンス）　第39信
李國彦（이국언＝イ・クグォン）　第17信
李相浩（이상호＝イ・サンホ）　第17信，第29信，第32信
李小仙（이소선＝イ・ソソン）　第17信
李春植（이춘식 = イ チュンシク）　第35信
李太宰（이태재＝イ・テヂェ）　第20信，第32信
李韓烈（이한열＝イ・ハニョル）　第18信
李明博（이명박＝イ・ミョンバク）　第17信，第27信，第34信，第38信，
李泳禧 →　李泳禧（리영희＝リ・ヨンヒ）
池庄司英臣　第32信
池庄司幸臣　第32信
池田龍雄　第21信
石川啄木　第31信
石原昌家　第10信，第30信
石村日郎 →　鬉光（あいみつ）
石牟礼道子　第17信
泉裕昭　第32信
いちすけ　第11信
伊藤路子　第22信
伊藤祐一郎　第7信
糸数慶子　第10信
稲垣絹代　第10信
稲田朋美　第8信，第9信，第10信，第19信
稲葉真以　第17信
稲嶺恵一　第31信，第37信
稲嶺進　第26信
伊波洋一　第5信，第7信
井原東洋一　第8信，第32信
いまいずみあきら　第39信
今泉真也　後記，装画クレジット
今村一男　第2信
任鍾榮（임종영＝イム・ヂォンヨン）　第17信
林書鉉（임서현＝イム・ソヒョン）　第17信
林洛平（임낙평＝イム・ナッピョン）　第17信，第34信
岩上安身　第9信
岩屋毅　第36信
上野英信　第12信，第38信
上野千鶴子　第35信，第39信
内間安男　第5信，第11信

内山愚堂　第 31 信
海勢頭豊　第 6 信
枝野幸男　第 5 信 , 第 36 信
榮野川安邦　第 21 信
遠藤海里　第 27 信
遠藤京子　第 5 信 , 第 6 信 , 第 8 信 , 第 16 信 , 第 17 信 , 第 20 信 , 第 32 信 , 第 33 信 , 第 34 信 , 第 35 信 , 第 39 信 , 後記
呉珍娥（오진아＝オ・ヂナ）　第 39 信
大江健三郎　第 35 信
大石誠之助　第 31 信
大石又七　第 21 信 , 第 35 信
大澤愛子　第 24 信
大澤忠夫　第 24 信
大澤つた子　第 24 信
大澤菜穂子　第 24 信
大澤基夫　第 24 信
大城常夫　第 39 信
大田英昭　第 35 信
大田昌秀　第 9 信 , 第 31 信 , 第 37 信
大田洋子　第 20 信
大田実　第 11 信
太田武二　第 39 信
大槻オサム　第 32 信
大野由貴子　第 35 信
大橋文之　第 22 信
大牟田稔　第 20 信
緒方修　第 5 信
岡部喜久雄　第 32 信
岡本厚　第 37 信
岡本光博　第 23 信
岡本愛彦（よしひこ）　第 23 信
沖島正　第 39 信
沖本八重美　第 22 信
奥平一夫　第 13 信 , 第 19 信
長田洋一　第 5 信
翁長雄志　第 2 信 , 第 8 信 , 第 9 信 , 第 10 信 , 第 11 信 , 第 13 信 , 第 14 信 , 第 15 信 , 第 19 信 , 第 20 信 , 第 22 信 , 第 23 信 , 第 24 信 , 第 25 信 , 第 26 信 , 第 29 信 , 第 30 信 , 第 31 信 , 第 32 信 , 第 34 信 , 第 37 信 , 第 39 信
オバマ , バラク（Obama II , Barack Hussein）　第 6 信 , 第 8 信
小原つなき　第 17 信

〈か行〉

笠木透　第 33 信
カザルス , パブロ（Casals, Pablo=Pau）　第 32 信
片岡俊也　第 22 信
勝野哲　第 21 信
勝俣恒久　第 3 信
金沢秀樹　第 22 信
金田勝年　第 18 信
カフカ , フランツ（Kafka, Franz）　第 27 信
鎌田慧　第 35 信
上川陽子　第 31 信
嘉陽宗義　第 11 信
川上靖幸　第 20 信 , 第 32 信
かわぐちかいじ　第 18 信
川手健　第 20 信 , 第 39 信
川端康成　第 5 信
菅直人　第 5 信 , 第 36 信
管野スガ　第 31 信 , 第 39 信
樺美智子　第 18 信 , 第 39 信
岸信介　第 18 信 , 第 19 信 , 第 36 信 , 第 36 信 , 第 39 信
宜野座映子　第 1 信
金仁淑（김인숙＝キム・インスク）　第 17 信
金運成（김운성＝キム・ウンソン）　第 1 信
金鏡仁（김경인＝キム・ギョンイン）　第 17 信
金　九（김구＝キム・グ）　第 29 信
金功哲（김공철＝キム・コンチォル）　第 35 信
金紗梨（김사리＝キム・サリ）　第 35 信
金曙炅（김서경＝キム・ソギョン）　第 1 信
金正日（김정일＝キム・ヂォンイル）　第 29 信
金正恩（김정은＝キム・ヂォンウン）　第 25 信
金鍾律（김종율＝キム・ヂォンニュル）　第 17 信
金芝河（김지하＝キム・ヂハ）　第 35 信
金太一（김태일＝キム・テイル）　第 35 信

金大中（김대중＝キム・デヂュン）　第 29 信
金喜孌（김희련＝キム・ヒリョン）　第 17 信
金保秀（김보수＝キム・ボス）　第 17 信 , 第 29 信
金潤洙（김윤수＝キム・ユンス）　第 16 信
金永哲（김영철＝キム・ヨンチョル）　第 17 信
金永姫（김영희＝キム・ヨンヒ）　第 17 信
木村朗　第 5 信
木村亨　第 18 信
金城重明　第 10 信
金城勉　第 15 信 , 第 26 信
金城初子　第 1 信
金城実　第 1 信 , 第 2 信 , 第 5 信
金城夕起子　第 1 信
權海孝（권해효＝クォン・ヘヒョ）　第 36 信
權美卿（권미경＝クォン・ミギョン）　第 39 信
具志堅隆松　第 10 信
国本衛　第 5 信
久保田美奈穂　第 22 信
クレー , パウル（Klee, Paul）　後記
黒田喜夫　第 26 信 , 第 29 信 , 第 36 信 , 第 39 信
桑江朝千夫　第 38 信
桑江常光　第 11 信
桑江テル子　第 11 信
高慶日（고경일＝コ・ギョンイル）　第 36 信
高和政（고화정＝コ・ファヂォン）　第 35 信
高永才（고영재＝コ・ヨンヂェ）　第 17 信
ゴ・ディン・ジエム（Ngô Đình Diệm）　第 39 信
小泉純一郎　第 13 信 , 第 20 信 , 後記
小泉進次郎　第 13 信
幸喜良秀　第 11 信
幸徳秋水　第 31 信 , 第 39 信
河野太郎　第 25 信 , 第 38 信
こうの史代　第 20 信
香山光郎 →　李光洙（イ・グワンス）　第 39 信
小坂善太郎　第 21 信
輿石正　第 3 信
コッホ , ミリアム（Koch, Miriam）　第 17 信
後藤謙次　第 11 信
小林三吾　第 18 信
小林多喜二　第 18 信 , 第 28 信 , 第 36 信 , 第 39 信
小林秀雄　第 7 信
小嶺和佳子　第 11 信

〈さ行〉

酒井菜々子　第 35 信
榊原崇仁　第 18 信
崎原盛秀　第 19 信 , 第 24 信
佐喜眞淳　　第 32 信 , 第 33 信 , 第 34 信
佐々木禎子　　第 8 信 , 第 20 信 , 第 32 信
サッチャー , マーガレット（Thatcher, Margaret）　第 17 信
佐藤栄作　第 18 信 , 第 27 信 , 第 28 信
佐藤満夫　第 32 信
佐藤基子　第 32 信
サンズ , ボビー（Sands, Bobby）　第 17 信
山東昭子　第 23 信
習近平（シー・ヂンピン）　第 16 信
志位和夫　第 36 信
柴田寿宏　第 27 信
島尻安伊子　第 7 信 , 第 8 信 , 第 11 信
島袋文子　第 1 信 , 第 10 信 , 第 11 信 , 第 12 信 , 第 13 信 , 第 14 信 , 第 31 信 , 第 34 信 , 第 39 信
沈在哲（심재철＝シム・ヂェチォル）　第 34 信
志村惠一郎　第 36 信
下地晃　第 13 信
下地喜美江　第 32 信 , 後記 , 装画クレジット
下地秋緒（ときお）　装画 , 第 32 信 , 後記 , 装画クレジット
下地敏彦　第 13 信
下地幹郎　第 15 信 , 第 37 信
下村満子　第 39 信
ジャコメッティ , アルベルト（Giacometti, Alberto）　第 17 信 , 第 32 信 , 後記
謝花喜一郎　第 31 信 , 第 32 信
許倍榕（シュウ・ベイロン）　第 27 信
正田篠枝　第 32 信 , 第 39 信
城臺美彌子　第 8 信 , 第 32 信

正力松太郎　第 36 信
ジョンソン，リンドン（Johnson, Lyndon）第 28 信
シラク，ジャック（Chirac, Jacques）第 35 信
城間真弓　第 2 信
申栄日（신영일＝シン・ヨンイル）第 17 信
新宿駅南口で焼身自殺を図った男性　第 18 信，第 39 信
新谷のり子　第 39 信
末永浩　第 8 信
菅義偉　第 4 信，第 31 信，第 38 信
菅原文太　第 14 信
杉田水脈　第 31 信，第 34 信
杉本栄子　第 24 信
杉本雄　第 24 信
瑞慶覧長敏　第 5 信，第 25 信，第 26 信
鈴木樹里　第 17 信
鈴木昌司　第 17 信，第 20 信，第 27 信
鈴木まゆ　第 20 信，第 32 信，後記
隅谷三喜男　第 28 信
瀬長亀次郎　第 4 信
徐　勝（서승＝ソ・スン）第 16 信，第 17 信，第 25 信，第 30 信，第 35 信
徐東煥（서동환＝ソ・ドンファン）第 17 信
徐民教（서민교＝ソ・ミンギョ）第 32 信，第 35 信

〈た行〉

田上富久　第 20 信
高市早苗　第 8 信
高橋邦輔　第 17 信，第 34 信
高橋源一郎　第 23 信，第 35 信
高良倉吉　第 39 信
竹内好　第 8 信，第 18 信，第 28 信，第 36 信
竹下登　第 23 信
竹下亘　第 23 信
武田建　第 28 信
竹中平蔵　第 37 信
田下寛明　第 20 信
巽レリ玲子　第 17 信
田中正造　第 36 信，第 39 信
田中熙己　第 32 信
谷口稜曄　第 8 信，第 32 信
谷本仰　第 32 信
玉城デニー　第 32 信，第 33 信，第 37 信
多見谷寿郎　第 9 信
陳燕琪（チェン・イェンチ）第 30 信
張俊河（장준하＝チァン・ヂュナ）第 29 信
張鐵柱（장철주＝チァン・チォルヂュ）第 35 信
崔圭夏（최규하＝チォェ・ギュハ）第 34 信
崔成旭（최성욱＝チォェ・ソンオク）第 34 信
趙源模（조원모＝チォ・ウォンモ）第 35 信
趙寿來（조수래＝チォ・スレ）第 35 信
全情浩（전정호＝チォン・ヂォンホ）第 16 信，第 17 信，第 25 信，第 32 信，第 39 信
全泰壹（전태일＝チォン・テイル）第 17 信，第 29 信，第 39 信
全斗煥（전두환＝チォン・ドゥファン）第 17 信，第 34 信，第 39 信
鄭眞卿（전진경＝チォン・ヂンギョン）第 16 信
鄭玹汀（전현정＝チォンヒョンヂォン）第 35 信
鄭炳浩（전병호＝チォン・ビョンホ）第 16 信
鄭栄桓（전영환＝チォン・ヨンファン）第 35 信，第 39 信
千現魯（천현노＝チォン・ヒョンノ）第 17 信
丁俊鉉（정준현＝チォン・ヂュニョン）第 17 信
知念正真　第 11 信
蔡英文（ツァイ・インウェン）第 30 信，第 35 信
柘植一雄　第 28 信
筒井康隆　第 16 信
ティック・クアン・ドック（Thích Quảng Đức）第 39 信
峠三吉　第 20 信，第 39 信
堂下康一　第 32 信
東條英機　第 19 信，第 27 信
ドゥテルテ，ロドリゴ（Duterte, Rodrigo Roa）第 25 信
桃原功　第 33 信，第 34 信
当銘由亮　第 11 信

道面央子　第 32 信
道面雅量　第 32 信
ドストエフスキイ，フョードル・ミハイロヴィチ（Достое́вский，Ф，М.）　第 27 信
知里永　第 16 信，第 28 信，装幀クレジット
トランプ，ロナルド（Trump, Donald）　第 6 信，第 7 信，第 13 信，第 21 信，第 24 信，第 25 信，第 28 信

〈な行〉

仲井眞弘多　第 12 信，第 13 信，第 15 信，第 22 信，第 37 信
仲里利信　第 22 信
中沢けい　第 35 信
仲宗根勇　第 10 信，第 15 信，第 30 信，第 31 信
中曾根康弘　第 17 信，第 36 信
中西新太郎　第 35 信
中野重治　第 36 信，第 39 信
中山幸雄　第 32 信，後記，装画クレジット
二階俊博　第 31 信
ニコルソン，ローレンス（ Lawrence Nicholson）　第 4 信，第 6 信，第 12 信
盧武鉉（노무현＝ノ・ムヒョン）　第 16 信，第 34 信
野田聖子　第 25 信
野田佳彦　第 6 信，第 36 信

〈は行〉

ハーウィット，マーティン（Harwit, Martin）　第 35 信，第 39 信
朴郁仙（박욱선＝パク・ウクソン）　第 32 信
朴光秀（박광수＝パク・グワンス）　第 17 信
朴寛賢（박관현＝パク・グァニョン）　第 17 信
朴琪順（박기순＝パク・ギスン）　第 17 信
朴槿惠（박근혜＝パク・クネ）　第 1 信，第 11 信，第 16 信，第 17 信，第 27 信，第 29 信，第 38 信
朴在東（박재동＝パク・ヂェドン）　第 35 信
朴鍾哲（박종철＝パク・ヂォンチォル）　第 18 信
朴正熙（박정희＝パク・チォンヒ）　第 17 信，第 34 信，第 35 信
朴泰奎（박태규＝パク・テギュ）　第 17 信
朴暁善（박효선＝パク・ヒョソン）　第 17 信
朴裕河（박유하＝パク・ユハ）　第 35 信，第 39 信
朴英二（박영이＝パク・ヨンイ）　第 35 信
朴勇準（박용준＝パク・ヨンヂュン）　第 17 信
橋口倫介　第 28 信
橋本治　第 23 信
ハーズ，アリス（Herz, Alice）　第 39 信
長谷川一成　第 32 信
長谷川孝子　第 32 信
長谷川千穂　第 32 信，第 33 信
バッハ，J・S（Bach, Johann Sebastian）　第 32 信
鳩山由紀夫　第 5 信
花城清長　第 11 信
羽仁五郎　第 8 信，第 39 信，後記
埴谷雄高　第 8 信，第 37 信
濱崎武　第 32 信
林　寛　第 32 信
韓勝憲（한승흔＝ハン・スンホン）　第 17 信
樋口健二　第 21 信
ピッツバーグから来たチェリスト　第 32 信
百田尚樹　第 35 信
広河隆一　第 35 信
黄皙暎（황석영＝ファン・ソギョン）　第 17 信
深堀好敏　第 20 信
福嶋聡　第 33 信
福田歓一　第 28 信
普久原均　第 7 信
フクヤマ，フランシス（Fukuyama, Francis）　第 16 信
鳳気至純平　第 27 信
藤井実彦　第 35 信
船橋秀人　第 37 信
船本洲治　第 18 信，第 19 信，第 32 信，第 39 信，後記
古川ちかし　第 23 信
裵勇浚（배용준＝ペ・ヨンヂュン）　第 36 信
白基玩（백기완＝ペク・ギウァン）　第 17 信

白　充（백충＝ペク・チュン）　第 22 信
平敷武蕉　第 19 信 , 第 27 信 , 第 39 信
ペリー（Perry, William）　第 23 信
北條民雄　第 5 信
細田登　第 33 信
ボーモント，フローレンス（Beaumont, Florence）　第 39 信
ボルトン，ジョン（Bolton, John）　第 13 信，第 27 信
ホワイト，ダン（White, Dan）　第 23 信
黄榮燦（ホワン・ロンツァン）　第 30 信 , 第 39 信
洪成潭（홍성담＝ホン・ソンダム）　第 17 信，第 30 信 , 第 32 信
洪成旻（홍성민＝ホン・ソンミン）　第 17 信，第 32 信
本多秋五　第 19 信
本田裕之　第 32 信

〈ま行〉

眞榮城栄子　第 11 信
眞榮城玄徳　第 11 信
真栄城守定　第 39 信
前原誠司　第 22 信
真久田正　第 39 信
マスコーニ，ジョージ（Moscone, George）　第 23 信
松川正則　第 34 信
松下竜一　第 5 信
松原仁　第 38 信
松元剛　第 39 信
松本人志　第 36 信
松本光司　第 30 信
丸川珠代　第 4 信
マルクス，カール（Marx, Karl）　第 2 信，第 35 信
丸山邦男　第 34 信 , 第 36 信 , 第 39 信
丸山真男　第 8 信
マンデラ，ネルソン（Mandela, Nelson）　第 37 信
ミシュレ，ジュール（Michelet, Jules）　第 21 信
三反園訓　第 7 信 , 第 12 信 , 第 24 信
三谷啓文　第 21 信
三谷幸喜　第 36 信
ミッテラン，フランソワ（Mitterrand, François）　第 21 信
嶺井妙美　第 1 信
嶺井千恵美　第 1 信
美濃部達吉　第 36 信
宮内秋緒　第 39 信
宮崎駿　第 23 信
宮澤賢治　第 23 信
ミルク，ハーヴェイ（Milk, Harvey）　第 23 信
村本大輔　第 25 信
文益煥（문익환＝ムン・イクファン）　第 29 信
文在寅（문재인＝ムン・ヂェイン）　第 16 信，第 17 信 , 第 26 信 , 第 27 信 , 第 29 信 , 第 34 信，第 36 信 , 第 38 信 , 第 39 信
文喜相（문희상＝ムン・ヒサン）　第 38 信
メイ，テリーザ（May, Theresa）　第 7 信
メイ，ブライアン（May, Brian　第 7 信
目取真俊　第 4 信
メルケル，アンゲラ（Merkel, Angela）　第 28 信
免田栄　第 31 信
森克己　第 24 信
森井眞　第 21 信 , 第 28 信 , 第 39 信
森口豁　第 5 信
森崎東　第 32 信
森田健作　第 38 信
モリソン，ノーマン（Morrison, Norman）　第 39 信
モンテスキュー，シャルル・ド（Montesquieu, Charles-Louis de）　第 9 信

〈や行〉

矢ヶ崎克馬　第 12 信，第 22 信，第 27 信，第 35 信 , 第 39 信
安江良介　第 37 信
柳井俊二　第 35 信
矢野百合子　第 16 信 , 第 34 信
山内末子　第 19 信

山岡強一　第 32 信 , 第 39 信
山口泉　第 1 信〜第 7 信 , 第 9 信〜第 32 信 , 第 34 信〜第 39 信 , 後記 , 著者紹介
山口那津男　第 38 信
山城多喜子　第 15 信
山城博治　第 1 信 , 第 4 信 , 第 7 信 , 第 8 信 , 第 9 信 , 第 11 信 , 第 12 信 , 第 13 信 , 第 14 信 , 第 15 信 , 第 18 信 , 第 22 信 , 第 23 信 , 第 26 信 , 第 27 信 , 第 29 信 , 第 30 信 , 第 34 信 , 第 39 信
山城祐樹　後記
山代巴　第 18 信 , 第 20 信 , 第 36 信 , 第 39 信
山代吉宗　第 18 信
山村聰　第 28 信
山本幸三　第 17 信 , 第 23 信
山本太郎　第 8 信 , 第 12 信 , 第 28 信 , 第 36 信 , 第 39 信
屋良朝敏　第 11 信
梁甲秀（양갑수＝ヤン・ガプス）　第 17 信
梁錦徳（양금덕＝ヤン・クムドク）　第 17 信 , 第 25 信
柳寛順（유관순＝ユ・グァンスン）　第 39 信
湯浅佳子　第 8 信 , 第 35 信
由比忠之進　第 18 信 , 第 39 信
弓削達　第 21 信 , 第 28 信
ユゴー , ヴィクトル（Hugo, Victor-Marie）　第 16 信
尹祥源（윤상원＝ユン・サンウォン）　第 17 信 , 第 29 信 , 第 34 信 , 第 39 信
尹錫同（윤석동＝ユン・ソットン）　第 17 信 , 第 39 信
尹英子（윤영자＝ユン・ヨンヂャ）　第 16 信
横尾泰三　第 8 信 , 第 32 信
吉井英勝　第 3 信 , 第 27 信 , 第 33 信 , 第 36 信
吉村洋文　第 23 信
與那覇裕子　後記
米倉外昭　後記
米長邦雄　第 36 信

〈ら行〉

ラーナマ , マンソーレ（Rahnama, Mansoureh）　第 39 信
ラポルテ , ロジャー（LaPorte, Roger）　第 39 信
李泳禧（리영희＝リ・ヨンヒ）　第 8 信 , 第 16 信 , 第 17 信 , 第 25 信 , 第 32 信 , 第 39 信
リーマー , ロバート（Riemer, Robert）　第 28 信
林欣怡（リン・シンイ）　第 30 信
ルコント , フランシーヌ（Lecomte, Francine）　第 39 信
ルメイ , カーチス（LeMay, Curtis）　第 35 信
レーガン , ロナルド（Reagan, Ronald）　第 17 信
魯　迅（ろじん＝ルーシン）　第 28 信 , 第 36 信
ロック , ジョン（Locke, John）　第 38 信
ガルシーア・ロルカ , フェデリコ（García Lorca, Federico）　第 32 信

〈わ行〉

若松節朗　第 38 信
和田正宗　第 10 信
渡辺保男　第 28 信

〈アルファベット〉

A さん〔台中・東海大學講演での聴講者〕　第 23 信
B さん〔台中・東海大學講演での聴講者〕　第 23 信
C さん〔台中・東海大學講演での聴講者〕　第 23 信
A・M さん〔笠木透ファン〕　第 33 信
F さん（菊池事件冤罪死刑執行被害者）　第 5 信
F さんのお母さん　第 5 信
F さんの娘さん　第 5 信
H・M さん〔広島の協力者〕　第 32 信
Y・Y さん〔IWJ 沖縄支局特派員〕　第 27 信

〈架空の人物〉

ウルムチ〔小説『吹雪の星の子どもたち』〕　第 31 信
「キム次長」〔TV ドラマ『冬のソナタ』〕　第 36 信
郡長さん〔『吹雪の星の子どもたち』〕　第 31 信
ゴルノザ先生〔『吹雪の星の子どもたち』〕　第 31 信
ジャヴェール警部（Inspecteur Javert）〔小説『レ・ミゼラブル』〕　第 16 信
ジャン・ヴァルジャン（Valjean, Jean）〔『レ・ミゼラブル』〕　第 16 信
知里永〔小説『旅する人びとの国』〕　後記

【国 名・地 名・地域名】

〈あ行〉

アウシュヴィッツ（オシフィウェンツィム） 第 11 信，第 19 信
厚真町（勇払郡） 第 33 信
アフガニスタン 第 16 信
奄美諸島 第 39 信
アメリカ合衆国（米国） 第 3 信，第 6 信，第 13 信，第 16 信，第 17 信，第 20 信，第 22 信，第 24 信，第 28 信，第 29 信，第 30 信，第 33 信，第 35 信，第 36 信，第 37 信，第 38 信，第 39 信
伊計島 第 23 信
石垣島 第 39 信
イスラエル 第 24 信，第 29 信
板橋区（東京都） 第 19 信
茨城県 第 35 信
林谷（イムゴク＝現・光州広域市光山区） 第 17 信
イラク 第 29 信，第 30 信
イラン 第 39 信
イングランド 第 7 信，第 23 信，第 27 信
仁川空港（インチョン） 第 17 信
インド 第 21 信
ヴァイマール共和国 第 5 信
ヴェトナム 第 18 信，第 26 信，第 27 信，第 28 信，第 29 信，第 36 信，第 39 信
宇都宮市 第 21 信
浦添イノー 第 4 信
浦添市 第 19 信，
うるま市 第 5 信，第 19 信，第 23 信，第 30 信
英国（イギリス） 第 6 信，第 7 信，第 16 信，第 21 信，第 23 信，第 27 信，第 28 信，第 30 信，第 35 信，第 36 信
英国（イギリス）連邦 第 37 信
愛媛県 第 4 信
エルサレム 第 24 信
大浦湾（辺野古） 第 31 信
大湾交差点 第 4 信
沖縄県庁 第 10 信，第 31 信
沖縄市 第 4 信，第 11 信，第 14 信
沖縄本島 第 27 信，第 39 信
奥港 第 24 信
オークランド 第 37 信
オーストラリア 第 37 信
恩納村 第 6 信

〈か行〉

鹿児島県 第 4 信，第 10 信，第 24 信
カタルーニャ 第 32 信
嘉手納基地第 2 ゲート前 第 18 信
カナダ 第 25 信
釜ヶ崎 第 18 信，第 32 信
上八木（広島市安佐南区） 第 32 信，後記
カルパントラ 第 21 信
韓国（大韓民国） 第 1 信，第 5 信，第 11 信，第 13 信，第 15 信，第 16 信，第 17 信，第 18 信，第 25 信，第 26 信，第 27 信，第 29 信，第 30 信，第 34 信，第 35 信，第 36 信，第 38 信，第 39 信
北九州市 第 32 信
北朝鮮 → 朝鮮民主主義人民共和国
宜野湾海浜公園 第 10 信，第 12 信
宜野湾市 第 2 信，第 19 信，第 34 信，第 36 信
九州 第 4 信，第 9 信，第 30 信，第 32 信
京都 第 23 信
京畿道（キョンギド） 第 16 信
金武（きん）湾 第 3 信
熊本県 第 4 信，第 5 信，第 24 信
錦南路（クムナムノ） 第 17 信
果川（クワチョン）市 第 16 信
光州（クワンヂュ） 第 16 信，第 17 信，第 29 信，第 34 信，第 39 信
光化門（クワンファムン）広場 第 34 信
軍浦（クンポ）市 第 16 信
群馬県 第 35 信
ケソン市 第 38 信
慶良間諸島 第 4 信
ゲルニカ 第 35 信
県道 70 号線 第 8 信
県道 104 号線 第 6 信

県民広場（那覇市）　第 31 信
ゴイル湖　第 23 信 , 第 27 信
五箇（広島県庄原市総領町）　第 32 信
国道 58 号線　第 4 信
コザ　後記
国会議事堂前　第 18 信
国会南通用門　第 39 信
小浜島　第 39 信

〈さ行〉

先島（宮古諸島・八重山諸島）　第 26 信 , 第 31 信 , 第 32 信 , 第 34 信 , 第 38 信
札幌　第 32 信 , 第 33 信
薩摩川内市　第 4 信
サンフランシスコ市　第 23 信
山谷　第 18 信 , 第 32 信
塩尻市　第 6 信
滋賀県　第 35 信
島原市　第 8 信
上海　第 32 信 , 第 35 信
重慶（じゅうけい＝チョンチン）　第 35 信
首里　第 39 信
城岳公園（那覇市）　第 14 信
不知火海　第 24 信
シリア　第 16 信 , 第 28 信
新宿駅南口　第 18 信 , 第 39 信
神保町　第 16 信
スコットランド　第 7 信 , 第 23 信 , 第 27 信
スペイン　後記
瀬戸内市　第 5 信
ソウル　第 1 信 , 第 5 信 , 第 16 信 , 第 17 信 , 第 34 信 , 第 35 信
ソウル市駅　第 16 信 , 第 34 信

〈た行〉

台中（タイチォン）　第 13 信 , 第 23 信 , 第 30 信 , 第 35 信
台南（タイナン）　第 13 信 , 第 35 信
台北（タイペイ）　第 30 信 , 第 35 信
台湾　第 13 信 , 第 23 信 , 第 27 信 , 第 30 信 , 第 35 信 , 第 38 信 , 第 39 信第 37 信
台湾島　第 30 信
高江（東村）　第 4 信 , 第 7 信 , 第 8 信 , 第 9 信 , 第 11 信 , 第 12 信 , 第 14 信 , 第 15 信 , 第 19 信 , 第 22 信 , 第 24 信 , 第 26 信 , 第 29 信 , 第 34 信 , 第 38 信 , 第 39 信
玉城富里（たまぐすくふさと）　第 1 信
全羅南道（チォルラナムド）　第 17 信 , 第 39 信
清渓（チォンゲ）　第 17 信
筑豊　第 12 信
千葉県　第 35 信
中国　第 16 信 , 第 25 信 , 第 29 信 , 第 30 信 , 第 35 信 , 第 38 信
中東　第 6 信 , 第 24 信 , 第 38 信
長春（ちょうしゅん＝チャンチュン）　第 35 信
朝鮮　第 39 信
朝鮮半島　第 16 信 , 第 30 信 , 第 31 信
朝鮮民主主義人民共和国　第 2 信 , 第 16 信 , 第 17 信 , 第 21 信 , 第 25 信 , 第 27 信 , 第 29 信 , 第 30 信 , 第 36 信 , 第 39 信
築地（東京都）　第 18 信
デトロイト　第 39 信
デュッセルドルフ　第 17 信 , 第 39 信
デンマーク　第 23 信 , 第 27 信
ドイツ　第 17 信 , 第 27 信 , 第 28 信 , 第 34 信 , 第 36 信 , 第 39 信
渡嘉敷島　第 10 信
栃木県　第 35 信
ドルトムント　第 39 信
ドレスデン　第 35 信

〈な行〉

中頭（なかがみ）　第 2 信
長崎　第 8 信 , 第 11 信 , 第 20 信 , 第 32 信 , 第 35 信 , 第 39 信
長野　第 13 信 , 第 17 信 , 第 27 信
名護市　第 5 信 , 第 10 信 , 第 19 信 , 第 26 信
名古屋　第 16 信 , 第 25 信 , 第 33 信
那覇空港　第 26 信 , 第 31 信 , 第 38 信
那覇市　第 1 信 , 第 4 信 , 第 5 信 , 第 10 信 , 第 14 信 , 第 21 信 , 第 22 信 , 第 33 信

那覇セルラースタジアム　第 14 信
南城市　第 1 信 , 第 25 信
南西諸島（海域）第 25 信 , 第 38 信
南投（ナントウ）県（台湾）第 23 信
新潟県　第 10 信
ニュージーランド　第 37 信 , 第 39 信
〈は行〉
パキスタン　第 37 信
爆心地公園（長崎市）第 20 信
バスチーユ広場　第 21 信
羽田　第 13 信
ハミ村（クアンナム省 , ヴェトナム）第 36 信
パリ　第 21 信 , 第 39 信
パレスチナ　第 29 信
ハンブルク　第 35 信
板門店（パンムンヂォム）第 29 信
ビアフラ　第 39 信
東日本五県（福島・茨城・栃木・群馬・千葉）第 35 信
東村山市（東京都）第 5 信
ヒースロー空港　第 16 信
ピッツバーグ　第 32 信
日比谷公園　第 18 信 , 第 39 信
兵庫県　第 3 信 , 第 31 信
平昌（ピョンチァン）第 26 信
平和市場（ピョンファシヂャン）第 17 信
広島　第 8 信 , 第 11 信 , 第 20 信 , 第 32 信 , 第 33 信 , 第 35 信 , 第 39 信
フィリピン　第 25 信 , 第 38 信
福井県　第 3 信
福島県　第 3 信 , 第 13 信 , 第 22 信 , 第 35 信
釜山（プサン）第 13 信 , 第 17 信 , 第 32 信 , 第 39 信
普天間　第 4 信 , 第 24 信 , 第 35 信
フランス　第 21 信 , 第 28 信 , 第 35 信 , 第 36 信
ブリュッセル　第 2 信
噴水広場（光州市）第 17 信
平和記念公園（広島市）第 6 信 , 第 8 信 , 第 20 信 , 第 32 信 , 第 33 信
辺野古（名護市）第 4 信 , 第 7 信 , 第 8 信 , 第 9 信 , 第 12 信 , 第 14 信 , 第 15 信 , 第 19 信 , 第 22 信 , 第 24 信 , 第 26 信 , 第 29 信 , 第 31 信 , 第 34 信 , 第 36 信 , 第 38 信 , 第 39 信
ベルファスト　第 17 信
北海道　第 9 信 , 第 32 信 , 第 33 信
〈ま行〉
マウント・イーデン　第 37 信
マドリッド　後記
摩文仁の丘　第 1 信
三重県　第 17 信 , 第 20 信 , 第 27 信 , 第 32 信
水俣　第 20 信 , 第 24 信 , 第 39 信
南アフリカ　第 37 信
南ヴェトナム　第 39 信
南スーダン　第 10 信 , 第 19 信 ,
宮古島　第 4 信 , 第 10 信 , 第 13 信 , 第 19 信 , 第 22 信 , 第 29 信 , 第 32 信 , 第 37 信
霧社事件紀念公園　第 23 信
目黒区（東京都）第 3 信 , 第 33 信
梅香里（メヒャンニ）第 39 信
〈や行〉
八重山　第 5 信 , 第 14 信
夢の島　第 35 信
横川町（広島市）　第 32 信 , 後記
横浜　第 8 信
与那国島　第 4 信 , 第 28 信 , 第 39 信
読谷村　第 4 信 , 第 21 信
〈ら行〉
リビア　第 29 信 , 第 30 信
ロサンゼルス　第 39 信
ロシア　第 16 信
ロンドン　第 2 信 , 第 5 信 , 第 6 信 , 第 7 信 , 第 16 信 , 第 30 信
〈わ行〉
和歌山　第 18 信

【機関名・組織名・社名・紙誌名・施設名】

〈あ行〉

アサド政権　第28信
『朝日ジャーナル』 第39信
『朝日新聞』 第18信,第35信,第38信
朝日新聞出版　第35信
《アジアマルクス主義伝播研究所》 第35信
アーダーン政権　第37信
『アート・トップ』 第17信
アパホテル　第13信
安倍晋三政権　第1信,第2信,第4信,第5信,第7信,第8信,第9信,第11信,第12信,第13信,第14信,第15信,第16信,第18信,第19信,第20信,第21信,第22信,第24信,第25信,第26信,第27信,第28信,第29信,第30信,第31信,第32信,第33信,第34信,第36信,第37信,第38信,第39信,後記
アムネスティ・インターナショナル　第14信
アムネスティ台南支部　第13信
アメリカ海軍安全センター　第11信
アメリカ海兵隊　第5信,第6信,第22信
アメリカ機動部隊　第4信
アメリカ空軍　第35信
アメリカ軍　第10信,第24信,第36信
アメリカ軍属　第5信,第6信
アメリカ国防省　第39信
アメリカ国務省　第2信
アメリカ国務副長官　第13信,
アメリカ政府　第11信,第13信,第19信,第24信,第25信,第26信,第29信,第38信,
《二二八（アールアールパー）紀念館》 第30信
アルジャジーラ　第18信
《安保関連法に反対するママの会》 第2信
石垣市　第37信
伊方原発　第4信
《いのちを守るナイチンゲールと医療者と卵の会》 第10信
『いま、人間として』(季刊) 第38信
李明博政権　第27信
岩国基地　第6信
岩波書店　第9信,第16信,第17信,第20信,第32信,第34信,第37信,第39信
又石（ウソク）大学東亜平和研究所　第35信
ウーマンラッシュアワー　第25信
《ウミエラ館》(博物館カフェ) 第11信,後記
うるま市具志川九条の会　第31信,
うるま市「島ぐるみ会議」 第30信
《演劇集団 創造》 第11信
《五・一八（オ・イルパル）自由公園》 第17信
《五・一八（オ・イルパル）民衆墓地》 第16信
《五・一八（オ・イルパル）民主化運動記録館》 第39信
大阪府警機動隊　第10信,第11信
「おおすみ」 第9信
大津地裁　第3信
沖縄愛楽園　第5信
沖縄キリスト教学院大学　第17信
沖縄キリスト教短期大学　第10信
沖縄警察署　第9信
沖縄県議会　第2信,第15信,第26信
沖縄県警　第8信
沖縄県公安委員会　第11信,第14信
沖縄県高教組　第21信
沖縄国際大学　第10信,第30信
沖縄市　第37信
沖縄市議会　第11信,第29信
沖縄市民小劇場「あしびな〜」 第11信
《沖縄青年同盟行動隊》 第39信
『沖縄タイムス』 第6信,第9信,第10信,第14信,第17信,第30信,第35信,第38信
《沖縄平和運動センター》 第4信,第7信,第8信,第9信,第11信,第12信,第13信,第14信,第15信,第18信,第23信,第26信
沖縄防衛局　第34信
沖縄四区　第22信
小田原市・生活保護担当者　第13信
オーロラ自由アトリエ　第2信,第3信,第5信,

第 6 信，第 8 信，第 9 信，第 11 信，第 16 信～第 18 信，第 20 信～第 23 信，第 27 信，第 28 信，第 30 信～第 36 信，第 39 信，後記，著者紹介
「オーロラ自由会議」(NPO)　第 8 信，第 20 信，第 32 信
オーロラ自由国　　後記
〈か行〉
海上自衛隊　第 9 信
『改造』　第 18 信
凱風社　第 10 信
外務省条約局　第 35 信
外務大臣　第 38 信
鹿児島県知事選　第 7 信
鹿児島大学　第 5 信
柏崎刈羽原発　第 30 信
嘉手納基地（嘉手納飛行場）第 17 信，第 28 信
《カタログハウス》　第 35 信
《カフェ・テアトロ・アビエルト》　第 32 信，後記
「ガマフヤー」　第 10 信
《からたち》　第 24 信
『からたちの道』　第 24 信
カリフォルニア州　第 11 信
川崎重工　第 9 信
河出書房新社　第 5 信，第 6 信，第 17 信，第 19 信，第 23 信，第 31 信
「韓国原爆被害者二世の会」　第 20 信，第 32 信
韓国国会　第 38 信
韓国政府　第 1 信，第 34 信，第 35 信
韓国大統領　第 16 信，第 34 信
韓国大法院　第 35 信
韓国民主化運動　第 15 信，第 16 信，第 17 信，第 18 信，第 25 信，第 39 信
〝韓国民主化運動の父〟　第 16 信
関西電力・高浜原発　第 3 信
関西学院大学　第 28 信
菅直人政権　第 5 信
季刊『批判精神』第 5 号「沖縄が解放されるとき」　第 34 信，第 39 信
季刊『批判精神』第 6 号「新たな戦争とファシズムの時代に」　第 16 信
季刊『批判精神』第 7 号「絶対悪としての売買春」　第 16 信
菊池恵楓園　第 5 信
『〔菊池〕事件特報』　第 5 信
岸信介政権　第 18 信，第 39 信
宜野湾市　第 32 信，第 33 信，第 34 信，第 37 信
宜野湾市議会　第 33 信，第 34 信
『ぎのわん市議会だより』第 84 号　第 33 信
「キャンプ・コートニー」　第 6 信
「キャンプ・シュワブ」　第 2 信，第 4 信，第 10 信，第 23 信
教育福祉会館（那覇市）　第 10 信
京都市立美術館別館　第 17 信
教文館　第 21 信
共和国（出版社）　第 32 信
共和党（アメリカ）　第 6 信
慶熙（キョンヒ）大学校　第 34 信
《勤労挺身隊ハルモニと共にする市民の会》　第 17 信
《金武湾を守る会》　第 19 信
《くすぬち平和文化館」》　第 11 信
牯嶺街（クーリンチェ）小劇場　第 30 信
グリンノック地方裁判所　第 23 信，第 27 信
光州（クワンヂュ）環境運動連合　第 17 信
光州（クワンヂュ）広域市　第 17 信
光州（クワンヂュ）国立墓地　第 17 信
光州（クワンヂュ）市立美術館　第 17 信，第 25 信
光州（クワンヂュ）ロッテ百貨店ギャラリー　第 17 信
光州（クワンヂュ）YMCA　第 17 信
勲一等旭日大綬章　　第 35 信
警視庁機動隊　第 10 信，第 14 信，第 34 信
警視庁築地警察署　第 18 信
芸術新聞社　第 17 信
経団連（日本経済団体連合会）　第 3 信，第 36 信

《欅坂46》 第17信
検察審査会　第3信
「原子力防災担当相」 第4信
現代企画室　第32信，後記
現代語学塾有志　第32信，第35信
〝小池新党〟 第22信，第25信
小泉純一郎政権　後記
《ゴーウェスト》 第32信
航空自衛隊　第5信，第35信，第38信
皇后　第36信
皇太子（明仁天皇） 第18信
講談社　第8信，第37信
公明党　第15信，第30信，第38信
厚労省（厚生労働省） 第23信
国際基督教大学　第28信
国鉄（旧） 第32信
国民戦線（フランス） 第21信
国民党（台湾） 第35信
国立近代美術館（韓国） 第16信
国立国会図書館　後記
国立ハンセン病資料館　第5信
国連（国際連合） 第20信，第21信，第28信，第39信
国連人権理事会（ジュネーヴ） 第18信，第27信
コザすばる書房　後記
ゴ・ディン・ジエム政権　第39信
国家公安委員長　第38信
径書房　第31信，第38信，後記

〈さ行〉

最高裁（最高裁判所） 第13信
在日本朝鮮人連盟（朝連） 第35信
『ザ・ガーディアン』 第21信
『ザ・タイムズ』 第6信
サッチャー政権　第7信
佐藤栄作政権　第27信
参議院　第36信
参議院議員　第10信，第36信
参議院選・福島選挙区　第7信
参議院平和安全法制特別委員会　第34信
『産経新聞』 第35信，第38信
サンフランシスコ市　第23信
自衛隊　第10信，第19信，第28信，第33信，第34信，第39信
『信濃毎日新聞』 第17信，第20信，第31信，第39信
自民党　第4信，第19信，第22信，第30信，第31信，第34信，第35信，第36信
自民党政権　第3信，第28信，後記
社会大衆党　第10信
社会評論社　第16信，第17信，第25信
『ジャパンタイムス』 第18信
『週刊金曜日』 第5信，第6信，第10信，第14信，第15信，第16信，第17信，第20信，第26信，第27信，第30信，第34信，第36信
自由韓国党　第34信
『週刊新潮』 第34信
衆議院法務委員会　第18信
衆議院本会議　第3信，第33信，第36信，第39信
出版舎Ｍｕｇｅｎ　第39信
『出版ニュース』（旬刊） 第35信
出版ニュース社　第35信
ジュンク堂書店那覇店　第2信，第27信
ジュンク堂書店難波店　第33信
上智大学　第28信
昭和天皇　第4信，第12信，第21信，第27信，第28信，第35信，第36信，第38信，第39信
新千歳空港　第33信
新潮社　第34信
『新潮45』 第34信
『しんぶん赤旗』電子版　第36信
じんぶん企画　第6信
スミソニアン航空宇宙博物館　第35信
《生活の党と山本太郎と仲間たち》 第8信
『精神の戒厳令下に』 第3信，第27信，第32信，第36信
世織書房　第35信，第39信
『世界』（月刊） 第9信，第16信，第17信，第

31 信 , 第 37 信 , 第 39 信
絶滅収容所　第 11 信
全司法福岡支部　第 2 信
「戦争を許さない市民の会」 第 21 信
戦闘警察隊　第 18 信
川内原発　第 4 信 , 第 7 信 , 第 12 信 , 第 24 信
「前夜」(特定非営利活動法人) 第 35 信
『前夜 NEWS LETTER』第 4 号　第 35 信
《象仔書屋》 第 13 信 , 第 30 信
総評（日本労働組合総評議会） 第 39 信
総務大臣　第 25 信
ソウル大学校　第 18 信 , 第 34 信
ソウル地方検察庁　第 17 信
西大門（ソデムン）刑務所　第 5 信

〈た行〉

台南大学　第 13 信 , 第 27 信
大日本帝国　第 4 信 , 第 7 信 , 第 35 信
臺灣東亞歷史資源交流協會　第 13 信 , 第 30 信 , 第 35 信
龍田寮　第 5 信
多磨全生園　第 5 信
「脱核学校」(タレクハッキョ) 第 17 信
「治安出動」 第 39 信
全南（チョンナム）大学校　第 17 信
「青龍（チォンヨン）部隊」(韓国海兵隊) 第 36 信
青瓦台（チォンワデ＝韓国大統領府） 第 39 信
筑摩書房　第 23 信 , 第 39 信 , 後記
チッソ　第 1 信 , 第 24 信 ,
千葉県知事　第 38 信
「地方創生相」 第 17 信 , 第 23 信
『中央公論』 第 18 信 ,
《駐韓美軍（米軍）犯罪根絶運動本部》 第 39 信
『中国新聞』 第 32 信 ,
忠北（チュンブク）大学校　第 16 信
蔡英文（ツァイインウェン）政権　第 30 信
『通販生活』 第 35 信
「挺対協」(韓国挺身隊問題対策協議会) 第 1 信
《哲學の金曜日》 第 30 信
《大峰》(テボン) 第 39 信
テレビ朝日　第 5 信 , 第 11 信
電気事業連合会　第 21 信
《伝書鳩の舎》 第 16 信
電通　第 10 信 , 第 37 信
天皇（昭和天皇）→　昭和天皇
天皇（平成天皇） 第 28 信 , 第 36 信
天皇制　第 4 信 , 第 5 信 , 第 8 信 , 第 10 信 , 第 11 信 , 第 12 信 , 第 16 信 , 第 17 信 , 第 18 信 , 第 19 信 , 第 21 信 , 第 27 信 , 第 28 信 , 第 34 信 , 第 35 信 , 第 36 信 , 第 38 信 , 第 39 信
東海大學（台湾） 第 23 信
東京監獄　第 31 信
東京国立近代美術館　第 32 信
東京女子大学　第 28 信
『東京新聞』 第 18 信 , 第 35 信 , 第 39 信
東京大学　第 18 信 , 第 24 信 , 第 26 信 , 第 35 信 , 第 36 信 , 第 39 信
東京電力　第 3 信 , 第 22 信
東京都教育委員　第 36 信
東京都立大学　第 33 信
東北師範大学（長春） 第 35 信
東洋大学　第 37 信
『図書新聞』 第 11 信 , 第 14 信 , 第 15 信 , 第 17 信
「野火（トゥルブル）夜学」 第 17 信
苫東厚真石炭火力発電所　第 33 信
泊原子力発電所（北海道電力） 第 33 信
トランプ政権　第 16 信 , 第 17 信

〈な行〉

内閣官房　第 18 信
内閣府　第 34 信
内務省　第 8 信
長崎原爆資料館　第 8 信
長崎市　第 8 信
『長崎新聞』 第 20 信 , 第 32 信
長島愛生園　第 5 信
中曾根康弘政権　第 39 信
名護警察署　第 10 信
ナチス・ドイツ　第 11 信 , 第 19 信 , 第 35 信

ナチス親衛隊　第 17 信
那覇拘置所　第 12 信 , 第 14 信 , 第 15 信
那覇市長　第 2 信 , 第 31 信
那覇地裁　第 15 信 , 第 27 信
「なりわい裁判」沖縄原告団　第 22 信
南山大学　第 28 信
新潟県知事　第 30 信
新潟大学　第 12 信
西日本新聞　第 12 信
「日経ニュース広報」(Nikkei News Bulletin, Inc.)　第 35 信
日本エディタースクール出版部　第 31 信
「日本会議」　第8信, 第32信, 第33信, 第34信, 第 36 信 ,
日本共産党党　第 3 信 , 第 26 信 , 第 27 信 , 第 33 信 , 第 36 信
日本軍　第 10 信 , 第 38 信
日本経済新聞社　第 35 信
日本社会党　第 36 信
日本将棋連盟　第 36 信
日本政府　第 1 信 , 第 2 信 , 第 3 信 , 第 4 信 , 第 11 信 , 第 12 信 , 第 14 信 , 第 17 信 , 第 19 信 , 第 20 信 , 第 21 信 , 第 24 信 , 第 25 信 , 第 26 信 , 第 29 信 , 第 30 信 , 第 32 信 , 第 34 信 , 第 35 信 , 第 38 信
日本大使館（ソウル）　第 1 信
日本のアジア侵略（戦争責任）　第 8 信 , 第 20 信
日本のこころを大切にする党　第 10 信 ,
《日本母親連盟》　第 36 信
日本民間放送連盟　第 31 信
日本領事館（釜山）　第 13 信
入国管理センター　第 36 信
《命どぅ宝ネットワーク》　第 39 信
野田佳彦政権　第 5 信
幟町小学校　第 32 信
「のぼり平和資料室」　第 32 信

〈は行〉

朴槿恵政権　第 27 信 , 第 29 信
八幡商業高校（滋賀県立）　第 35 信
八路軍　第 18 信
鳩山由紀夫政権　第 6 信
漢陽（ハニャン）大学校　第 16 信
『ハンギョレ』　第 35 信
ハンナラ党　第 34 信
《反農連》（反農薬水俣袋地区生産者連合）　第 24 信
《東アジア共同体研究所》琉球・沖縄センター　第 5 信
『蜚語』　第 35 信 , 第 39 信
《ピースソリダリティ長崎》　第 20 信 , 第 32 信
日立製作所　第 21 信
「一坪反戦地主会」　第 19 信
『批判精神』（季刊）→　季刊『批判精神』
兵庫県　第 31 信
兵庫青商会　第 35 信
現代（ヒョンデ=ヒュンダイ）自動車　第 16 信
広島刑務所　第 18 信
広島工業大学　第 32 信
広島市　第 32 信
広島大学　第 18 信
広島《被爆二世教師の会》　第 32 信
華東（ファドン）師範大学（上海）　第 35 信
フェリス女学院大学　第 8 信 , 第 21 信 , 第 28 信
福岡拘置所　第 5 信
福岡高等裁判所那覇支部　第 2 信 , 第 9 信
福島県農林水産部　第 3 信
福島地裁　第 22 信
フジテレビ　第 25 信
双葉社　第 35 信
「ブーツ」(Boots)　第 36 信
普天間基地爆音訴訟団　第 21 信 ,
普天間飛行場　第 12 信 , 第 23 信 ,
ぶどうの木保育園　第 33 信
船本洲治遺稿集刊行会　第 32 信
「船本洲治決起四〇年・生誕七〇年祭」実行委員会　第 32 信
『フランクフルター・アルゲマイネ・ツァイトゥング』(FAZ)　第 34 信 , 第 39 信

文化庁　第20信
米海兵隊→　アメリカ海兵隊
米軍→　アメリカ軍
米軍属→　アメリカ軍属
平成天皇　第28信
「平和案内人」（長崎）　第8信
ベネトン　第35信
勉誠出版　第3信，第9信，第17信，第32信，第33信
防衛省　第2信，第19信
防衛大臣　第8信，第9信，第10信，第19信，第36信
防衛庁（当時）　第19信，第39信
法政大学出版局　第35信
『報道ステーション』　第11信
法務大臣　第18信，第31信
「北部訓練場」　第7信，第9信
北海道電力　第33信
《本と自由》　第20信，第32信，後記
〈ま行〉
『毎日新聞』　第4信，第35信
《マリーモンド》（MARYMOND）　第35信
丸善　第16信
「満洲国」　第18信
未完舎　第39信，後記
三菱資本　第3信
三菱重工　第9信，第17信，第25信
《緑の党》（韓国）　第17信
《緑の党》（デュッセルドルフ）　第17信，第39信
見舞金契約（水俣病）　第1信
宮古島市　第37信
明洞（ミョンドン）大聖堂　第16信
未来社　第37信
民主党（アメリカ）　第6信
民主党（日本）　第5信，第36信
民主党政権（日本）　第3信，第5信
民進党（日本）　第22信
民進党政権（台湾）　第11信
名桜大学　第10信
明治学院大学　第21信，第28信，第35信
メイズ刑務所Hブロック　第17信
メルケル政権　第28信
モンサント　第24信
文部省（当時）　第21信，第28信，第38信
〈や行〉
靖国神社　第10信
『山岡強一虐殺30年／山さん、プレセンテ！』実行会・編集委員会　第32信
山口四区　第26信
大和朝廷　第1信，第39信
「尹祥源（ユンサンウォン）生家」　第17信
吉本興業　第25信，第36信
『讀賣新聞』　第35信，第38信
四軍調整官（在沖米軍トップ）　第4信，第6信，第12信
延世（ヨンセ）大学校　第18信
〈ら行〉
ラジオ東京テレビ（現TBS）　第23信
陸上自衛隊　第19信
立命館大学　第17信，第30信
琉球王朝　第26信
『琉球新報』　第2信，第6信，第7信，第10信，第11信，第13信，第14信，第15信，第17信，第18信，第19信，第21信，第24信，第27信，第31信，第32信，第33信，第35信，第37信，第39信，後記
琉球新報社　第6信，第39信，後記
琉球大学　第9信，第12信，第22信，第35信，第39信
〝琉球大学三教授〟　第39信
《リラ・ピリピーナス》　第38信
《倫理法人会》　第36信
《ル・サンク》　第32信
レイシズム　第19信
レーガン政権　第17信
《聯合ニュース》　第34信
「論壇」「寄稿」欄（『沖縄タイムス』）　第5信
〈わ行〉

「和解・癒やし財団」 第35信
和歌山刑務所 第18信
〈アルファベット〉
ABCC（原爆傷害調査委員会） 第20信
AKB48 第17信
BBC（イギリス放送協会） 第2信，第18信
《BTS》（防弾少年団） 第35信
《Eaphet》→ 臺灣東亞歷史資源交流協會
EU（ヨーロッパ共同体） 第7信
GHQ（連合国軍最高司令官総司令部） 第4信，第8信，第20信，第35信
H II（液体燃料ロケット） 第25信
IHI エアロスペース 第25信
IRA 暫定派 第17信
IWJ（Independent Web Journal） 第9信，第17信，第22信，第27信
KBS（韓国放送公社） 第39信
KTX（韓国新幹線） 第16信
MX テレビ 第13信
N1 ゲート（北部訓練場） 第9信
NHK（日本放送協会） 第2信，第18信，第23信，第26信，第33信，第35信，第36信
Nikkei News Bulletin, Inc.（日経ニュース広報） 第35信
Our Planet TV 第11信
《SEALDs》 第35信
SHANTI（シャンティ＝「絵本を通して平和を考えるフェリス女学院大学学生有志」後に「絵本を通して平和を考える会」） 第8信，第20信，第32信，第35信，第36信

【事件名・事項名】

〈あ行〉
「愛国」 第29信
アイルランド独立運動 第17信
アジア諸国の原爆観 第35信
アジア太平洋戦争 第4信
『アジアにおけるマルクス主義の伝播』（シンポジウム） 第35信
足尾鉱毒 第36信
「新しい中世」 第9信
安倍（軍国主義）ファシズム 第6信，第8信，第12信，第15信，第18信，第21信，第28信，第29信，第30信，第32信，第34信，第35信，第38信，第39信
「二・二八（アールアールパー）」事件 第30信
アロパシー 第36信
泡瀬干潟 第11信
「アンダーコントロール」 第12信
安定ヨウ素剤 第4信
安保反対闘争（1960年） 第19信，第36信
「安保法制」 第3信，第36信
「怒りの大集会」 第21信
違憲立法 第36信
いじめ 第13信
「遺族給与金」 第10信
「一億玉砕」 第36信
「一億総懺悔」 第3信，第11信，第24信，
「一万人アリーナ」建設問題（沖縄市） 第29信
「イデオロギーのないアイデンティティではだめ」 第19信
「遺伝子組換え作物」 第24信
「犬死に」という厚顔な被害者意識 第28信
命の不可侵性 第31信
「イプシロン」（固体燃料ロケット） 第25信
イラク戦争 第28信，第36信，第38信
「イラン核合意」 第29信
「医療刑務所」 第5信
「ヴィデオ・メッセージ」（2011年3月16日放映） 第28信，第36信
ヴェトナム（侵略）戦争 第10信，第18信，第26信，第28信，第36信，第38信，第39信
「御願（うがん）」 第11信
ウニカ（unica） 後記
『応答せよ（ウンタバラ）1987』 第17信
絵本『さだ子と千羽づる』関連企画 第8信，第20信，第32信，第33信，後記

〝絵を描いたことが国家保安法違反〟 第 17 信
冤罪 第 5 信
園遊会 第 36 信
「五・一八（オ・イルパル）」→ 光州（クワンヂュ）市民蜂起
「五・一八（オ・イルパル）追悼式典」 第 17 信，第 39 信
オウム真理教（某〝真理教〟） 第 31 信
『沖縄イニシアティブ』構想 第 39 信
「沖縄慰霊の日」 第 6 信
「沖縄送り」 第 20 信
沖縄県知事選（1998 年） 第 31 信，第 37 信
沖縄県知事選（2014 年） 第 2 信，第 14 信，第 20 信，第 22 信，第 25 信，第 26 信，第 29 信，第 30 信，第 31 信，第 32 信，第 34 信，第 37 信，第 38 信
沖縄県知事選（2018 年実施） 第 32 信，第 33 信，第 34 信
沖縄県知事選（2018 年予定） 第 25 信，第 32 信
沖縄サミット（2000 年） 第 39 信
沖縄戦 第 4 信，第 5 信，第 12 信，第 30 信，第 39 信
沖縄独立論 第 39 信
「沖縄の自決権」 第 1 信，第 2 信，第 7 信
「沖日連帯」 第 7 信，第 26 信，第 38 信
オスプレイ 第 4 信，第 12 信，第 13 信
翁長県政 第 13 信，第 22 信，第 25 信，第 26 信，第 34 信
「オバマ演説」（広島） 第 6 信，第 8 信
〝親の七光〟 第 26 信，第 36 信
「オール沖縄」 第 1 信，第 2 信，第 6 信，第 7 信，第 10 信，第 11 信，第 13 信，第 14 信，第 19 信，第 22 信，第 26 信，第 27 信，第 34 信，第 36 信，第 37 信，第 38 信
オルタナティヴ医療 第 36 信

〈か行〉

「改憲宣言」 第 17 信
戒厳令 第 29 信
「階級社会」 第 12 信
「外交保護権」 第 35 信
外国人差別 第 10 信
「加害」と「被害」の歴史的関係 第 1 信，第 6 信，第 35 信，第 38 信
「閣議決定」 第 15 信，第 27 信，第 29 信
『学長声明』（1988 年，明治学院大学） 第 28 信
『学長声明』（1989 年，フェリス女学院大学） 第 28 信
確定死刑囚 第 31 信
「核兵器禁止条約」 第 11 信，第 20 信，第 21 信
核ミサイル誤射 第 21 信
かくも〝民主的に〟滅びようとする国 第 36 信
「カジノ法」 第 36 信
仮想敵国 第 22 信
「カナダラ」（가나다라） 第 32 信
家父長制 第 36 信
「カポ」 第 11 信
「過労死」自殺 第 10 信，第 13 信
韓国歌曲 第 17 信
韓国民衆美術 第 17 信，第 25 信
韓国民主化運動 第 16 信，第 17 信，第 18 信，第 39 信
感受性の植民地支配 第 27 信
〝韓流ドラマ〟 第 36 信
「議会制民主主義」 第 5 信，第 36 信
「菊池事件」 第 5 信
棄権 第 25 信，第 33 信
喜瀬武原闘争 第 11 信
「偽装就労者」 第 17 信
〝基地が経済発展の最大の阻害要因〟 第 2 信
〝基地引き取り〟論 第 39 信
宜野湾市長選(2016 年) 第 1 信，第 2 信，第 7 信，第 36 信
宜野湾市長選（2018 年） 第 34 信
「希望の鐘」 第 5 信
棄民 第 24 信，第 35 信，第 36 信
「牛歩」 第 36 信
「境界線」を引くこと 後記
《教科書検定意見撤回を求める「九・二九県民大

会」》 第10信
《教科書に真実を求める「九・二九県民大会」》 第10信
「教科書」問題　第35信
強制集団死　第10信
強制収容所・絶滅収容所　第19信
「強制避難」 第35信
『行政不服審査法』 第34信
行政法研究者有志110名による批判声明　第34信
共犯的受益者　第3信
「共謀罪」 第13信，第15信，第17信，第18信
業務上過失致死傷罪　第3信
「玉音放送」 第30信
「庚戌國恥」(キョンスルクッチ) 第17信
「緊急事態条項」 第4信，第22信，第37信
勤労動員　第25信
〝国の専権事項〟 第9信
「熊本一次訴訟判決」 第1信
「黒川温泉事件」 第5信
光州（クワンヂュ）市民蜂起　第16信，第17信，第34信，第39信
光州（クワンヂュ）民衆美術　第16信，第17信，第32信，第39信
軍需産業　第9信，第10信
《藝術でしかないものは、藝術ですらない》 第17信
ゲルニカ爆撃　第35信
「元号」(天皇暦) 第36信，第39信
『原子力基本法』 第36信
「原子力協定」 第21信
「県政不況」キャンペーン　第31信，第37信
〝現代のローマ帝国〟 第28信
限定核戦争　第5信，第25信
県道104号線越え砲撃訓練　第11信，
「原爆犠牲者慰霊式典」(長崎) 第8信，第20信，第32信
「原爆死没者慰霊式」(広島) 第21信
原爆孤児　第20信
原爆症　第32信
〝原爆Tシャツ〟事件　第35信
「原爆手帳」 第20信
「原爆展」(スミソニアン航空宇宙博物館企画) 第35信
原爆ドーム　第8信
原発（原子力発電所） 第1信，第3信，第4信，第5信，第6信，第7信，第8信，第9信，第10信，第11信，第12信，第13信，第16信，第17信，第18信，第20信，第22信，第23信，第24信，第30信，第33信，第36信
「原発の予備電源の必要性」を否定（安倍首相） 第3信，第11信，第17信，第18信，第21信，第22信，第27信，第30信，第33信，第36信，第39信
原発避難移住　第13信
「憲法改正」(改憲) 第8信，第22信，第31信，第36信，第37信，第39信
「県民大会」(1995年) 第6信
「県民大会」(2016年) 第6信，第11信
「県民大会」(2017年) 第20信
「県民大会」(2018年) 第30信
「県民栄誉賞」 第29信
「県民投票」 第15信，第20信，第25信，第26信，第29信，第31信，第32信，第37信
『権利章典』 第22信
公共図書館の役割　後記
〝後継指名〟(沖縄県知事) 第31信
合祀　第10信
《光州事件から25年――光州の記憶から東アジアの平和へ》展　第17信
甲状腺癌　第3信，第12信，第35信
「皇太子来沖阻止」 第18信，後記
公務員法　第19信
功利主義　第5信，第24信，第35信，第36信，第38信
「国際反戦デー」 第10信
国際法　第23信，第36信
国選弁護人　第5信
「国体護持」 第5信，第9信，第21信，第35信，

第 39 信
国鉄「分割・民営化」 第 32 信
〝国難〟キャンペーン 第 25 信
「国民栄誉賞」 第 29 信
国民皆保険制度 第 36 信
「国民投票」 第 22 信，第 31 信，第 35 信，第 37 信
国連決議 第 16 信
「個人請求権」 第 35 信
コソボ紛争 第 28 信
「国会爆竹事件」 第 39 信
国家非常事態 第 16 信
『「国家秘密法」に反対するキリスト教六大学学長の共同声明』 第 28 信
国家保安法 第 17 信，第 18 信
「子どもの貧困」 第 2 信
『近衛上奏文』 第 39 信
〈さ行〉
「在位中最後の訪沖」 第 28 信
最高裁判所 第 12 信，第 29 信
再審請求 第 5 信
最低賃金補償 第 36 信
在日韓国朝鮮人被爆者 第 11 信，第 20 信
「里帰り運動」 第 5 信
「三・一（サミル）独立運動」 第 1 信，第 34 信，第 39 信
参議院選挙（2016 年） 第 7 信
参議院選挙（2019 年） 第 37 信
「三権分立」（の腐蝕） 第 8 信，第 19 信，第 27 信，第 29 信，第 35 信，第 38 信
「三線の日」 第 4 信
〝暫定基準値〟（放射性物質の） 第 3 信
「暫定和解案」 第 4 信
「参与政府」 第 34 信
自衛隊への市民名簿提供 第 33 信，第 34 信
『自衛隊法』 第 9 信
死刑 第 5 信，第 31 信
「自警団」 第 25 信
自然エネルギー 第 37 信
自然栽培 第 24 信
「思想信条の自由」 第 38 信
事大主義 第 39 信
「資本主義的中世」 第 9 信，第 16 信，第 23 信
「島くとぅば」 第 11 信
「自民 5 氏 辺野古容認」 第 11 信
自民党「改憲案」 第 4 信，第 7 信，第 22 信，第 31 信
「市民のメディア」 第 9 信
「謝罪する権利」 第 35 信
「相愛是人権」（シャンアイシーレンチュエン） 第 13 信
ジャンク・フード 第 27 信
「ジャンパー」事件 第 13 信
「就学時健診」 第 36 信，第 39 信
衆議院解散 第 37 信
衆議院解散・総選挙（2017 年） 第 21 信
「従軍慰安婦」（性奴隷） 第 1 信，第 13 信，第 23 信，第 25 信，第 35 信，第 36 信，第 38 信
重慶爆撃 第 35 信
「十五年戦争」 第 23 信，第 34 信，第 35 信，第 38 信
衆参同日選挙 第 37 信
「集団強制死」 第 21 信
「集団的自衛権」 第 8 信，第 18 信，第 22 信，第 36 信，第 39 信
「一八歳選挙権」 第 5 信
「住民投票」（台湾） 第 35 信
『種子法』 第 24 信，第 29 信，第 36 信
「出生届」の「嫡出」「非嫡出」欄 第 39 信
シュルレアリスム 第 32 信，後記
少女暴行事件（1995 年） 第 6 信
「象徴天皇制」 第 4 信，第 8 信，第 28 信，第 35 信，第 36 信，第 38 信
城南市長選（2018 年） 第 26 信
初期被曝（「3・11」の） 第 27 信
植民地主義 第 11 信，第 13 信，第 23 信，第 27 信，第 30 信，第 34 信，第 35 信，第 36 信，第 37 信，第 39 信
食料自給率 第 37 信

〝除染土〟 第 30 信
「新元号」 第 35 信 , 第 36 信 , 第 39 信
神権天皇制 第 27 信 , 第 28 信 , 第 36 信
〝新自由主義〟 第 37 信
新天皇即位「賀詞」（参議院） 第 36 信 , 第 39 信
新天皇即位「賀詞」（衆議院） 第 36 信 , 第 39 信
真の〝県民投票〟 第 37 信
「臣民根性」 第 19 信 , 第 36 信
「神武天皇」 第 4 信
〝真理が我らを自由にする〟 後記
「侵略の見開き」 第 8 信
〝人類の敵〟安倍政権 第 38 信 , 第 39 信
「水道民営化」 第 31 信 , 第 36 信
素食（スーシー） 第 30 信
「捨て石」 第 2 信 , 第 4 信 , 第 9 信 , 第 12 信 , 第 25 信 , 第 31 信 , 第 36 信
ストロンチウム 90 第 22 信 ,
スリーマイル島原発事故 第 11 信
「制限戦争」 第 5 信
「生者と死者の入会地」 第 39 信
「精神の戒厳令」 第 3 信 , 第 28 信
「生前退位」 第 8 信
「制度圏」（既存）メディア（ジャーナリズム） 第 5 信 , 第 9 信 , 第 12 信 , 第 18 信 , 第 22 信 , 第 23 信 , 第 25 信 , 第 29 信 , 第 30 信 , 第 31 信 , 第 35 信 , 第 36 信 , 第 37 信 , 第 38 信 , 第 39 信 , 後記
「性暴力としての認知」 第 39 信
「正名運動」 第 30 信
「セウォル号」沈没 第 17 信 , 第 29 信
「絶対に取り返しのつかないこと」 第 35 信
ゼネスト 第 8 信 , 第 39 信
「戦後 70 年談話」 第 1 信
「戦後」民主主義（的功利主義） 第 8 信 , 第 17 信 , 第 28 信 , 第 36 信
戦時性暴力 第 35 信
戦争責任 第 8 信 , 第 32 信 , 第 36 信 , 第 38 信
〝戦争のなかった 30 年〟 第 38 信
「戦争放棄」 第 38 信
「戦闘協力者」 第 10 信 ,
「戦略爆撃」 第 35 信 , 第 36 信
相互監視と自己規制 17 信 , 第 36 信
総選挙（2014 年 12 月） 第 11 信
総選挙（2017 年 10 月） 第 22 信 , 第 25 信
「ソウル駅大回軍」 第 34 信
〝ソウルの春〟 第 34 信
卒業証書の「元号」使用拒否 第 39 信
「ソ連参戦」 第 39 信

〈た行〉

第一次産業 第 36 信 , 第 37 信
大河ドラマ（NHK） 第 36 信
「大逆事件」 第 31 信
第五福竜丸 第 21 信 , 第 35 信
胎児性被爆小頭症 第 20 信
「代執行」 第 1 信 , 第 15 信 ,
『「大嘗祭」に反対するキリスト教四大学学長声明』 第 28 信
大政翼賛 第 36 信
第二の（再びの）「沖縄戦」 第 5 信 , 第 9 信 , 第 12 信
〝第二の玉音放送〟 第 28 信 , 第 36 信
「第二のルネサンス」 第 23 信
『大日本帝国憲法』 第 4 信 , 第 19 信 , 第 36 信 , 第 38 信 ,
大本営発表 第 13 信 , 第 23 信
台湾原住民族 第 23 信
台湾民法 第 13 信
多国籍企業 第 24 信
「正しく偏る」ということ 第 36 信
「脱原発」 第 7 信 , 第 11 信 , 第 30 信 ,
「龍田寮事件」 第 5 信
「食べて応援」 第 24 信
多民族社会 第 37 信
男権社会 第 36 信
断食闘争 第 17 信
『治安維持法』 第 8 信 , 第 17 信 , 第 18 信 , 第 20 信 , 第 36 信
「治安出動」 第 19 信
「地域主権」 第 7 信

チェルノブイリ基準　第13信
チェルノブイリ原子力発電所事故　第3信，第7信，第11信，第32信，第33信，第35信，第36信
「親日派」（チニルパ）　第11信，第16信，第35信，第39信
チビチリガマ蹂躙事件　第21信，第28信
「チーム（スピリット）」→　米・韓共同軍事訓練
中央構造線　第4信
朝鮮戦争　第16信，第18信，第28信，第35信，第36信，第38信
朝米首脳会談　第27信，第30信
「徴用工」　第35信，第38信
「著者との1時間」　第38信
〝通学拒否運動〟　第5信
「通行往来妨害」　第9信
テト攻勢　第26信
『電気事業法』（台湾）　第35信
天皇制　第4信，第5信，第10信，第11信，第12信，第16信，第17信，第18信，第19信，第21信，第28信，第31信，第34信，第35信，第36信，第38信，第39信，後記
「天皇の謝罪」要請　第38信
「天皇メッセージ」（1947年・1948年）　第4信，第21信，第28信，第39信
「東京五輪」（2020年）　第6信，第13信，第17信，第18信，第21信，第30信，第31信，第36信
『東京五輪成功決議』　第36信
東京大空襲　第4信，第34信，第36信，第39信
東京電力・福島第1原発事故　第3信，第4信，第5信，第6信，第7信，第8信，第9信，第11信，第13信，第16信，第17信，第18信，第20信，第22信，第23信，第24信，第26信，第27信，第28信，第29信，第30信，第32信，第33信，第34信，第35信，第36信，第37信，第39信，後記
東京都議選（2017年）　第19信
「島嶼防衛」　第28信
〝東西冷戦〟　第9信
統帥権　第19信，第27信，第38信
「同性婚」　第13信
「東北復興」キャンペーン　第30信
「野火（トゥルブル）7烈士」　第17信
『特定秘密保護法』　第3信，第36信
「特別公務員暴行陵虐」　第11信
「特別法廷」　第5信
豊見城市長選（2018年）　第34信
トライデント（原潜）　第23信，第27信
「奴隷国家」　第15信，第28信，第29信，第37信

〈な行〉

内閣衆質一六五第二五六号　第3信
「長崎原爆犠牲者慰霊平和祈念式典」　第8信，第20信，第32信
「長崎原爆朝鮮人犠牲者追悼早朝集会」　第8信，第20信，第32信
『長崎平和宣言』　第20信
名護市長選（2014年）　第2信，第26信
名護市長選（2018年）　第25信，第26信
「ナチスの手口に学べ」　第4信，第30信，第31信，第33信
ナチズム　第5信，第28信，第31信，第33信，第35信，第36信，第39信
那覇市長選（2018年）　第34信
「なりわい裁判」　第22信
南京大虐殺　第13信，第36信
南城市長選（2018年）　第25信
「南北対話」（首脳会談）　第25信，第29信，第30信
「南北統一」　第36信
「南北分断」　第16信，第26信，第29信，第30信，第35信
「難民」　第39信
「ニクソン・ショック」→　米中国交正常化
西日本大水害　第31信
二次被曝・三次被曝　第27信
「日米安保（条約）体制」　第6信，第18信，第

39信，第19信，第22信，第24信，第32信，第34信，第39信
『日米原子力協定』 第36信
日米二重植民地支配 第1信，第4信，第6信，第12信，第22信，第24信，第27信，第29信，第31信，第34信，第35信，第38信，第39信
〝日韓合意〟 第1信
「日韓条約」 第35信
「日韓併合」 第17信，第35信
「日報」問題 第19信
〝日本からの食品輸入規制〟 第11信，第35信
『日本国憲法』 第1信，第5信，第7信，第8信，第19信，第21信，第22信，第28信，第31信，第33信，第36信，第37信
日本のアジア侵略 第7信，第8信，第20信，第23信，第26信，第28信，第30信，第32信，第34信，第35信
「人間の普遍性」 第39信
年金（国民年金） 第36信，第37信

〈は行〉

排外主義 第5信，第8信，第32信
「媒介的支配」 第39信
「白色テロ」 第13信，第14信
「白人優越主義」 第37信
白血病 第8信，第20信
バッチフラワー 第36信
はーべーるー 第6信
パラリンピック（平昌＝ピョンチャン） 第26信
パリ五月革命 第15信
「反基地」と「反原発」の協同 第27信，第32信，第39信
「阪神教育闘争 第35信
ハンセン病 第5信
「反切表」（パンヂォルピョ） 第32信
「反日」 第7信，第30信
「反復帰」 第39信
「反靖国」 第36信
東日本大震災 第3信，第33信
ビキニ水爆実験 第21信，第35信
「被災瓦礫」 第3信
被差別部落 第20信
避難移住 第22信，第27信，第32信，第35信
「避難指示解除」〝基準〟 第27信，第35信
「避難の権利」 第35信
「ひめゆりの塔」 第8信
「表現（言論）の自由」 第23信，第27信，第31信，第35信
平昌（ピョンチャン）五輪（冬季） 第26信
「広島市民には気の毒だが、やむを得ない」 第35信
広島・長崎への原爆投下 第4信，第8信，第16信，第20信，第21信，第28信，第30信，第35信，第36信，第39信
ファシズム 第4信，第13信，第16信，第17信，第24信，第25信，第26信，第28信，第29信，第30信，第32信，第33信，第35信，第36信，第37信，第38信，第39信
「風評被害」 第3信，第24信
〝フェミニズム〟 第39信
「福島差別」 第24信，第35信，第39信
「不幸な子どもの生まれない運動」 第31信
「普天間基地即時閉鎖」 第2信，第35信
〝ブル新〟（「ブルジョワ新聞」） 第35信
「プレスコード」 第20信
プロミン 第5信
文化帝国主義 第27信
「分裂選挙」（宮古島市長選） 第10信，第13信，第19信，第22信，第29信，第32信，第37信
米韓合同軍事演習（チームスピリット） 第16信，第26信
「米軍の沖縄占領継続」 第21信，第39信
米軍犯罪 第4信，第6信，第12信，第23信，第39信
「米中国交正常化」（ニクソン・ショック） 第27信
「平和・協同ジャーナリスト基金賞」大賞 第35信

『平和宣言』(長崎市) 第8信
『平和宣言』(沖縄県) 第19信
「平和集会」(宮古島) 第10信
『平和への誓い』(長崎市) 第8信,第20信,第32信,第39信
辺野古埋め立て承認撤回(取り消し) 第9信,第13信,第14信,第16信,第19信,第20信,第25信,第29信,第30信,第31信,第34信,第37信
「辺野古埋め立て承認取り消し処分の取り消し」第10信,第26信,第29信,第34信
辺野古新基地建設 第2信,第5信,第7信
「辺野古新基地建設反対(阻止)」 第1信,第2信,第10信,第14信,第15信,第22信,第23信,第24信,第26信,第30信,第36信,第37信,第38信
『辺野古の抵抗写真展から／第二次大戦後の東アジア秩序を見る』 第30信
「ヘリパッド」建設 第7信,第9信
「防衛出動」 第21信
「放射能安全基準」 第35信
「放射能に汚染されない権利」 第22信
「放射能について知る権利」 第39信
「北爆」 第28信
〝ポスト・フクシマ〟 第6信,第13信,第27信,第30信,第31信,第32信,第36信,第39信,後記
〝ポスト冷戦〟 第23信
「母性主義」 第2信
北海道胆振東部地震 第33信
『ポツダム宣言』 第35信
〝『ポツダム宣言』なき一九四五年〟 第9信,第30信
ポピュリズム 第29信,第33信
ホメオパシー 第36信
『黄榮燦(ホワン・ロンツァン)紀念・洪成潭(ホン・ソンダム)「五月版画」台北展』 第30信
「本土決戦」 第30信,第36信
「本土復帰」(「日本復帰」) 第1信,第4信,第5信,第7信,第22信,第37信,第39信
〝本物のイエス〟 第27信

〈ま行〉

マオリ(ニュージーランド原住民族) 第37信
『マグナ・カルタ』(大憲章) 第7信,第9信,第22信,第38信
マクロビオティック 第30信
「町奴精神」 第34信
まつろわぬ民(地) 第1信,第36信,第39信
「ミサイル戦争」 第2信,第15信,第16信,第25信,第31信
ミソジニー(「女性憎悪」「女性蔑視」) 第37信
水俣病 第1信,第24信,
宮古島市長選(2017年) 第10信,第13信,第16信,第19信,第29信,第32信,第34信,第37信
「宮古島平和集会」(2016年) 第13信
宮古・八重山の軍事基地強化 第5信
宮森小米軍ジェット戦闘機事故 第12信,第20信
「みるく世(ゆ)」 第2信
民族教育 第36信
無差別大量殺戮 第6信,第30信,第35信
霧社事件 第23信
「無条件降伏」 第9信,第38信
「無らい県」運動 第5信
メースB 第21信
「もう一度、戦果を挙げてから……」 第39信
百十踏揚(ももとふみあがり)の墓 第1信
「森友学園疑獄」(「森友」「加計」疑惑) 第15信,第16信,第22信,第27信,第28信

〈や行〉

「靖国合祀取り消し訴訟」 第19信
山岡強一追悼『山谷(やま)――やられたらやりかえせ』上映会 第32信
「唯一の(戦争)被爆国」 第11信,第21信,第28信,第35信
有機水銀 第24信
「優生政策」 第5信

『ユネスコ憲章』 第35信
「横浜事件」 第5信，第18信
予防接種 第39信
烈士（ヨルサ） 第17信，第34信，第39信
四軍調整官（在沖米軍トップ） 第4信，第6信，第12信
延坪島（ヨンピョンド）砲撃事件 第16信，第29信

〈ら行〉

『らい予防法』 第5信
「リビア方式」 第29信
「琉球処分」 第5信，
「琉球独立」 第1信，第39信
「霊魂結婚式」 第17信
歴史修正 第13信，第36信，第39信
連合国軍捕虜被爆者 第11信
蠟燭デモ 第27信，第29信，第34信
労働運動 第10信，第39信
労働基準法 第29信
〝労働者の永遠の姉〟 第17信
六月一五日 第18信，第39信
六月民主化抗争 第17信，第18信，
六〇年安保 第19信，第36信，第39信
炉心溶融（メルト・ダウン） 第33信
「ロラ」 第38信

〈わ行〉

〝和（和解）のファシズム〟 第6信，第8信，第28信
「私小説」 第27信
湾岸戦争 第28信，第36信，第38信

〈算用数字〉

155ミリ榴弾砲の着弾点への座り込み 第11信
「3・11」 第3信，第11信，第12信，第13信，第15信，第16信，第21信，第23信，第24信，第27信，第30信，第32信，第33信，第34信，第36信，第39信，後記
「4・24」阪神教育闘争 第35信

〈アルファベット〉

A級戦犯 第39信
《AFCアジアカップ》 第35信
Brexit→ 「EU離脱」
CH53（米軍ヘリコプター） 第22信
「EU離脱」 第7信
「F（実際には実名）事件」 第5信
F15イーグル 第38信
HIV 第5信，第35信
IMF危機 第17信
「Jアラート」 第21信
K-POP 第35信
LGBT（レズビアン・ゲイ・バイセクシャル・トランスジェンダー） 第13信，第34信
NPT（核拡散防止条約） 第21信
OECD（経済協力開発機構） 第7信
PKO（国連平和維持活動） 第19信
SNS 第32信，第35信，第39信
〝Tシャツ問題〟 第35
TPP（環太平洋パートナーシップ） 第11信

【書名・題名・作品名】

〈あ行〉

『アジア、冬物語』 第16信，第18信，第23信，第31信，第35信，第39信，後記，著者紹介
『あたらしい憲法のはなし』 第38信
「新しい『ゼネスト』の構築は可能か？」 第36信
『「新しい中世」がやってきた！』 第9信，第16信，第32信，第35信，第37信，第39信，著者紹介
『新しい中世の始まりにあたって』(原題) 第9信，第32信，第37信，第39信
「あとがき——幻のアジアTVへ」 第31信
『あなたが夜明けをつげる子どもたち』 第33信
「安倍首相への手紙」 第10信
「甘夏みかん生産者インタビュー森克己さん」 第24信
『雨の降る品川駅』 第39信
『アリラン』 第20信
『アルベルト・ジャコメッティの椅子』 第17信，著者紹介

「慰安婦財団解散／説明責任は韓国政府に」 第35信
『言いたいことの何もない日本に向かって』 第34信，第39信
『生きてるうちが花なのよ死んだらそれまでよ党宣言』 第32信
《一昨年一月、ある媒体へ電子メイルで送った「投書」》 第14信
『いのちの初夜』 第5信
「いま、ここにある世界破滅の危機から目を逸らさないために――丸二年を経た東京電力・福島第一原発事故を、国際世論に訴える」 第17信
「いまなお、死刑を残す国に生きて」(『アジア、冬物語』第27章) 第31信
「いまなぜ、『和解』が求められるのか？」(座談会) 第35信
「いま、日本人が『HIROSHIMA』『NGASAKI』を語ることの意味と資格 지금 일본인이 “HIROSHIMA” “NAGASAKI” 를 말하는 것의 의미와 자격」 第35信
「いま広島と沖縄を結ぶもの――山代巴『この世界の片隅で』を手がかりに」(講演) 第20信，第32信
「〝いわれなき『差別』〟とは何か？」 第5信
「『受け容れられやすさ』から抜け落ちるもの――『歴史』をいかに伝えるか」 第20信
『宇宙人との会話 (Una conversaci con marciano)』 後記
「美しい物語に潜む『歴史』の脱政治化」 第20信
『海に向かって』 第33信
『運命』(文在寅自伝) 第16信，第34信
『援護法で知る沖縄戦認識――捏造された「真実」と靖国神社合祀』 第10信
「『五・一八（オ・イルパル）』の地が遠望する、非核アジアの可能性」 第17信
『沖縄 今こそ立ち上がろう』 第13信，第15信
「沖縄かがやけ！ 御万人のイニシアティブで！」 第39信
『沖縄と核』(NHKスペシャル) 第21信，第23信
「沖縄独立論の水準――『沖青同資料集』(仮称) の草稿から (抄)」 第39信
『沖縄の十八歳』 第5信
「沖縄の被爆者」 第20信
「沖縄の未来、険しくも輝く――第二の沖縄戦を阻止するために〔下〕」」 第9信
「沖縄はなぜ独立しなかったか？」 第39信
「沖縄民衆の水準に学ぶ平和論を」(『アジア、冬物語』第48章) 第39信
『沖縄を返せ』 第2信
『訪れない解放』 第25信
「翁長雄志・沖縄県知事への緊急公開書翰／山城博治さん救出と『オール沖縄』の蘇生を』 第13信，第14信，第15信，第26信
「『オールジャパン』大政翼賛国会の醜悪」 第36信

〈か行〉

「改訂版の出版に当たって」(『光州 五月の記憶』) 第17信
『核破局の国・日本から残された世界を防衛し、非核アジアを構築するには』 第17信
『「核破滅」の引力圏からの覚醒と離脱を』 第30信
『核破滅ファシズムの国・日本から、残された世界を防衛するために』 第17信
『かぎやで (かじゃで) 風節』 第1信
『蟹工船』 第28信
「からたちの意味」 第24信
『カラマーゾフの兄弟』 第27信
『乾いた沖縄』 第5信
「川の水となって再び出会うことを」(文在寅自伝『運命』序文) 第34信
『韓国で頚椎椎間板ヘルニア手術してきました』 第27信
「韓国での米軍問題熱風と、その影にひそむ問題」 第39信
「危機の時代・文学の現在」 第19信

『〔菊池〕事件特報』 第5信
『喜瀬武原』 第6信
『木戸幸一日記』 第39信
「キム次長と原田左之助とを隔てるもの」(『原子野のバッハ』第129章) 第36信
『虐殺の島――皇軍と臣民の末路』 第10信
『強制和解鎮魂祭』(『重力の帝国』第9話) 第6信
「霧雨のプラタナス――上海・二〇一八年／〝アジア革命の聖地〟で、マルクス・レーニン・魯迅は今」 第35信
「疑惑II」 第7信
『空母いぶき』 第38信
「屈辱の事件」 第28信
「苦しみさえも美しい画布――美術の戦士・全情浩の弁証法的画業に寄せる七章」 第17信
『光州(クワンヂュ) 五月の記憶――尹祥源・評伝』 第17信，第34信
「血債の美術が問う、恥知らずな核加害国の現在」 第30信
『原子野のバッハ――被曝地・東京の三三〇日』 第3信，第9信，第17信，第30信，第32信，第33信，第36信，後記，著者紹介
『原子野の東』(『重力の帝国』第1話) 第15信
「原爆――極東支配から世界へ、アメリカのもくろみ」 第35信
「原爆の子の像」 第8信，第20信，第32信，第33信
「権力と芸術」 第28信
「五・一八と八・一五の間――事件三〇年後の光州から『戦後日本』へ」 第17信
「光源と辺境」 第17信
『光源の画家たち――東アジア民衆美術の現在』 第14信，第15信
『校本宮澤賢治全集』 第23信
『声なき子供たちの碑』 第5信
「『五月』から『六月』へ――命を削り、青春を刻み込んだ美術の連星たち」(「5월」에서「6월」로――목숨을 깎아，청춘을 아로새긴 미술계의 쌍성) 第17信
『五月の旗』(『重力の帝国』第3話＝「오월의 깃발」オウォレ・キッバル) 第17信
「極楽通信」 第39信
「コスモスのごと可憐な『無血革命』に寄せて」 第5信
「今年の執筆予定」 第35信
『この世界の片隅で』 第20信
『この世界の片隅に』 第20信
「この〝戦争〟は『宗教戦争』でも『革命戦争』でもない」 第31信
《この偏見が消ゆる日ありや》(短歌) 第5信
「この眩い民主主義への羨望に我らはどこまで身を焦がそう？」 第16信
『故郷の春(コヒャンエポム)』 第20信

〈さ行〉

『桜の国』 第20信
『さだ子と千羽づる』，絵本(英語版) 第35信
『さだ子と千羽づる』，絵本(朝鮮語版) 第32信，第35信
『さだ子と千羽づる』，絵本(日本語版) 第8信，第20信，第32信，第33信，第35信，第36信，後記
「サラバンド」(『無伴奏チェロ組曲』第5番・ハ短調) 第32信
「自画像」3連作(夒光) 第32信
『自伝的戦後史』 第8信
『死の貨幣』 第35信
『死の国からも、なお語られ得る「希望」はあるか？』 第39信
「詩は飢えた子供に何ができるか――サルトルらの発言をめぐって」 第26信
『シバサシ――安里清信の残照』 第3信
「詩法メモ」 第23信
「死も支配する国の実像」 第10信
『ジャン・カルヴァン』 第21信
「十一月――生きている鳥たちが」(『原子野のバッハ』第IX篇) 第33信
「従軍慰安婦像」(台湾国民党臺南本部前) 第35信
「重層的臣民構造から自己解放へと到る道」 第10信

『重力の帝国——世界と人間の現在についての十三の物語』 第3信，第6信，第14信，第15信，第17信，第27信，後記，著者紹介
『少女像』（韓国） 第1信，第13信，第16信
『死霊』 第37信
『新選組！』 第36信
「人命に関わる事柄での非暴力直接行動として」（『原子野のバッハ』第126章） 第36信
「侵略の見開き」（絵本『さだ子と千羽づる』第4場面） 第8信
『人類館』 第11信
『すべてのもののつながり』（下地秋緒 作品集） 第32信，後記
『座り込めここへ』 第2信
『精神と自由——より人間らしく生きるために』 第21信，第28信
『精神の戒厳令下に』 第3信，第27信，第32信，第36信
「生と死とにわたるファシズム」（『「新しい中世」がやってきた！』第8信） 第39信
『歳月五月』（セウォルオウォル） 第17信
『世界が終わった後に紡ぐ「希望」の物語』 第27信
『世界はヒロシマを覚えているか』（NHKスペシャル） 第35信
『絶望軍』 第6信
『〝戦後日本〟の果てに——東アジアと「フクシマ」』〔上〕〔中〕〔下〕 第30信
「その余波や、余光すらも——『沖縄革命』とは、何か？」 第11信

〈た行〉

「大審問官」 第27信
「『だから、日本には、いい国になってほしい』／韓国の思想家・李泳禧との対話 」 第16信
「『正しく偏る』ということ」（『原子野のバッハ』第127章） 第36信
『旅する人びとの国』上下巻 後記，著者紹介
「魂をつなぐ協奏曲—— 小林多喜二・小林三吾兄弟の生と藝術」（『アジア、冬物語』第34章） 第18信
『黙って野たれ死ぬな』（新版） 第32信
「誰にも私有できない『人権』と『自由』のために」 第16信
『チェルノブイリ 28年目の子どもたち』 第11信
『チェルノブイリに学ぶ日本の未来——いま、沖縄から私たちが問うもの』 第11信
『ちぎれた雲（Nubes pasajeras）』 装画，装画クレジット，後記
『超時と没我』 第37信
『長春だより』 第35信
『朝鮮独立への隘路——在日朝鮮人の解放五年史』 第35信
『朝鮮半島の新ミレニアム——分断時代の神話を超えて』 第16信，第25信
「『徴用工』訴訟／関係損なわない対応を」 第35信
「著者うしろ書」（『中野重治全集』第24巻） 第39信
「血を噴く自己剔抉が透視する『希望』——渾身の舞台が問う『沖縄—ヤマト』」 第11信
《梅雨空に『九条守れ』の女性デモ》（俳句） 第23信
『帝国の慰安婦 植民地支配と記憶の闘い』 第35信，第39信
「『出る杭は打たれる』国の抑圧を超えて」 第36信
『テレビと戦う』 第31信，第35信，著者紹介
「天皇制は退け」 第39信
『統一列車でベルリンまで』 第29信
「『東京五輪成功決議』という踏み絵を踏んだ者たちへ」 第36信
「同時代への手紙」 第35信
『豆腐屋の四季』 第5信
〝特別評論〟「まつろわず片頭痛克服を『沖縄と平成、令和』」 第39信
『トラヂの歌』 第32信
『砦に拠る』 第5信
『鳥の歌』 第32信

〈な行〉
『内部に自前の「精神の戒厳令」を布告した国よりの報告』 第30信
『中野重治全集』第24巻 第39信
「『長崎の発進力 大切』――原爆の日に絵本朗読に取り組む沖縄の作家 山口泉さん」 第32信
『南溟』(創刊号) 第19信
『ニジノキセキ――「4・24」の未来へ、七色の架け橋』 第35信
「二〇一三年〝戦後日本〟の果てに」(『辺野古の弁証法』第Ⅲ部) 第36信
「『二・二八』『五・一八』と『八・一五』」 第30信
「日本共産党批判 一」 第36信
「日本語版への序文」(文在寅自伝『運命』) 第34信
「日本の罪科を静かに問う、清冽な怒りの絵画／『庚戌國恥一〇〇年企画招待展』全情浩『朝鮮のあさ』展紹介」 第17信
『日本の破局とアジアの危機――福島原発事故隠蔽、新たな「沖縄戦」画策の先に待つもの』 第23信
『日本レクィエム』 第35信
『ニム（あなた）のための行進曲』 第17信
「『人間が住むべき世界』の希求に命を賭して――光州事件を支えた青春群像の記録」 第17信
『人間の類似性について』(『重力の帝国』第4話) 第27信
『にんげんをかえせ』 第20信
『野火の肖像 尹祥源・評伝』→『光州 五月の記憶――尹祥源・評伝』
〈は行〉
「俳優・山本太郎さんに告発状」(『原子野のバッハ』第125章) 第36信
「八月――みんな死ねばいいんだ」(『原子野のバッハ』第Ⅵ篇) 第32信，第33信
『埴谷雄高全集』第18巻 第37信
「花花を供えられた傷口」(『アジア、冬物語』第49章) 第39信
「『東アジア共同体研究所 琉球・沖縄センター』紀要発刊に寄せて」 第5信
『悲惨鑑賞団』 第6信，著者紹介
『翡翠の天の子どもたち』 第31信，第35信，著者紹介
『避難ママ――沖縄に、放射能を逃れて』 第3信，後記，著者紹介
『檜の山のうたびと――歌人伊藤保の世界』 第5信
「『被爆』の物語――抜け落ちた歴史の要素」 第35信
「百年の果てに開花する、真の『藝術』の救済力――『光州民衆美術』の二一世紀的現在／『庚戌國恥一〇〇年企画招待展』から」 第17信
「ファシズムの完成を瀬戸際で食い止めるために」 第36信
「フォイエルバッハに関するテーゼ」 第2信
『フクシマについてのポスター、文章、詩』 第39信
『豊前環境権裁判』 第5信
「復活の歌」(『光州 五月の記憶』) 第17信
『船本洲治決起四〇年・生誕七〇年祭――船本とカマキョー・ゲントーの時代』 第32信，後記
『吹雪の星の子どもたち』 第31信，第35信，後記，著者紹介
『冬のソナタ』(原題『冬の恋歌』) 第36信
『フランシーヌの場合』 第39信
『文化運動としての東アジア「民衆美術」』 第17信
『文学批評の音域と思想』 第39信
「文語詩未定稿ノート」 第23信
「憤怒と静謐――テト攻勢五〇周年のベトナムを韓国の友らと訪ねて」 第26信
『平凡さの偉大さ 新たな世界秩序を考えて』 第34信，第39信
『平和記念公園での四半世紀を振り返って――「原爆の子の像」前、絵本『さだ子と千羽づる』朗読会の現場から』 第32信
『白頭（ペクトゥ）の山裾のもと、明け行く統一の未来よ』 第17信
「辺野古闘争の現場で思うこと」 第19信

『辺野古の弁証法――ポスト・フクシマと「沖縄革命」』　第 2 信 , 第 3 信 , 第 6 信 , 第 9 信 , 第 10 信 , 第 11 信 , 第 13 信 , 第 14 信 , 第 17 信 , 第 30 信 , 第 31 信 , 第 36 信 , 第 39 信 , 後記 , 著者紹介
『ペリーの告白――元米国防長官・沖縄への旅』(NHK・ETV 特集)　第 23 信
『忘却のための「和解」――「帝国の慰安婦」と日本の責任』　第 35 信 , 第 39 信
『某〝真理教〟論議に欠落しているもの』　第 31 信
『星屑のオペラ』　第 38 信 , 著者紹介
『ホシハ チカニ オドル』　第 32 信
「ポスト・フクシマと『沖縄革命』」　第 13 信 , 第 27 信 , 第 39 信
『ポスト・フクシマの世界と沖縄の現在』　第 11 信
「本の散歩道」　第 39 信
〈ま行〉
『松下竜一 その仕事』全 30 巻　第 5 信
『松下竜一 その仕事』全巻「個人解説」　第 5 信
『まつろわぬ邦からの手紙』(『琉球新報』連載時)　第 10 信 , 第 13 信 , 第 14 信 , 第 19 信 , 第 20 信 , 第 21 信 , 第 26 信 , 第 28 信 , 第 29 信 , 第 32 信 , 第 33 信 , 第 34 信 , 第 37 信 , 第 39 信 , 後記
『嶺井妙美像』　第 1 信
『宮澤賢治伝説――ガス室のなかの「希望」へ』　第 17 信 , 第 19 信 , 第 23 信 , 第 31 信 , 後記 , 著者紹介
「宮澤賢治を読む」連続講座　第 14 信
『明神の小さな海岸にて』　第 5 信
『みんな死ねばいいんだ』　第 32 信
「みんなの国――国家のみんな」(『吹雪の星の子どもたち』第 20 章)　第 31 信
『無伴奏チェロ組曲』第 5 番・ハ短調 (BWV 1011)　第 32 信
『眼のある風景』　第 32 信
〈や行〉
「八重山が映し出す日本」(『アジア、冬物語』第 47 章)　第 39 信
『山岡強一虐殺 30 年／山さん、プレセンテ！』　第 32 信
「山城博治と翁長雄志」　第 14 信
「山本太郎さんが突出せざるを得ない国、日本」(『原子野のバッハ』第 128 章)　第 36 信
『山谷（やま）――やられたらやりかえせ』(1985 年／映画)　第 32 信
『山谷（やま）――やられたらやりかえせ』(1996 年／書籍)　第 32 信
『遺言（Memento)』　第 32 信
『夕凪の街と人と』　第 20 信
『夕凪の街　桜の国』　第 20 信
「行き違うアジア列車を見送って」(『新しい中世の始まりにあたって』 第 4 信)　第 39 信
『預言者の運命』(対談)　第 37 信
『ヨハネ福音書』　後記
〈ら行〉
『琉球弧の旅から』　第 39 信
「『良心』の国際連帯のために Towards an International Solidarity of Conscience」　第 35 信
「歴史における真の希望とは何か？――李泳禧著『朝鮮半島の新ミレニアムめぐって（上)」　第 16 信
『歴史の著作権は誰のものか？』　第 17 信
『レ・ミゼラブル』(Les Misérables)　第 16 信
〈わ行〉
『私に人生と言えるものがあるなら』　第 33 信
『私の子どもたちへ』　第 33 信
『私は貝になりたい』　第 23 信
〈アルファベット〉
『Nubes pasajeras』→　『ちぎれた雲』
『SHANTI が断ち切ったもの、SHANTI が切り開いたもの――絵本『さだ子と千羽づる』に寄せて』　第 35 信
『THE MANZAI』　第 25 信
『Una conversaci con marciano』→　『宇宙人との会話』

まつろわぬ邦《くに》からの手紙《てがみ》

2019年6月30日　第1刷発行

定価　2000円（＋税）

著　者　山口　泉
発行者　遠藤京子
発行所　オーロラ自由アトリエ
〒904-0003 沖縄県沖縄市住吉1-2-26　住吉ビル1B
電話 098-989-5107　ファクシミリ 098-989-6015
郵便振替　0-167-908
aurora@jca.apc.org
http://www.jca.apc.org/~aurora/

株式会社 シナノ パブリッシング プレス／印刷製本
ISBN978-4-900245-18-1　C0036 ¥2000E
JAN192-0036-01800-0

オーロラ自由アトリエの本

［一九九一年七月刊］

現代日本の「言論」の極北。

アジア、冬物語

Azio, La Vintro-Fabelo

山口泉

信濃毎日新聞連載「本の散歩道」一九八九・九〇年度版

■全五〇章＋補註＋索引二二頁付●四六判・上製・カバー装／総三八五頁

●定価一八〇〇円＋税

■日本図書館協会選定図書

■魂のふるえが文章を推し進めていくような文体に出会いました。誰の代理人でもない、この「わたくし」が発せずにはいられない言葉をくりだすという作業のみが、物書きの誠実を裏打ちするのだということをあらためて思っています。（日野市／O・Nさんの読者カードから）

■本書には、わたしたちが見えないと思いこんでいる現実があざやかに彫りこまれている。しかも、そんじょそこらのエッセイストの鈍感さなど比較にもならぬ鋭敏な感覚をもって、だ。その感覚に触発されれば、われわれもまた、魂の深いどこかに「かくあってほしい」ユートピアへの夢があることに目覚めるだろう。挑発に乗って、まず山口泉と〝論争〟してみようではないか。（井家上隆幸氏『量書狂読』三一書房刊）

■「豊か」で「平和」といわれる日本だが、近年その姿は一層見えにくくなっている。あふれるばかりのメディアのなかに現れる評論家などの言論に、私たちは何を見いだせばよいのか。その手掛かりを与えてくれる。（『信濃毎日新聞』一九九一年一〇月六日付）

■現在の日本では問題にされにくく、しかし最低限これだけは踏まえておかなければならない、という問題点が具体的な人物や事態や本（詳細な索引がありがたい）に即して網羅された本である。（小森収氏『サンデー毎日』一九九一年一〇月二〇日号）

■とりあえず背筋を伸ばして読みたい。（『宝島』一九九一年一〇月九日号）

■中央メディアが軒並み「日本は日本だ」という自明性にうつつをぬかした言説を流布している間に、アジア圏を含んだ視座から、メディアの表層を飾った数々の時事問題を巡ってなされた真摯な論考の数々は、今健全な知性がすべき作業がいかに膨大かを示す。「現在を荒野と感じうる、あなたに」という呼びかけで始まるこの論考を、孤独な作業のままで終わらせてはイケナイ。（『ＣＩＴＹ　ＲＯＡＤ』一九九一年一〇月九日号）

■底流にあるものは〈自由と平等〉をないがしろにする論理への透徹した批評精神である。刺激感いっぱいの状況論だ。（『ＣＬＩＰＰＥＲ』一九九一年一〇月一〇日号）

■エッセーという言葉から連想されるような気軽さはみじんもなく、おう盛な批評精神に貫かれた状況論といっていいだろう。（『河北新報』一九九一年一〇月二〇日付）

■表現する自己がどこにもない空疎な批評がまかり通る中にあって、ここにも一人、はっきりとした自己を持つ批評者が存在した。（伊達政保氏『ミュージック・マガジン』一九九一年一一月号）

■『アジア、冬物語』の提示するパノラマはすさまじい。意思と意思との格闘、生きること、生きていることの葛藤。……この人の〈読者〉でなかったことを悔しくさえ思っているのが偽らぬところだ。（野分遙氏『労働法律旬報』一九九二年五月上旬号）

■ポスト全共闘きっての硬派。（福嶋聡氏『よむ』一九九三年一〇月号）

オーロラ自由アトリエの本

精神と自由

――より人間らしく生きるために

森井 眞（明治学院大学前学長）
弓削 達（フェリス女学院大学学長）
＊肩書きは、一九九二年当時
司会／山口泉

なぜ、日本には「市民社会」が育たないのか？

一人ひとりが「精神の自由」を侵されることを、きっぱりと拒絶するには？一九八九年、昭和天皇死去の際、文部省の「服喪」通達に対し、大学としての「自治」の姿を示した二人の知識人による、深い示唆に富む対話。

いま、新たなファシズムの時代の始まりに、基本的人権を守り抜くため、改めて本書を――。

●四六判・並製・カバー装／総一五八頁 ●定価一五〇〇円＋税
〔一九九二年一〇月刊〕

季刊総合雑誌
●A5判・一四八頁●定価各一五〇〇円＋税

創刊号（一九九九年春）「日韓新時代」の欺瞞
第二号（一九九九年夏）「脳死」臓器移植を拒否する
第三号（一九九九年秋）核は廃絶するしかない
第四号（二〇〇〇年春）いよいよ歴史教育が危ない
第五号（二〇〇〇年夏）沖縄が解放されるとき
第六号（二〇〇〇年冬）新たな戦争とファシズムの時代に
第七号（二〇〇一年春）絶対悪としての買売春

※季刊『批判精神』は、現在、休刊中です。バックナンバーのみの販売となっています。

■『アジア冬物語』の続篇、二〇二〇年後半から順次、待望の刊行予定

日本レクイエム

Japana Rekviemo

――アジア冬物語 II

山口泉

一九九一年から二〇一二年に至る、この国の滅びの姿。『信濃毎日新聞』連載の「本の散歩道」「同時代を読む」「同時代への手紙」の未刊三大エッセイ二一七篇と、その後に『週刊金曜日』『ミュージック・マガジン』等の紙誌、さらにインターネットを通じて展開されつづけた、精神の戒厳令下の日本における「言論」の究極のレジスタンス。総三〇〇篇・二五〇〇頁以上。年ごとの分冊型式で、二〇二〇年秋から順次、刊行予定。定価・刊行形態については未定。〝戦後日本〟は、いかに終焉すべくして終焉したか――。慟哭の年代記。現在、沖縄・台湾・韓国において、関連講座も企画準備中。

オーロラ自由アトリエの本

避難ママ——沖縄に放射能を逃れて

愛する者の命は、自分が守ろう！ 自分の頭で考えよう！

山口泉

二〇一一年三月一一日、東北地方を襲った巨大地震と大津波に端を発した、東京電力・福島第一原子力発電所の大事故。放射能汚染から子どもを守りたいと、東日本から沖縄へと逃れた女性たちが、いま、語り始めた……。世代も、環境も、家族形態も異なる彼女たち「避難ママ」六人の言葉。子どもたちのこと。夫のこと。残してきた、さまざまな人びとのこと。ふるさとのこと。避難地・沖縄のこと。これからの日本と世界のこと。自らの「いのち」のこと——。政府の発表とは裏腹に、なんら収束してなどいない空前の原発事故の影響下、「被曝」の不安に苦しみ悩む人たちの役に立てば……。そしていつか、子どもたちが大きくなったとき、「避難」を決意した前後の気持ちを知ってほしい……。痛切な思いがほとばしる、稀有のインタヴュー集。各章に探訪記を、巻頭・巻末に解説を付す。

［二〇一三年三月刊］

●四六判・並製・カバー装／総二五六頁 ●定価一四〇〇円＋税（テープ版読者会製作の音訳版CDも、同価格で発売中）

革新無所属

宮本なおみ

彼女を、みなが親しみを込めて「なおみさん」と呼ぶ。一九三六年、福島に生まれ、上京後、労働者としての青春時代を経て、七一年、東京都目黒区議選に初立候補、初当選。以後五期・二〇年を、革新無所属の区議会議員として、民衆と共に歩んできた女性の軌跡。平和・女性・自治・選挙をつなぎ、地域から「市民の政治」を追い求めた日々。もう一つの「戦後史」。日本の「民主主義」がめざしたものは、なんだったのか？ 巻末に、解説インタビュー「時代の流れに身を任せたら闘っていた」（聞き手＝山口泉）を併録。

［二〇〇八年一二月刊］

■この本を推薦します。

天野恵一（反天皇制運動連絡会）　井上スズ（元・国立市議会議員）
内田雅敏（弁護士）　内海愛子（アジア人権基金）
大倉八千代（草の実平和研）　上 笙一郎（児童文化評論家）
高 二三（新幹社）　新谷のり子（歌手）
高田 健（許すな！憲法改正市民連絡会）　高見圭司（スペース21）
富山洋子（日本消費者連盟）　中山千夏（作家）
林 郁（作家）　原 輝恵（日本婦人有権者同盟）
原田隆二（市民運動）　ビセンテ・ボネット（上智大学名誉教授）
福富節男（数学者）　保坂展人（衆議院議員）
山崎朋子（作家）　吉武輝子（作家）

＊肩書きなどは、二〇〇八年時点

●四六判・上製・カバー装／総四〇二頁 ●定価二八〇〇円＋税

第3回平和・協同ジャーナリスト基金賞大賞受賞

さだ子と千羽づる

SHANTI《シャンティ》

（絵本を通して平和を考える
フェリス女学院大学学生有志）

一九九四年八月に出版された日本語版は、朝日新聞「天声人語」やNHKテレビ全国ニュースをはじめ、各マスコミでも大きく取り上げられ、刊行以来、多くの学校・職場・地域で平和教育に活用されています。

一九四五年八月六日、二歳で被爆してから一〇年後に、突然、発症した白血病で亡くなった佐々木禎《さだ》子さん。広島の平和記念公園に建つ「原爆の子の像」は、彼女がモデルと言われています。本書はフェリス女学院大学の学生グループが〝手作りの絵本に平和のメッセージを〟と、原爆投下に至る日本のアジア侵略の歴史も学びながら書き上げました。一九九五年には韓国語版、九六年には英語版も刊行され、海外のお知り合い・お友だちに贈られる方もいらっしゃいます。そしていま、東京電力・福島第一原子力発電所の大事故の影響が確実に拡がっています。新たな被曝の危機が進むなかで、核廃絶の思いを胸に、本書は読み継がれています。現在、中国語版も制作準備中です。また本書は、出版以来、毎年八月四日〜六日の広島・平和記念公園「原爆の子の像」の前で、読者有志による朗読会が行なわれています。26年目、四半世紀を越えた二〇一九年も行ないます。皆さまのご参加を呼びかけます。

■日本語版　〔一九九四年八月刊〕
◎本文カラー32頁・B5判並製
◎解説・山口泉
◎定価一〇〇〇円＋税

■朝鮮語版　〔一九九五年八月刊〕
◎定価一二六三円＋税◎解説・山口泉◎翻訳・徐民教＋現代語学塾有志

■英語版　〔一九九六年八月刊〕
◎定価一二六三円＋税◎解説・山口泉◎翻訳・SHANTI＋滋賀県立八幡商業高校生徒（当時）

オーロラ自由アトリエの本

辺野古の弁証法

ポスト・フクシマと「沖縄革命」

山口泉

◎四六判・上製・カバー装／総四一八頁 ◎定価一八〇〇円＋税

［二〇一六年一月刊］

いま沖縄で、何が問われ、何が闘われているのか？　「3・11」東京電力・福島第1原発事故以後、軍国主義ファシズムへと日本政府が狂奔するなか、琉球弧の人びとは顔を上げ、抵抗の声は止まない。二〇一三年に東京から沖縄へ移住、日本国家とウチナーとの懸隔を見据えつづける作家が、『週刊金曜日』『琉球新報』『沖縄タイムス』他の紙誌・インターネット等を通じ発信してきた、二〇一一年～一五年のメッセージ＋書き下ろし論考。「戦後」最悪の状況下、破滅の淵に立つ日本を、沖縄と東アジア・ヨーロッパの両極から照射する、困難の極みの時代のクロニクル。写真多数。

■本書は「暗澹たる時代」に抗う闘いの書であり、沖縄と日本の無告の民を奮起させる喚起力に満ちている。辺野古での闘いの本質を「沖縄革命」と規定し、普遍的な世界へ向う道筋と私たちが目指すべき社会像を示して読む者に迫ってくる。

――新川明（詩人・評論家）

■著者は、権力によって叩かれれば叩かれるほどに強くなっていく今日の辺野古の闘いを「辺野古の弁証法」と命名しました。光栄の至りです。辺野古の闘いはこれからもしなやかにしたたかにそして粘り強く闘われていくことでしょう。大輪の花もしぼめられた蕾から花開いていくように。本書の出版は、燃え立つような情念と透徹した論理とを併せ持って人々とその闘いを鼓舞し続けるものと思います。人々の「怒り」と「魂の叫び」を高らかに謳いあげ、闘いの最終的必然的勝利を確信せしめる本書の出版を心から祝うものです。

――山城博治（沖縄平和運動センター議長）

◎怒りの書である。二〇一一年末から昨年にかけて新聞や雑誌、著者のブログ等に発表された評論と、新たに書き下ろされた文章の随所から、この国の現状に対する著者の強い危機感がほとばしる。（略）だまされてはいけない。たとえば「感情に流されない理性的な議論を」といったフレーズが、原発に対する正当な恐れや怒りを、どれほど抑圧してきたか。だが、理性的とは、怒らないことではない。怒りを的確な標的に向けて過たず放つ。それが理性のはたらきだろう。勇気ある多くの正しい怒りが、相互の信頼に支えられて共振する。それが今、生き延びるために絶対必要なことだと、本書は訴えかけているようだ。

――松村洋氏（音楽評論家）書評「怒りを的確な標的に向けて過たず放つ」（『週刊金曜日』二〇一六年四月八日号）

オーロラ自由アトリエの本

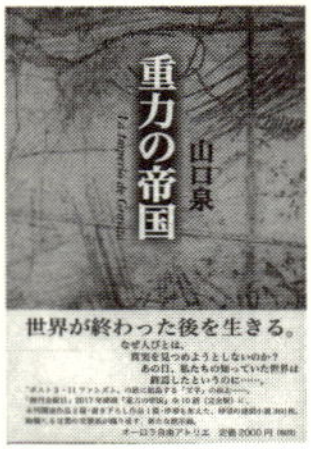

重力の帝国

La Imperio de Gravito

世界と人間の現在についての13の物語

山口泉

【二〇一八年三月刊】

◎四六判・上製・カバー装・帯付 ◎総二〇八ページ ■定価二〇〇〇円＋税

世界が終わった後を生きる――。〝ポスト3・11「文学」〟の極北――。

なぜ、人びとは、真実を見つめようとしないのだろう？　あの日、私たちの知っていた世界は終わってしまったというのに……。収拾不能の原発事故を抱え、戦争へと突き進む国の運命は？

二〇一七年『週刊金曜日』連載の衝撃の掌篇連作『重力の帝国』（完全版）を機軸に、『現代思想』『アート・トップ』等、他誌に発表された単行本未収録作品・書き下ろし作品を加えた13篇と序章から成る、待望の連鎖長篇小説――総三六〇枚。

世界を腐蝕する〝ポスト3・11ファシズム〟の底に結晶した思考の極北を示す、絢爛たる言葉の交響楽。「破局以後」の時代を痛切に照射する、新たな黙示録《アポカリプス》――。

■本書はフクシマ以後の原発文学の中で、最も本質を衝いた激烈な小説と言っていいだろう。

黒古一夫氏（『週刊読書人』二〇一八年四月一三日号）

■3・11以後の世界をどのような形式と内容において書きとどめうるか、そのことを最も切実に問い続けてきた著者による渾身の新作である。従来の「文学」概念に回収される「小説」ではない。3・11破局以降の世界を痛切に予言し告発する恐るべき未来小説である。

平敷武蕉氏（『琉球新報』二〇一八年三月二五日付）

■米国を強く連想させる「重力の帝国」にかしずき、戦争や原発事故の教訓に向き合わない政治と社会。全編に漂うグロテスクさは小説本体ではなく、小説が鏡となって映す現実の方の属性に違いない。

（『中国新聞』文化面「本」二〇一八年六月一三日付）